Daniela Schenk

Knarrenfrauen

DANIELA SCHENK

wurde 1964 in Bern geboren. Sie bildete sich in jungen Jahren zur astrologisch-psychologischen Beraterin aus, arbeitete in einer Genossenschaftskneipe, als Nachtwache in einem Autistenheim, studierte Journalistik, arbeitete beim Fernsehen, in der Werbung, für Theaterproduktionen, legte Musik auf, verkaufte Bücher und begann im zarten Alter von siebenunddreißig Romane zu schreiben. Heute arbeitet sie als PR-Redakteurin, Lehrerin und Autorin. Bisher erschienen von ihr: »Julia und Satine«, »O wüsste sie, dass sie es ist!«, »Wir 4ever«, »Diejenige welche« und »Brennnesseljahre« (alle bei Helmer). »Knarrenfrauen« ist ihr erster Kriminalroman.

Siehe auch: www.daniela-schenk.ch
daniela-schenk.blogspot.com

Daniela Schenk

Knarrenfrauen

Ein Fall für
die unwiderstehliche April Pallas

Kriminalroman

ULRIKE **HELMER** VERLAG

Besuchen Sie uns im Internet:
www.ulrike-helmer-verlag.de

Printausgabe gedruckt auf
säurefreiem, alterungsbeständigem Werkdruckpapier.
ISBN 978-3-89741-380-1

Originalausgabe in **CRiMiNA.**
CRiMiNA ist ein Imprint des Ulrike Helmer Verlags, Sulzbach/Taunus

Covergestaltung: Atelier KatarinaS unter Verwendung
des Fotos »:-]« © una.knipsolina / photocase.de

E-Mail: info@ulrike-helmer-verlag.de

Donnerstag, 11. Juni, früh *20 °C*

April hatte eine Abkürzung genommen, die sie geradewegs in den Schlamassel führte. Sie war blau genug zu meinen, es sei eine gute Idee, auf hohen Absätzen und in engem Rock um halb drei Uhr morgens durch eine verlassene Gasse zu trippeln. Was sollte ihr schon passieren? Sie beherrschte Selbstverteidigung aus dem Effeff und dank fünfzehn Jahren Kung Fu war aus ihr eine Brucie Lee geworden. Das nützte ihr in dieser Aufmachung jedoch wenig, oder hatte man je eine Kung Fu-Meisterin in Minirock und auf schwindelerregenden Absätzen kämpfen gesehen? Auf letzteren knickte sie ständig ein, was ihr Erscheinungsbild nicht imposanter machte. Und vermutlich war es auch unvorteilhaft, dass ihre Brüste (auf die sie stolz war) gefährlich weit aus dem Ausschnitt herauslehnten, als gäbe es draußen etwas Interessantes zu sehen.

Es war eine warme, mondlose Nacht, die Straßenlaternen warfen ein kümmerliches Licht auf das Kopfsteinpflaster und verwandelten die Welt außerhalb in ein Schattenreich. Normalerweise wäre sie mit ihrem Motorrad unterwegs gewesen, aber das war defekt. April hörte das laute *Klack-Klack* der Stöckelschuhe – wahrscheinlich waren in ihnen Megafone eingebaut. Jedes *Klack* schien in die Welt hinauszuschreien: *Kommt her, hier bin ich, überfallt mich!*

Kackenschotter, dachte sie, mehr gab es dazu nicht zu denken. *Klack-Klack*. Sie kam an einem Brunnen vorbei, ein junges Paar schwankte engumschlungen an ihr vorüber. Ihr knurrte der Magen. Sie straffte den Rücken und dachte, dass sie notfalls den

Angreifer mit ihrem BH erdrosseln würde – mal abgesehen davon, dass sie keinen trug. *Klack-Klack.* Die Stöckelschuhe hatte sie von einer Freundin ausgeliehen, die wasserstoffblonde Perücke extra gekauft für Toms Geburtstagsparty unter dem phantasievollen Motto *Nutten und Zuhälter.* Auf dem Fest angekommen, stellte sie fest, dass sie die Einzige gewesen war, die Toms Vorgabe ernst genommen hatte, die anderen hatten sich nicht über grelle Schminke und allenfalls High Heels hinausgewagt. So wurde sie ungewollt zum Mittelpunkt des Festes: Die Männer warfen ihr lüsterne Blicke zu und die Frauen böse.

Umgekehrt wäre ihr lieber gewesen.

Sie versuchte schneller zu gehen, was ihr in diesem engen Fetzen nur gelang, indem sie wie eine Geisha kleine Schrittchen machte. Dadurch geriet sie mit den Bleistiften umso öfter zwischen die Pflastersteine. Weiter vorn konnte sie immerhin schon das Berner Münster ausmachen, wo sie rechts abbiegen und in die belebtere Hauptgasse gelangen würde.

»Guten Abend, meine Schöne.«

Der Mann war aus dem Nichts aufgetaucht. Wie konnte sie ihn nicht bemerkt haben?! Er versperrte ihr grinsend den Weg, in der rechten Hand einen Schlüsselbund, mit dem er lässig spielte. Genau so einer hätte jetzt in ihrer Hand liegen sollen, zwischen jedem Finger ein Schlüssel, die zur Faust zusammengenommen eine gefährliche Pranke abgaben, so wie sie es ihren Mädchen lehrte! Damit hätte sie sein Gesicht schreddern können. Ihr Schlüsselbund jedoch steckte in dem rosa Täschchen, das sie sich vom Nachbarsmädchen ausgeliehen hatte.

»Ganz allein?«, der Mann schnalzte mit der Zunge, als wäre sie ein Pferd. »Kommst du von der Arbeit oder gehst du hin?« Schlüsselgeklimper. »Wie auch immer, für eine kleine Gratisnummer reicht die Zeit allemal.« Er trat näher, eine Dunstwolke von Bier, Zigarettenrauch, Schweiß und Aftershave schwappte ihr entgegen.

Dann sagte er doch tatsächlich: »Gib's mir, Baby.«

April wusste nicht, wie ihr geschah – ihr, der akkuraten, schlagfertigen und, wenn es sein musste, knallharten Detektivin! Sie versuchte die High Heels loszuwerden, was ihr nicht gelang: Die Schuhe waren ihr zu groß, deshalb hatte sie Klopapier vorne hineingestopft und die Riemchen fest angezogen. Sie fühlte am Rücken den feinen, kühlen Sandstein. Der Mann glotzte auf ihre Brüste und befeuchtete sich die Lippen, offenbar verwechselte er ihre Schmuckstücke mit zwei saftigen Braten. Das war zu viel des Guten: Brucie Lee rammte dem Mann das Knie in seine Weichteile – ratsch, die Naht des Minirocks war Geschichte und der Knieschlag besaß noch die Wucht eines Lappens. Immerhin hatte sie nun genug Abstand gewonnen, damit sie einen ihrer gefürchteten Handkantenschläge platzieren konnte. Wieder ratsch, und ihre rechte Brust lehnte noch weiter aus dem Ausschnitt – kurz, man hätte ihre Aktionen als Feuer-ins-Öl-werfen bezeichnen können: Jetzt lockte noch mehr nackte Haut.

Blieb die Flucht. April stieß den Mann zur Seite und haute ihm mit dem rosa Täschchen auf den Kopf. Das Täschchen öffnete sich und ergoss seinen Inhalt auf den Boden. Neben dem Schlüsselbund kam ein Schokoriegel zu liegen – wie hatte sie den vergessen können, wo sie so hungrig war! Egal jetzt. Sie preschte los, doch der Mann war schneller als erwartet. Er packte sie am Arm und drückte sie wieder an die Mauer. »Hiergeblieben, Mädel! Wir sind nicht fertig.«

Er fummelte an seinem Riemen und da geschah etwas, was einem nie und nimmer geschehen konnte: Ein leises Fluchen war zu vernehmen, ein feines Zurren und Rascheln, dann fiel etwas Dunkles, Schweres herab, erfreulicherweise auf den Mann, der wie eine Tanksäule im Orkan umfiel und liegen blieb. Das, was heruntergefallen war, rollte vom Mann weg und sprang in einer fließenden, tänzerischen Bewegung auf die Beine. Das Geschenk des Himmels war in einen engen, dunkelblauen Overall gekleidet und trug eine Maske, die nur Augen und Mund freiließ.

»Alles okay?«, stotterte die Erscheinung mit weiblicher Stimme. Sie beugte sich über den Mann und tastete ihn ab. »Gott sei dank, er lebt«, sagte sie und wandte sich April zu, »tut mir leid, war keine Absicht. Ich rufe den Krankenwagen.«

»Och, das eilt nicht, soll der ruhig ein wenig am Kopfsteinpflaster lauschen.«

»Was?!«

»Er wollte eine Gratisnummer, die ist ihm nun teuer zu stehen gekommen. Danke«, sie schaute das Seil entlang hinauf –, »was immer Sie da oben getrieben haben.«

Die Maskierte schulterte ihren Rucksack und kratzte sich verlegen am Kopf. »Die Bremse hat versagt. – Wenn ich mir die Bemerkung erlauben darf …«

»Dürfen Sie nicht.«

»Ihre Aufmache ist suboptimal der Umgebung und Tageszeit angepasst. Wie Jane, nur ohne Tarzans Schutz.«

»*Sie* wollen *mir* Vorträge über Kleidung halten?« April taxierte die Maskierte von Kopf bis Fuß. »Ich erschlage wenigstens niemanden, und übrigens ist es unhöflich, mit verhülltem Gesicht zu sprechen.«

»Orthodoxe Musliminnen machen das so.«

»Sie sind Muslimin? Ja, dann ist das was anderes! Sie scheinen aber eine ziemlich moderne Muslimin zu sein. Das Profil Ihres Busens zum Beispiel sieht man unzweideutig, ist das erlaubt?«

»Was? – Äh, ich muss jetzt«, sagte das Himmelsgeschenk und verschwand lautlos in der Dunkelheit.

Der Mann am Boden stöhnte auf. April kickte ihm mit dem Schuh in die Seite, dass er jaulte. Sie suchte den Inhalt ihrer Tasche zusammen, kickte nochmals, riss den Schokoriegel auf, der neben dem Schlüsselbund gelegen hatte, und machte sich mampfend aus dem Staub.

Klack-Klack.

Donnerstag, 11. Juni, mittags *27 °C*

April kniete vor ihrer Buell[1] und kratzte sich am Kopf. Nicht mit der Hand, sondern mit dem Schraubenschlüssel, was keine gute Idee war, denn er war voller Karrenschmiere. Glücklicherweise hatte sie schwarze Haare, da fiel die Schmiere nicht groß auf. Eine Tasse Kaffee stand auf dem Sitz des Motorrads, daneben ruhte ein dreilagiges Sandwich. In der ersten Etage befanden sich Butter, Käse und Ei, in der zweiten Ketchup und gebratener Speck. (Die Kunst bestand darin, das Sandwich flachzudrücken, ohne dass der Inhalt herausquoll, und durch alle drei Schichten zu beißen. Niemand konnte das so gut wie April.) Das Sandwich war zu einem Drittel aufgegessen, die oberste Schicht Brot trug dunkle Fingerabdrücke.

Als April ihr Haar mit dem Schraubenschlüssel fertig durchpflügt hatte, stand sie auf und fasste ihre Reparaturerfolge in einem Wort zusammen: »Kackenschotter.«

Sie schmiss den Schraubenschlüssel durch die Garage. Vielleicht hätte sie das Buch lesen sollen, das ihr Tom geschenkt hatte: *Zen und die Kunst, ein Motorrad zu warten.* Tom war der Freund, der die lachhafte Geburtstagsparty vom Vorabend gegeben hatte, und er war der Chef des Bikerklubs HIMMLISCHE BENGEL, einer gemütlich-bernischen Version der HELL'S ANGELS mit etwa fünfzig Mitgliedern. Als Tom ihr das Buch gab, wurde ihr bewusst, dass sie davon ausgegangen war, Tom könne gar nicht lesen. Oder wenn, dann nur, indem er dazu die Lippen bewegte. Tom war groß, gewichtig mit halblangen Zotteln und einem Alptraum von einem Seehundschnauz. Wenn nicht seine sanften Augen gewesen wären, hätte er furchterregend ausgese-

1 Für alle Motorrad-Analphabeten: Die Buell ist die Schwester der Harley Davidson. Während letztere gemütlich zockelt, rast die Buell. Sie wird nicht mehr produziert, was sie umso wertvoller macht.

hen. Aber Tom war einer, der das Herz auf dem rechten Fleck hatte und der offensichtlich lesen konnte. »Ist meine Bibel«, hatte er gesagt, als er ihr den Motorrad-Zen überreichte, »da steht alles Wesentliche drin.«

Gerührt hatte sie das Buch angenommen und weggelegt, keine Ahnung wohin. Sie hatte es nicht mit dem Lesen. Zu wenig Bewegung, zu viele Buchstaben. Jetzt, da trotz etlicher Versuche die geliebte Buell nicht anspringen wollte, bereute sie ihre Ignoranz. Sie nahm einen Schluck aus der Tasse und fragte sich, ob sie jemals einen heißen Kaffee getrunken hatte, beziehungsweise, warum sie immer zu lange wartete, bis sie ihn trank. Ihre philosophischen Gedanken, die allesamt in abgekühltem Kaffee abstürzten, wurden durch ein Klopfen und Räuspern unterbrochen.

Ein Herr stand im halb geöffneten Tor und schaute mit einem Gesichtsausdruck herein, der sagte: *Oh, ich bin wohl falsch hier*. Schon kehrte er wieder um, als April rief: »Suchen Sie die PALLAS-DETEKTEI? Dann sind Sie richtig.« Sie deutete in den hinteren Teil der Garage, den man als Büroecke bezeichnen konnte: Ein großer, überladener Holztisch, ein klappriger Bürostuhl, an der Wand ein riesiges Sofa, dessen Bezug an zwei Stellen gerissen war. Daneben ein alter metallener Karteikasten, ein Holzregal, worin sich alles fand – leere Kaffeetassen, Nippesfiguren, Ordner, Werkzeuge, alte Handys, ein Radio, Unmengen von Mars, Bounty und Konsorten und nicht zuletzt eine große Sammlung unterschiedlicher Knarren. Genauer gesagt, Wasserpistolen aller Farben, Formen und Größen, die sie in den letzten Jahren zusammengetragen hatte und vorzugsweise gemeinsam mit dem Nachbarsmädchen Jana-Ina zum Einsatz brachte.

Der Herr trat zögernd in Aprils Bürogarage. Man sah ihm an, dass er die Idee, hierher zu kommen, für die dümmste seines Lebens hielt. April biss in ihr Sandwich und fragte gleichmütig: »’as ollen Sie ier?«

»Ich suche Frau Pallas, man hat sie mir empfohlen. Ist sie im Haus?«

April grinste mit vollem Mund, deutete auf sich, auf ihre Ledermontur und sagte: »Tschur Schtelle.« Mit dem Sandwich in der Hand wies sie einladend zur Büroecke hinüber. Sie schnappte den lauen Kaffee, setzte sich auf ihren Bürostuhl und warf den Rest des Sandwichs in eine Schublade. »Kommen Sie und setzen Sie sich. – Moment, ich nehme den Stapel vom Stuhl. Entschuldigen Sie die Unordnung. Ich würde gerne behaupten, dass es hier normalerweise ordentlich ist, das ist aber leider nie der Fall. Die Putzfrau findet den Eingang zur Garage nicht.«

Der Herr setzte sich, obschon er sichtlich Angst um die makellose Sauberkeit seiner Hose hatte. April scannte ihn mit scharfen Augen. Sie konnte im Prinzip schon an der Nasenspitze eines Menschen ein differenziertes Profil abgeben. Diesen hier schätzte sie auf: um die fünfzig, geschieden (Kleider waren professionell gebügelt), ohne Kinder (fehlende sorgenvolle Ausstrahlung), Notar von Beruf (das Leder der Tasche), Liebhaber von Whisky (sagte ihr die Intuition), strikter Nichtraucher (keine typische Verfärbung der Zähne), unsportlich (schlaffer Muskeltonus), Verächter von Gartenarbeit (die Fingernägel) und kein Alphatier (er hatte sich zur Büroecke führen lassen).

Der Mann strich seine Hose glatt und begutachtete den vollen Aschenbecher auf dem Tisch. »Darf ich?«, fragte er.

»Sie wollen einen Zigarettenstummel?« April schaute ihn verständnislos an.

»Nein, ich meine, darf ich rauchen?«

»Bitte.« Also doch Raucher, dachte April, offenbar hatte sie die Farbe der Zähne falsch interpretiert (das schlechte Licht in der Garage). Sie wusste aber, dass er ein Zigarettenetui hervornehmen würde, bestimmt ein goldenes. Der Mann nahm eine Schachtel Philip Morris hervor. Na gut, er hatte das goldene Etui zu Hause vergessen. Hilfsbereit beugte sie sich über den Tisch und gab ihm Feuer. Erstaunt ruhte der Blick des Mannes auf ihrer Hand. Er hatte wohl noch nie ein Feuerzeug mit einer nackten Drachenkämpferin darauf gesehen!

April saugte genüsslich den Zigarettenrauch ein. »Erzählen Sie.«

»Mein Name ist Hannes Montiross, Ihre Adresse habe ich von meiner Mutter. Sie haben einmal geholfen, die Person in der Altersresidenz zu finden, die ihren Schmuck gestohlen hat.«

»Ja, ich erinnere mich. Frau Montiross, eine reizende Person! In der Altersresidenz bin ich sozusagen die Hausdetektivin.« Sie lächelte vergnügt.

»Mein Anliegen ist delikat und verlangt hundertprozentige Diskretion. Falls wir miteinander ins Geschäft kommen, müssen Sie schriftlich bestätigen, dass Sie Stillschweigen bewahren.«

April hob eine Augenbraue. Sie hatte bewegliche Augenbrauen und wer sie kannte, wusste: Hob sie die rechte, gab es Ärger, hob sie die linke, war sie amüsiert. Sie hob die rechte. »Sie wollen mir drohen? In meinem Beruf ist Stillschweigen und Diskretion die Basis, der Auf- und Überbau! Sind Sie hierher gekommen, um mich zu beleidigen oder um mir einen Auftrag zu geben? Falls ich ihn annehme, dann ohne einen beleidigenden Wisch zu unterschreiben.«

Ihr dunkelschwarzer Blick passte formidabel zur schwarzen Bikerkluft und dem Haar (mit Karrenschmiere).

Verdattert entgegnete Montiross: »I-ich glaube, Sie haben mich nicht richtig verstanden.«

»Oh, das habe ich sehr wohl, kommen Sie mir nicht auf diese Tour. Mein Raum ist videoüberwacht«, sie deutete auf eine glänzende Kugel, die sich auf dem obersten Regal befand. »Ich kann Ihnen die letzten paar Minuten vorspielen.«

Er machte eine abwehrende Geste. »Nein, nein, schon gut. Es geht um Folgendes: Ich bin Präsident der B.I.A. Bern und als solcher sehr beunruhigt. Offensichtlich hat es jemand auf uns abgesehen. Es hat damit angefangen, dass einem Mitglied Schmuck gestohlen wurde. Ein raffinierter Einbruch ohne jegliche Spuren. Ein paar Monate später wurde bei einem anderen Mitglied eingebrochen, nur wenige Wochen später bei einem dritten. Nachdem auch ein viertes Mitglied bestohlen worden ist, glaube ich nicht mehr an einen Zufall – jemand hat es auf die B.I.A. abgesehen. Mittlerweile ist bei drei weiteren Mitgliedern eingebrochen worden, auch hier keine Spuren.«

»Man findet immer Spuren«, entgegnete April, fischte das angefangene Sandwich aus der Schublade und aß es fertig.

»Und nun komme ich zum Grund, warum ich zu Ihnen gekommen bin: Letzten Monat tauchte bei einer Auktion ein Collier auf, das unserem Mitglied Arthur Steiner gehört. Der Einbruch bei ihm war vor einem Jahr.«

»Und hat die Polizei den Schmuck konfisziert?«

»Nein.«

»Wie bitte?«

»Es ist uns lieber, wenn ein Detektiv – eine Detektivin – ermittelt. Wir wollen dem Einbrecher das Handwerk legen. Wenn wir ihn haben, schalten wir die Polizei ein.«

»Was machen Sie in dieser B.I.A. eigentlich so? Ich weiß nur, dass sie existiert, warum, ist mir aber ein Rätsel – um Zigarren zu rauchen, Treffen zu veranstalten und Bowling zu spielen?«

»Ich muss schon bitten! Wir sind ein Zusammenschluss vermögender Menschen, die das Ziel haben, Gutes zu tun.«

»Ach so, ich dachte, Sie seien die Nachfolger der Freimaurer.«

Das hörte Montiross nicht gerne, er kriegte rote Wangen – eine Farbe, die ihm nicht stand, wie April feststellte. »Die B.I.A. hat mit den Freimaurern absolut nichts zu tun, ich verstehe nicht, warum sich dieses böse Gerücht so hartnäckig hält.«

»Vielleicht weil etwas Wahres daran ist? Während zwanzig Jahren hat sich das Gerücht gehalten, dass Jodie Foster lesbisch ist, und *voilà*!«

»Was *voilà*?«

»Sie hat sich endlich geoutet.«

»*Geautet*, was soll das sein?«

»Sie steht dazu, dass sie lesbisch ist.«

»Wir sind kein Schwulenklub«, knurrte Montiross.

»Das behauptet auch niemand – obwohl ...«, April zwinkerte, »ich wollte damit nur sagen, dass ein Gerücht, das sich hält, wahr sein könnte. Aber lassen wir das. Was bedeutet B.I.A.?«

»*Brüderliche in Allem.* Gegründet im Zweiten Weltkrieg von den Schweizern Heinz Zoren, Paul Hodel und Gerhard Templin. Sie waren so erschüttert über die Schrecken des Krieges, dass sie einen Klub vermögender Männer gründeten, um Notleidenden zu helfen. Der Klub stieß auf großes Interesse, bald auch in Amerika, wo B.I.A. die Abkürzung für *Brothers in Action* ist. Nach dem Krieg entstanden in vielen Ländern Ableger.«

»Aha, eine richtig gute Sache also. Ist der Dieb auch bei Ihnen eingebrochen?«

»Nein, aber Sie können sich vorstellen, wie verängstigt meine Frau und meine Töchter sind. Sie wollen eine Leibwache – so weit kommt's noch!« (Also doch Kinder, dachte April, bestimmt kümmerte er sich nicht groß um sie, deswegen die fehlenden Sorgenfalten.)

»Was machen Sie beruflich?«

»Ich baue Swimmingpools.«

»Ist wohl einträglich.«

»Man kann davon leben.«

»Für eine Rolex und einen Jaguar scheint es jedenfalls zu reichen.«

»Woher wissen Sie, dass ich einen Jaguar besitze? Ich habe um die Ecke geparkt.«

»Ich weiß. Bei Autos und Motorrädern hab ich das absolute Gehör.« Sie lächelte von einem Ohr bis zum anderen.

»Aha. Nun also, der Einbrecher muss gefunden werden – weil da noch etwas anderes ist«, er zögerte. »Es sind Dokumente abhandengekommen, deren Inhalt *topsecret* ist.«

»Was steht denn da drin?«

»Wie gesagt, das ist *topsecret.*«

»Und ich soll diese Dokumente finden, darf aber nicht wissen, was darin steht? Vielleicht handelt es sich um einen Plan, wie man die Schweiz in einen totalitären Staat umwandelt – oder wie man die Kopftuchpflicht einführt. Das unterstütze ich nicht.«

Montiross lächelte belustigt. »Ich gebe Ihnen mein Ehrenwort, dass es sich um nichts dergleichen handelt.«

»Ich weiß gar nicht, was das Ehrenwort eines Swimmingpool-Erbauers zählt.«

Das hörte Montiross nicht gern, er erhob sich. »Ich glaube, ich verschwende hier meine Zeit. Dann halt nicht. Schade für Sie, wir hätten gut bezahlt.«

Das war ein Stichwort, das April nicht überhören konnte. »Fragt sich, was Ihr Klub als *gut bezahlt* bezeichnet.«

»Fünfzigtausend im voraus, fünfzigtausend, wenn Sie erfolgreich sind, weitere fünfzigtausend, wenn Sie die Dokumente finden. Dazu kommen die Spesen.«

Es gab Dinge, die April heilig waren: Stillschweigen gehörte dazu, Ehrlichkeit, Achtung vor Mitmenschen – und Wohlwollen gegenüber Geld.

»Geben Sie mir Ihr Wort, dass durch diese Dokumente niemand zu Schaden kommt?«

»Beim Haupte meiner Mutter, ich schwöre.«

»*Beim Haupte Ihrer Mutter*, was soll das denn bedeuten?«

»Das sagt man so.«

»Man sagt nichts einfach so. Was geschieht mit dem Haupte Ihrer Mutter, wenn Sie gelogen haben? Wird es abgehackt?«

»Ich wollte damit sagen, dass ich das Gesagte ernst meine.«

»Vielleicht mögen Sie Ihre Mutter nicht, dann wäre der Schwur nichts wert.«

»Nehmen Sie diesen Auftrag an oder nicht?«

Vor Aprils innerem Auge standen hundertfünfzigtausend Franken, was ihr die Sicht auf Gegenargumente etwas vernebelte. Drei ewige Hundertstelsekunden lang dachte sie über die Dawider nach, dann sagte sie: »Ich nehme ihn an.«

Montiross setzte sich wieder.

Nach längerem Suchen fand April eine Vertragsvorlage, auf die sie als Erstes mit einem dicken Filzstift das Honorar eintrug: 150.000,– Franken. Der Vertrag war sechs Seiten lang und erörterte jede mögliche und unmögliche Eventualität: Wie viel Schmerzensgeld muss der Auftraggeber zahlen, wenn sein Hund April beißt? Wie viel vom Honorar darf in Naturalien bezahlt werden, welche sind nicht erlaubt? (Zum Beispiel Kondome und Rasierapparate) Was geschieht, wenn die Detektivin den Fall nicht lösen kann, aber viel Zeit investiert hat? Wer muss allfällige Impfungen zahlen (gegen Zeckenbisse, beispielsweise)?

April entlockte ihrer antiquierten Kaffeemaschine einen Kaffee. Man musste von Entlocken sprechen, denn die alte Dame war nicht immer zur Kooperation bereit. Neben ihr lagen ein Schraubenschlüssel, eine Zange und ein Hammer. Fasziniert schaute Montiross zu, wie April mit geübten Bewegungen an der Kaffeedame schraubte, hämmerte und klemmte, bis eine schwarzbraune Brühe in die Tasse blubberte.

Er schüttelte den Kopf. »Wir können auf dem Vertrag den Zusatz hinsetzen, dass Sie bei erfolgreichem Abschluss eine Kaffeemaschine erhalten.«

April reichte ihm den Kaffee, die rechte Augenbraue weit in der Stirn. »Man beleidigt nicht die Maschine, die einem einen so köstlichen Kaffee liefert! Ich habe sie mit achtzehn auf einem Flohmarkt erstanden und seither hat sie mir viele genüssliche Kaffeepausen geschenkt.«

»Aber sie funktioniert nicht eben gut.«

»Ist das ein Grund, sie gleich wegzuwerfen?«

»Ehrlich gesagt, ja.«

»Ich möchte nicht Ihre Frau sein.«

»Bitte?!« Herr Montiross zog die Stirn zusammen, was in etwa das Gleiche bedeutete, wie wenn April die rechte Augenbraue hob.

»Sie muss ja ständig Angst haben, dass Sie sie wegwerfen, wenn sie mal nicht richtig *funktioniert.*«

Das hörte sich an, als pflegte April Pallas nicht nur Buell und Kaffeemaschine hingebungsvoll, sondern auch Partnerinnen.

Weit gefehlt.

Nachdem Montiross vom Kaffee getrunken hatte, sagte er nichts Verächtliches mehr über die alte Dame, stattdessen fragte er: »*Pallas* ist ein interessanter Name. Die Wurzeln ihres Vaters liegen wohl außerhalb der Schweiz?«

»Keine Ahnung, in welchem Dreck seine Wurzeln stecken. Die Spuren meiner mütterlichen Vorfahren hingegen verlieren sich irgendwo im griechischen Meer.«

»Meinen Sie das Ägäische oder Ionische?«

»Das griechische.«

»Nun gut. Ah, Griechenland, die Wiege der europäischen Kultur. Können Sie Griechisch?«

»Nur was ich aus Asterix kenne, *alea jacta est* und so.«

»Das ist Latein.«

»Jedenfalls unverständlich. Ich brauche von Ihnen alle wichtigen Daten: Telefonnummer, Adresse und Berufe der bestohlenen Mitglieder sowie der bisher verschonten. Name der Auktion, Ihre Handynummer, Unterlagen zu Ihrem Klub, eine Bestätigung, dass ich in Ihrem Namen ermitteln darf. Sobald Sie die fünfzigtausend auf mein Konto überwiesen haben, beginne ich mit der Arbeit.«

»Es eilt.«

»Erst das Geld, sonst ist es ja kein *Vor*schuss und meine Arbeitsmoral im Keller.«

Montiross seufzte und griff nach seinem Koffer. »Maman hat mir schon gesagt, dass Sie es faustdick hinter den Ohren haben«, er öffnete den Koffer und nahm einen Stapel Geldscheine heraus. »Fünfzig Tausendernoten.« Er schob sie am überfüllten Aschenbecher vorbei zu April hinüber.

April schob zurück. »Sind Sie verrückt? Was soll ich mit Tausendernoten? Wenn ich mit dem Packen zur Bank gehe, nehmen die mich fest – Verdacht auf Geldwäscherei. Oder soll ich damit im Laden zahlen? Wissen Sie, wie die sich freuen? Nein, das wissen Sie nicht, Sie gehen wohl selten einkaufen.«

»Okay«, Montiross steckte den Packen in den Koffer zurück und türmte mehrere Stapel mit Zweihunderternoten auf den Tisch.

Ein Grinsen stand in Aprils Gesicht. »Haben Sie das Ganze auch in Zehnern?«

»Nein, damit kann ich nicht dienen.«

»Mit zweihundertfünfzig Zweihunderternoten zur Bank zu gehen, ist natürlich sehr viel glaubwürdiger. Machen wir es so.« Sie zählte fünfundzwanzig Zweihunderter ab, den Rest schob sie Montiross zurück. »Fünftausend in bar, den Rest überweisen Sie mir noch heute.«

Erleichtert nickte er.

»Schleppen Sie immer so viel Bargeld mit sich herum?«

»Nur, wenn es die Situation verlangt.«

April überlegte sich, was für Situationen das sein mochten, allerdings kamen ihr keine in den Sinn.

Es dauerte, bis beide die Unterschrift unter den Vertrag setzten. Montiross war mit manchen Punkten nicht einverstanden, das musste ausgehandelt werden. Er sah zum Beispiel nicht ein, warum er für Verkehrsbußen aufkommen sollte; April könne sich ja einfach an die Verkehrsregeln halten. Sie hielt dagegen, dass sie bei einer Verfolgungsjagd nicht auf die Geschwindigkeitsbegrenzung achten könne, der Verbrecher halte sich auch nicht daran.

Ob sie schon oft auf Verfolgungsjagd gewesen sei, wollte Montiross wissen.

Gewissermaßen nicht, grundsätzlich jedoch schon, erwiderte April, es sei wichtig, alle Eventualitäten einzuberechnen.

»Ach so, und deshalb legen Sie in Punkt 8.4.3. fest, dass im Falle Ihres Todes Sie in Bikerkombi aufgebahrt werden wollen und der Sarg aus Schweizer Holz gefertigt sein muss. Und wir natürlich für die ganzen Kosten aufkommen?«

»Ich finde, für Särge sollte man einheimisches Holz nehmen. Stellen Sie sich vor, es käme aus Finnland und der Lastwagenfahrer hätte einen Unfall, dann hätte mein Tod einen anderen Tod verursacht.«

»Auch ein Lastwagen mit einheimischem Holz könnte verunfallen.«

»Ja, aber bei einer langen Fahrt ist die Wahrscheinlichkeit größer. Übrigens darf man das Holz für den Sarg nicht speziell behandeln, eine einfache Kiste reicht. Ich will verbrannt werden und möchte die Luft nicht mit Lackdämpfen verpesten.«

»In Ordnung. Aber ich bin nicht bereit, extra für Ihre Bestattung diese Gruppe – wie sagten Sie noch gleich?«

»*Apocalyptica* – eine finnische Band. Vier Cellisten mit langen Haaren, die geilen Sound machen.«

»Holz aus Finnland wollen Sie nicht, eine Musikband aber schon? Die könnten auch verunfallen.«

»Nein, die fliegen. Fliegen ist die sicherste Art, sich fortzubewegen.«

»Das geht zu weit. Wir zahlen keine finnische Band für Ihr Begräbnis.«

»Sie weigern sich zu zahlen, obschon Sie meinen Tod verursacht haben?«

»Wenn Sie sich fahrlässig töten lassen, zahlen wir überhaupt nichts.«

»Ich lasse mich nicht fahrlässig töten.«

»Das lässt sich einfach behaupten – beweisen Sie es.«

»Ich lebe noch!«

Es waren zähe Verhandlungen. Dann verabschiedete sich Montiross und April lauschte dem entzückenden Klang des Jaguars. Sie ging zurück in die Büroecke und tätschelte die kugelförmige Videokamera, die in Tat und Wahrheit eine Klangkugel war. Schmunzelnd setzte sie sich, legte die Füße auf den Tisch, betrachtete die Banknoten und dachte, dass sie glücklich war, mal abgesehen vom Kater, den ihr der gestrige Nutteneinsatz beschert hatte. Und sie überlegte sich zum tausendsten Mal, was die Frau, die vom Himmel kam, dort oben gesucht haben mochte.

Nachdem sie fertig überlegt hatte (ohne Resultat), aß April ein Mars und machte sich bereit für den Kurs. Seit drei Jahren unterrichtete sie Mädchen in Selbstverteidigung à la Pallas. Das bestand aus Elementen des Kung Fu, des Wendo[2], aus nachgespielten Kampfszenen und ihren Erfahrungen als Ermittlerin. Die Mädchen waren zwischen sieben und vierzehn Jahre alt.

Sie liebte es, den Kurs zu geben, mitzuerleben, wie sich die zarten Mädchen in Kampfmaschinen verwandelten. Nun, vielleicht nicht in Kampfmaschinen, aber immerhin wussten sie am Schluss, welch mörderisches Potenzial in Linealen, Haarklammern, Kugelschreibern, gezielten Hieben, treffsicheren Fußtritten und ihrer Sprache lag. Sie sagte den Mädels immer wieder: »Ihr müsst mit allen Mitteln kämpfen, ein gut gezielter Pausenapfel kann Wunder vollbringen! Vielleicht sind Jungs und Männer stärker als ihr, doch ihr seid gewitzter und phantasievoller. Das müsst ihr nutzen.«

Die Kurse waren gut besucht, die Töchter und Mütter fanden es eine tolle Sache, die Brüder und Schulkollegen weniger, wer mochte schon Pausenäpfel am Kopf oder dass man ihm Bücher in den Bauch rammte und mit Haarnadeln zustach? Für die Mädchen war April eine Göttin, was die Göttin genoss; und noch mehr genoss sie es, mitzuerleben, wie die Mädels an Stärke und Selbstbewusstsein gewannen.

Sie gab den Kurs im kleinen Schulhaus ihres Viertels. Die Turnhalle roch, wie eine Turnhalle riechen muss: nach einer Mischung aus Bohnerwachs, Seilen (vollgesogen mit Schweiß), eisernen Ringen und Reckstangen (die in schweißigen Händen gelegen hatten), schweißdurchtränkten Matten und Stufenbar-

2 Für Kampfdilettanten: Wendo ist eine Selbstverteidigungsart für Frauen.

ren, über die ungelenke Schweißfüße balanciert waren. Es roch nicht gut, es roch nicht schlecht, es roch eben nach Turnstunde.

In der Halle angekommen, packte April die Hölzer aus der Tasche, die später mit einem Handkantenschlag zweigeteilt würden, schleppte Matten aus dem Geräteraum und legte sie in zwei Reihen. Heute startete ein neuer Kurs, fünfzehn Mädchen hatten sich angemeldet. Die ersten trafen ein, meistens von der Mutter begleitet, seltener vom Vater. Wie jedes Mal wollten die Eltern bleiben und ihrem Töchterchen zuschauen (durch die Linse einer Kamera). April machte ihnen freundlich klar, dass sie draußen warten mussten, ihre Tochter werde sonst nur abgelenkt. Die meisten verstanden das und gingen, andere hyperventilierten bei der Vorstellung, dass ihr Kind während eineinhalb Stunden ohne elterlich beschützende Hand (wohl eher Kralle) sein wurde. Weiter hyperventilierten sie bei dem Gedanken, dass die Mädchen eineinhalb Stunden fern vom Handy wären. Es waren dieselben Eltern, die ihr Kind die sechshundert Meter zur Schule mit dem Auto fuhren und sich jeden Abend zu ihm ins Bett legten, bis es eingeschlafen war. Sie hatte oft Diskussionen mit solchen Eltern geführt und diese ziemlich satt. April war der Meinung, dass Kinder nicht stark und widerstandsfähig wurden, wenn man sie in Watte packte und wie Invalide behandelte.

An diesem Samstag bockte nur eine Frau: April hatte sie beobachtet, als sie mit ihrer Tochter an der Hand daherkam. Viel Ähnlichkeit gab es zwischen den beiden nicht: Während die Frau blond, blauäugig und schlank war, war das Mädchen schwarzhaarig, hatte große dunkelbraune Augen und war breit gebaut. Vielleicht hatte der Vater die Tochter mit einer anderen Frau gezeugt und das befruchtete Ei in den Bauch der Blonden geschmuggelt … Wie sie das geschafft hatten, blieb April schleierhaft. Sie grinste über diese Vorstellung, doch dann nicht mehr, denn die Frau wollte die Turnhalle betreten. April erklärte, dass das nicht gehe und warum. Wie gesagt, bei solchen Eltern war ihr Geduldsfaden so lang wie das Haar eines Kurzhaardackels.

Die Frau sagte: »Ich verstehe, dass Eltern nicht reindürfen, nur bin ich nicht Eltern, ich bin Patentante.«

April hatte auch mit überbesorgten Patentanten keine Geduld.

»Egal. Sie sind erwachsen, Sie gehören nicht hierher.«

»Aha, Sie aber schon?«

»Logisch, ich leite den Kurs.«

»Und ich bin die Patentante und habe dem Vater versprochen, dass ich nach Bella schaue. Meine Verantwortung.« Sie machte ein trotziges Gesicht.

»Ist nicht verhandelbar. Um halb vier können Sie sie abholen.«

»Ich bleibe.«

»Nicht mal der Allmächtige würde Zutritt zur Turnhalle kriegen.«

Biegsam wie ein Betonpfeiler, verharrte die Frau unter dem Türrahmen und versperrte den anderen den Weg.

»Eine einzige Zehe über diese Schwelle und ich zeige Ihnen, was ich alles draufhabe.« Der Kater, der immer noch in Aprils Kopf rumorte, machte sie nicht sanftmütiger, sondern kampfeslüstern.

Der Betonpfeiler rutschte etwas zur Seite und nach vorne, näher zur Schwelle.

»Ich warne Sie!« April lächelte schräg und deutete Richtung Ausgang. »Genießen Sie einfach Ihre Pause.« Spätestens wenn sie das sagte, trotteten die Mütter oder Väter von dannen. Die Frau trottete nicht.

»Ich schließe die Tür.« April zog an der Klinke. Erst im letzten Moment machte die Frau einen Schritt zurück.

»Na, ging doch««, sagte April fröhlich und donnerte die schwere Türe zu. Sicherheitshalber schloss sie ab.

Die Mädels klebten drinnen an der Turnhallenwand und beäugten einander. Wenn sie gesagt hätte: »Wer gehen will, kann das tun«, wären die meisten zum Ausgang geströmt, nein gerast.

Stattdessen legte April ein Brett auf zwei Backsteine, konzentrierte sich einen Moment, sagte laut »Hoo!« und ließ ihre Handkante auf das Brett donnern. Es brach in zwei Hälften. »Ob ihr es glaubt oder nicht, ihr könnt das auch. Bisher konnten es alle – manche trauten sich früher, andere etwas später.«

Sie konnte geradezu hören, wie die Mädchen dachten: *Ich werde die Erste sein, die das nicht kann!*

»Wisst ihr, worin der Trick besteht?«

Die Mädchen schüttelten den Kopf.

»Indem ihr das Brett nicht beachtet.«

Fragezeichen an der Wand.

»Eure Aufmerksamkeit bestimmt, was möglich ist. Seid ihr schon mal mit dem Fahrrad genau in das Hindernis gefahren, vor dem ihr Angst hattet? Das ist passiert, weil ihr wie gebannt daraufgestarrt habt. Wohin man schaut, dorthin geht man.«

Immer noch Fragezeichen. April legte ein neues Brett über die Backsteine. »Wenn ihr aufs Brett schaut, stoppt ihr beim Zuschlagen ab, kurz bevor ihr das Holz berührt. Wenn ihr jedoch das Brett ignoriert und stattdessen mit der Hand bis zum Boden durchschlagen wollt, haut ihr mit voller Wucht.«

Sie machte es nochmals vor: »Hoo« und krach!

»Schaut, die Bruchstelle, sie ist unglaublich glatt«, sie hielt die Hälften in die Höhe. Dies war der Moment, da sich die Mädchen von der Wand lösten und vorsichtig näher kamen. April nahm ein neues Brett und legte es auf die Backsteine. Sie deutete auf den Boden darunter, »hierhin lenkt ihr eure Aufmerksamkeit, das Brett interessiert euch nicht die Bohne, zum Boden wollt ihr. Hoo!« Und krach.

»Muss man *Hoo* sagen, damit es klappt?«, fragte die Kleinste.

»Nein, es kann *Ahh, Ehh, Oiii* oder gar nichts sein – das kommt von allein oder nicht.« April schaute in die Runde: »Wer von euch ist überzeugt, dass sie das nicht kann?«

Rund die Hälfte streckte die Hand hoch.

»In dem Fall habt ihr keine Ahnung, was in euch steckt. Spätestens in der letzten Stunde werdet ihr es können, das ist so klar wie Mehlsuppe.«

»Mehlsuppe ist nicht klar«, sagte ein Mädchen mit zwei kurzen Zöpfen.

»Okay, dann halt klar wie reines Wasser.«

»Warum sagen Erwachsene Dinge, die sie nicht meinen?«, fragte Kurzzöpfchen.

Ein anderes Mädchen nickte. »Papa sagt manchmal: *Na großartig*, wenn er was schrecklich findet, das ist nicht logisch.«

»Ja, und einmal kam ein Mann auf mich zu und sagte: Du musst keine Angst haben. Und ich dachte, was redet der da, ich habe ja gar keine Angst! Da wollte er, dass ich ihm einen Kuss auf den Mund gebe, da hatte ich plötzlich Angst und bin weggerannt.«

April nahm dieses Stichwort auf und begann mit dem Unterricht. Sie führte den Mädchen gefährliche Situationen vor und zeigte lebensgefährlich verletzbare Stellen am Körper. Sie zog sie in eine Welt, in der sie nicht Opfer waren, sondern sich mit allem Möglichen wehren konnten.

Während sie unterrichtete, sah sie, wie ein grauer Volvo vor dem Schulhaus parkte. Der Fahrer blieb im Auto. Sie konnte ihn nicht erkennen, denn in den Fenstern des Wagens spiegelten sich die Bäume vor dem Schulhaus. Der Volvo stand noch da, als die Eltern ihre Töchter abgeholt hatten.

April legte betont langsam die Matten in den Geräteraum, schloss bedächtig Turnhalle und Schulhaus ab. Der Volvo stand immer noch dort. Lässig schlenderte sie über die Straße, registrierte die Autonummer und schrieb sie innerlich auf (sie hatte ein phänomenales Gedächtnis). Sie würde am Auto vorbeigehen, die Türe aufreißen und den Halunken am Kragen herausreißen (falls er keinen Kragen hatte, an den Haaren – falls er weder Kragen noch Haare hatte, am Ohr – falls er weder Kragen noch Haare noch Ohr hatte, war er nicht normal).

Das Auto hatte getönte Scheiben, auch vorne (sehr verdächtig!). April zerrte an der Autotür, sie war verschlossen. Damit hatte sie gerechnet; sie hielt den *Dünnen Jim* schon in der Hand, ein langes Stück flexiblen Metalls mit einem Haken an der einen Seite, und schob ihn blitzschnell beim Fenster hinein, um das Schloss zu lösen. Dann riss sie den *Dünnen Jim* heraus und hielt ihn wie eine Waffe in der Hand, als sie die Türe öffnete.

»Hab ich dich erwi–!«

Beim Anblick des Inneren verstummte sie: Eine Frau, eher lose bekleidet, saß auf einem Mann, der die Hose heruntergelassen hatte. Sein Kopf war zwischen ihren großen, nackten Brüsten eingeklemmt. Die beiden starrten sie verblüfft an – und sie sah verblüfft zurück.

»Upps, hoppla«, eilig schlug April die Türe zu. Sie schulterte ihre Tasche und während sie nach Hause trottete, dachte sie, dass es durchaus hätte sein können, dass der Mann sie ausspionierte. Sie hatte scharf beobachtet, richtig interpretiert. Was konnte sie dafür, dass der Typ sie nicht observierte, sondern es mit einer Frau trieb? Wenn die Frau nicht dazwischengekommen wäre, *hätte* er sie beschattet und falls nicht – selber schuld. Sie machte eine wegwerfende Bewegung. Sie war April Pallas, die mit allen Wassern gewaschene Detektivin, unbeirrbar, gewitzt, unschlagbar. Zu Hause würde sie nachschauen, wer der Besitzer des Autos war. Kurz kramte sie in ihrem genialen Gedächtnis, die Nummer war BE 304 873 – oder war es BE 403 783? Na ja, jedenfalls etwas in dieser Richtung.

Nach dem Autodebakel ging sie beim *Take Away* vorbei, kaufte ihr geliebtes Shanghai-Beef und kehrte in die Garage zurück. Als Erstes warf sie den Computer an, um den Besitzer der Autonummer zu ermitteln. Bei der ersten Variante war es eine Rentnerin aus Sigriswil am Thunersee, bei der zweiten die Firma eines Kaminfegers aus Frutigen. Bestimmt hatte Dreck die Zahlen verklebt und aus einer Null eine Acht gemacht oder so.

Während sie das Essen in sich hineinschaufelte, schaute sie

E-Mails durch. Montiross hatte ihr die Bestätigung geschickt, dass die fünfundvierzigtausend auf ihr Konto überwiesen waren. April nickte zufrieden. Ein undurchsichtiger Adressat fragte, ob sie ihre Frau so richtig zum Schreien bringen wolle? Er habe das ideale Mittel dafür. Sie grinste mit der Gelassenheit einer Person, die problemlos Frauen zum Schreien brachte. Mutter hatte geschrieben, dass sie sich endgültig von diesem miesen Scheißtypen trennen werde. April hörte auf zu grinsen und löschte die Nachricht. Wenn alle Nachrichten ihrer Mutter mit dem ewig gleichen Inhalt aus Papier wären, würde es fünf Tage dauern, bis sie alle verbrannt hätte. Sie seufzte und ging ins Netz, um sich ein Bild von der B.I.A. zu machen.

Die Startseite der B.I.A. Schweiz war mit einer hübschen Bergkette dekoriert. Darunter stand ein Sammelsurium verschiedenster Informationen, einem Gemischtwarenladen nicht unähnlich: interne Meldungen über die Klubzeitung, dass Kommissionsmitglieder gesucht wurden, eine Liste von wohltätigen Projekten, seien das Solarkocher für arme Länder, Kampf gegen Malaria oder eine Holzbrücke im Entlebuch. Auf der Projektseite wurden die Engagements näher beschrieben, auf einer anderen die Veranstaltungen für die Klubmitglieder. Über sich selber verriet der Klub, dass er ein weltweiter Zusammenschluss von Menschen sei, die ihre Mittel einsetzen, um anderen zu helfen – ehrenamtlich, nach der Devise selbstlosen Dienens.

April fragte sich, wie Menschen, die sich durch eine gute Portion Egoismus und gepanzerte Ellbogen hochgearbeitet hatten, nun selbstlos dienen wollten. Das war etwa so glaubhaft, wie wenn der Betreiber einer Schweinemast plötzlich Tierschützer wurde.

Die Organisation hatte weltweit über zehntausend Mitglieder, die in dreihundert lokalen Klubs tätig waren. Sie war unabhängig, überparteilich und an keinen Glauben gebunden. Die *Brüderlichen* setzten sich für hohe ethische Normen ein, für Völkerverständigung und Frieden. Sie trafen sich alle zwei Wochen in ihrem Klublokal, um Vorträge über aktuelle Themen zu hören. Es wurde von ihnen erwartet, dass sie sich aktiv beteiligten. Man konnte dem Klub nicht selber beitreten, sondern musste von einem Mitglied vorgeschlagen werden und natürlich über ein entsprechend großes Vermögen verfügen.

April pfiff durch die Zähne. Diese Vereinigung war eine Mischung aus einer reichen Mutter Teresa und Florence Nightingale, einem vermögenden Pestalozzi, Franziskus von Assisi und Gandhi. Man setzte sich querbeet ein: für Nepal, für Kinder in Afrika, Rumänien, Slowenien, für Schulen in Bolivien, Wasserprojekte in Südamerika, Spitäler in Afrika, Erdbebenopfer in Nepal und Taifunopfer auf den Philippinen, aber auch für Pfadfinder oder Spendenläufe im eigenen Land. April fand Bilder von glücklich lächelnden Menschengruppen, mittendrin glücklich lächelnde Mitglieder, die einen übergroßen Check, einen Förderpreis oder ein Stipendium überreichten. Endlos viele Bilder von guten Taten und guten Menschen. Für April des Guten ein bisschen zu viel – sie war der Ansicht, dass jeder zu allem fähig ist, zum Guten wie zum Schlechten. Sie hatte böse Jungs mit den weichsten Herzen getroffen und Gutmenschen mit Leichen im Schrank. Am besten ging man von allen Möglichkeiten aus.

Sie dachte an die gestohlenen Schriften, die angeblich *topsecret* waren. Warum hatte eine Gutmenschvereinigung geheime Papiere? Hatten sie vor, ein Projekt aufzuziehen, von dem niemand im Vorfeld erfahren durfte, damit sich kein anderer Gutmenschklub die Idee unter den Nagel reißen konnte? Nicht sehr plausibel. Was also war *topsecret*?

April holte sich Mango-Sorbet aus dem Kühlschrank, setzte sich und legte die Füße auf den Tisch. Mit Sorbet im Mund und Füßen auf dem Tisch ließ es sich hervorragend denken.

Eine halbe Stunde später erwachte sie mit dem Kinn auf der Brust und Nackenschmerzen. Der Becher mit dem mittlerweile flüssigen Sorbet stand auf ihrem Bauch. Sie hatte geträumt, dass sie mit einer heißen Frau und dem kühlen Sorbet allerhand

Dinge gemacht hatte, und freute sich nicht, dass ein Besucher sie mit Hämmern an der Tür dabei unterbrach. Mürrisch öffnete sie.

»Tom, du störst mich beim Denken!«

Tom grinste vermutlich, was man bei seinem Seehundschnauz nicht erkennen konnte. Er trat zur Buell. »Immer noch nicht geflickt?«

»Nein, ich habe anderes zu tun«, April stand ächzend auf und rieb sich am Nacken.

»Faule Ausrede.« Er ging in die Knie, was bei seinem Bauch nicht einfach war. Lange schaute er nur.

»Machst du Zen, oder was?«, fragte April.

Er brummte und gaffte weiter. »Sieht alles gut aus.«

»Ja, sie springt trotzdem nicht an. Ich habe alles auseinandergenommen, geputzt, geölt und wieder eingesetzt, die Kuh macht trotzdem nicht muh.«

»Hmmm.« Tom richtete sich umständlich auf, machte nochmals »hmmm«, dann öffnete er den Tank und guckte hinein. »Also, ich würde es mit Benzin probieren, das wirkt Wunder, vor allem wenn kein Sprit mehr drin ist.«

April eilte herbei. »Spinnst du?!« Sie schaute in den Tank. »Nein, du spinnst nicht. Kackenschotter, wie konnte ich das nicht merken!«

Tom war nicht nur umfangreich, sondern auch groß. Wenn er neben ihr stand, erschien er April wie der leibhaftige Koloss von Rhodos. Wenn er auf sie fallen würde, wäre sie Mus. Sie fragte sich, wie er das mit den Frauen im Bett machte, wie die überlebten. Oder war seine Leibhaftigkeit der Grund, warum man ihn nie mit einer sah? Nein, eher der Seehundschnauz. Wie oft hatte sie ihm den ungebetenen Rat gegeben, diesen Auswuchs des Schreckens zu beseitigen, aber er ließ sich nicht überreden. Er fand, dass eine Lesbe nicht wissen könne, was einen Mann attraktiv mache. Einmal fragte sie ihn, ob er allen Ernstes meine, dass Frauen seinen Schnauzer anziehend fänden.

Er nickte.

Wie viele Frauen er denn in den letzten sechs Jahren gehabt habe? – Er hatte nur eine wegwerfende Bewegung gemacht.

Tom holte einen Benzinkanister und begann den Tank der Buell aufzufüllen. »Komm, machen wir ein Abendfährtchen.«

April nickte. »Wir waren schon lange nicht mehr auf der Moosegg. Oder möchtest du lieber an einen See?«

»Nein, Moosegg ist voll der Auspuff, lass uns dorthin blasen.«

»Genau und alle Dosen überholen«, April lachte.

Nochmals Donnerstag, 11. Juni, früh

Lou betrachtete nachdenklich die Bremse am Seilgewinde. Warum hatte die versagt? Sie drehte und wendete die Konstruktion, testete sie mehrmals, jetzt funktionierte sie einwandfrei. Seltsam.

Sie zog ihren blauen Overall aus und überprüfte die schmerzenden Stellen am Körper. Nichts Schlimmes, bloß Prellungen. Dann trat sie zum Fenster, schaute auf das Lichtermeer der Stadt. Die Aussicht von ihrer Dachwohnung aus war überwältigend: Man sah einen Teil der Stadt, tagsüber die Stockhornkette und ein paar Berge des Oberlands. Die Welt schien weit weg, das mochte sie. Gespannt schüttete sie den Inhalt ihrer Tasche auf den Tisch. Wie sie diesen Moment liebte! Jetzt konnte sie in Ruhe durchsehen, was sie erbeutet hatte: Brillantsterne in seidenen Futteralen, Smaragdlibellen, Rubinfliegen, Ringe mit riesig großen Steinen, zwei Uhren von Philippe Patek, Diamant- und Saphirringe, mehrere Goldketten, diamantenbesetzte Armreifen, Brillantenohrhänger und ein Kelch aus reinem Gold, in den

Edelsteine eingelassen waren. Schon wieder ein solcher Kelch! Außerdem kryptische Dokumente, die sie mitgenommen hatte, weil diese scheinbar sinnlose Aneinanderreihung von Buchstaben und Zahlen ihre Neugier weckte.

Sie füllte das Diebesgut in Tüten ab, Gleiches zu Gleichem. Danach zog sie sich um und mischte sich ihren Lieblingsdrink: zwei Teile Cynar, ein Teil süßer Wermut, etwas frisch gepressten Zitronensaft, sechs Prisen Orangebitter, garniert mit Zitronenschale und drei Eiswürfeln. Das Glas schwenkend, schlenderte sie zum Kaminbesteck, nahm den Schürhaken heraus und schraubte den Holzgriff auf. Zum Vorschein kam ein unscheinbarer Stift, der in den Stiel eingelassen war. Sie drückte darauf, der große Fernseher an der Wand glitt leise surrend nach links.

Ein Tresor wurde sichtbar, der in die Mauer eingelassen war, im oberen Bereich blinkte ein rotes Licht, darunter befand sich eine Zahlentastatur. Lou hielt ihr linkes Auge vor das Blinklicht, es wurde stärker und scannte ihr Auge, dann wechselte es auf Grün. Behände gab sie einen zehnstelligen Code ein, ein leises Klicken und der Tresor öffnete sich. Sie legte ein paar Tüten hinein, holte andere hervor und schloss die Tür wieder.

Es war ein grandioser Coup – wären da nicht die defekte Bremse und diese Frau gewesen. Diese dumme Frau. Lou fand Frauen in nuttigen Kleidern bescheuert; noch bescheuerter jedoch, um nicht zu sagen hirnrissig, fand sie es, wenn Frauen hochhackige Schuhe trugen. Warum taten sie sich freiwillig eine solche Behinderung und Tortur an?

Sie setzte sich aufs Sofa, nippte an ihrem Drink und wartete. Punkt halb vier Uhr war das Knistern und Knacken eines Feuers zu vernehmen. Lou ging zum Kamin, griff in den Rauchsammler und fischte ein Handy heraus, von dem das Knistern und Knacken ausging. Kurz prüfte sie die Nummer des Anrufers und nahm das Gespräch entgegen.

»Ich bin unten«, sagte eine Männerstimme.

»In Ordnung.«

Flugs setzte Lou braune Linsen in die Augen ein und griff nach der dunkelbraunen Perücke, dann drückte sie auf den Summer. Kurz darauf hörte sie den Aufzug heraufkommen.

Lorenz Lenz sah wie ein junger Versicherungsvertreter aus, etwas blass, glattrasiert, mit weichen, hübschen Zügen und Geheimratsecken. Er war so mittelmäßig und unauffällig gekleidet, dass man ihn erst beachtete, wenn man über ihn stolperte. Seine Augen waren wässrigblau, der Ausdruck darin unbestimmt.

Lorenz wusste alles über Schmuck und wenig über Menschen, er hatte das Asperger Syndrom, was man erst auf den zweiten Blick merkte. Lou sorgte dafür, dass die Wohnung immer gleich aussah, nichts sollte Lorenz irritieren. Sie vermied Augenkontakt mit ihm, sagte die Dinge einfach und klar, ohne Ironie, ohne Sarkasmus oder humorige Anspielungen, denn das hätte ihn nur verwirrt. Er arbeitete als Schmuckexperte für ein Auktionshaus. Sein Fachwissen war immens: Schmuck war sein Lebensinhalt, seine Passion. Lorenz brauchte in seiner Arbeit keine Pausen, er brauchte keine Freizeit, er brauchte Schmuck, den er zuordnen, bestimmen und schätzen konnte. Darum kam er liebend gern zu Lou, um das neueste Diebesgut anzuschauen und entweder zu kaufen oder den passenden Abnehmer zu vermitteln.

Lorenz setzte sich an seinen üblichen Platz, legte Juwelierlupe und Laptop auf den Tisch und wartete mit leuchtenden Augen darauf, dass ihm Lou das erste Stück vorlegte. Er studierte es liebevoll, als wäre es seine Geliebte, drehte es um, tastete es ab, hielt es gegen das Licht, betrachtete es durch die Juwelierlupe, murmelte und sah gelegentlich etwas im Laptop nach. Das ging einige Zeit so, dann wusste er, woher das Schmuckstück kam, wer es gemacht hatte oder zumindest in welchem Land, und – was für Lou am Wichtigsten war – wie viel Wert es besaß. Sie machte sich Notizen, während Lorenz mit seiner monotonen Stimme den Bericht abgab. Da er kein Detail ausließ, dauerten die Treffen lange und wenn Lou wirklich zugehört hätte, wüsste sie mittlerweile eine Menge über die verschlungenen Wege der Schmuckstücke. Aber das interessierte sie nicht, lieber erfuhr sie alles über die Wege der Zugvögel.

Es dämmerte bereits, als Lorenz sie wieder verließ. Sie trat hinaus auf die Terrasse. Manche Vögel hatten schon mit ihrem Gesang begonnen. Der Himmel färbte sich im Osten rot, die Stadt lag versunken in der Dämmerung. Lou schaute die Hauswand hinunter und dachte, dass sie eines Tages gern diese Fassade heraufklettern würde.

Es war eine lange Nacht gewesen, zuerst der Einbruch, dann dieser dumme Sturz auf den Mann und schließlich Lorenz' Besuch. Beim Einschlafen dachte sie an die liederliche Frau mit den Absätzen. Dumm – frech – heiß, kam ihr dazu in den Sinn.

Freitag, 12. Juni *28 °C*

April stand vor der Villa von Werdt und pfiff durch die Zähne. Es war ein strenges, nüchternes Sandsteingebäude aus der Patrizierzeit mit hochmodernem Anbau und großem Grundstück, von wo aus man eine wunderschöne Aussicht über Altstadt und Fluss hatte. Sie sah an sich herab und fragte sich, ob sie mit ihrer Jeans, der orangefarbenen Bluse und den schwarzen Stiefeletten vornehm genug gekleidet war, um hier eingelassen zu werden. Schon der Eingang vermittelte das Gefühl, dass man ohne elegantes Kleid und Smaragde um den Hals nicht hineinkam. Sie aß ihr Snickers fertig, wischte die Hände an der Hose ab und betrat das Auktionshaus mit der Selbstsicherheit eines

Menschen, der wusste, dass er jeden (und vorzugsweise jede) um den kleinen Finger wickeln konnte.

Einmal hatte sie ein Nobelhotel im Motorradoverall betreten. (Sie ermittelte für eine eifersüchtige Ehefrau.) Als der Portier sie abfing, holte sie ein bezauberndes Lächeln hervor und zog den Reißverschluss ihres Anzugs weit genug hinunter, dass der Mann sich über den Inhalt Vorstellungen machen konnte. Glücklicherweise war der Portier heterosexuell und fiel auf die Masche herein. Danach bezirzte sie die Rezeptionistin und fand heraus, dass der untreue Gatte ein Hotelzimmer gemietet hatte. April wartete, bis er mit der Geliebten herunterkam, und erklärte ihm, dass sie im Auftrag seiner Frau ermittle. Er solle sich überlegen, was er wirklich wolle – die Ehefrau oder die Geliebte oder beide zusammen, aber dann müsse er das seiner Frau sagen. Der Mann war verblüfft, bestürzt und dankbar. Anschließend stellte ihn April zu einer Gruppe Männer und fotografierte ihn, als Beweis, dass er brav arbeitete.

»Ich werde Ihrer Frau sagen, dass ich nichts gefunden habe, was auf eine Geliebte hindeutet. Den Rest überlasse ich Ihnen. Sollte die Frau jedoch wieder Misstrauen hegen und sich bei mir melden und sollte ich herausfinden, dass Sie weiter fremdgehen, werde ich das Ihrer Frau melden. Ich bin die Letzte, die Liebeleien verurteilen würde. Was ich jedoch hasse: wenn man Menschen anlügt. Ihnen einen schönen Tag«, mit süffisantem Grinsen war April in ihrer Lederkluft aus dem Hotel spaziert.

Und trat jetzt also ins Auktionshaus. Die Empfangsdame, eine ältere Frau mit toupiertem, hellbraun gefärbtem Haar, begrüßte sie freundlich und wuchtete ihr einen Katalog in die Arme. »Schauen Sie sich ruhig um, bei Fragen wenden Sie sich an mich«, sagte sie und lächelte in gut geübter Manier. April schlenderte durch die Räume und dachte, dass dieses Haus wie ein Trödelladen der Heilsarmee wirkte, nur auf sehr viel höherem Niveau: Die Räume waren angefüllt mit antiken Möbeln, Stuhlgarnituren, Tischen, Pendeluhren, Schränken, Truhen,

Sekretären, Sofas, Gemälden an der Wand und Kronleuchtern an der Decke, alles wunderschön und teuer und aus ihrer Sicht nicht zu gebrauchen. Sie begutachtete ein Sofa und kam zu dem Schluss, dass ihres um Welten gemütlicher war. Schließlich gelangte sie in die Räume, wo der Schmuck ausgestellt wurde. Ein jüngerer Mann stand über die Vitrine gebeugt und arrangierte ein Schmuckstück. Sie grüßte ihn, doch er warf ihr nur einen kurzen Seitenblick zu und widmete sich weiter seiner Arbeit.

April kehrte zum Empfang zurück, lächelte charmant, zückte Montiross' Visitenkarte sowie die Bestätigung, dass sie in seinem Namen ermitteln durfte. »Ich würde gerne mit der Direktion sprechen. Es geht um ein Collier aus Ihrem Haus.«

Die Frau nickte und telefonierte kurz. »Frau von Werdt kommt gleich, Sie können sich dort setzen.« Sie deutete auf ein hübsches Sofa, das so unbequem wie die anderen aussah. April blieb lieber stehen und studierte die Sicherungsanlage, soweit sie etwas davon ausmachen konnte.

Nach fünf Minuten erschien Frau von Werdt. April war davon ausgegangen, dass die Direktorin des Auktionshauses altersmäßig den ausgestellten Möbeln entsprach, doch sie hatte sich getäuscht: Die Dame war Mitte vierzig, sehr gepflegt, in einem sehr teueren Etui-Kleid, mit langem blondiertem Haar, das sie kunstvoll hochgesteckt hatte, und ebenmäßigen, hübschen Gesichtszügen. Eine Frau von Welt, zumindest eine Frau von reicher Welt. Sie schüttelte April die Hand und bat sie, mit ihr zu kommen.

Frau von Werdts Büro war wider Erwarten mit modernen Möbeln ausgestattet; an den Wänden hing jene Sorte moderner Kunst, bei der April nicht wusste, ob sie an einer akuten Sehstörung oder der Künstler an einer geistigen Irritation litt. Die Direktorin wies ihr einen Stuhl zu, ein Holzgestänge mit einem grünen Becken, das genauso ungemütlich war, wie es aussah. Als April die Beine übereinanderschlug, rutschte sie haltlos in der Kunststoffschale herum. Frau von Werdt schob sich auf die Tischkante, direkt vor April hin, was dieser einen unverstellten Blick auf wohlgeformte Beine gewährte.

»Frau Pallas, womit kann ich Ihnen dienen?«

April rutschte so souverän wie möglich in der Sitzschale herum und erklärte ihr Anliegen: Es bestehe der Verdacht, dass ein Collier aus der Sammlung des Auktionshauses Diebesgut sei. Sie wolle wissen, wer der Besitzer des Schmuckstücks war, damit sie dort weiterforschen könne.

Frau von Werdt lächelte bedauernd: »Wie Sie sich vorstellen können, hat Diskretion bei uns oberste Priorität. Wir können es uns nicht leisten, die Identität unserer Klienten preiszugeben – wir würden dadurch unsere Vertrauenswürdigkeit verlieren.«

»Es geht hier nicht um irgendeinen Klienten, sondern um einen, der entweder das Schmuckstück selber gestohlen oder es vom Dieb gekauft hat. Dem rechtmäßigen Besitzer wurde auch anderer Schmuck gestohlen und da verstehen Sie wohl, dass wir den Dieb fassen wollen.«

»Können Sie mir die Sicherheit geben, dass es sich um ein gestohlenes Schmuckstück handelt?«

»Herr Steiner hat mir Fotos des Colliers vorgelegt.«

»Fotos sind in Zeiten von Photoshop kein Beweis. Wir brauchen Gutachten, die Geschichte des Schmuckstücks.«

»Die sind ebenfalls gestohlen worden, die Unterlagen befanden sich im Safe.«

»Tja, es tut mir leid, da sind mir die Hände gebunden.«

April dachte, wie oft in der Menschheitsgeschichte das wohl schon gesagt wurde und wie oft diese angeblich gebundenen Hände als Fäuste hinter dem Rücken versteckt waren. Sie war jedoch erfahren genug, um zu merken, dass es nichts brachte, weiter auf ihr Anliegen zu pochen. Man muss wissen, wann man besser nachgibt – oder eine andere Taktik verfolgt. April nannte diese andere Taktik *Pallas spezial*. Die würde sich lohnen, denn sie hatte gesehen, dass der Computer lief und Frau von Werdt eingeloggt war. Ein Vorteil von Gemälden hinter Glas: Sie spiegelten so manches.

»Sie haben natürlich recht, wenn da jeder käme und Daten von Ihren Klienten haben wollte!« April lächelte mit einem Augenaufschlag der Extraklasse und schüttelte leicht ihre Locken. »Übrigens, das Gemälde hinter Ihrem Bürotisch kommt mir bekannt vor, doch es will mir nicht in den Sinn, von wem es ist.« Sie betrachtete interessiert das Flecken-Strich-Gewirr.

»Das ist ein Cy Twombly.«

»Ach, ja, natürlich, jetzt wo Sie's sagen – ein wunderschönes Werk, wahnsinnig ausdrucksstark und leidenschaftlich!« April hatte keine Ahnung, wer Säi Twomli war, aber sie wusste, dass sie ihren ölbefleckten Garageboden um einiges schöner fand.

Frau von Werdt betrachtete das Bild schwärmerisch. »Ja, es ist umwerfend, ich schaue es jeden Tag an und verliebe mich immer wieder neu.«

April war aufgestanden und um den Bürotisch gegangen, um das Bild aus der Nähe zu begutachten. Dann trat sie zu Frau von Werdt, die immer noch an der Tischkante lehnte, und sagte: »Ja, das verstehe ich. Doch noch besser würde ich verstehen, wenn jemand sagte: Ich sehe jeden Tag Frau von Werdt und verliebe mich immer wieder von neuem in sie. Wissen Sie, dass Sie wunderschön sind – und Ihre Augen brauner als braun?«

Die Dame schnappte distinguiert nach Luft und hielt sich an der Tischkante fest, die Knöchel traten weiß hervor. April rückte ein kleines bisschen näher zu ihr heran: »Was tragen Sie für ein Parfum – *Shi Seido*? Es riecht wunderbar. Als wäre es speziell für Sie erschaffen worden.«

»Nein, es – es heißt«, Frau von Werdt schluckte, »ich weiß im Moment nicht, wie es heißt.«

»Das ist unwichtig«, sagte April leise, »Hauptsache, es riecht gut. Es riecht unglaublich verführerisch, ich weiß gar nicht, wo mir der Kopf steht.« Sie rückte näher, beugte sich nach vorn und schnupperte an von Werdts Hals.

»Was machen Sie da?«

»Schsch, nur ein wenig riechen …«, April legte sanft ihre Lippen auf. Ein kleiner Seufzer entwich der Direktorin. »Was machen Sie da?«, hauchte sie mehr, als dass sie es sagte.

»Schsch, nur ein wenig kosten … ich heiße April, wie heißt du?«

»Ich muss –« Aufseufzen. »Ich heiße Laura, ich –«

»Schsch, entspanne dich … du bist eine hinreißende Frau, ich möchte dir zeigen, wie hinreißend du bist«, flüsterte April an Lauras Ohr und küsste sanft das Ohrläppchen. Laura ließ ihre Arme kraftlos hängen. «Aber ich bin keine –«

»Schsch, niemand ist vollkommen.«

April wanderte mit den Lippen vom Ohrläppchen über Lauras Wange zu ihrem Mund. Laura wandte sich ein bisschen ab, aber nicht überzeugend genug. Sanft drehte April Lauras Gesicht sanft zu sich und schaute ihr tief in die Augen. Da gab Laura auf und ließ sich küssen. Als sie leise aufstöhnte, küsste April sie richtig und lang.

An dieser Stelle lohnt es sich, kurz innezuhalten und ein paar Worte über April Pallas und ihr Verhältnis zu den Frauen zu verlieren. April hatte in ihrem Liebesleben zwei Prinzipien:

Erstens: Das Objekt der Begierde muss eine Frau sein. Kein Mann, keine Conchita, kein Alien oder gar Jesus.

Zweitens: Bei Frauen darf man keine Prinzipien haben.

Ihr war tatsächlich egal, ob eine Frau rauchte und trank oder nicht und welchen Beruf sie ausübte. Auch interessierten sie weder die Haar- und Augenfarbe, die Größe, die Form der Brüste noch die religiöse Ausrichtung. Es kam ihr auf etwas anderes an – was das war, wusste sie selbst nicht genau. Ihre Freunde hätten gesagt: Sie nimmt, was sie in die Hände kriegt. Was stimmte: Wenn man so hungrig wie April war, aß man, was auf den Tisch kam. Ja, sie war nicht wählerisch – und außerdem leicht ablenkbar (von anderen Frauen). Welche katastrophale Kombination! So war es nicht verwunderlich, dass April eine lange Spur enttäuschter Liebhaberinnen nach sich zog. Alles in allem war sie für Frauen eine Zumutung.

Neben ihrem Hunger auf Frauen war sie verflixterweise mit einem umwerfenden Charme gesegnet: April Pallas bekam nahezu jede, die sie wollte, egal von welchem Ufer diese stammte. Mit allen Wassern der Verführung gewaschen, bewegte sie sich geschmeidig auf den Stränden diesseits oder jenseits des Sees.

Um mit einem solchen Lebensstil zurechtzukommen, war es wichtig, das Adressbuch sorgsam zu pflegen. April nahm die Koordinaten aller Liebhaberinnen auf (wichtig: mit Bild) und machte sich wie eine Ermittlerin Notizen über sie (Hobbies, Familienumstände, Vorlieben, Allergien usw.). Es war ihr eine Frage der Ehre, dass sie die Frau neben sich im Bett mit dem richtigen Namen ansprach und dass sie über den Namen hinaus ein paar persönliche Dinge wusste. Alles andere brachte nur Ärger und Verwirrung.

Nun hatte es April wieder einmal geschafft, diesmal mit Frau Werdt. Nachdem sie die Dame innig geküsst hatte, gab es kein Zurück mehr: Knöpfe wurden geöffnet, Reißverschlüsse ebenfalls, erst fielen die Kleider zu Boden, dann die beiden Frauen und letztere ergaben sich dem Liebesspiel. Im Sex ist es wie im Tanz: Mit guter Führung tanzt es sich leicht. April führte phantastisch und bald waren in diesem Büro völlig neue Töne zu vernehmen. Die abstrakten Gemälde an den Wänden wirkten noch verwirrter als zuvor. Laura von Werdt würde im Nachhinein sagen, dass sie mit fünfundvierzig Jahren den ersten phantastischen Orgasmus ihres Lebens gehabt habe. In der Folge würde sie ihren Mann verlassen und in allen Frauen April suchen.

Nach dem Liebesspiel auf dem teuren Berberteppich (Amaluk by Mischioff, Sari silk, handgeknüpft, 6.800,– SFr) rauchte Laura eine Zigarette und April atmete genießerisch den Qualm ein. Nach der Zigarette erinnerte sich Frau von Werdt allmählich, dass sie erstens heterosexuell, zweitens treu und drittens Chefin eines Auktionshauses war. Sie sagte: »Was hier passiert ist, ist nie passiert«, suchte hastig ihre Kleider zusammen und verschwand in der Toilette.

Kaum war Laura verschwunden, sprang April auf, schnappte sich ihr Handy und hechtete zum Computer. Sie fand problemlos den Ordner *Auktion Mai 2015*. Hier wurden alle Stücke aufgeführt, die angeboten worden waren. Sie öffnete den Ordner *Schmuck*, dann den Unterordner *Collier*. Eine Liste von fünfundzwanzig Exponaten erschien. Mit Seitenblick zur Türe ging sie die Liste durch, klickte Abbildungen an und wurde bald fündig. Rasch machte sie ein paar Fotos und schloss alle Ordner wieder. Als sie sich gerade nach ihren Kleidern bückte, kam Laura herein. Sie hatte ihr Etui-Kleid gerichtet, das Haar zurechtgemacht und sich geschminkt. Nichts hätte darauf hingedeutet, was vorhin geschehen war, außer dem befriedigten Glanz in ihren Augen und den Lippen, die voller schienen. April zog sich die Kleider über und küsste Laura noch einmal.

»Gibst du mir deine Telefonnummer?«, fragte Laura.

»Ich melde mich«, flüsterte April ihr ins Ohr, »ich bin *undercover*, da kann ich keine Koordinaten hinterlassen.« Das war ausgemachter Blödsinn, sie war alles andere als *undercover*, doch irgendeine Ausrede musste her.

»Ruf mich bald an ...«

Sie nickte, zwinkerte Laura zu und verschwand. Frau von Werdt ließ sich in den Bürostuhl fallen und machte ein Gesicht, das man vor allem bei frisch verliebten Teenagern sieht, die mit roten Ohren ihre Gefühle dem Tagebuch anvertrauen.

April startete ihre Buell und raste nach Hause. Es gab nichts Schöneres, als nach dem Sex Motorrad zu fahren, das zog die Lust in die Länge. In der Garage angekommen, schloss sie ihr Handy an den Computer an. Die Aufnahmen waren gut geworden und informativ: Die Besitzerin des Colliers war eine Petra Bucher aus Zürich. Es lag kein Schmuckgutachten dazu vor, das Herkunftsland war unbekannt. Der hausinterne Schätzer vermutete, dass das Schmuckstück aus dem Frankreich des siebzehnten Jahrhunderts stammte. Vielleicht besaß Petra Bucher keine Unterlagen zu dem Collier, weil sie es von einer fernen Tante geerbt oder dem Dieb abgekauft hatte, beziehungsweise, weil sie der Dieb war? Sie würde dieser Frau Bucher einen Besuch abstatten. Während April sich auf ihr gemütliches Sofa fläzte, dachte sie an ihr Abenteuer mit Laura, das ganz nett gewesen war. Sie liebte es, einer heterosexuellen Frau die weiblichen Vorzüge näherzubringen; gleichzeitig hatte deren Unerfahrenheit auch gewisse Nachteile.

Später berichtete sie Montiross, was sie herausgefunden hatte, ohne genauer zu erklären, wie sie zu diesen Informationen gekommen war. Nach dem Gespräch verschränkte sie die Arme hinter dem Kopf und war äußerst zufrieden mit sich. Ohne groß übertreiben zu müssen, konnte sie von sich sagen, dass sie schlicht der Hammer war – allen großen und kleinen Herausforderungen des Lebens gewachsen.

Ja, April Pallas war eine selbstverliebte Angeberin, die in nächster Zeit erst richtig in der Realität ankommen würde.

Samstag, 13. Juni *27 °C*

Am Samstag brannte April mit 160 km/h über die Autobahn von Bern in Richtung Zürich[3]. Geschwindigkeit war ihre Droge, Geschwindigkeit belebte sie, machte sie glücklich und fröhlich.

---

3 Für alle Nieten in Geographie: Zürich ist *nicht* die Hauptstadt der Schweiz, sondern Bern.

Sie dachte grinsend daran, dass man zu Beginn der Eisenbahngeschichte befürchtet hatte, bei 40 km/h zu sterben – von wegen, dachte sie, hohe Geschwindigkeit war ein Lebenselixier. Bei April paarte sich die Freude an der Geschwindigkeit mit der Ansicht, dass Verkehrsregeln etwas für Blechkäfige und Fußgänger waren, nicht jedoch für Motorradfahrer. Sie überholte links, sie überholte rechts, wenn es sein musste, auf dem Pannenstreifen (und wenn es möglich gewesen wäre, auch über die Autos hinweg). So wie sie in ihrem Liebesleben eine Spur unglücklicher Frauen hinter sich herzog, hinterließ sie im Verkehr einen Rattenschwanz fluchender Autofahrer. Eine hellsichtige Person hätte sehen können, dass neben, hinter und über April Schutzengel mitflogen. Die beklagten sich, dass sie einem solch anstrengenden Schützling zugewiesen worden waren. Ein Stubenhocker wäre ihnen lieber gewesen als diese irre Raserin.

Frau Bucher wohnte an der Goldküste, in einer Villa mit Blick auf den See. Die Zürcher nennen das untere rechte Seeufer Goldküste, weil die Reichen dort leben: Bankiers, Unternehmer, Politiker sowie Prominenz wie Tina Turner und Roger Federer. Als April klingelte, bellte drinnen ein Hund. Eine etwa dreißigjährige Dame öffnete die Tür, sie hatte kupfriges Haar, lang, gelockt und glänzend, ihre Kleider waren exquisit, das Gesicht perfekt geschminkt. Was aber April als Erstes auffiel, waren ihre grünen Katzenaugen, die sie aufreizend und lockend anschauten. Es war jene Sorte Augen, die immer verführerisch blickten, selbst wenn sie auf Steuerformulare gerichtet sind.

Petra Bucher hielt eine deutsche Dogge am Halsband, die nicht festgehalten werden wollte, sondern so aussah, als würde sie lieber die Besucherin über den Haufen rennen. Da die Dame zwar eine gute Figur hatte, aber nicht ausgesprochen kräftig war, konnte die Dogge bald ihren Traum verwirklichen – oder es zumindest versuchen: Brucie Lee wich ihr nämlich gekonnt mit einem federnden Sprung aus. Doch anstatt dass sich die Besitzerin für ihren ungehobelten Köter entschuldigt hätte, herrschte sie April an. Warum sie Chouchou nicht gehalten habe, jetzt renne er in Nachbars Garten und werde dort im Blumenbeet ein Buddelfest veranstalten!

April sagte »kein Problem«, wirbelte herum und rannte dem Viech hinterher. Sie sah gerade noch, wie Chouchou durch ein Loch in der Thuyahecke verschwand. Da sie als Mensch Gartentore öffnen konnte, nahm sie diesen Weg. Als sie durchs Tor trat, heulte im Haus eine Sirene los. Kackenschotter, dachte April, hastete aber weiter. Chouchou schnüffelte bereits am Blumenbeet. Kaum gewahrte sie April, ging sie wedelnd in Angriffsstellung. Daraufhin begab sich Brucie Lee in die Position des *Geduckten Löwen*, machte ein paar Mal »ahh« und »uhhh« und versenkte sich in diese Stellung, die einen uneinnehmbar und unantastbar machte. Spielfreudig galoppierte der Hund auf April zu, es war im Prinzip ein Kalb, das auf sie zurannte, nur mit schärferen Zähnen. April blieb im *Geduckten Löwen*, doch Chouchou kannte die Vorzüge dieser Stellung offensichtlich nicht, denn sie warf Brucie über den Haufen. So lernte April, dass sich die Stellung des *Geduckten Löwen* nicht für deutsche Doggen eignete. Sie rappelte sich auf und preschte hinter Chouchou her. In ihrer Motorradkluft fühlte sie sich wie Batman, mit dem kleinen Unterschied, dass sie nicht souverän war und kein geniales Gerät in der Hand hielt, um den Köter einzufangen. Sie verfolgte ihn durch Rosen (au!), durch Hortensien und drei Mal um die Villa. Dann kriegte sie ihn endlich am Halsband zu fassen.

Als sie das Tier vom Grundstück zerrte, lärmte die Polizei heran. Zwei Uniformierte sprangen aus dem Auto und versperrten ihr den Weg. Sie müsse sich ausweisen, erklärte der eine, sie habe Alarm ausgelöst. April entgegnete, dass sie erst der Hundehalterin den Hund zurückbringen müsse, er sei entflohen und sie habe ihn eingefangen. Die Polizisten eskortierten sie zu Buchers Haus. Frau Bucher kam ihnen bereits mit der Leine entgegen und entschuldigte sich bei den Polizisten. Die Hüter der Ordnung erinnerten sie daran, dass dies das allerletzte Mal gewesen sei, dass sie wegen ihres Tieres ausgerückt waren. Frau Bucher nickte ergeben. Als die Polizisten gegangen waren, bat sie April widerstrebend ins Haus. Die Dogge sprang aufs Sofa und belegte es vollständig.

April seufzte auf. »Ui, das war eine schweißtreibende Jagd!«, sagte sie und zog den Reißverschluss ihrer Bikerkluft ganz auf. »Schon besser«, grinste sie.

Petra Bucher glotzte April verstört an.

»Haben Sie vielleicht ein Glas Wasser für mich?«

Petra Bucher glotzte weiter.

Da endlich bemerkte die gewitzte Detektivin den starren Blick ihrer Gastgeberin. Genau genommen, war er gebannt auf ihren Busen gerichtet. Zufrieden dachte sie, dass ihr Busen eben besonders schön geformt war, bis sie an sich herabschaute und feststellte, dass ihre Brüste reichlich frische Luft schnappten. »Hoppla!«, sagte sie und zog den Reißverschluss hoch, »hab ganz vergessen, etwas darunter anzuziehen. Kommt manchmal vor, bin etwas zerstreut. – Wie gesagt, könnte ich ein Glas Wasser haben?«

Petra Bucher öffnete den Mund, schloss ihn wieder und verschwand in die Küche. Als sie mit dem Glas Wasser zurückkam, schien sie sich gefasst zu haben. »Könnte ich endlich erfahren, was Sie hier wollen?«, fragte sie mit verschränkten Armen.

»Ich bin Detektivin, ich ermittle in einem Fall. Hier haben Sie meine Visitenkarte«, sie übergab der Frau die Karte.

»Das ist ein Einkaufsgutschein.«

»Ach ja? Egal, ich bin Detektivin und komme wegen eines Colliers.«

»Wegen eines Colliers?«

»Ja. Sie wollten es über das Auktionshaus von Werdt verkaufen.«

»Ich weiß nicht, wovon Sie reden.«

»Sie – Collier – dem – Auktionshaus – von – Werdt – gegeben.«

»Ich besitze kein Collier.«

»Und warum sind Sie dann beim Auktionshaus als dessen Besitzerin eingetragen?«

»Was weiß ich? Vielleicht gibt es eine zweite Petra Bucher.«

»Laut Telefonverzeichnis gibt es in der Schweiz keine zweite Petra Bucher«, sagte April, »abgesehen davon ist dort Ihre Adresse aufgeführt. Sonst wäre ich ja nicht hier.«

Petra zog eine Schnute: »Das muss eine Verwechslung sein. Ich habe mir nie etwas aus altem Schmuck gemacht.«

»Ach so.«

»Ja. Ich kann Ihnen nicht weiterhelfen. Bitte verlassen Sie mein Haus.«

April schaute Petra Bucher tief in die Katzenaugen. »Wissen Sie, dass Sie wunderschön sind – und Ihre Augen, wahnsinnig grün – grüner als grün, so unglaublich verführerisch.«

Petra schaute sie irritiert an.

»Hat Ihnen gefallen, was Sie gesehen haben?«

»Bitte?«

»Als ich den Reißverschluss öffnete.«

»Das ist doch – ich habe nicht richtig hingeschaut, ich bin verheiratet. Was fällt Ihnen ein? Gehen Sie jetzt!« Petra Bucher stand neben der Tür, die zum Eingangsbereich führte, die Arme vor der Brust verschränkt, das Gesicht zu einem grimmigen Ausdruck verzogen. Grimmig, ja, aber nicht nur: Ihre Wangen waren leicht gerötet – nun, genau genommen, war der Gesichtsausdruck eher konfus.

April lächelte leicht. »Man kann verheiratet sein und trotzdem Brüste mögen. Sie haben meine gerne angeschaut, machen Sie mir nichts vor.« Sie griff zum Reißverschluss und zog daran, während sie Petra musterte. Diese strich sich fahrig eine Strähne aus dem Gesicht.

»Wenn Sie nicht sofort gehen, rufe ich die Polizei!«

»Das werden Sie nicht«, triumphierend hielt April das Handy in die Höhe, das sie vorhin vom Tisch geschnappt hatte, und ging langsam auf Petra zu. »Ich heiße übrigens April. Darf ich dich Petra nennen?«

Petra nickte, dann realisierte sie, dass sie genickt, das aber nicht vorgehabt hatte, und sagte: »Ich will nicht per Du mit dir sein, geh jetzt.« Sie lehnte sich an die Wand und beobachtete hypnotisiert, wie April sich näherte und den Reißverschluss quälend langsam hinunterzog. Dabei gab Petra sich alle Mühe, nicht auf Aprils Brüste zu schauen, schließlich schaute sie aber doch und säuselte: »Geh!« Als April sie am Hals küsste, wiederholte sie harsch: »Geh jetzt!«, jedoch geriet dieser Befehl zu einem Flüstern, das von April richtigerweise als Einladung interpretiert wurde, zu bleiben und weitaus mehr zu küssen als nur ihren Hals.

Was April in der Folge tat und Petra gerne geschehen ließ, ist für die Geschichte nicht von Bedeutung, deshalb spulen wir etwas vorwärts und lassen Chouchou als einzige Zuschauerin zurück. Da der Köter das Sofa besetzt hielt, waren die Frauen auf dem Boden gelandet (Orientteppich, Ghom Seide Luxus, handgeknüpft, 17.285,– SFr). Nach dem Liebesspiel lag Petra erschöpft da; Aprils exquisite Handwerkskunst hatte ihr zwei Gipfelstürme beschert, sie war erledigt. April plauderte mit ihr über dies und das und darüber, dass sie froh sei, T-Shirt und BH vergessen zu haben, sonst wäre es nicht zu diesem schönen Spiel gekommen. Petra räkelte sich und murmelte »jaa«, »mmhh«, »grrr«. April stützte sich auf die Hand, betrachtete Petras seliges Gesicht und sagte: »Ich glaube dir, dass das Collier nicht dir gehört.«

»Guuut ... ich würde nie ein rotes Collier tragen, rot passt nicht zu meinem Haar!« Petra sah erleichtert aus.

»Das bedeutet, dass jemand deinen Namen benutzt hat. Du könntest in Schwierigkeiten geraten. Hast du eine Ahnung, wer das in deinem Namen gemacht haben könnte?«

Petra setzte sich auf und zog ihren BH an, sie dachte nach.

»Jemand, der dir eins auswischen will oder dem es zumindest egal ist, wenn du Probleme kriegst?«

»Ich hatte mal eine Beziehung zu einem Mann, der sehr verletzt war, als ich ihn verließ. Er sagte mir, dass er mich nie wiedersehen wolle, sonst wisse er nicht, was er tue.«

»Würdest du es ihm zutrauen, dass er in deinem Namen ein Collier verkauft, das dir gar nicht gehört?«

»Keine Ahnung, vielleicht. Doch wie sollte er zu dem Geld kommen, wenn er meine Adresse angegeben hat?«

»Vermutlich hat er ein Konto auf deinen Namen eingerichtet. In unserer virtuellen Zeit ist vieles möglich.« April begann sich wieder anzuziehen, was bei ihrer nachlässigen Bekleidung eine kurze Angelegenheit war. »Gibst du mir seinen Namen und seine Adresse? Ich werde mich ein bisschen umhören.«

Petra stand auf und zog den Rock über. Dann suchte sie im Handy nach der Adresse. »Oh, ich habe sie wohl gelöscht. Vor ein paar Jahren hat er in Rapperswil gelebt.« Sie räusperte sich, »Gibst du mir deine Nummer?«, ihr Gesicht erglühte.

Und April antwortete: »Das kann ich im Moment nicht, ich arbeite *undercover*, aber ich habe ja die deine.« Ein Kuss, dann ging sie, von Petra begleitet, zur Tür. »Pass gut auf Chouchou auf!« Draußen umkreiste sie Petras Auto. »Eine BMW Cabrio Z3, nicht?« Sie bückte sich und betrachtete die Unterseite, »toller Wagen!« Petra, verträumt im Türrahmen lehnend, nickte nur, ihr Interesse war auf etwas anderes gerichtet. Das stieg nun auf die Maschine. Petra schaute sehnsüchtig, April grinste anzüglich, winkte ihr zu und raste davon.

Wieder genoss sie das sexuelle Nachbeben auf der Buell und dachte, dass Petra Bucher nicht das erste Mal mit einer Frau im Bett (sprich: auf dem Orientteppich) gewesen war – sie wusste zu genau, was frau so anstellen konnte. Die Fahrfreude währte nur kurz: Eine Straße weiter hielt April wieder und stellte das Motorrad ab. Zu Fuß ging sie den Weg zurück bis zum Nachbargelände, genauer, bis zu dem Loch in der Thuyahecke, verkroch sich rückwärts darin und wartete. Wie sie geahnt hatte, kam Petra bald aus dem Haus. Sie hatte sich umgezogen und war neu frisiert. Verstohlen schaute sie um sich, als sie in ihren Z3 stieg.

»Wusste ich's doch, Mädel«, flüsterte April. Sie nahm das Handy hervor, tippte auf das *Tracking App*, um sich zu vergewissern, dass der Sender funktionierte, den sie an die Unterseite des BMW geklebt hatte. Zufrieden betrachtete sie das blinkende Licht auf dem Bildschirm. Petra fuhr los. Als sie um die Ecke verschwunden war, krabbelte April aus der Hecke und rannte zur Buell. Eilig fixierte sie das Handy am Lenker, dann folgte sie dem blinkenden Signal in Richtung Innenstadt, bis es in der Nähe der Bahnhofstraße stehenblieb und verschwand. April wartete einen Moment, ehe sie zu der Stelle fuhr, wo das Licht erloschen war, und fand sich vor einer Tiefgarage. Sie parkte um die Ecke, zog sich eine Jacke über, nahm ihr Haar zu einem Pferdeschwanz zusammen und setzte eine Baseballmütze auf. Soeben trat Petra aus der Tiefgarage. In sicherem Abstand folgte sie ihr. Sie hätte ihre Buell darauf verwettet, dass diese Lady nicht auf Einkaufstour ging. Die Gute hatte sich verraten, als sie von einem *alten* und später von einem *roten* Collier gesprochen hatte – April hatte nicht erwähnt, dass das Collier rot und alt war. Damit stand fest: Petra Bucher kannte das Schmuckstück – entweder hatte sie es besessen oder gestohlen.

Es waren viele Menschen unterwegs, kein Wunder: Der Sommer zeigte seine Temperaturmuckis, außerdem war Samstag, eine ideale Zeit, um durch das Zentrum Zürichs zu flanieren. Petra blieb in einer Seitengasse zur Bahnhofstraße stehen. April schaute nach, wer unter dieser Hausnummer verzeichnet war. Aha – ein Juwelierladen! Wie zufällig bog sie in die Gasse ein. Gegenüber dem Juweliergeschäft befand sich ein Spielwarenladen. Das war eine gute Gelegenheit, dem Nachbarmädchen Jana-Ina ein Geschenk zu kaufen, als Dank für das ausgeliehene rosa Täschchen, das ziemlich aus der Form geraten war, seit April es dem Angreifer auf den Kopf geschlagen hatte. Sie schlenderte durch das Geschäft, mit Seitenblick auf den Juwelierladen. Welche Barbiekleider sollte sie wohl wählen: die grässlich rosafarbenen oder die grässlich pinkfarbenen? Sie entschied sich für die obergrässlichen pinkfarbenen mit kitschigem Glitter drauf, als sie Petra Bucher aus dem Juweliergeschäft herauskommen sah. Genauer gesagt, aus der Türe neben dem Laden. Petra verschwand Richtung Bahnhofstraße. Zuerst bezahlte April die grässliche Barbiekleidergarnitur, dann stattete sie dem Juwelierladen einen Besuch ab.

Das Juweliergeschäft Staehli sah aus, als gäbe es den Laden seit der Erbauung des Hauses: Das Schild war alt, doch gut gepflegt, die Lettern vergoldet, der Laden klein, aber fein. In der Auslage glänzte neuer und alter Schmuck, die Preise bewegten sich in Bereichen, die Höhenangst verursachten. Drinnen ein dunkelroter Teppich, die Vitrinen antik, aber mit dem neusten Schloss- und Alarmsystem ausgestattet. Hinter dem Ladentisch standen eine Frau und ein elegant gekleideter Mann, dessen Haare offensichtlich gefärbt, geföhnt und gesprayt waren. Die Frau, eine hübsche Mittdreißigerin, bediente ein junges Paar. Der Juwelier begrüßte April zu ihrem Erstaunen mit der gleichen Höflichkeit, die er auch einer reichen Goldküstenbewohnerin geschenkt hätte. Nichts deutete darauf hin, dass er von ihrer Kleidung auf die Dicke ihrer Brieftasche schloss.

April sagte höflich: »Guten Tag, können Sie mir sagen, ob Petra hier gewesen ist? Wir waren zusammen unterwegs, sie sagte, sie wolle kurz bei Ihnen vorbeischauen. Ich war ein Geschenk für meine Tochter kaufen, das dauerte.«

Der Juwelier lächelte routiniert und überlegte kurz (aus Aprils Sicht zu lange). Dann entgegnete er: »Da kann ich Ihnen nicht weiterhelfen, ich kenne meine Kundinnen nicht beim Vornamen.«

»Ach so? Nur hat sie von Ihnen gesprochen, als würden Sie einander kennen. Meine Freundin heißt Bircher.«

»Nein, da war keine Frau Bucher bei uns.«

»Ich sagte Bir-cher.«

Juwelier Staehli befeuchtete seine Lippen. »Ach, *Bircher*, ich habe Sie falsch verstanden! Nein, es war keine Frau Bircher da.«

»Interessant, dass Sie *Bucher* gesagt haben, denn die Freundin, die ich suche, heißt tatsächlich Bucher und nicht Bircher. Und übrigens sah ich vom Spielgeschäft aus, wie sie aus Ihrem Geschäft kam.«

»Ich …«, Herr Staehli ordnete die Papiere auf der Vitrine, »ich – also ja, da war eine Dame, aber sie hat ihren Namen nicht genannt. Ich kenne keine Petra Bucher.«

»Was wollte die Dame hier?«

»Diskretion ist unser oberstes Gebot.«

April zog eine Karte aus der Tasche und schob sie ihm zu. »Ich bin Detektivin und ermittle in einem Fall.«

Er begutachtete die Karte. »Das ist die Mitgliederkarte eines Videoladens.«

»Ehrlich? Egal, ich bin Detektivin und ich möchte wissen, warum Petra Bucher, die Sie angeblich nicht kennen, aus dem Nebeneingang dieses Hauses herausgekommen ist.«

Staehli ordnete die Blätter von neuem. »Sie wollte die Toilette benützen, die befindet sich neben dem Personalausgang.«

»Sie haben ein Klo? Super! Dürfte ich es kurz benützen?«

»Wir sind keine öffentliche Toilette. Wenn da jeder kommen wollte!«

»Ich bin nicht jeder, ich bin eine Detektivin, die es auf der Blase hat.«

Herr Staehli schaute sich suchend um, als hätte sich die Antwort irgendwo zwischen dem Schmuck versteckt. »Es geht leider nicht, das ist mir peinlich. Die Dame hat uns gesagt, dass etwas mit der Spülung nicht in Ordnung sei.«

April schaute in die Luft, als würde sie eine Mathematikaufgabe lösen. »Also die Frau-die-nicht-Petra-Bucher-heißt ging aufs Klo, kommt in den Laden zurück, um Ihnen mitzuteilen, dass die Spülung defekt ist, und geht durch den Personalausgang hinaus. Sehr plausibel.«

Da mischte sich die hübsche Angestellte ein, die offenbar ein paar Wörter aufgeschnappt hatte: »Tut uns leid, wir haben leider keine Toilette im Haus. Wir benützen die vom Puppenladen nebendran.«

April schaute Herrn Staehli an und grinste leicht. »Wollen Sie mir nicht einfach sagen, was Frau Bucher bei Ihnen gewollt hat?«

Die Angestellte öffnete erneut den Mund, aber als sie das Gesicht ihres Chefs sah, schloss sie ihn gleich wieder. Der Juwelier starrte in die Auslage. Seine Wangen hatten sich leicht gerötet. »Ich weiß nicht, was Sie von mir wollen, und ich will es auch nicht wissen. Wenn Sie die Freundlichkeit hätten, den Laden zu verlassen! Sonst sehe ich mich gezwungen, die Polizei zu rufen.«

»Nun, da Sie mich so freundlich darum bitten, kann ich nicht nein sagen. Nur ein Letztes: Was alles verkauft Ihnen Frau Bucher?« Während April das fragte, schaute sie zur Angestellten, gespannt auf deren Reaktion. Die warf ihrem Chef einen irritierten Seitenblick zu, dann wandte sie sich eilig wieder dem jungen Paar zu. Staehli kam hinter der Ladentheke hervor und wies ihr den Weg zum Ausgang. April schlenderte hinaus und nickte dem Juwelier zu.

»Adieu«, sagte der und schloss hinter ihr rasch die Tür.

Als April auf der Straße stand, überlegte sie sich, wo sie am besten warten konnte. Sie entdeckte ein Café, von wo aus sie den Juwelierladen beobachten konnte. Bis Ladenschluss blieben noch zwei Stunden. In der Nähe fand sich ein Klamottenladen, dort kaufte sie BH, T-Shirt und Jeans. Sie behielt die neuen Kleider gleich an und löste den Pferdeschwanz. Im nächsten Geschäft besorgte sie sich einen Rucksack, stopfte Bikerkombi und Baseballkappe hinein, dazu die Zeitschrift MOTO SPORT SCHWEIZ, die sie am nächsten Kiosk erstand. Derart ausgerüstet, ging sie zurück zum Café und wartete. Kurz nach siebzehn Uhr kam die Angestellte aus dem Laden und ging in die Bahnhofstraße, Richtung See. Beim Bürkiplatz setzte sie sich auf die letzte freie Bank unter den Kastanienbäumen, das heißt, zuerst holte sie ein Tuch aus der Tasche, legte es auf die Bank und ließ sich darauf nieder. Von hier aus hatte man einen schönen Ausblick auf das Wasser und im Hintergrund die Berge. Die Frau nahm ein Buch aus ihrer Tasche und begann zu lesen.

April schlenderte über den Platz, dann trat sie heran und fragte lächelnd: »Entschuldigung, kann ich mich hier setzen?«

Die Angestellte hob den Kopf und nickte zögernd.

Sie hatte sie nicht erkannt. Gut.

Die Frau vertiefte sich wieder, April widmete sich ihrer Zeitschrift. Nach einer Weile sagte sie: »Ich gehe mir drüben am Kiosk einen Kaffee holen, kann ich meinen Rucksack hierlassen? Möchten Sie auch einen Kaffee oder etwas anderes?«

Die Frau schaute irritiert auf. »Was? Ja klar, lassen Sie den nur da.«

»Wunderbar. Was darf ich Ihnen mitbringen?«

»Sie müssen mir nichts mitbringen.«

»Ich gehe so oder so zum Kiosk, also kann ich auch etwas für Sie kaufen.«

»Nun gut –«, sie lächelte schüchtern, »eine Cola light wäre schön. Ich zahle natürlich!«

»Eine Cola light, gerne – und Sie zahlen nicht.« April ging zum Kiosk und kam mit Kaffee, Cola und etwas Drittem zurück. Die Frau hatte schon die Brieftasche geöffnet, doch April wehrte ab. »Sie haben nach meinem Rucksack geschaut«, sie zwinkerte. »Und hier für jede eine Kinderüberraschung.«

Die Frau schien seit Ewigkeiten keine Kinderüberraschung mehr bekommen zu haben, ihr Gesicht hellte sich auf.

»Wollen wir schauen, was drin ist«, sagte April und schälte das Schokoladenei aus der Folie. Die Frau tat es ihr nach. Sie kicherten beide, als sie ihre Spielzeuge zusammensetzten. April hob ihren Becher. »Santé! Auf diesen Frühsommertag.«

Die Banknachbarin prostete ihr mit der Colaflasche zurück, »und Ihnen vielen Dank für Cola und Kinderüberraschung!« Sie tranken und schwiegen eine Weile, schließlich fragte die Frau, ob April von Bern stamme, sie höre sich so an. April bejahte und wollte wissen, woher sie komme, es höre sich nicht nach Zürich an, eher Innerschweiz. Ja, sie sei von Sempach, aber lebe schon lange hier. Aha, sagte April, und beruflich? Sie arbeite in einem Juweliergeschäft, erwiderte die Frau. Oh, interessant, meinte April, all der Schmuck, das Glitzern! Ob das nicht manchmal fast furchteinflößend sei, solch teure Objekte in den Händen zu halten? Ein gewisses Kitzeln verursache es schon, meinte die Angestellte. Ja, das könne sie sich vorstellen, entgegnete April, übrigens heiße sie April – wie der Monat.

»Ich heiße Renate. Und was machst du so?«

»Ich bin Ladendetektivin«, sagte April. Es war nicht die ganze Wahrheit, aber immerhin.

Das wiederum fand Renate spannend, sie sprachen eine Weile über Ladendiebstähle und wie man sie verhindern könnte.

»Wurde bei euch auch schon eingebrochen?«

»Einmal fuhr ein Auto in hohem Tempo in das Schaufenster. Aber weil das Schaufenster nicht bis zum Boden reicht, krachten sie bloß in die Mauer und machten ihr Auto kaputt. Das Glas hatte keinen einzigen Sprung.«

April nickte. »Einbrecher bereiten sich manchmal nicht gut auf ihre Arbeit vor. Woher bezieht ihr eigentlich euren Schmuck? Hat man da Lieferanten wie sonst bei einem Laden, oder wie funktioniert das?«

»Das ist unterschiedlich: Vieles kauft Herr Staehli auf Messen ein, außerdem gibt es Direktankäufe bei Goldschmieden oder bei Privatleuten.«

»Wäre es möglich, dass jemand euch Diebesgut zu verkaufen versucht?«

Nachdenkliches Gesicht, die Angestellte wollte schon antworten, hielt aber inne.

»War das eine blöde Frage? Ich habe ja keine Ahnung vom Schmuckhandel.«

Renate nahm einen Schluck aus der Flasche, bei ihr sah das

aus, als würde sie an einem Glas Champagner nippen. Dann sagte sie zögernd: »Lustig, dass du das fragst, manchmal nämlich frage ich mich das auch. Ich meine, es wird viel Schmuck gestohlen und irgendwie muss das Diebesgut ja wieder verkauft werden. Und manchmal –«, sie stockte, »manchmal bin ich mir gar nicht so sicher, ob wir nur legale Ware verkaufen.«

April spitzte die Ohren, schaute jedoch gelassen auf den See hinaus. »Wie kommst du darauf?«

»Heute zum Beispiel kam eine Kundin, die uns oft besucht, nur kauft sie nie etwas, sondern geht mit Staehli immer gleich ins Büro. Später kam eine etwas verrückte Frau in Motorradkleidern herein und fragte, ob ihre Freundin hier gewesen sei. Sie nannte den Namen, und so heißt die Frau tatsächlich. Der Chef tat aber so, als würde er eine mit dem Namen nicht kennen. Das ist seltsam.«

»Vielleicht ist es seine Geliebte.«

»Kaum, Staehli ist schwul.«

»Was denkst du denn, was diese Kundin bei euch wollte?«

»Vielleicht Schmuck verkaufen? Einmal ging ich ins Büro, da lag Schmuck auf dem Tisch. Diese Frau Bucher und er schauten mich an, als wäre ich der Teufel. Wenn das ein üblicher Deal gewesen wäre, hätten sie sich nicht gestört fühlen müssen.«

April pfiff durch die Zähne. Das schien Renate aus einem Traum zu wecken, sie schaute nervös um sich und sagte: »Ich hätte dir das alles nicht erzählen sollen. Kann ich mich darauf verlassen, dass du es für dich behältst?«

»Aber klar! Ich gebe dir mein Ladendetektivehrenwort!«

Schließlich verabschiedete sich April charmant und ließ eine Juweliersangestellte zurück, die dachte, dass sie schon lange nicht mehr ein solch erfreuliches Gespräch geführt hatte. Auch April ging zufrieden zu ihrer Buell. Die App verriet ihr, dass Petras Wagen wieder vor der Bucher-Villa an der Goldküste stand.

Heute war sie ein Stück weitergekommen, für diesen Samstagabend hatte sie sich reichlich Belohnung verdient. Sie schaute ihr Adressverzeichnis durch auf der Suche nach einer möglichen Versüßung. Es gab eine Handvoll Zürcherinnen, die nichts dagegen gehabt hätten, wieder eine Nacht mit ihr zu verbringen. April rief die Erste an und wartete vorfreudig ab.

Sonntag, 14. Juni *24 °C*

Lou besuchte Zoro in seinem alten Fachwerkhaus. Zoro hieß eigentlich Christian, aber Lou nannte ihn Zoro. Als sie acht Jahre alt gewesen waren, streiften sie wie üblich und verbotenerweise durch den Wald und hatten Indianer auf der Fährte gespielt. Als sie hinter einem Baum darauf warteten, die weißen Bisonjäger zu überwältigen, schmierte Christian sich Walderde um die Augen, in der Hoffnung, wie der maskierte Zorro auszusehen (der zwar kein lupenreiner Indianer war, aber nun gut). Er sah eher wie Kaspar Hauser aus. Seither nannte Lou ihn Zoro – mit nur einem R, weil er ja nicht der echte war.

Lou und Zoro waren einander Bruder und Schwester, Mutter und Vater, Oma und Opa; eine andere Familie kannten sie nicht. Wo und wann Lou auf die Welt gekommen war, wusste wohl nur ihre Mutter. Die Nonnen vom Waisenhaus hatten sich schon zur Nachtruhe in ihre Zellen zurückgezogen, als sie ein Schreien hörten. Verwundert kamen sie heraus und fanden das Neugeborene auf der Schwelle. Sie bekreuzigten sich mehrmals und trugen das Bündel hinein. Sie tauften es Louise, aber alle nannten die Kleine einfach Lou. Als Nachname bekam sie den Namen des Klosters: St. Helena. Weder ließ sich Louises Mutter ermitteln noch fand sich ein Paar, das sie hätte adoptieren wollen. Dies mochte daran gelegen haben, dass Lou sich gegenüber interessierten Paaren flegelhaft verhielt, denn sie wollte nicht weg. Das Kloster war ihr Zuhause.

Zoro lebte, bis er fünf Jahre alt war, bei seinem alkoholkranken Vater und kam erst nach dessen Tod ins Waisenhaus. Bei Lou und Zoro war es Freundschaftsliebe auf den ersten Blick und über all die Jahre wurde die Verbindung noch enger. Sie hatten einander und was sie zudem verband, war ihre großzügige Auslegung von Mein und Dein. Als rebellische Jugendliche, die den Nonnen den letzten Nerv ausrissen, liebten sie Sätze wie: *Eigentum ist Diebstahl* und *Besitz muss umverteilt werden.* Sie verehrten Robin Hood, Arsène Lupin, Zorro und Simon Templar – gute Männer, die den Besitz gerecht umverteilten, vielleicht nicht auf ganz legalem Weg, jedoch für ein hehres Ziel.

Zoro war grobmotorisch nicht besonders begabt, er hätte nicht so klettern können wie Lou, feinmotorisch war er aber ein absolutes Ass: Elektrische Geräte nachbauen oder neue entwickeln war für ihn ein Kinderspiel. Er hätte einen guten Schreiner abgegeben, einen exzellenten Schmied oder einen grandiosen Goldschmied – und war das alles in einem, was Lous Arbeit sehr zugute kam. Daneben hatte er unzählige Aufträge – legale und weniger legale –, über die Lou nicht viel wusste.

Im Moment standen sie in Zoros Atelier über den Tisch gebeugt und begutachteten ein Collier. Lou verglich das Schmuckstück mit einem Foto des Originals, nahm die Lupe zu Hilfe, schaute und schaute.

»Ich wüsste nicht, was du daran finden könntest. Da gibt es nichts auszusetzen. Es ist perfekt«, sagte Zoro und trommelte mit den Fingern auf die Tischplatte.

»Natürlich ist es perfekt, doch ist es auch perfekt-perfekt?«

»Ja, Kontrollfreak.«

Lou prüfte unbeeindruckt weiter, dann richtete sie sich auf und lächelte Zoro an. »Nächstes.«

Erleichtert nahm Zoro das Collier beiseite und legte ein zweites Objekt vor. Wieder beugte sich Lou darüber. Nachdem sie auf diese Weise zehn Schmuckstücke begutachtet hatte, gingen sie in den verwilderten Garten. Zoro zündete sich eine Zigarette an, Lou beobachtete eine Gelbmeise, die vom Zaun auf den Baum hüpfte und wieder zurück. Sie sagte: »Es kann losgehen. Das Angeln ist vorbereitet.«

»Wie ich dich kenne, bis ins letzte Detail. Wann gehst du?«

»Diese Nacht.«

»Echt? Du bist schon am Mittwoch fischen gegangen.«

»Ich mache das lieber kurz nacheinander, da bleibe ich in Übung.«

»Trotzdem.«

Lou legte ihm den Arm über die Schulter und lachte, »so wie mir jede Vorstellung fehlt, wie man Glas perfekt schleifen kann, so kannst du nicht verstehen, dass mir Angeln leichtfällt.«

Am Anfang hatte es Lou doof gefunden, Einbrechen als *Fische fangen* zu bezeichnen. Zoro aber beharrte darauf, vor allem, wenn sie im Garten miteinander sprachen. Als eines Tages eine Nachbarin herüberkam und fragte, ob sie eigentlich viele Forellen fingen, begriff Lou, dass Zoros Vorsichtsmaßnahme gerechtfertigt war.

»Wenn du nur nie ausrutschst«, seufzte Zoro.

»Und wenn du dir bloß nie beim Schleifen einen Finger abschneidest«, Lou gab ihm einen Kuss auf die Wange und ging pfeifend hinein. Die nächsten Stunden spielten sie Backgammon und aßen süßen Kuchen dazu. Am späten Nachmittag fuhr Lou nach Hause, in der Tasche die zehn gefälschten Schmuckstücke. Sie machte Arm-, Hand- und Fingerkräftigungsübungen und dehnte ausgiebig die Glieder. Nach dem Duschen nahm sie ein leichtes Abendessen zu sich und ging noch einmal den Einbruch durch. Was heißt einmal – sie ging ihn viele Male mental durch, wie Spitzensportler ihre Sprünge, Schläge und Würfe immer und immer wieder im Kopf vorbereiteten. Schließlich schlüpfte sie in ihren engen dunkelblauen Einbrecheranzug, das Kopfteil ließ sie wie eine Kapuze hängen und zog Hose und Pullover über den Stretch. Sie puderte die Sohlen der Kletterschuhe und hängte sich das Band der Stirnlampe um den Hals, die Lampe selber schob sie unter die Kapuze. Noch einmal überprüfte sie ihre Ausrüstung: Fernbedienung, Latexhandschuhe, Stofftüte mit Glasschmuck, Gurt mit Werkzeugen, Seil und Gewinde mit Bremse, Einweghandy, Saugnapf, geschlaufte Schnur und *Laser Vanisher*. Der *Leatherman*[4] war am Gurt befestigt. Noch einmal pinkeln! Wie oft schon hatte ein Dieb während des Einbruchs dem Blasendruck nachgeben müssen und dabei Spuren hinterlassen ...

Um Mitternacht schwang sich Lou aufs Fahrrad und fuhr in die Altstadt. Mit keinem anderen Gefährt konnte man so gut flüchten, kein anderes war so wendig, leise und diskret.

Das Schmuckgeschäft LeBlanc befand sich an der Gerechtigkeitsgasse, im ältesten Teil Berns. Lou bog in die parallel gelegene Postgasse ein und stellte dort das Fahrrad ab. Sie zog Hose und Pullover aus, stopfte beides in eine Tüte und versteckte sie hinter einem großen Blumentopf.

Sie hatte die Häuserfassade eingehend studiert und wusste, welche Stelle fürs Klettern ideal war. Entschlossen zog sie die Maske über den Kopf und kletterte los. Nur das Plätschern des Stadtbrunnens und weiter drüben ein paar Autos waren zu hören, als sie Griff für Griff, Schritt für Schritt die Sandsteinfassade hochstieg. Oben angekommen, genoss sie einen Moment die Aussicht über die Dächer der Altstadt. Sie fühlte sich frei und ungebunden, das Adrenalin machte sie frisch, wach und unternehmungslustig. Mit Bedacht befestigte sie das Seilgewinde an einer Querstange, die der Länge nach am Dach angebracht

---

4 Für alle Survival-Anfänger: Ein *Leatherman* ist ein Multifunktionswerkzeug mit Messer, Wellenschliffmesser, Säge, Schere, Zange, Schraubendreher, Feile, Ahle, Kreuzschlitzschraubendreher, Dosenöffner und anderem.

war, und testete die Bremse. Diesmal funktionierte sie einwandfrei. Sie klinkte sich ans Seil, schob sich mit kleinen Schritten bis zur Dachrinne, glitt vorsichtig darüber hinaus und ließ los. Als sie die Fernbedienung betätigte, begann das Gewinde leise zu surren. Sie stoppte auf der Höhe des ersten Stocks, wo sich das Büro des Juwelierladens befand, und angelte sich nach links zum Leck, wie sie die Schwachstelle eines Hauses bezeichnete. In den letzten zwei Wochen war sie jeden Tag nach Ladenschluss auf der anderen Straßenseite am Geschäft vorbeigegangen und immer war das Fenster gekippt, auch heute Morgen. Lou stellte sich vorsichtig auf die kleine Brüstung, warf einen Blick auf die Gasse hinunter. Niemand zu sehen. Sie hörte Stimmengewirr von einer nahe gelegenen Bar, letzte Gäste standen draußen unter den Arkaden und rauchten – gut so, das würde die Aufmerksamkeit möglicher Passanten von ihr ablenken. Aus der einen Tasche am Gürtel nahm sie Saugnapf und Schnur. Sie griff durch den Fensterspalt, dirigierte die Schlaufe vorsichtig über den Griff und zog, bis sie fest saß. Dann führte sie die Schnur innen entlang auf die andere Seite, setzte den Saugnapf an die Scheibe und zog das Fenster zu. Als sie nun an der Schnur riss, klappte der Griff in die Waagrechte und gab die Luke frei. Lautlos schlüpfte Lou hinein, schloss das Fenster und kippte es wieder.

Offenbar befand sie sich in einer Toilette. Eine Wendeltreppe führte ins Geschäft hinunter. Der Zugang zum Laden war mit einem alten Alarmsystem gesichert, mit ihrem *Delocker* kappte sie es im Nu. Sie setzte sich die Lampe auf die Stirn und nahm den Plan hervor, auf dem gekennzeichnet war, welches der zehn Schmuckstücke sich wo befand. Blieb nur zu hoffen, dass man sie in der Zwischenzeit nicht umplatziert hatte. Mit dem Plan zwischen den Zähnen kroch sie zu den Auslagen. Sie prüfte mit dem *Delocker*, ob etwas extra gesichert war – der Juwelier schützte den Laden nur mit diesem alten Sicherungssystem, wie leichtsinnig!

Der nächste Arbeitsschritt verlangte volle Konzentration: Erst musste sie die Schmuckstücke finden, dann durch die richtige Fälschung ersetzen. Sie schwitzte unter der Maske, die Hände in den Latexhandschuhen wurden ihr nass. Fertig! Erleichtert setzte sie das Alarmsystem wieder in Betrieb, öffnete das Fenster im ersten Stock, zog den Griff von außen in die Senkrechte und kippte es. Sie hatte diesen Fenstertrick so lange geübt, bis sie ihn im Schlaf konnte. Während sie das Seil wieder an ihrem Gurt befestigte, schaute sie um sich: Die Gasse war menschenleer, die Kneipe jetzt geschlossen, irgendwo summte und fluchte eine weibliche Stimme. Sie konnte die Frau nicht genau orten, nahm aber an, dass sie in den Arkaden stand.

Lou schwang nach rechts (rechts, wenn man mit dem Gesicht zur Wand steht – falls das jemand interessiert). In dem Moment, als sie das tat, klickte es oben im Seilgewinde. Was Lou nicht hörte, aber sofort spürte: Die Bremse gab nach. Bevor sie sich versah, verwandelte sie sich in Tarzan an der Liane: Sie schwang weit hinüber, dann wieder zurück, während das Seil länger und länger wurde. Und wie sie so schwungvoll fiel, sah sie, dass die Frau nicht in den Arkaden stand, sondern direkt unter ihr – eine schwankende Gestalt in Lederjacke, mit einem Helm auf dem Kopf. Dank Tarzan an der Liane schwankte die Frau bald nicht mehr, sondern kullerte über das Kopfsteinpflaster. Kaum war Lou federnd gelandet, eilte sie zu ihrem Opfer, das reglos auf dem Rücken lag. In ihr breitete sich die gleiche Panik aus wie vor vier Tagen, als sie den Mann zu Boden geschmettert hatte. Mit zitternden Händen öffnete sie das Helmvisier und suchte nach Lebenszeichen. Die kamen glücklicherweise sofort – die Niedergeschlagene wirkte gar nicht so niedergeschlagen, sondern grinste breit.

»Guuten Abnd, hass du sschon mal erlebt, dass dir ne Fraaauu su Füssn liegt? Gerade jetz isses soweit.«

Lou half ihr auf die Beine. »Alles okay? Keine Schmerzen? Tut mir leid, das wollte ich nicht!« Die Frau stand schwankend vor ihr und grinste weiter. »Cooles Outfit, ich mussschonsagn, kommst du vonnem Maskendingsbums? Kennen wir uns?«

»Ist wirklich alles in Ordnung?«

»Könnte mich nich besser fühln«, die Bikerin klopfte sich suchend ab, »nur meine Schlüssel, wo sssin die?«

Lou fand sie dort, wo die Frau hingefallen war, und drückte sie ihr in die Hand. Heftig nickte der Helm zum Dank.

»Mit dem richdigen Schlüssel bringt man jede Frau auf, ich sag dir, jede. Ich mussjetz los.« Sie wackelte zum Motorrad.

»Das ist nicht Ihr Ernst, so können Sie nicht fahren!«

»Und ob ich das kann, ich kann fahrn, nur weicht mir das Schloss ständig aus, das macht mich draurig.« Sie begann doch tatsächlich zu flennen.

Lou verdrehte die Augen, resolut riss sie der Frau die Schlüssel aus der Hand. »Nichts da! Sie nehmen ein Taxi.«

»Her mit meinen Schlüssln, dasssürfen Sie nich tun. Bist du Muslimin? Das Profil deiner Brüssde sieht irgendwie muslimisch aus. Ich verstehe was davon, gib mir die Schlüssl, ich fahre auch schön langsssam.«

Lou trat näher an sie heran. »Schöne Lederjacke haben Sie«, sie strich anerkennend darüber.

Die Frau zwinkerte ihr zu, was verführerisch hätte wirken sollen, ein Gesicht, eingeklemmt in einem Motorradhelm, kann aber unmöglich verführerisch wirken – dümmlich käme der Sache schon näher. Und was die Frau dann sagte, machte nichts intelligenter: »Viel schöner als die Lederjacke is das, was drunterliegt – Spitzenware, schau mal.« Sie zerrte am Zipper.

Hurtig stoppte Lou die Hand am Reißverschluss. »Nicht nötig, ich glaube Ihnen. Ich muss jetzt auch los, adieu.« Sie nahm das Ende des Seils und schwang es zum ersten Stock hinauf, wo es auf der Brüstung zu liegen kam. Die Frau klopfte ihre Taschen ab, »aber wo sinn jetz die Schlüssn?«

Lou nickte kurz zum Abschied und rannte davon, zurück in die Postgasse. Dort rief sie eine Taxizentrale an, erklärte, dass eine Bikerin in der Gerechtigkeitsgasse abgeholt werden wolle; deren Schlüsselbund stecke in der Jackentasche (es war nicht schwierig gewesen, ihn ihr dort hineinzuschmuggeln), die Frau sei betrunken. Seufzend machte sie sich daran, noch einmal die Fassade hochzuklettern. Vom Dach aus zog sie das Seil hoch und packte es genervt mitsamt dem Gewinde ein.

Als sie zu Hause ankam, war sie fix und fertig. Sie legte den Schmuck in den Tresor und plumpste aufs Sofa. Zoro würde etwas zu hören bekommen! Er hatte hoch und heilig versprochen, dass das Seilgewinde repariert war. Von wegen! Innerhalb von vier Tagen hatte sie um ein Haar zwei Menschen erschlagen. Nun gut, sie hatte gleichzeitig zwei Frauen gerettet, die Nuttige vor dem Mann und die Motorradfahrerin vor ihrer Trunkenheit. Als sie an die Bikerin dachte, lächelte sie. Die war meschugge, aber auf amüsante Weise. Lieber eine Betrunkene in Ledermontur als eine Frau auf High Heels, dachte sie. Dann dachte sie nichts mehr, sondern fiel in tiefen Schlaf.

Montag, 15. Juni *19 °C*

April hatte ebenfalls auf dem Sofa geschlafen – allerdings keinen Schlaf der Gerechten, sondern einen Schlaf der Gebrechen: Als sie erwachte, plagten sie tausenderlei Beschwerden; die meisten davon konzentrierten sich im Kopf. Der fühlte sich an, als hätte Tarzan sie an einer Liane schwingend umgehauen, was der Wahrheit erstaunlich nahe kam. Sie wusste nicht, warum sie auf dem Sofa lag, in voller Montur und mit der Stolpermütze auf dem Kopf. Als sie durch die Garage schaute und die Abwesenheit ihrer Buell entdeckte, traf sie der Schlag – wo war ihr geliebtes Motorrad?! Sie zog die Stolpermütze aus und jagte drei Mal durch die Garage, als könnte sie es dadurch herbeizaubern. Dann rannte sie nach draußen und schrie auf – welch gleißendes Licht (nun ja, es war stark bewölkt) –; hier stand die Buell auch nicht. Kurz versuchte sie nachzudenken, gab das aber gleich wieder auf. Auf dem Tisch fand sie die Quittung eines Taxibetriebs, ausgestellt auf heute Morgen um halb drei Uhr, für eine Fahrt von der Gerechtigkeitsgasse bis hierher. Daneben lag ihr Portemonnaie, darin ein Zettel. Der Taxifahrer hatte geschrieben: *Ick genommen Betrag aus ihr Portmonä und Ihnen berechnen Trinkegeld, wo sie hätten gegeben mir, ich bin sicher, wenn sie wach. Helm ick konnte nicht abnehmen von euch. Sie waren wie Esel.*

Sie musste trotz Kopfschmerzen lachen.

Woran sie sich erinnerte: Dass sie sich gestern mit Tom und ein paar anderen HIMMLISCHEN BENGELS getroffen und vorgehabt hatte, wenig zu trinken. Wunsch und Realität waren jedoch meilenweit voneinander entfernt zu liegen gekommen – in einem Wetttrinken mit Rodolfo und Jakob: Wer Erster werde, bekäme eine Frau als Trophäe. Niemand gewann, unter anderem, weil sie nicht bestimmt hatten, was es dazu brauchte, Erster zu werden. Als Erster umzufallen? Oder als Letzter? Am meisten gesoffen zu haben? Und wer wäre die Trophäe?

Viele Biere später verabschiedeten sie sich vor der Bar, lallten letzte tiefsinnige Erkenntnisse und schwankten zu den Motorrädern. Außer April schafften es alle, den Motor anzulassen und Gummi zu geben. Ihre Schutzengel flogen fluchend hinterher. April erinnerte sich jetzt, dass das Zündschloss dem Schlüssel ausgewichen war; was sich danach ereignet hatte, wusste sie nicht. Dafür erinnerte sie sich lebhaft an ihren Traum: Die maskierte Muslimin von neulich schwang sich mit ihr durch den Dschungel und öffnete dabei ihre Lederjacke. War sehr erotisch.

Müde blickte April auf die große Küchenuhr: schon halb elf.

Kackenschotter, hatte sie heute nicht viele Arbeiten erledigen wollen – nur, welche? Auf dem Handy sah sie, dass Anja dreimal angerufen hatte. Ja, am Samstagabend in Zürich war es schön gewesen, aber warum die Anrufe?! Warum wollte immer jede wissen, wann sie sich wiedersehen würden, und ihr vorsäuseln, dass sie, April, die beste Liebhaberin von allen war? Als wüsste sie das nicht selber. Ja, sie, April Pallas, war eine kolossale Geliebte, sie konnte Frauen befriedigen wie niemand sonst. Sie kannte sich beim weiblichen Körper aus. Eigentlich hätte sie Gynäkologin werden sollen, die Patientinnen würden überaus befriedigt ihre Praxis verlassen.

Offensichtlich schwamm Aprils Hirn immer noch in reichlich Alkohol.

Ihr Handy verriet ihr auch, dass sie heute in die Altersresidenz wollte. Als inoffizielle Hausdetektivin schaute sie von Zeit zu Zeit dort vorbei, um daran zu erinnern, wen die Residenz anrufen musste, wenn etwas Ungereimtes vorfiel.

Zwei Aspirin später, frisch geduscht und angezogen, im Magen eine Pizza aus dem Ofen und ein Mars zum Dessert, holte April die Buell ab. Eine Weile stand sie vor der Maschine und es war ihr, als kämen Erinnerungen zurück und doch nicht. Sie erinnerte sich lebhaft an das Wetttrinken, das sie gewonnen hatte. Dabei schaute sie an der Fassade hoch und fragte sich irritiert, warum sie erwartete, dass dort eine Liane herunterhing.

Die Altersresidenz Egghölzli war ein Bau aus den Siebzigerjahren, nichts Berauschendes, jedoch mit großen Balkonen und viel Grün drumherum. Hier wohnten ältere Leute, die wohlhabend und weitsichtig genug waren, vorzeitig eine Wohnung mit erstklassigem Service zu mieten. Die Bewohner waren siebzig aufwärts, die meisten rüstig und unternehmungslustig. Sie konnten aus einem breiten Angebot an Freizeitaktivitäten wählen – von Malstunden über Wandergruppen, Töpfern und Schreiben bis hin zu Computerkursen. Weiter gab es ein Hallenschwimmbad, ein Solarium, Masseuse, Kosmetikerin, Friseur und einen

Doktor, der zweimal die Woche hier praktizierte. Nicht zuletzt verfügte das Haus über eine Küche, die nach Wunsch Essen in die Wohnungen lieferte. Die Altersresidenz war wie ein Vorhimmel – wären da nicht die Intrigen, der Klatsch und gewisse Anfeindungen gewesen. Im Vorhimmel lebten eben auch nur Menschen mit ihrem Hang zu Zänkereien.

Wie immer freuten sich die Angestellten und Bewohner, sie zu sehen. April plauderte hier und da, zwinkerte der Rezeptionistin zu, die wie immer errötete. Mit dem Hauswart fachsimpelte sie über Motorräder, dann erschien sogar die Chefin, um die Detektivin zu begrüßen. April wurde herumgereicht und ließ es gerne mit sich geschehen, bis sie das eigentliche Ziel dieses Besuchs erreicht hatte: Frau Montiross senior. Frau Montiross zeigte sich erfreut: »Liebe Frau Pallas, wie schön, Sie zu sehen! Kommen Sie herein.« Einladend trat sie zur Seite. »Wollen Sie einen Tee? Ach nein, Sie mögen lieber Kaffee.« Sie führte April ins Wohnzimmer und bot ihr einen Platz an, dann verschwand sie in der Küche und kehrte nach einer Weile mit Kaffee und Kuchen zurück.

Frau Montiross als elegant zu bezeichnen, war die Untertreibung des Tages, sie war ele-ele-elegant, vornehm mit jener Sorte Klasse, die altem Geld vorbehalten war. Die Dame verkörperte ein Gesamtkunstwerk, bei dem alles zueinander passte: das mattschimmernde Seidenkleid (4.520,– SFr) zu den schlichten Schuhen (1.750,– SFr), zum Schmuck an Handgelenk, Fingern, Hals und Ohren (18.370,– SFr), die makellose Frisur, die manikürten Hände. Nichts daran wirkte protzig, angeberisch oder übertrieben. Frau Montiross benahm sich mit 24.640,– Franken am Körper natürlich und bescheiden und trotzdem vergaß man keine Sekunde, wie vermögend sie war.

»Gut sehen Sie aus, Frau Pallas. Wie geht es Ihnen und wie laufen die Geschäfte? War mein Sohn schon bei Ihnen?«

April nahm einen vornehmen (na ja) Schluck Kaffee. »Ja, er war da und wir sind handelseinig geworden.«

»Eine fürchterliche Geschichte, nicht wahr?«

»Nun … es wurde ja niemand umgebracht.«

Frau Montiross blickte sie aus großen Augen an. »Halten Sie es denn für möglich, dass der Einbrecher sogar morden würde?«

April zuckte mit den Schultern. »Wer weiß, kommt auf seinen Charakter an. Ich glaube, eher nicht. Jemand, der einbricht, ohne Spuren zu hinterlassen, hat keinen brutalen Charakter. Ein gelungener Einbruch zeugt von Intelligenz und guter Planung. So ein Mensch bricht nur ein, wenn er hundertprozentig sicher ist, dass er niemandem begegnen wird.«

»Aber wenn er überrascht wird? Man weiß ja nie.«

»Dann würde er fliehen oder sich verstecken. Bestimmt trägt er keine Knarre mit sich.« April grinste.

»Ehrlich gesagt, fürchte ich ein bisschen um meine Jungs.«

»Ihre Jungs? Haben Sie mehrere Söhne?«

»Nein, verzeihen Sie, wenn ich mich unklar ausdrückte, ich meinte die Mitglieder der B.I.A. Bern. Wissen Sie, ich kenne den einen oder anderen schon sehr lange – alles Männer mit Format und Engagement. Und nein, ich habe nicht mehrere Söhne, nur diesen einen. Was heißt da *nur*, der Hannes ist ein Geschenk des Himmels.« Frau Montiross strahlte.

»Ich habe mich ein bisschen über den Klub informiert. Tolle Sache, ich muss schon sagen. Sind auch Frauen dabei?«

»Nur wenige. Wissen Sie, es gibt nicht viele Damen, die in Frage kämen, sie müssen sich ja um die Familie kümmern.«

»Wirklich? Reiche Frauen können sich von der Putzfrau bis zur Gouvernante doch alles leisten.«

»Ja, aber ihnen fehlt das, was es für die B.I.A. braucht.«

»Was denn?«

»Wissen Sie, die Qualitäten einer Frau liegen woanders.«

April mochte die alte Dame wirklich, nur hatte sie keine Lust auf eine Diskussion über Frauen und ihre gottgegebene Rolle. Frau Montiross scheinbar auch nicht, denn sie bot erneut Kuchen an. April lobte ihn noch einmal, ihre Gastgeberin wiegelte noch einmal ab, das sei ein ganz einfaches Rezept. Als sie genug gelobt und bescheiden abgewehrt hatten, wollte Frau Montiross wissen, ob April schon etwas herausgefunden hatte.

»Offen gestanden, kann ich dazu nichts sagen. Während laufenden Ermittlungen gebe ich keine Informationen heraus.«

Frau Montiross nickte verständnisvoll. »Aber Sie werden meinen Sohn informieren und der wird es mir erzählen – also können Sie es mir auch direkt sagen.«

»Seien Sie beruhigt, ich komme mit meinen Ermittlungen voran.« April lächelte charmant.

»Das ist gut! Möchten Sie noch etwas Kaffee?«

April lehnte dankend ab, es war Zeit, aufzubrechen. Frau Montiross begleitete sie zur Tür und schüttelte ihr lange die Hand. »Kommen Sie wieder mal vorbei, Frau Pallas.« Was Frau Pallas versprach.

Zurück in der Garage, setzte sich April aufs Sofa und betrachtete die gegenüberliegende Wand. Es war ihre Notizwand, die sie im Verlauf einer Ermittlung mit immer mehr Informationen bestückte. Auf der linken Seite waren jene B.I.A.-Mitglieder aufgeführt, die bis jetzt bestohlen worden waren. Arthur Steiner hatte sie hervorgehoben, daneben hing ein Foto des Colliers, ein Pfeil führte zu Petra Bucher. Auf dem Foto, das sie von dieser auf dem Orientteppich gemacht hatte, konnte man gut erkennen, was sie soeben getan hatte (oder tun ließ). April grinste, als sie es betrachtete. Von Petra führte ein Pfeil mit Fragezeichen zum Juwelier Staehli. Neben Staehli hatte sie den Namen seiner äußerst hilfreichen Angestellten Renate hingeschrieben. Laut Renate kam Petra Bucher regelmäßig ins Juweliergeschäft, vermutlich um Ware zu verkaufen. Das rote Collier hatte sie allerdings nicht ihm verkauft, sondern dem Auktionshaus angeboten. Warum? Und vor allem: Woher hatte sie den Schmuck? Gestohlen oder vom Dieb gekauft? Und was war mit dem anderen Geschmeide, das sie Staehli brachte: ebenfalls Diebesgut?

Sie googelte. Unter dem Namen Petra Bucher erschienen

mehrere Seiten, an erster Stelle die eines Immobiliengeschäfts in Zürich. Sie klickte *Über uns* an: Geschäftsinhaber der Firma war ein Peter Bucher, Petra Bucher die Mitinhaberin – entweder waren die beiden Geschwister und Kinder von Eltern, die bei der Namensgebung wenig Fantasie gezeigt hatten, oder es handelte sich um ein Ehepaar. April erinnerte sich an das Namensschild neben der Klingel, dort hatte PP Bucher gestanden – also ein Ehepaar. Auf dem Foto sah man Peter hinter einem eleganten Bürotisch sitzen und rechts hinter ihm stand Petra, sie hatte ihre Hand auf seine Schulter gelegt. An der Wand hing ein modernes Gemälde, das bestimmt sehr teuer gewesen war und das April nur gegen reichlich Geld bei sich aufgehängt hätte. Sie verstand von Kunst so viel wie ein Kriechtier vom Fliegen, einzig für Frauenaktbilder konnte sie sich erwärmen, doch waren echte Frauenkörper ihr weitaus lieber. Sie kannte Mona Lisa, das war die mit beiden Augen auf der gleichen Seite und dem Mund irgendwo. Das Bild von Rembrandt mit seinem abgeschnittenen Ohr fand sie lustig. Was sie sonst über Kunst wusste: Es war ein riesiges, millionenschweres Geschäft, für das sich Diebe brennend interessierten.

April ging die Homepage der Buchers durch, das Geschäft war groß und renommiert, sie handelten mit Häusern in und um Zürich und kauften ehemalige Fabriken auf, um sie in Wohnungen und Lofts umbauen und für enorme Summen zu verkaufen. Unklar blieb, warum sie zusätzlich mit Hehlerei Geld machten. Vielleicht stand das Unternehmen schlechter da, als es nach außen hin den Anschein machte?

Sie brauchte Hintergrundinformationen über die Buchers, das Geschäft, über Staehli – kurz, es war Zeit, Rösli anzurufen.

Rösli war nicht irgendeine Informantin, sondern ein Genie im Recherchieren. April hatte sie kennengelernt, als sie einen ausgerissenen Jugendlichen suchte. Die Spuren führten wider Erwarten nicht in eine hippe Szene von Bern oder Zürich, auch nicht an einen coolen Strand, sondern nach Zweisimmen im

Simmental. Dort stieß sie auf eine *River Rafting*-Szene, in der die Jugendlichen kifften, koksten, Ecstasy und anderes einwarfen und zugedröhnt mit Schlauchbooten die Simme hinunterfuhren. Die Simme war ein schmaler Fluss, den man aber nicht unterschätzen durfte: Er wartete mit einer Menge Strudeln und hohem Tempo auf. Nichts für Anfänger und bestimmt nichts für Leute auf Drogen, trotzdem gab es bisher in dieser Gruppe keine Unfälle. Als sie den Jungen gefunden hatte, schlug sie ihm vor, zu Hause anzurufen und zu sagen, dass er über den Sommer auf einer Alp arbeite und Zeit für sich brauche.

Der Junge, Nick, war zweifach überrascht: Erstens, dass April ihn aufgestöbert hatte, und zweitens, dass sie ihn nicht bei seinen Eltern ablieferte.

»Schau, du hast deine Gründe, warum du das machst, was du machst«, erklärte April. »Mein Auftrag war es, dich zu finden, nicht dich auf die sogenannte rechte Bahn zu bringen. Offensichtlich sehnst du dich nach einem intensiven, wilden Leben voller Herausforderungen und Höhenflügen. Das bekommst du im Moment hier, aber wenn es Herbst wird, höchstwahrscheinlich nicht mehr. Da ist dann die Frage, wie du sonst zu einem intensiven Leben kommst. Dies herauszufinden könnte sehr interessant sein.«

Nick schaute zu Boden, er nickte bloß und dachte nach.

April kramte in ihrer Tasche nach einer Visitenkarte. »Du bist ein toller junger Mann, ich wünsche dir das Beste. Hier meine Visitenkarte, du kannst mich jederzeit anrufen, wenn dir nach reden ist.«

Nick nahm die Karte dankbar entgegen und studierte sie. »Das ist eine Bankkarte.«

»Ehrlich? Dachte mir schon, dass sie etwas dick ist.« Grinsend nahm sie die Karte zurück und schrieb ihre Telefonnummer auf seinen Arm.

Da ihr Auftrag erfüllt war und erst Mittagszeit, nahm sie die Gondel auf den Rinderberg und erwartete dort oben eine Art

Rolltreppe oder Rutschbahn, die wieder hinunterführte. Da dem nicht so war, folgte sie dem Wanderweg Richtung Zweisimmen.

In coolen Cowboystiefeln auf einem Motorrad zu sitzen war das eine, damit auf einem Schotter- und Waldweg zu wandern etwas anderes: Im Nu hatte April Blasen an den Füßen. Fluchend zog sie die Schuhe aus, um nun darüber zu fluchen, dass der Schotter überraschenderweise nicht aus Schaumgummi bestand. Sie wich auf die Wiese aus, das war etwas angenehmer, wenn sie nicht gerade auf eine Distel trat. Als sie die Nerven verlieren wollte, erreichte sie eine Hütte und noch wichtiger: einen Brunnen. Erleichtert krempelte sie die Hosenbeine bis zu den Knien hoch und stieg wohlig seufzend hinein. Die Kühe, die in der Nähe grasten, kamen interessiert näher und glotzten sie an. Kühe waren die neugierigsten Wesen überhaupt. April lachte und spritzte die Viecher an, worauf sie irritiert zurückwichen.

»Was soll das werden, wenn es fertig ist?«, fragte da eine Stimme hinter ihr. April drehte sich um, auf dem Balkon der Hütte stand eine Frau um die fünfzig, mit roten Wangen und Schürze, an der alles ausladend war, was ausladend sein konnte. Sie sah nicht wütend aus, eher belustigt.

»Ich versuche meine Füße aufzuheitern, nachdem sie in Stiefeln und nackt den ganzen Weg über gelitten haben.« Zur Anschauung hielt sie eine lädierte Ferse in die Höhe.

Die Frau schnalzte. »Ihr Stadtmenschen seid doch Weicheier! Kommen Sie, ich habe eine wohltuende Salbe, selber gemacht, aus Käsekraut und Beinwell. Wollen Sie einen Milchkaffee?«

Und ob April wollte! Sie bekam Salbe an die Fersen und eine Kaffeetasse in die Hand. Und blieb bis gegen Abend bei Rösli. Die beiden plauderten über Blasen, Käse, Kühe, das Oberland, den Beruf der Detektivin, den brotlosen Job als Bäuerin und Sennerin und darüber, dass Röslis Sohn ihr einen Laptop geschenkt hatte, samt Buchhaltungsprogramm. »Da hat es mich gepackt, das ist ja einfacher zu bedienen als eine Melkmaschine. Ich kriegte Spaß daran, vor allem, als ich ins Internet ging. Und so hat das eine das andere ergeben. Erst habe ich der Verwandtschaft und den Leuten im Dorf geholfen, wenn sie am Computer nicht mehr weiterkamen, dann schenkte mir mein Sohn ein Buch übers Programmieren und da habe ich eigene Prográmmli geschrieben. Schließlich gelang es mir versuchshalber, in die Computer der Gemeinde hineinzukommen – welch ein Spaß!«

»Rösli, du bist eine Hackerin?!«

»Nur im Notfall«, wiegelte sie ab, der Stolz strahlte ihr aus jeder Pore. »Hier oben verbinde ich mich mit dem WLAN der Bergbahn, ich habe einen Riecher für Passwörter. Die Dummköpfe haben doch tatsächlich *rinderberg2015* gewählt – einfacher geht's nicht mehr! Komm einmal mit.« Sie führte April in das Hinterzimmer und setzte sich vor den Laptop. »Läuft im Moment dein Computer in der Detektei?«

April nickte.

Rösli traktierte die Tasten in rasantem Tempo. Nach kurzer Zeit drehte sie den Bildschirm: »Voilà.«

April sah ihre Dokumente, schön aufgereiht und bereit, geöffnet zu werden. »Kackenschotter. So einfach kommt man bei mir rein?!«, rief sie ehrlich entsetzt.

Rösli drehte den Laptop wieder zu sich, »na, so einfach ist es nicht, ich bin eben gut.« Sie lachte.

Das war der Beginn ihrer fruchtbaren Zusammenarbeit. Wann immer April seither wichtige Informationen brauchte, rief sie Rösli an.

Also rief April Rösli jetzt an und erklärte ihr, was sie wissen wollte: Wie es dem Immobiliengeschäft Bucher gehe, was sie über den Juwelierladen Staehli herausfinden könne. Sie gab ihr die Namen der Bestohlenen durch und wollte wissen, ob die B.I.A. Bern womöglich Dreck am Stecken hatte.

»Du willst viel wissen, April«, sagte Rösli.

»Ja, und ich kann dich fürstlich belohnen, dank dieses Auftrags schwimme ich im Geld.«

»Gut! Meine Tochter Elisabeth kommt morgen übrigens

nach Bern, ich gebe ihr Gemüse und Eingemachtes für dich mit. Damit du wieder einmal etwas Gesundes isst.«

»Ach, das ist nicht nötig!«

»Wann hast du das letzte Mal einen Salat gegessen?«

»Erst gerade.«

»Ah ja! Vor zwei, drei Wochen?«

»Das könne hinkommen«, April grinste.

»Unmöglich! Und lass das Gemüse nicht im Kühlschrank verrotten.«

»Ja, Rösli, versprochen.« Das Wort *versprechen* hatte bekanntlich zwei verschiedene Bedeutungen: Man *gibt ein Versprechen* oder man *macht einen Versprecher.* April meinte letzteres. Grünzeug war etwas für Hasen und war sie etwa ein Hase? Nein! Tiger käme der Sache näher, und Tiger essen nun mal keine Karotten und Zucchini. Abgesehen davon, waren Vitamin- und Mineraltabletten nicht für nichts erfunden worden.

An diesem Nachmittag machte sie nicht mehr viel. Sie telefonierte mit Arthur Steiner, dem ehemaligen Besitzer des Colliers, danach mit Daniel Moser, der als zweiter bestohlen worden war, und machte mit beiden einen Termin ab.

Dienstag, 16. Juni *20 °C*

Arthur Steiner wohnte in Muri. Muri war ein Vorort von Bern, besser gesagt, Berns Villenviertel. Der Steuerfuß war angenehm tief, das Einkommen der Einwohner angenehm hoch. Der Ort reichte bis hinunter zur Aare und war – wie meistens in reichen

Gegenden – mit klinisch reinen Straßen und gepflegten Gärten geschmückt. Nirgendwo spielten Kinder, die saßen drinnen vor dem Klavier oder waren im Tennis oder lernten Standardtänze. Sogar Katzen waren selten zu sehen.

April parkte ihre Buell um zwanzig Uhr neben einem schmiedeeisernen Tor und klingelte. Die Gegensprechanlage fragte knisternd, wer da sei. April sagte »Pallas, die Detektivin« und winkte in die Videokamera. Das Tor öffnete sich, ein leicht geschwungener Kiesweg führte zu einer stattlichen Villa aus Sandstein. Warum wohl der Weg zu einem Anwesen meistens leicht geschwungen und gekiest war? Der arme Gärtner musste den Kies regelmäßig aus dem Rasen pflücken oder aber der Rasenmäher ging ständig kaputt; und fuhr man mit einem Fahrrad darüber, rutschte man aus. Aber das Knirschen von Reifen auf Kies hörte sich schon verdammt gut an.

Eine jüngere Frau öffnete, sie war vermutlich Südamerikanerin und zweifellos schön: mit langem, schwarzem Haar, kurvigem Körper à la Beyoncé, aufrechten Brüsten, die auf eine gewisse chirurgische Behandlung schließen ließen; einem Kostüm, das wie angegossen saß und deutlich erahnen ließ, welche Vorzüge Herr Steiner genießen konnte. Dazu war sie mit vielerlei protzigem Schmuck behängt. Als sie April erblickte, verzog sie ihre tiefrot geschminkten Lippen zu einem adretten Lächeln. »Sie mussen sein Frau Pallas, mein Mann erwartet Sie in Bibliothek, gehen Ihr mit mir.« April folgte dem wiegenden Hintern.

Die Bibliothek war ein Traum für jede Leseratte: Bücherregale bis zur Decke, ein Kamin, Ledersessel, Sofa und mitten im Zimmer ein antiker Schreibtisch. Für April jedoch, die ein Lesefaultier war, war es ein Raum wie jeder andere. Als Herr Steiner, der im Sessel gesessen hatte, die Besucherin sah, stand er auf und kam ihr entgegen. So jung, saftig und schön seine Frau war, so alt und ausgedörrt wirkte er: Riesig groß, gebeugt, das Haar ergraut und schütter. Das einzig Frische war der Glanz in seinen Augen. Nach der üblichen Begrüßungszeremonie setzten sie sich, April nahm das Angebot für einen Kaffee dankend an und schaute Frau Steiner hinterher.

»Nun, also erzählen Sie mal von dem Einbruch und vom Collier – einfach alles, was Ihnen wichtig und alles, was nebensächlich scheint. Im Nebensächlichen verbergen sich oft wertvolle Hinweise.«

Herr Steiner nickte bedächtig. »Es gibt nicht viel zu erzählen: Vor bald einem Jahr kamen meine Frau und ich von einem Konzert nach Hause – und merkten nichts Außergewöhnliches. Erst als Consuela den Schmuck in die Schublade ihres Schminktisches legte, sah sie, dass der andere darin fehlte. Ich ahnte Schlimmes und ging zum Safe, wo kostbarer Schmuck aufbewahrt wurde. Der Safe war leer!«

»Was befand sich sonst noch im Tresor?«

»Neben dem Schmuck Wertpapiere, Dokumente und etwas Bargeld.«

»Etwas?«

»Ja, nicht viel, etwa fünfundzwanzigtausend.«

»Wirklich nicht viel«, April grinste schräg. »Haben Sie feststellen können, dass in Ihrem Haus etwas verändert war? Fenster, Türen, Spuren am Boden, an Schubladen oder am Tresor?«

»Nein, nichts.«

»Die Polizei auch nicht?«

»Auch nichts, der Einbrecher hat ganze Arbeit geleistet.«

Frau Steiner kam mit Kaffee und Plätzchen. Das Geschirr glänzte und blitzte, als hätte es die Haushälterin auf Hochglanz geputzt (was tatsächlich so war). Auf dem Tablett standen neben dem Kaffeeset eine Flasche Grappa und Gläser. April lehnte dankend ab, Alkohol und Arbeit waren für sie zwei Magnete, die sich abstießen. Während Herr Steiner sich ein Glas füllte, berichtete er, dass im Tresor der alte, geerbte Schmuck gelegen habe mit einem Wert von zusammengenommen rund einer Million. Derjenige in der Schublade etwa fünfzigtausend.

»Welcher Verlust ist für Sie am schmerzlichsten?«

Steiner trank einen Schluck, an seinen Augen sah April, dass der Grappa nicht der erste Alkohol an diesem Tag war. Er trank also seinen wir-wissen-nicht-wievielten Schluck und dachte nach, dabei trommelte er nervös auf die Sessellehne. »Es gibt Familienschmuck, der mir etwas bedeutet hat – emotional. Aber er lag immer im Safe, hatte eher ideellen Wert.« (April wusste bisher nicht, dass man einen Schmuckwert von einer Million als *ideell* bezeichnen konnte.)

»Was ist mit den Wertsachen?«

Herr Steiner winkte ab – »nicht so tragisch.«

»Und die Dokumente?«

Das Trommeln auf der Lehne wurde etwas schneller. Steiner nahm wieder einen Schluck. »Nicht tragisch.«

»Man legt normalerweise keine unwichtigen Dokumente in den Tresor.«

April hätte schwören können, dass Steiners Hand leicht zitterte. Er lehnte sich im Sessel zurück und fuhr sich fahrig durchs Haar. »Ein paar Verträge, doch heutzutage scannt man die, der Einbruch konnte ihre rechtliche Bedeutung nicht zerstören.«

»Und was sonst?«

»Nichts Spezielles.«

»Da sagte mir Herr Montiross etwas anderes.«

Er schaute sie überrascht an. »So? Was denn?«

»Er sprach von geheimen Dokumenten.«

»Er sprach darüber? Aber die sind doch *topsecret*!«

»Das hat er mir auch gesagt. Und ich habe erwidert, dass ich nur ermitteln könne, wenn ich alle Informationen hätte. Also hat er mich über den Inhalt der Dokumente aufgeklärt.«

Steiners Augen öffneten sich weit. »Er hat das gemacht, er weiß doch gar nicht, was drinsteht. Und Sie sind danach nicht zu –«

In diesem Moment klirrten Scheiben und es knallte, nein, es war mehr wie ein Ploppen, es gab ein kleines, grässliches Geräusch, als würde man mit einem Schraubendreher in eine Melone stechen. Steiner sackte stumm im Sessel zusammen. Ohne zu überlegen, hechtete April zu ihm, riss ihn zu Boden und zog ihn aus Sichtweite des Fensters. Dann hechtete sie weiter zum Telefon, das auf dem Beistelltisch lag, und rief Ambulanz und Polizei. Danach untersuchte sie Steiner und begriff, dass sie auch gleich den Leichenbestatter hätte anrufen können. In dem Moment hörte sie Frau Steiner die Tür öffnen.

April schrie: »Bleiben Sie draußen!«

»Aber ...«

»Nichts aber, das ist ein Befehl! Öffnen Sie stattdessen das Gartentor und lassen Sie die Haustüre offen, Polizei und Ambulanz sind unterwegs.« Während sie das sagte, robbte sie zu dem zersplitterten Fenster. Vorsichtig spähte sie hinaus. Von wo aus hatte der Mörder geschossen? Etwa zehn Meter entfernt standen zwei Bäume. Welche Sorte es auch sein mochte – Aprils Kenntnisse der Natur (mit Ausnahme derjenigen von Frauen) waren minimal –, ihr Blattwerk verdeckte die nächste Villa. Es wäre kaum möglich, von dort aus zu zielen, vor allem nicht so genau. Der Scharfschütze hatte vermutlich vom Baum aus geschossen.

»Was ist mit meinem Mann?!«, kreischte es vor der Tür. »Ich will in die Bibliothek!« April erhob sich und bedeckte Steiner mit einer Sofadecke. Dann ging sie hinaus zu seiner Frau, die aufgelöst im Korridor auf und ab ging, und packte sie am Arm. »Sie gehen da nicht hinein! Sie warten hier auf den Krankenwagen! Es sieht leider nicht gut aus.«

Frau Steiner begann zu weinen, zu heulen und zu schreien.

April schüttelte sie. »Nehmen Sie sich zusammen und hören Sie mir zu: Die B.I.A. will, dass ich verdeckt operiere, ohne jede Einmischung der Polizei. Deshalb gehe ich jetzt und Sie sagen, dass er allein in der Bibliothek saß. Haben Sie verstanden?«

Consuela Steiner wimmerte etwas auf Spanisch.

»Haben Sie mich verstanden?! Es ist wichtig. Sie wollen sicher nicht gegen die B.I.A. arbeiten, oder? Am besten, Sie rufen Herrn Montiross an und informieren ihn.«

Die Frau zuckte etwas zusammen und hörte auf zu jammern. Stumm nickte sie. April tätschelte ihre Schulter. »Danke, das ist am besten so – sagen Sie einfach, dass Ihr Mann allein war.« Damit ging April in die Bibliothek zurück und wischte überall, wo sie gewesen war, die Fingerabdrücke fort, nahm das zweite Glas vom Tablett, füllte es mit Grappa, drückte es Consuela in die Hand und befahl ihr, es im Fernsehzimmer abzustellen. Als sie von weitem die Sirenen hörte, schlüpfte sie aus dem Haus und sprang auf das Motorrad.

Um dreiundzwanzig Uhr kam sie erschöpft nach Hause. Langsam sickerte es in ihr Bewusstsein, was an diesem Abend geschehen war. Sie war zwar eine mit allen Wassern gewaschene Detektivin, aber einen Mord miterlebt hatte sie nie zuvor. Während die Szene immer und immer wieder vor ihrem inneren Auge ablief, zitterte April am ganzen Körper. Wieder und wieder hörte sie das Klirren und Ploppen. Sie atmete mehrmals bewusst und langsam in den Nabelbereich, so wie sie es im Kung Fu gelernt hatte, wurde aber nicht ruhiger. Das Bier, das sie später trank, war effektiver. Das zweite erst recht.

Warum war Steiner ermordet worden? Warum genau in diesem Moment? Was hatte er ihr sagen wollen?

... er hat das gemacht, er weiß doch gar nicht, was drinsteht. Und Sie sind danach nicht zu –

Natürlich war Steiner erstaunt zu hören, dass Montiross sie über den Inhalt der Dokumente informiert haben sollte, was ja gelogen war. Aber was meinte er mit: *Und Sie sind danach nicht zu –*? Dass sie nicht zu wem oder was gegangen war? Zur Polizei, zum Anwalt, zu anderen Mitgliedern, zum Kiosk, zum Teufel? Ging es in diesen geheimen Papieren etwa doch um Illegales? Warum hatte Montiross sie dann aber zum Ermitteln angestellt – und warum hatte er den bestohlenen Mitgliedern nicht eingebläut, sich bezüglich der Dokumente bedeckt zu halten? War es Zufall, dass Steiner genau in dem Moment erschossen worden war, als es um die Papiere ging? Wenn das kein Zufall gewesen war, bedeutete dies, dass der Scharfschütze ihr Gespräch mitverfolgt hatte? War die Bibliothek verwanzt? Sie musste all das unbedingt abklären.

Mittwoch, 17. Juni *20 °C*

Am nächsten Morgen früh klingelte Aprils Telefon. Es war Hannes Montiross, der ihr aufgelöst erzählte, dass nicht nur Steiner erschossen worden sei (Consuela hatte ihn also informiert), sondern später am gestrigen Abend auch Moser.

Daniel Moser, den sie an diesem Tag treffen wollte.

April war mit einem Schlag hellwach und fragte hochprofessionell: »Waaaas?! Wooo? Wiiie?«

»In der Brunngasse – in den Kopf.«

»Kackenschotter! – Was geht hier ab?!«

»Wenn ich das wüsste! Vielleicht war es Zufall? Nein, das kann kein Zufall gewesen sein, Sie wollten beide interviewen, der eine stirbt vor Ihren Augen, der andere kurze Zeit später. Meine Güte, warum?!« Montiross rang nach Luft.

»Als Erstes müssen Sie tief durchatmen und sich zentrieren, eine Situation wird nicht besser, wenn man hyperventiliert. Solange wir nichts wissen, wissen wir noch nichts.« (Das war zwar ein geistiger Tiefflug, aber logisch richtig.) »Ich brauche unbedingt Zugang zu Steiners Bibliothek, ich habe da eine Vermutung.«

»Die da wäre?«

»Wie gesagt, ist es nur eine Vermutung, Vermutungen spreche ich nicht aus, das stiftet bloß Verwirrung. Die Frage ist, ob mich die Polizei in die Bibliothek lässt.«

»Das lassen Sie nur meine Sorge sein.«

April konnte Montiross' Stolz, dass er vielerlei Beziehungen hatte, durch das Telefon spüren. »Eine Frage noch: Befanden sich in Mosers Safe auch geheime Papiere?«

»Ja. Schlimm, dass sie weg sind, aber Mord übertrifft alles. Ich bin schockiert. Moser und Steiner waren famose Männer!«

»Sicherlich. Steiner schien ja voll im Saft zu stehen, bei dieser Frau.«

»Ja, ein Traumpaar, wie gemacht füreinander.«

»Wie man's nimmt. Wo hat er sie kennengelernt?«

»Keine Ahnung, ist ja auch egal.«

»Was nebensächlich scheint, ist manchmal der Schlüssel zur Lösung.«

»Was weiß ich, der Steiner war ein geselliger Mensch – meine Güte, und jetzt ist er tot!« Ihr Auftraggeber schien wirklich bestürzt zu sein.

»Ja, der Tod hat etwas sehr Endgültiges, da kann man nichts mehr daran herumradieren (noch ein geistiger Tiefflug). Organisieren Sie mir bitte Zugang zur Bibliothek.«

Zwei Stunden später hatte Montiross die Bewilligung. April schwang sich auf die Buell und fuhr nach Muri. Als Consuela Steiner die Detektivin erblickte, begann sie zu weinen (laut). April nahm sie in die Arme und tätschelte beruhigend ihren Rücken.

»Er war ein solch guten Mensch, ich hätte mir vorstellen nicht können eine besseren Mann.«

»Ehrlich?«, fragte April verwundert.

»Wenn ich sage Ihnen das!«

»Ja klar. Sie wissen, dass ich ein paar Nachforschungen in der Bibliothek machen werde – ich möchte den Mörder finden.«

Consuela schniefte und nickte, April befreite sich aus ihrer hitzigen Umklammerung und zog ein Taschentuch aus der Jackentasche. »Hier.«

»*Gracias.*« Consuela tupfte sich Nase und Augen, dann blickte sie aufs Tuch. »Iihh, was ist das?!«, sie hielt es angewidert in die Höhe: Es hatte schwarze Striemen. April, die sich daran erinnerte, dass sie vorhin eine schmutzige Stelle am Motorrad geputzt hatte, entschuldigte sich auf charmanteste Weise und verdrückte sich in die Bibliothek. Consuela warf ihr aus schwarz verschmierten Augen einen vorwurfsvollen Blick nach und schniefte mit schwarz verschmierter Nase.

Drinnen streifte April Handschuhe über und suchte: neben, über, unter dem Sessel, auf dem Steiner gesessen hatte, über, unter, neben dem Sofa und dem Beistelltisch. Die Stehlampe, der Kronenleuchter. Nichts. Auf dem Kaminsims standen eine vergoldete Uhr, zwei Fotos, eine chinesische Vase und eine kleine Büste aus Gold mit südamerikanischem Motiv. Sie drehte, wendete, guckte und prüfte – nichts. Neben dem Kamin ein Korb mit Holz, sie nahm jedes einzelne Scheit heraus, drehte, wendete, schüttelte, klopfte. Wieder nichts. »Komm, zeig dich, du Halunke«, brummte sie. Das Kaminbesteck gab auch nichts her.

April hielt inne und dachte nach: Wo würde sie die Wanze platzieren, wenn sie der Mörder wäre? Wo würden Leute ihrer Meinung nach zuletzt suchen? Sie schaute zur Bücherwand. Sie würde sich freiwillig nie diesen Schmökern nähern. Da Wanzen heute leistungsfähig waren, könnten sie vom Regal aus problemlos Gespräche in ein paar Metern Abstand wiedergeben. Seufzend trat sie die Bücherwand: Die Wanze konnte überall sein, und hier standen hunderte von Büchern! Der Mensch, der die Wanze versteckte, musste sich sicher schnell entscheiden …

Ihr Blick fiel auf ein mehrbändiges Werk, ledergebunden und auf Latein. Der Abstand der Bücher zum darüberliegenden Fach war gut handbreit. April griff hinein und tastete die Unterseite des Regalbretts ab. Nichts. Sie trat ein paar Schritte zurück und suchte weiter. Zuoberst entdeckte sie Bücher in Griechisch. Sie stellte die Bibliotheksleiter an und stieg hinauf, schob wieder die Hand ins Regal. Dann pfiff sie durch die Zähne: »Hab ich dich, du Satansbraten!« Vorsichtig holte sie ein schwarzes Kästchen heraus. Sie kannte das Modell – es war ein *GSM Bewegungsmelder PIR Spy Bug*, den man im Internet kaufen konnte. Sie fotografierte das kleines Biest mit dem Handy und klebte es wieder an die Unterseite des Bretts.

Der Täter hatte also das Gespräch mitverfolgt. Das bedeutete, dass Steiners Tod mit den Papieren zusammenhing.

Dokumente aber, für die man mordet, müssen hochbrisant sein.

Sie würde Montiross diesbezüglich auf den Zahn fühlen.

Kaum dass sie das Anwesen verlassen hatte, rief sie ihn an: »Es ist an der Zeit, dass Sie mich über den Inhalt der Dokumente aufklären. Ich habe eine Wanze gefunden. Der Mörder hat demnach vermutlich mit Absicht zu dem Zeitpunkt abgedrückt, als Steiner etwas über die Dokumente sagen wollte.«

Sie hörte Montiross' schweren Atem. »Ich kann mir nicht vorstellen, dass es da einen Zusammenhang gibt. In den Papieren geht es um Projekte, die von der B.I.A. umgesetzt werden sollen. Ich selbst kenne den Inhalt nicht, aber garantiert liefern die Dokumente keinen Grund, Menschen umzubringen. Vielleicht hatte ein Feind von Steiner die Wanze dort platziert? Obschon ich mir nicht vorstellen kann, dass Steiner Feinde hatte, er war ein sehr hilfsbereiter, freundlicher Mensch.«

»Natürlich, wie ja alle Klubmitglieder.«

»Genau.« Montiross hatte die Ironie in Aprils Stimme überhört.

Als nächstes rief April Rösli an. »Kannst du dich in die Berner Stadtpolizei hacken?«

Rösli lachte. »Wenn ich in die Regierung reinkomme, werde ich das wohl auch schaffen.«

»Gut. Dann möchte ich, dass du mich über die Ermittlungen zu den Mordfällen Arthur Steiner und Daniel Moser auf dem Laufenden hältst.« April hörte im Hintergrund eine Kuh muhen und schmunzelte bei der Vorstellung, wie die Sennerin sich ins

Netzwerk der Kripo einschlich. »Ach, und noch was: Könntest du mir einen Plan zukommen lassen, wann wo Geschwindigkeitskontrollen sind? Darum wollte ich dich schon lange bitten!«

»Du willst nicht etwa einen Freibrief, um zu rasen?«

»Nie und nimmer, ich will einfach informiert sein.«

Fadenscheinig, April!

Donnerstag, 18. Juni *18 °C*

Lou schlief bis sechs Uhr, dann frühstückte sie auf der Dachterrasse mit dem Fernglas neben sich, um die Mauersegler zu beobachten, die hier oben vorbeischossen und den Himmel zerschnitten. Sie wusste, dass diejenigen Vögel, die nicht am Brüten sind, sich abends versammeln und mit der warmen Luft in große Höhen steigen, wo sie gegen den Wind fliegend schlafen. Sie ruhen sich aus, indem sie so wenig wie möglich mit den Flügeln schlagen. Bei stärkerem Wind oder schlechtem Wetter driften sie im Schlaf ab, machen mitunter Ausweichflüge von mehreren hundert Kilometern und kehren erst zurück, wenn die Wetterlage sich beruhigt hat. Mauersegler waren für Lou Geschöpfe des Himmels: Sie landen nur, um zu brüten, ansonsten sind sie in der Luft – die ersten ein, zwei Jahre ununterbrochen. Eine Vorstellung, die Lou in reines Entzücken versetzte und mit großer Sehnsucht erfüllte.

Nach dem Frühstück ging sie in den Fitnessklub und trainierte eine Stunde, danach trank sie in einem Café einen Fruchtsaft und las die Zeitung. Als sie den Regionalteil aufschlug, stockte ihr der Atem: Vorgestern Abend hatte man einen Mann in seinem Haus und einen zweiten auf dem Heimweg in den Kopf geschossen, sie waren sofort tot. Das Geschoss stammte aus ein und derselben Waffe. Lou stockte der Atem weniger, weil ihr die Männer leidgetan hätten, sondern – weil sie bei beiden eingebrochen war: bei Steiner vor rund einem Jahr, bei Moser vor etwa einem halben. Laut Zeitungsbericht fehlte vom Täter jede Spur, obendrein jegliches Motiv. Sie starrte auf den Artikel.

Was da nicht stand: Die Opfer waren Mitglieder des B.I.A. War ihre fast gleichzeitige Ermordung nur Zufall, die Tat eines Irren? Oder hatte man sie gezielt umgebracht, weil sie dem Klub angehörten? Oder – schlimmer! – deshalb *und* weil bei ihnen eingebrochen worden war? Lou hoffte, es war ein Irrer gewesen. Wenn nicht, gab es vielleicht eine Verbindung zwischen diesen Morden und ihren Einbrüchen. Und falls es diese Verbindung gab, kam ein überaus beunruhigender Gedanke hinzu: Wenn jemand wusste, dass bei den Männern eingebrochen worden war – wusste er dann auch, wer es getan hatte? Sie hielt das nicht für möglich, durfte es gar nicht für möglich halten, denn sie wollte mit den Einbrüchen bei B.I.A.-Mitgliedern fortfahren. Sie hatte sich noch nicht fertig gerächt, noch nicht die nötige Summe beisammen. Außerdem beunruhigten die kryptischen Dokumente sie zutiefst. Die Papiere beinhalteten eine scheinbar sinnlose Aneinanderreihung von lateinischen, griechischen und vermutlich hebräischen Buchstaben sowie Zahlen – ein Computerprogramm? Eine Geheimschrift?

Um zehn Uhr traf sie in der DIRETTISSIMA[5] ein, ihrer Kletterschule und -agentur. Sie vermittelte Kletter- und Bergführer an Gruppen und Einzelpersonen, organisierte Klettertouren und gab selber zwei Kurse, Titel: *Frauen, die hoch hinaus wollen*

---

5 Für alle Bergmuffel: *Direttissima* bezeichnet eine Route, die ohne Umwege zum Gipfel eines Berges führt.

und *Frauen, die an die Spitze wollen.* Das war die eine, die offizielle Seite. Andererseits benutzte sie das Unternehmen dafür, Geld aus den Schmuckverkäufen zu waschen.

Klara, ihre rechte und linke Hand, Sekretärin und Frau für alles, informierte sie darüber, was in den ersten zwei Stunden gelaufen war. Lou nannte Klara insgeheim *Miss Moneypenny*, so treu ergeben und zuverlässig, wie sie sich zeigte. Dass Klara zudem in sie verschossen war wie Miss Moneypenny in Bond, hätte Lou ahnen können, wenn sie es gewollt hätte.

Klara trug eine dunkle Hornbrille, die nicht zu ihrem zarten Gesicht passte, und ihr rot gefärbtes Haar, das zu einer chaotisch ausladenden Frisur hochgesteckt war, passte erst recht nicht. Lou hörte Klaras ausführlichen Bericht an und hörte doch nicht hin, weil sie an die Toten denken und grübeln musste, wie das eine mit dem anderen zusammenhängen könnte. Sie würde bei den Einbrüchen noch vorsichtiger sein müssen. Und sie wollte jetzt erst recht erfahren, was in den Dokumenten stand. Zoro musste mit dem Dechiffrieren vorwärts machen!

April hatte mit Reißzwecken die neuesten Entwicklungen und Erkenntnisse an die Garagenwand gepinnt und den Bürotisch aufzuräumen versucht, was darauf hinauslief, dass sie die Stapel von links nach rechts schob und drei Blätter fortwarf. Am Nachmittag stand der Selbstverteidigungskurs für die Mädchen auf dem Programm. Er war ihr so wichtig, dass er sogar als eigener Absatz in Aprils Vertragsvorlage stand: *Am Donnerstagnachmittag arbeitet April Pallas nie, sogar wenn die Welt zusammenstürzt. Diese Zeit ist der Weiterbildung zukünftiger starker Frauen gewidmet.*

Die braunäugige Bella traf als Letzte ein, wieder in Begleitung ihrer blonden Patentante. Als Bella April sah, ließ sie die Hand der Tante los und lief ihr entgegen. »Guten Tag, Frau Mai! Heute werde ich das Brett entzweihauen.«

April grinste: »Du liegst einen Monat daneben, ich heiße April. Klar wirst du das Brett entzweischlagen! Und zieh die Schuhe aus, bevor du reingehst.«

Die Blonde stoppte kurz vor dem Halleneingang und nickte April zu. Sie rückte nach vorn, bis ihre Schuhspitzen die Schwelle berührten. »Darf ich diesmal zuschauen?«, fragte sie.

»Die Regeln haben sich seit letztem Mal nicht geändert.«

»Hätte aber sein können«, die Frau setzte den linken Vorderfuß auf die Schwelle.

»Ein weiterer Schritt und ich lasse richterlich verordnen, dass Sie sich dieser Turnhalle nicht mehr als auf zwanzig Meter nähern dürfen.« Wie gesagt, April hasste aufdringliche Eltern und Patentanten.

»Ich will zuschauen, wie Bella sich macht – und Ihnen auf die Finger schauen, ist das ein Verbrechen?«

»Vergessen Sie's«, April schmiss die Türe vor der Patentantes Nase zu, in der Hoffnung, dieser Nervensäge damit auch gleich die Zehen blau geschlagen zu haben. Die Mädchen sahen sie mit großen Augen an. Kackenschotter, dachte April, sie da war sie gerade keine coole Brucie Lee gewesen. Ein paar Mal atmete sie ruhig in ihre Mitte und wurde wieder die Gelassenheit in Person. Die Hallentüre öffnete sich. Die Nervensäge!

Sie fragte: »Bis wann geht der Kurs?«

»*Halb vier!*«

»Ah, halb vier. Ich höre übrigens gut«, ein Lächeln hing im linken Mundwinkel, nur angedeutet, doch April sah es. Diese Ratte!

Nach dem Unterricht standen die Mütter oder Väter und die Patentante vor der Türe. Da Bella das Schuhbinden noch nicht im Griff hatte, dauerte es. Während Bella band, krempelte die Tante den rechten Ärmel hoch und zeigte April einen Bluterguss. »Daran sind Sie schuld – jedenfalls indirekt. Bella übt an mir. Wer weiß, vielleicht komme ich nächstes Mal auf Krücken.«

Aprils linke Augenbraue hob sich. »Nun, ich bin eben eine gute Lehrerin«, und zu Bella gewandt: »Nur weiter so.«

»Das werden Sie noch bereuen«, sagte die Frau und ging. April wusste nicht, ob sie das ernst oder als Witz gemeint hatte.

Nach dem Kurs traf sie sich mit Montiross. Er stand schon ungeduldig vor ihrem Garagentor, als sie eintraf. Sie konnte es nicht lassen, zuerst mit anerkennendem Schnalzen seinen Jaguar zu inspizieren.

»Kommen Sie endlich?«, fragte Montiross nervös.

»Nun, mit Eile und Nervosität wird nichts besser. Oder ist in der Zwischenzeit etwas passiert – die Toten wieder lebendig? Neue Tote?«

»Das ist nicht lustig, Frau Pallas.«

»Ja, hätte aber sein können. Mit Humor lässt sich einfacher leben, er ist wie das Öl im Getriebe. Waren Sie schon mal auf dem Dampfschiff BLÜEMLISALP und haben in den Maschinenraum geschaut? Da trieft alles –«

»Frau Pallas, lassen Sie uns hineingehen und die Lage besprechen!« Der Mann zitterte vor Aufregung.

»Gehen Sie nur, es ist offen.«

Montiross schaute sie entgeistert an. »Sie haben Ihr Büro nicht verschlossen?! Was ist mit all den sensiblen Daten?«

»Nun, Daten sind nicht sensibel, die haben keinen Charakter. Und dank meiner Supporterin ist mein Computer dreifach versiegelt. Falls sich jemand daran vergreift, würde er sofort implodieren – außerdem habe ich ja meine Überwachungskamera«, sie deutete grinsend zur Klangkugel auf dem Gestell. »Und nochmals: Es bricht niemand in ein Gebäude ein, das nicht abgeriegelt ist – da gäbe es nichts zu brechen, und das mögen Einbrecher nicht. Setzen Sie sich doch.« April deutete auf den Besucherstuhl. »Äh, Moment, das ist meine schmutzige Wäsche, die habe ich versehentlich von zu Hause hergebracht, ich bin manchmal etwas zerstreut.« Sie schleuderte den Wäschesack in eine Ecke und setzte sich auf ihren Bürostuhl.

»Okay, schauen wir mal, was wir haben«, wichtig deutete sie auf die Ermittlerwand. »Ich interviewte Steiner wegen dem

Einbruch und dem Collier. Als wir über die Dokumente reden wollten, wurde er erschossen. Seine Bibliothek war verwanzt. Zwei Stunden später wurde Moser, den ich am nächsten Tag hätte befragen wollen, ebenfalls erschossen. Mit derselben Schusswaffe und ebenfalls in den Kopf. Der Schütze war garantiert kein Laie, sondern ein Auftragskiller: Jemanden aus der Distanz tödlich in den Kopf zu treffen, verlangt Übung. Wichtiger ist also, herauszufinden, wer der Auftraggeber war. Und was steht in diesen Dokumenten, dass man deswegen tötet? Rücken Sie endlich heraus damit, Sie behindern meine Arbeit.«

Montiross steckte sich nervös eine Zigarette an. »Ich kann Ihnen nicht mehr dazu sagen, weil ich selbst nicht mehr weiß.«

April schnupperte genießerisch. »Sie sind der Chef der B.I.A. Bern und wissen nicht, was für Dokumente Ihre Mitglieder im Safe haben?!«

»Ich weiß nur, dass es sich um Projekte handelt.« Montiross rutschte auf dem Stuhl hin und her, als wäre die Sitzfläche eine erhitzte Herdplatte und er darauf festgebunden. »Sie haben die Unterlagen kodiert an verschiedene Mitglieder verteilt, aber niemand außer der obersten Führung kennt den Inhalt.«

»Na, dann rede ich mal mit dieser Führung.«

Die Herdplatte schien um zwei Stufen hochgedreht worden zu sein, denn Montiross begann zu schwitzen. »Das geht nicht, niemand weiß, wer die Führung ist, zum Schutz des Klubs.«

»Zum Schutz?! Schutz wovor? Vor Dankesschreiben? Ehrungen? Wovor muss sich ein gemeinnütziger Verein schützen – außer er wäre nicht gemeinnützig, sondern vielleicht nur gemein?«

»Ich bitte Sie! Wer Gutes tut, wird angegriffen. Martin Luther King, Gandhi und Jesus wurden sogar umgebracht, weil sie Gutes taten! Das soll uns nicht passieren.«

»Es passiert offenbar trotzdem – schon sind zwei umgebracht worden! Vielleicht wurden sie getötet, weil sie verraten hätten, was in den Dokumenten steht.«

Montiross drückte die halbgerauchte Zigarette vorsichtig im überfüllten Aschenbecher aus, bemüht, ihn nicht zum Überquellen zu bringen. April schaute diesem Kunststück zu, dann zog sie aus der untersten Schublade einen Handstaubsauger und saugte den Aschenbecher leer. »So ist's besser«, sagte sie zufrieden und legte den Staubsauger zurück. Montiross nickte abwesend und sagte: »Sie konnten nicht wissen, was darin stand. Wie gesagt, ist der Inhalt verschlüsselt und auf mehrere Mitglieder verteilt – eben *topsecret.*«

»Wie können Sie für einen Verein arbeiten, wenn Sie nicht mal wissen, was abgeht?«

»Man weiß in einem Unternehmen nie alles, aber ich vertraue der Führung.«

»Die Sie nicht kennen!«

»Zum Schutz von allen.«

»Herr Montiross! Eben gerade kamen zwei Männer um!«

»Ich verstehe es doch auch nicht – Sie sind die Detektivin! Machen Sie was, finden Sie den Mörder!«

»Das kostet fünfzigtausend extra – mein Auftrag bestand darin, den Schmuck und die Dokumente zu finden, keinen Mörder.«

»In Ordnung, nur finden sie ihn!«

»Warum lassen Sie nicht einfach die Polizei ermitteln?«

»Die Polizei hat keine Ahnung.«

»Wenn Sie sie richtig informieren würden, vielleicht schon.«

»Kommt nicht in Frage. Ich überweise Ihnen den Betrag noch heute.«

April vernahm innerlich Kassengeläut, fast hörte es sich schöner an als der Motor einer Buell. »Meine Kontonummer haben Sie ja«, sagte sie und grinste breit.

Er stand auf. »Wenn Sie nur bald den Mörder, den Schmuck und die Dokumente finden.«

»Seien Sie beruhigt. April Pallas löst jeden Fall.« Dass sie bisher einfache Diebstähle sowie Ehebrüche aufgedeckt, ausgerissene Jugendliche und Hunde gefunden hatte, musste sie Montiross nicht unter die Nase reiben. Sie begleitete ihn nach draußen, um noch einmal den Jaguar zu bewundern und zuzuhören, wie er um die Ecke fuhr. Zurück im Büro, nahm sie sich ein Mango-Eis aus dem Gefrierschrank, setzte sich und legte die Beine auf den Tisch. Um nachzudenken. Sie leckte genießerisch das Eis vom Löffel, betrachtete die Ermittlerwand und dachte nach, mit dem üblichen Resultat, dass sie einschlief.

Diesmal träumte sie, dass sie mit Petra Bucher und dem Eis heiße Dinge machte. Als sie erwachte, betrachtete sie das flüssig gewordene Eis im Behälter und rief: »Heulekuh!« Sie wusste zwar nicht, was das Wort bedeutete, wohl aber, dass man es rief, wenn man eine Erleuchtung hatte. – Petra! Das Ortungsgerät an Petras BMW war intakt, sie hatte seit Samstag immer wieder ihre Fahrten beobachtet, aber nichts Auffälliges entdeckt. Sie mailte die Daten Rösli zu mit der Bitte, daraus *irgendeine Statistik* zu machen. Rösli antwortete, nach dem Ziegenmelken schaue sie, was sich machen lasse.

Petra Bucher würde sie zu dem Einbrecher führen. Der Einbrecher würde sie zu den Dokumenten führen – aber wer würde sie zum Mörder und dessen Auftraggeber führen? April nahm einen Strohhalm aus der Schublade und saugte lautstark die Mango-Soße auf. Eine Mail kam herein, sie stammte nicht wie erhofft von Rösli, sondern von Mutter, die wissen wollte, wann sie sich wieder einmal sehen lasse. Und dass sie den Scheißtypen sozusagen hinausgeworfen habe. Aprils rechte Augenbraue weit oben. Sie löschte die Mail.

Als Rösli nach Aprils Empfinden zwanzig Ziegenherden gemolken hatte, meldete sie sich endlich mit ihrer Statistik.

Montag und Mittwoch war Petra in der Migros einkaufen und hatte später vor der Post geparkt. Dienstag, Mittwoch und heute war sie in Zürich gewesen, im selben Parkhaus wie letzten Samstag. Montag, Dienstag und heute war sie an ein und derselben Adresse, offenbar ein privates Haus. April schaute im Internet nach, unter der Adresse erschienen mehrere Namen.

Gerade ein Mal war Petra zum Immobiliengeschäft gefahren, ein Mal zur Kosmetikerin, zur Frisöse und zum Solarium.

Na toll, jetzt war sie gleich klug wie zuvor!

Wenn April nicht weiterwusste, halfen zwei Dinge: Motorrad fahren und essen. Sie schwang sich auf ihre Buell und fuhr Richtung Belp, hinauf auf den Belpberg, wieder hinunter und hinauf auf den Längenberg. Die Bergkette zeigte sich gestochen scharf, mit einem verzückten Lächeln raste April über die Landstraßen. Zurück in Bern, hielt sie beim DEL ANGELO und aß eine Pizza *Frutti di Mare per April*. Die DEL ANGELO-Crew wusste aus langer Erfahrung, was sie auf ihrer Pizza mochte: Meerestiere, Sardellen und viel Chili. Sie plapperte mit dem Pizzaiolo, schäkerte mit der Kellnerin Luisa und unterhielt sich mit Peppo, der fast immer hier saß und Espresso mit Grappa trank.

Um neun Uhr war sie zurück in der Garage, druckte eine Karte von der Stadt Zürich aus und pinnte das A4-Blatt an die Wand. Erst einmal würde sie überall dort, wo Petra Bucher gewesen war, eine Stecknadel stecken, grün für Montag, blau für Dienstag, rot für Mittwoch und gelb für Donnerstag. Drei Nadeln im Parkhaus von Zürich, zwei bei der Migros, drei beim Privathaus, zwei bei der Post. Je eine bei der Kosmetikerin, der Frisöse und beim Solarium. Dass Ermittler Stecknadeln an Wände pinnten, hatte sie immer schon cool gefunden.

Für den Moment blieb das jedoch ein reiner Wunschgedanke: Das letzte Mal, dass sie Stecknadeln besessen hatte, war im Handarbeitsunterricht, und dort hatte sie mit den Dingern allerhand Zweckfremdes angestellt. Kurz: April besaß keine Nadeln. Sie erwog, stattdessen Nägel zu benützen, aber da bei der Reparatur von Buells Nägel selten nötig waren, hatte sie auch die nicht zur Hand.

Ihr scharfer Blick schweifte durch die Garage ... Ah! Heulekuh, das war's! Seehundschnauz-Tom hatte ihr zum vorletzten Geburtstag ein Dartspiel geschenkt und dazu das Buch *Zen und die Kunst des Bogenschießens* ans Herz gelegt. Wenn man in der eigenen Mitte sei, treffe man sogar blind ins Ziel, erklärte er. April witzelte, dass ihr das bei Frauen ja problemlos gelinge, worauf Tom brummte, sie solle den Fokus für ein Mal ein bisschen höher richten. Seither hing die Dartscheibe in der Garage und April schoss aus ihrer Mitte, manchmal rückwärts, sich drehend, zwischen den Beinen durch oder im Vorbeirennen. Sie fand, dass sie ziemlich gut warf – die Löcher rund um die Scheibe erzählten indes eine andere Geschichte. Da sie faul war, hatte sie sich eine Menge Pfeile zugelegt, und die suchte sie jetzt zusammen. Sie steckte sie bei Migros, Post, Tiefgarage, Kosmetikerin, Frisöse, Solarium und privater Adresse ein.

Eine A4 große Karte war nicht besonders groß (genauer gesagt: A4 groß), man sah sie vor lauter Pfeilen kaum mehr. Gedankenverloren warf April die restlichen Pfeile auf die Scheibe und traf immerhin zweimal. Zur Stärkung ihrer Denkkraft öffnete sie ein Snickers.

Petra hatte wie jeder Mensch Einkäufe getätigt, etwas für die Schönheit getan und ihr Geschäft besucht, all das schien nicht weiter verdächtig. Verdächtig hingegen waren die Besuche in der Zürcher Innenstadt und bei der Privatadresse. Am besten, sie schaute dort einmal vorbei. Und vielleicht würde sich mit Petra ein zweites Intermezzo auf dem teuren Orientteppich ergeben? Mal gucken.

April schnalzte genießerisch.

Lou verließ ihr Geschäft kurz vor neun Uhr abends. Auf dem Heimweg mit dem Rad wurde sie fast von einem Idioten auf einem Motorrad umgefahren (der eine Sie und eben vom Längenberg zurückgekommen war). Der Depp hob entschuldigend die Hand, als würde das seine Fahrweise rechtfertigen. Zu Hause fischte sie ihr Handy aus dem Kamin und rief Zoro an. Sie ließ manchmal ein paar Tage verstreichen, ehe sie nach einem Einbruch mit ihm telefonierte. Zur Sicherheit.

»Und? Alles gut gelaufen? Konntest du die Köder auswechseln?« Zur Sicherheit sprach Zoro auch am Telefon nie von Schmuck, sondern blieb bei seinem Anglerlatein.

»Ja, konnte ich – und erschlug fast eine Frau, weil sich die Bremse am Seilgewinde gelöst hat!«

»Nein!«

»Doch.«

»Das ist nicht möglich, ich habe sie geflickt!«

»Tja, wohl nicht gut genug.«

»Das ist einfach nicht möglich!«

»Zoro, wach auf, es war so!«

»Vielleicht hast du was falsch gemacht?«

»Warum kannst du nie zugeben, wenn dir ein Fehler passiert ist?«

»Weil mir kaum Fehler passieren.«

»Ja, ja! Konzentrier du dich besser darauf, wie der Fehler zustande kam, und, noch wichtiger, wie du ihn ausmerzen kannst. Ich will nicht weitere Frauen erschlagen.«

»Vielleicht wollten dir diese zwei Zwischenfälle aufzeigen, dass du wieder einmal eine Frau umhauen solltest?«

»Ha, ha.«

»Ich meine, mit deinem Charme umhauen. Es ist lange her, seit du das letzte Mal eine Frau hattest.«

»Mein Beruf lässt keine Beziehungen zu.«

»Du könntest dir eine Diebin suchen. Und schon mal was von One Night Stand gehört?«

»Dann lieber Selbstbefriedigung.«

»Lou, die einsame Kämpferin in jeder Hinsicht. Sag mir: Wie ist's gelaufen – abgesehen von der Bremse?«

»Alle Köder ausgewechselt und eine betrunkene Frau davor gerettet, mit ihrem Motorrad Schlimmes anzustellen.«

»Siehst du, die defekte Bremse hatte ihr Gutes.«

»Klappe, Dummkopf.«

Zoro lachte. »Wann kommt der Fischgroßhändler?«

»Um zweiundzwanzig Uhr, ich will die Fische so bald als

möglich loswerden. Zoro, wir müssen über etwas anderes reden. Hast du die Zeitung gelesen?«

»Nein.«

»Es sind vorletzten Abend zwei Männer umgebracht worden, per Schuss in den Kopf, innerhalb von wenigen Stunden. Beides Klubmitglieder und was das Schlimme ist: Bei beiden … Brüdern hab ich im Goldfischteich gefischt!«

»Deswegen sind die wohl kaum erschossen worden. Wohl eher, weil sie Mitglieder sind und in irgendwas drinstecken.«

»Bei beiden habe ich aber diese seltsamen Papiere gefunden! Bist du damit weitergekommen?«

»Keinen Schritt. Ich habe verschiedene Programme durchlaufen lassen, die besten, die ich auftreiben konnte, habe sie auf alle Methoden hin geprüft: Chiffrierungen im Substitutions- und Transpositionsverfahren, Playfair-, Vigenère-Chiffre, sogar Rotormaschinen und Enigma, man weiß nie, was für Geräte sie zur Verfügung haben. Der DES-Algorithmus, GnuPG und PGP ergaben ebenfalls nichts. Wer das verschlüsselt hat, versteht sein Handwerk.«

»Vielleicht müssen wir anders suchen.«

»Wie meinst du das?«

»Ich habe bei sechs Brüdern in ihrem … Goldfischsafe«, Lou vergaß ihr Anglerlatein, »also da habe ich einen Kelch gefunden, aus Gold, mit eingearbeiteten Edelsteinen. Sieht nach Mittelalter oder Renaissance aus, wenn nicht Originale, so gute Imitationen. Vielleicht stehen diese Brüder auf Rituale, auf so alten Kram? Das würde gut zu ihrem Wir-retten-die-Welt-Image passen. Christliche Symbolik aus dieser Zeit könnte uns weiterhelfen.«

Zoro lachte trocken, »vielleicht kommt uns die katholische Erziehung mal zugute.«

»Ich bezweifle, dass Schwester Beatrice Freude hätte, wenn sie erführe, wofür wir unser katholisches Wissen gebrauchen. Sie würde sich eher im Grab umdrehen. Du – Lorenz kommt gleich. Du weißt, er hat es am liebsten auf die Sekunde genau.«

»Ach, der gute Lorenz, ja.« Zoro hängte auf.

Als Lou um halb eins ins Bett sank, war sie todmüde und hellwach zugleich. Sie starrte an die Decke und dachte nach. Diese Gutmenschen der B.I.A. – da hatten sie großartig die Vogelstation übernommen, um sie innerhalb von zwei Jahren in den Konkurs zu treiben. Ihre geliebte Vogelstation, in die sie als Vorstandsmitglied so viel Herzensblut gesteckt hatte. Und jetzt wurden zwei der Mitglieder erschossen. Das Gefühl sagte ihr, dass es einen Zusammenhang mit den Einbrüchen gab, sie wusste nur nicht welchen. Inzwischen hatte sie fast genug Geld zusammen, um die Vogelwarte wieder aufzubauen, hatte den Schmuck auf verschlungenen Wegen verkauft und das Geld ins DIRETTISSIMA und in mehrere Briefkastenfirmen einfließen lassen. Dort wusch sie es, bis es strahlend weiß war. Am besten, sie verschob die restlichen vier geplanten Einbrüche auf einen späteren Zeitpunkt – wenn der Mörder gefasst oder wenigstens Gras darüber gewachsen war.

Nur hatten die Kelche und die Dokumente ihre Neugierde geweckt. Wenn Dokumente kryptisch verfasst werden, sind sie wichtig, sehr wichtig sogar – die B.I.A. Bern hatte etwas am Laufen, aber was sollten diese Kelche? Die benützten die Mitglieder wohl kaum dazu, um bei den Treffen Wein zu trinken!

Lou überlegte sich, was ihre Vorbilder gemacht hätten – dies waren immer noch Robin Hood, Simon Templar, Arsène Lupin und Zorro und wie ihre Vorbilder war sie davon überzeugt, dass Geld genommen werden musste, wo es angehäuft, um es dorthin zu leiten, wo es gebraucht wurde. Zugegeben, das geschah auf illegalem Weg, doch wer definierte, was *illegal* war?

Sie wusste: Ihre Vorbilder wären weiter eingebrochen und sie hätten herausgefunden, was die Dokumente und Kelche bedeuteten. Zufrieden schloss sie die Augen, erleichtert, eine Entscheidung getroffen zu haben. Sie musste einfach noch raffinierter und vorsichtiger vorgehen – ohne defekte Bremsen, beispielsweise.

Freitag, 19. Juni *21 °C*

Frühmorgens rief Zoro Lou an: »Ich habe über die B.I.A. gebrütet, auf der Suche nach einem Anagramm. Vielleicht bedeuten die Buchstaben von BRÜDERLICHE IN ALLEM anders zusammengesetzt etwas, das uns einen Hinweis geben könnte.«

»Gute Idee, und worauf bist du gekommen?«

»AB CHILE DREI MEER NULL.«

»Was?!«

»Na, Chile! Südamerika! Liegt am Pazifischen Ozean und hat über die Magellanstraße Zugang zum Atlantischen. Wir müssen nur noch das dritte Meer herausfinden und wofür die Null steht.«

»Haha, sehr plausibel.«

»Wie steht's mit dem: LILIE ELENDE ARMBRUCH. Lilie war ein Symbol im Mittelalter und –«

»Ja und was? Die Lilie verursacht einen elenden Armbruch?«

»Warte, ich habe bessere: LEIDER EN MILCHBAUERL.«

»Zoro!!«

»Was ist damit: MERLIN BRAUCHE IDEELLE. Merlin spielte in der Artussage eine wichtige Rolle und die Ritter suchten nach dem Gral, was die Kelche im Safe erklären würde. Außerdem ist in dem Anagramm der Hinweis, dass es um einen Brauch, etwas Ideelles, geht.«

»Hört sich schon interessanter an. Lass uns diesen Hinweis verfolgen.«

April lag tief im Bett, als das Telefon klingelte. Geistesgegenwärtig griff Brucie Lee nach dem Handy und meldete sich. Niemand antwortete, was ihr verdächtig erschien – verdächtiger jedoch war, dass das Handy weiterklingelte und das Klingeln nicht vom Handy kam! April schaute das Ding in ihrer Hand an: Ach so, es war der liegende Buddha (von Tom, wegen Zen), der auf ihrem Nachttischchen stand. Sie hechtete in Richtung

Klingeln und das mehrere Male, denn es kam von weiß der Teufel wo. Als sie das Handy endlich fand (unter dem Bett), hatte das Klingeln aufgehört. Sie brachte sich zuerst in aufrechte Position und rief Rösli zurück.

»Na, April? Noch am Pennen, du Faulpelz?«, im Hintergrund das Gebimmel der Ziegen.

»Nee, ich stehe.«

»Du könntest im Stehen dösen.«

»Recht hast du! Hast du etwas herausgefunden?«

»Einiges. Spitz deine Löffel.«

»Moment, ich brauche Papier und Stift – okay, schieß los.«

»Zu Bucher-Immobilien: Das gehört Petra und ihrem Mann Peter, ursprünglich gehörte es Petras Vater. Peter, dieser clevere Windhund, nahm bei der Heirat den Familiennamen Bucher an. Petras Vater hat mittlerweile viele Löcher im Oberstübchen, da hat er seine Anteile auf die Tochter überschrieben. Windhund Peter besitzt neunundvierzig Prozent der Aktien und Petra einundfünfzig – es ist also sie, die bestimmt, wie der Käse gewürzt wird.«

»Wer führt die Geschäfte?«

»Der Peter. Petra gießt die Magnolien vor dem Geschäft und lächelt bei Anlässen wie MISS ZÜRICH in die Kamera. Der Keller des Geschäfts ist randvoll mit Käse, was erstaunlich ist.«

»Ja, das ist seltsam – warum all der Käse?«

»April, das war bildlich gemeint! Es geht ihnen finanziell gut, obschon sie in den letzten drei Jahren nicht viele Aufträge hatten. Eine Fabrik, die sie in Lofts umbauen, will und will nicht fertig werden, die geplante Bauzeit von einem Jahr dauert schon doppelt so lange. Warum, konnte ich nicht herausfinden. Jetzt aber kommt der Hammer.«

»Was?«

»Also da pfeifen die Murmeltiere im Chor von den Felsen herab! Da bekommen meine Kühe saure Milch in den Eutern! Da kriegt mein Hund glatt zwei Schwänze …«

»Rösli, was willst du sagen?!«

»Petra ist Mitglied der B.I.A. Zürich.«

»Nein!«

»Doch.«

»Diese verdammten B.I.A.-Leute – wie hängen die miteinander zusammen? Einem Berner Mitglied wird ein Collier gestohlen, das bei einem Zürcher Mitglied auftaucht. Ich verstehe es nicht. Erzähl weiter.«

»Peter verprasst viel Knete im Casino. Ob und wie viele Schulden er hat, ist unklar. Petra ist übrigens eines der wenigen weiblichen Mitglieder der Zürcher Sektion. Ihr Projekt: Sie kümmert sich um südamerikanische Einwanderinnen.«

»Müssen die denn speziell betreut werden?«

»Keinen Schimmer.«

April überlegte. »Kannst du nachschauen, ob sich darunter eine Consuela Steiner befindet? Nicht aktuell, sondern vor ein paar Jahren?«

»Ist aufgeschrieben. Petra ist übrigens eine ganz Gescheite, sie hatte das Gymnasium mit hervorragenden Noten abgeschlossen und ging nach Amerika, bestand die sauschweren Aufnahmetests an der Universität Princeton und studierte Wirtschaft. Danach kam sie in die Schweiz zurück und übernahm das Geschäft ihres Vaters, das sie erfolgreich führte, bis sie es dem Windhund Peter übergab. Warum sie das tat, ist schleierhaft und auch, warum es dem Unternehmen gut geht.«

»Wann gab sie die Führung des Unternehmens ab?«

»Moment« – April hörte Rösli auf die Tastatur einhämmern (sie benützte einen Laptop mit externer Tastatur, weil sie die Tasten mit ihrem wuchtigen Anschlag innerhalb von Wochen in den Boden klopfte) –, »bald nachdem sie der B.I.A. beitrat.«

»Aha. Warte kurz, ich mache mir einen Kaffee«, April stellte sich nackt in die Küche und hantierte lärmend an ihrer Maschine. »Bereit. Du kannst weiterfahren.«

»Zum Juweliergeschäft Staehli habe ich nichts Auffälliges gefunden. Es scheint keine Ungereimtheiten zu geben. Jean Staehli hat das Geschäft vor dreißig Jahren aufgebaut und seither erfolgreich geführt. Er taucht als Sponsor von Schwuchtelveranstaltungen auf –«

»Rösli!«

»Ja, entschuldige, bei uns sagt man denen halt so.«

»Denen sagt man *Schwule* oder *Homosexuelle*.«

»Ja, ja, nur nicht so empfindlich, ich habe ja nichts gegen Schwuchteln. Staehli ist Mitglied des exklusiven Gayklubs *Monsieur*, sehr erlesen mit eigenem Lokal, Kulturreisen, Veranstaltungen, zum Beispiel ausschweifenden Partys. Sie beanspruchen rege Sexbuben oder wie ihr denen sagt.«

»Ist eigentlich jeder Idiot in irgendeinem Klub?«, fragte April, »ich gründe einen mit dem Namen *Nymphomania*! Zugang haben nur Frauen mit ausgeprägtem Sexualtrieb. Ich wäre natürlich die Chefin.« Sie lachte.

»Solange ich nicht dabei sein muss, gell, Lumpi?« Lumpi war Röslis Hund, eine kuriose Mischung aus Appenzeller, Pudel und Labrador. »Zu Staehli habe ich sonst nichts herausgefunden. Scheint ein solides Geschäft zu sein.«

»Solide mit illegalen Nebentätigkeiten, würde ich sagen«, entgegnete April, »ich finde die Beweise. Was hast du über die B.I.A. Bern herausgefunden?«

»Nichts, was du nicht schon wüsstest. Vereinigung von Reichen, um die Welt mit Geld zu verbessern. Sonst nichts. Wenn du mir nicht von Montiross erzählt hättest, wüsste ich nicht mal, wer der Chef der Berner Sektion ist. Neben den Hinweisen auf die Wohltätigkeiten der B.I.A. gibt es null Informationen – keine Interviews, keine Kritik, keine Artikel. Das ist alarmierend.«

»Wieso das?«

»Alles hinterlässt Spuren. Wenn ich eine Kuhherde auf der Weide grasen lasse, liegen dort am Abend viele Kuhfladen. Die B.I.A. müsste im Internet Spuren hinterlassen, was sie nicht tut – das bedeutet: Jemand sorgt dafür, dass ihre Kuhfladen zum Verschwinden gebracht werden.«

»Aha! Wie läuft es mit den Ermittlungen im Fall Steiner und Moser?«

»Es war etwas knifflig, in die Polizei reinzukommen, aber ich habe es geschafft.«

»Wusste ich's doch, Rösli!«

»Sie haben einige Video-Interviews geführt – mit den Ehefrauen Consuela Steiner und Abrienda Moser –«

»Abrienda? Was ist das für ein Name?«

»Südamerikanisch. Abrienda stammt aus Bolivien, ihr Deutsch ist eine Katastrophe. Die Polizei wird weitere Personen interviewen, zum Beispiel Steiners Haushälterin. Wo Moser an diesem Abend noch war, bevor er starb, wissen sie nicht, Abrienda hat keine Ahnung, in seiner Agenda war nichts eingetragen. Geschossen wurde mit dem Scharfschützengewehr MSG90 von Heckler & Koch. Ich schicke dir die Unterlagen zum Fall, die Aufnahmen der Interviews mit den Ehefrauen und alles weitere.«

»Ah, kackenschottergut!«

»Ja, und nun zu den Mitgliedern, bei denen eingebrochen wurde, in der Reihenfolge der Einbrüche. Hör genau hin. Fällt dir was auf?« Sie las die Liste vor. »Arthur Steiner – Daniel Moser – Emil Stauffer – Gottlieb Wenger – Heinz Affolter – Kurt Fessler.«

»Spann mich nicht auf die Folter, Rösli.«

»Der Dieb ist alphabetisch nach den Vornamen eingebrochen. Vielleicht ist das Zufall, vielleicht nicht.«

»Rösli, du bist die beste Sennerin, die ich kenne! Um herauszufinden, wer als Nächster bestohlen wird, müssen wir das verbindende Element herauskriegen. Warum hat der Dieb gerade diese sechs aus der alphabetischen Folge ausgewählt? Anhand dessen lässt sich herausfinden, wer noch auf dem Plan steht.«

»Reichtum ist sicher ein Aspekt, der sie vereint. Nur – reich sind alle. Es muss noch einen anderen Zusammenhang geben.«

»Genau. Kannst du mal alles, was du über die Mitglieder herausgefunden hast, irgendwo durch einen Filter jagen und eine Statistik machen, wo man dann weitersieht?«

Rösli lachte. »Was wohl würdest du ohne mich tun?«

»Aufs Geratewohl handeln, aus dem Bauch heraus, so hab ich es jedenfalls früher gemacht und dabei manchen Hund und manchen Seitensprüngler erwischt.«

Sie sprachen noch ein wenig über Käse (da wusste Rösli viel zu sagen) und Motorräder (da war April in ihrem Element), dann verabschiedeten sie sich. Kurz darauf übermittelte Rösli über Dropbox die beiden Interviews mit den Witwen. Ehe sie sich darauf stürzte, frühstückte April erst einmal. Sie schlug ein paar Eier in die Pfanne, Speck, geriebenen Käse, Oliven und ihrer Gesundheit zuliebe ein paar Cherrytomaten, letztere warf sie ganz hinein, sonst hätte sie ein Schneidebrett hervorholen müssen, von dem sie keine Ahnung hatte, wo es sein mochte. Es war die einzige Zeit am Tag, dass sie etwas in eine Pfanne haute. In beeindruckendem Tempo schaufelte sie das Frühstück in sich hinein, kippte Kaffee hinterher, der schon lauwarm geworden war, und fuhr anschließend in die Garage. Einmal mehr überlegte sie sich, ob sie nicht die Wohnung aufgeben und ganz in die Garage ziehen sollte, sie lebte ja sowieso die meiste Zeit dort. Ihr Home war noch nie ein Castle gewesen, sondern vielmehr eine Absteige.

Das erste Interview war mit Consuela Steiner, geborene Alveira, in Kolumbien aufgewachsen, älteste Tochter von Eudardo Geronimo Alveira Compitos und Juanita Maria Dolores Alveira Maritta. Sieben Geschwister: Juan Sebastian, Paula Andrea, Laura Valentina, Maria Fernanda, Andres Felipe, Juan Pablo und Jesus David. Beruf Krankenschwester. Seit sieben Jahren in der Schweiz. Besaß seit einem Jahr den Schweizer Pass. Diese Informationen aus ihr herauszubekommen dauerte, denn Consuela heulte die ganze Zeit über und garnierte ihre Tränen mit Aufschreien wie *»Ahh, mio Arturo!«*, »Ist das nicht furgterlich?!« oder »Was ich mache jetzt?«.

Über den Tathergang wusste sie nicht viel zu sagen. Das heißt, sie plapperte viel, sagte aber wenig. »Ich gegangen in

Zimmer von TV und geschaut Telenovela *Rebelde Way*, ist im Moment spannend, endlich gesteht Pablo Marizza seine Liebe und plötzlich ich hören Kirren –«

»Meinen Sie Klirren?«

»*Ah, si*, und ich verschrecken mich, dachte, Buben schossen Ball in Fenster. Ich renne zu Bibliothek, so ich denke, ist Schlimmes passiert. Dann kommen Spital und Polizei und ich schreie.«

»Können Sie sich vorstellen, warum Ihr Mann erschossen wurde?«

Consuela (weint laut): »Sie mussen das wissen, nicht ich, ich bin nicht Polizei.«

»Hatte Ihr Mann Feinde?«

»Arturo lieber Mensch, nie er könnte haben Feinde. Vielleicht war Mörder der Einbrecher, der hat gestohlen Schmuck von uns. Vielleicht hatte er Angst, dass Arturo etwas sagt, das ihn verraten wurde.«

»Das würde ja heißen, dass Ihr Mann den Einbrecher kannte.«

»Nein, wieso soll er kennen Einbrecher? Wenn er kennte Einbrecher, würde er zurückgeholt haben Schmuck.«

»Wer alles hatte Zutritt zur Bibliothek?«

»Ich ging nicht viel hinein, deutsche Bucher nix fur mich. Die Haushälterin, die könnte gemacht haben etwas, sie ist eine dumme Kuh.«

»War sie am Abend der Ermordung im Haus?«

»Nein, sie behauptet, dass sie musse gehen fruher. Ich habe geglaubt ihr nicht. Sie hasst mich, sie ist gefährlich.«

»Wenn sie Sie hasst, hätte sie wohl eher Sie umbringen wollen als Ihren Mann.«

»Sie mir nehmen, was meine Herz am liebsten, mein Arturo!« (Schluchzen und Klagen)

»Wie lange sind Sie verheiratet?«

»Wären gewesen bald sieben Jahre und jetzt Haushälterin hat gemacht alles kaputt!«

»Woher kennen Sie einander?«

»Was das für eine Frage: Hier im Haushalt ich lernte kennen Haushälterin!«

»Ich meine, Ihren Mann.«

»Wir uns getroffen in Kolumbien. Er war ein guter Mann, er hat gemacht gute Dinge, in Cali, ein Dorf für Kinder, die haben niemand, Dorf der Weisen. Ich habe mitgeholfen.«

»Sie meinen wohl Waisendorf.«

»Ja, ich habe gesagt das, Sie nicht hören zu!«

»Ihr Mann war ziemlich viel älter als Sie.«

»Ja, was Sie wollen sagen? Ich nicht gut genug fur ihm? Wir nicht passen zusammen? Er war beste Mann, ich mir kann vorstellen – ich war sehr glucklich mit ihm.«

»Sie werden viel erben.«

Consuela (bricht wieder in Tränen aus): »Mir ist egal Geld, ich will meinen Mann zuruck, ich war nicht wegen Geld zu ihm zusammen. Geld kann nicht geben zuruck mir meine Arturo. Warum ihr fragen mich so viele Sachen? Ich bin nur seine Frau, ich weiß nichts. Vielleicht jemand draußen auf Baum.«

»Woher wissen Sie, dass von einem Baum aus geschossen wurde?«

Consuela gestikuliert. »Was wohl? Ich habe Augen im Kopf, vor Fenster viele Bäume, ich immer gesagt, Arturo, zu viele Bäume machen Schatten, tu sie weg, aber er nicht wollte. Vielleicht er wurde noch leben, wenn gehört auf mich.« Wehklagen und Weinen, das Interview wurde abgebrochen, für Consuela eine Beruhigungstablette geholt.

April öffnete die Datei mit dem zweiten Interview. Abrienda Moser war eine Spur jünger als Consuela, eine Spur schöner, etwas dezenter gekleidet. Auch bei ihr konnte man erahnen, dass alles an der richtigen Stelle und in der richtigen Form saß – so wie sich das ein Durchschnittsmann erträumte. April schaute in den Unterlagen nach, die sie von Rösli zu Moser erhalten hatte: Er war einundsechzig gewesen, etwa fünfzehn Jahre jünger als Steiner und mindestens zwei Jahrzehnte älter als seine Frau. Bevor Abrienda sich zum Verhör setzte, ergoss sie sich in einem Schwall von Spanisch. Wären die Wörter Wasser gewesen, hätten sie den Raum im Nu in einen Swimmingpool verwandelt. Nur ab und zu konnte man brüchige deutsche Sätze vernehmen: »Ich nid wissen, wissen *nada*.« – »Daniel meines Mannes, ich wissen *nada* des Ortes gewesen zu sein« (sie hatte im Deutschunterricht kürzlich den Genitiv gehabt) – »Ich wollen frei, ich rufen *Policía*!« Der Befrager brach entnervt das Verhör ab mit der Bemerkung, dass ein Übersetzer mehr als angebracht wäre.

April stand auf, füllte zwei Wasserpistolen auf und verließ die Garage. Hatte sie drüben nicht Jana-Ina gesehen, das Mädchen, das ihr das rosa Täschchen ausgeliehen und dem sie die Barbiekleider geschenkt hatte? Jana-Inas Mutter war Spanierin und alleinerziehend, seit sie ihren nutzlosen, spielsüchtigen Mann rausgeworfen hatte. Jana-Ina nützte die Tatsache aus, dass ihre Mutter tagsüber arbeitete, und schwänzte manchmal die Schule. April musste nicht lange suchen: Das Mädel saß im Vorgarten und spielte mit ihren zwei Barbies.

April schoss aus ihrer Wasserpistole und traf neben Jana-Ina auf den Boden. »Habe ich dir nicht gesagt, dass du im Geheimen schwänzen sollst, wenn du schon schwänzen musst, und nicht so, dass dich alle sehen?«

Jana-Ina sah erschrocken auf. »Aber hier draußen ist es schöner als im Geheimen!«

April wippte schulmeisterlich mit dem Fuß auf den Asphalt. »Und hab ich dir nicht gesagt, dass die Schule zwar lästig ist, aber wichtig, wenn mal etwas aus dir werden soll?«

Vorwurfsvoller Blick. »Du hast mir erzählt, dass du in der Schule nie aufgepasst hast, und jetzt bist du eine berühmte Detektivin.«

»Nur weil du mich kennst, macht mich das nicht berühmt. Wie dem auch sei, ich verpetze dich nicht, wenn du das Duell gewinnst.« Sie warf Jana-Ina eine der Wasserpistolen zu, die

Schießerei konnte beginnen – und endete wie immer damit, dass April nass wurde und Jana-Ina trocken blieb.

»Also gut, du hast gewonnen, ich verpetze dich nicht. Aber warum ich eigentlich gekommen bin: Kannst du mir übersetzen, was die spanisch sprechende Frau in meinem Computer sagt?«

Schwupps, verschwand die Kleine in der Garage und stand schon erwartungsvoll vor dem Computer. »Ah, hat die schönen Schmuck! Solchen will ich auch, wenn ich erwachsen bin.«

»Den kriegst du nur, wenn du immer schön in die Schule gehst und aufpasst«, erklärte April, was halb gelogen war – mit körperlichen Vorteilen kam man leichter zu Schmuck.

Sie stellte das Aufnahme-App an und spielte Jana-Ina das Verhör vor. Das Mädchen übersetzte fließend: »*Mutter Maria, verflixte Scheiße, heiliges Arschloch von Santo Julio, was tu ich hier, zehnmal verfluchte Scheißbullen können mich dreimal lecken am –*«

»Ja, ja, sag's nicht!«

»*Ich will nicht zurück, mein Gott, ich will nicht zurück. Ich weiß nicht, wo Daniel war, keine Ahnung, was er trieb – wenn der Scheißbulle nochmals auf meine Titten starrt, bringe ich ihn um. – Wenn ich nur nicht zurück muss, ich will nach Hause! Der Typ hat wieder geschaut, ich reiße ihm die Hoden ab.* – Oi, jetzt sagt sie viele, viele grausige Flüche, soll ich die auch übersetzen?«

»Nicht nötig. Sagt sie noch etwas anderes?«

»Ja, sie sagt: *Ups, ich sollte mein Tampon wechseln.* Meine Mama hat auch lustige Stöpsel. Wenn ich eine Frau bin, darf ich auch so welche benutzen. – Ach, ist jetzt schon fertig?« Jana-Ina war sichtlich enttäuscht.

April pflanzte ihr einen saftigen Kuss auf die Wange. »Danke dir, du hast mir sehr weitergeholfen. Ich sage deiner Mutter nichts, doch morgen gehst du wieder in die Schule, okay?«

Jana-Ina wischte Aprils Kuss mit dem Ärmel weg und nickte, dann sauste sie aus der Garage.

April rief Rösli an. »Du hast gesagt, dass die B.I.A. keine Spuren im Internet hinterlassen. Ihre Projekte weisen sie aber genauer aus, oder?«

»Natürlich, die werfen ja ein gutes Licht auf sie.«

»Kannst du herausfinden, ob die B.I.A. in Cali, Kolumbien, ein Waisendorf unterstützt oder gar initiiert hat, ungefähr vor sieben bis zehn Jahren?«

»Okay, ich rufe dich zurück.«

April spielte noch einmal ab, was Jana-Ina übersetzt hatte, und schrieb es nieder. Abriendas Flüche, die Art, wie sie die Polizei bezeichnete, und ihre Mordabsichten deuteten darauf hin, dass sie, gelinde ausgedrückt, nicht aus vornehmstem Hause stammte. Was sie aufhorchen ließ, war der Satz, den Abrienda wiederholt hatte: *Ich will nicht zurück, ich will nach Hause.* Was bedeutet *zurück*, wenn nicht *nach Hause*? Wo war dieses Zurück? Und warum wollte sie bestimmt nicht wieder dorthin? Bezog sich das Zurück auf Bolivien, wo sie herkam, oder auf einen anderen Ort? Hatte dieser Ort etwas mit der B.I.A. zu tun?

Sie würde am Montag Abrienda besuchen – zusammen mit Jana-Ina als Übersetzerin.

Den restlichen Freitag verbrachte April mit Beschäftigungen, die in Krimibüchern oder -filmen nicht erwähnt werden: Sie nahm sich ihres schwankenden Stapels an unerledigtem Papier an: Zahlungen, Formulare, die ausgefüllt werden sollten, Abrechnungen für Klienten, Schriften, die in Ordnern abgelegt werden mussten, und so weiter. Der schwankende Stapel verwandelte sich in einen stabileren, blieb aber immer noch stattlich. Anschließend brachte sie die Garage in Ordnung und putzte, was darauf hinauslief, dass sie ihre Buell auf Hochglanz brachte. Sie polierte eben den Auspuff, als sie darin eine Person die Garage betreten sah. Diese Person sah höchst verdächtig aus, was daran liegen konnte, dass der Auspuff alles in die Breite und Krümme zog. (Ist so das Substantiv von krumm?) April griff nach der Beißzange, die neben dem Motorrad lag, und wirbelte herum, bereit, die Beißzange dem Eindringling an den Kopf zu werfen. Doch die Person war kein Eindringling, sondern schlimmer: ihre Mutter, zurechtgeputzt und nuttig gekleidet wie immer. April ließ die Beißzange enttäuscht sinken.

»Ach, ich habe also noch eine Tochter.«

»...«

»Hast du meine E-Mails nicht erhalten?«

»Doch.«

»Und warum schreibst du dann nicht zurück?« Mutter Pallas schaute sich in der Garage um, als wäre sie eine Nazi und befände sich in einer Ausstellung für entartete Kunst.

»Warum soll ich auf deine ewiggleichen Mails antworten? Immer nur leere Versprechungen und keine Taten. Hast du den Scheißtypen rausgeworfen?«

»Dieser sogenannte *Scheißtyp* hat einen Namen: Er heißt Harry. Und ja, ich habe ihn rausgeworfen. Sozusagen. Da hat er sich geändert, mit Saufen aufgehört.«

»Aha, und was ist mit dem Schlagen?«

»Eigentlich auch.«

»Ei-gent-lich?!«

»Musst du immerzu den Moralapostel spielen? Ich frage mich, warum ich überhaupt hierhergekommen bin.«

»Na, da sind wir ja schon zwei, die sich das fragen.« Aprils Gesicht hatte sich verhärtet. Sie sah aus, als werde sie gleich kung-fu-zack-mäßig Kleinholz aus dem Inventar machen.

Aprils Mutter kam in diesem aufreizenden Fummel auf sie zu, der zu ihr passte wie ein Fußball zu einem Greis im Rollstuhl.

»Hast du damit aufgehört?«, fragte April.

»Sozusagen. Nur noch ab und zu. Von irgendwas muss ich ja leben.«

»Man kann andere Dinge tun, als die Beine breit zu machen.«

»April, in welchem Ton sprichst du mit deiner Mutter? Was ich mache, ist Arbeit wie jede andere.«

»Scheißzuhälter zu ernähren, die überdies eine Gratisnummer kriegen – das gehört nicht zu dieser Arbeit. Du hättest all die Jahre ohne diese Kacker arbeiten können, aber nein, lieber lässt du dich von Parasiten aussaugen und versemmeln.«

»Du verstehst das nicht. Liebe fällt hin, wo sie hinfällt.«

»Offenbar in die Gosse.«

»April!«

»Ja, das ist mein Name. *April in Paris, chestnut in blossom*, bla bla bla, dein Lieblingslied, als du mit mir schwanger warst. Erstaunlich, dass du mich nur April Paris getauft hast und nicht April Paris Chestnut Blossom!«

»Das wäre etwas lang gewesen.«

»Aargghhh!!« April warf die Beißzange durch die Garage. Sie glitt scheppernd bis unter den Bürotisch. »Hast du mir noch etwas anderes mitteilen wollen, als dass alles beim Alten ist?«

»Ich wollte sehen, wie es dir geht. Hast du ein nettes Mädchen kennengelernt?«

»Nein, habe ich nicht und sogar wenn ich hätte, würde ich sie dir nicht vorstellen, weil –«

»Weil ich eine Hure bin, oder was?!«

»Nein, weil du eine Hure bist, die sich ausnutzen und misshandeln lässt!«

»Hab schon verstanden.« Erhobenen Hauptes schritt Mutter Pallas Richtung Ausgang, gleich würde die Filmmusik aus *Vom Winde verweht* ertönen. Tara war verzweifelt, weil sie endlich ihre Liebe zu Rhett entdeckt hatte, nun, da er sie verließ – einfach etwas wahnsinnig Dramatisches. Diese Frau hätte Schauspielerin werden können (in lausigen B-Movies).

»Leider verstehst du eben *nicht*, das ist der Kackenschotter am Ganzen!«

Wortlos verschwand Tara Pallas aus der Garage. April hob die Beißzange auf, um sie gleich noch einmal durch den Raum zu schmettern.

Zur gleichen Zeit saß Lou in ihrem Klettergeschäft und war nur halb bei der Sache, die sie hätte erledigen müssen. Zur anderen Hälfte beschäftigte sie sich mit dem nächsten Einbruch, den sie minutiös vorbereiten wollte, was Wochen beanspruchen würde. Sie dachte über goldene Kelche mit Edelsteinen nach und warum die sechs Mitglieder einen solchen im Safe stehen hatten. Die Kelche waren vollkommen identisch. Sie hatte Lorenz nie einen davon gezeigt, warum, wusste sie selber nicht, außer dass er eben Schmuckexperte war.

Wieder kam ihr das neue Anagramm in den Sinn, das Zoro gegen Mittag aus den Buchstaben von BRUEDERLICHE IN ALLEM gefunden hatte: LEIB, MUELL, DIRNE, RACHE. Die Buchstaben fuhren in ihrem Kopf Karussell. Sie seufzte. Schon am Vormittag war sie unkonzentriert gewesen, ihr war ein schlimmer Fehler unterlaufen: Im Kurs *Frauen, die hoch hinauswollen* hatte sie eine der Teilnehmerinnen ungenügend gesichert, die prompt heruntergefallen war. Glücklicherweise hing sie nur auf zwei Metern Höhe, aber trotzdem. Alle Kletterinnen hatten sie irritiert angeschaut. Wie das Lous Art war, konzentrierte sie sich sofort darauf, was man aus dem Fehler lernen konnte: Sie zeigte den Frauen, was sie falsch gemacht hatte, wie man merken konnte, wenn man etwas falsch gemacht hatte, und wie es zu korrigieren war.

Lou war hervorragend darin, sich auf die Möglichkeiten und nicht auf die Fehler zu konzentrieren. Sie verstand sich darauf, einen Nachteil in einen Vorteil umzuwandeln, anders wäre sie wohl sicher nicht so elegant durch ihre hindernisreiche Kindheit gekommen. Sie hatte keine Eltern gehabt, das war nicht einfach; aber dafür kümmerten sich fünfzehn Nonnen um sie, allen voran Schwester Marie, die Vorsteherin des Krankentrakts.

Ja, ihre Mutter hatte sie auf die Stufen des Klosters gelegt, das könnte man als Katastrophe bezeichnen. Lou hingegen war lieber bei Nonnen aufgewachsen als bei einer Mutter, die sie gar nicht wollte oder haben konnte.

Ja, sie hatte keine Familie – aber erstens war da Zoro und zweitens hatte es viele Vorteile, wenn man ohne Familie war: Man bleibt verschont von Intrigen, Elternstreitigkeiten, Verwandtschaftsbesuchen und dem Basteln läppischer Weihnachtsgeschenke.

Ja, sie war in der Schule eine Außenseiterin gewesen, wie die anderen Waisen des Klosters. Doch das schärfte ihren Blick für gute Menschen und solche, die keine Beachtung verdienten.

Ja, sie hatte sich bei ihren Klettereien mit den Jahren alles gebrochen, was man sich so brechen konnte. Aber mit jedem Sturz lernte sie dazu und jeder Bruch brachte sie in den Krankentrakt zu ihrer verehrten Schwester Marie. Wie sie es liebte, sich an deren Weichheit zu schmiegen und Gutenachtgeschichten zu hören!

In ihrem Leben gab es nur ein Vorwärts, kein Zurück, denn sie besaß keine Wurzeln, auf die sie sich hätte beziehen können. Sie war wie eine Kletterpflanze, die sich im Wachsen hin- und herbewegte und drehte, bis sie mit ihren Fangärmchen etwas zu fassen kriegte, an dem sie hochklettern konnte.

Sie wäre so gern ein Vogel! Der musste nicht klettern, der konnte sich in den Himmel schrauben und gleitend fallen lassen. Am liebsten wäre sie ein Mauersegler, dieser Meister der Lüfte.

Nach (un)getaner Arbeit ging Lou nach Hause und zog sich um. Sie wählte die schwarze Kurzhaarperücke und schlüpfte dazu passend in schwarze Kleider. Einzig der Gürtel und die Schuhe waren aus braunem Leder. Es war *Ladies Night* im SOIRÉE BLEUE. Zeit zu schauen, ob jemand sie interessierte – für eine unverbindliche Beziehung, die ihr Leben als Meisterdiebin nicht gefährden würde. Sie hatte sogar schon überlegt, sich dafür eine kleine Zweitwohnung zu nehmen. Zoro hatte ihr das vorgeschlagen und so schlecht war die Idee nicht.

Als sie um neun Uhr ins SOIRÉE BLEUE trat, waren schon einige Frauen eingetroffen, alle über dreißig – die Altersstufe, die begriffen hatte, welche Vorzüge der Schönheitsschlaf gegenüber einer durchgezechten Nacht hatte. Lou stellte sich an die Bar und versuchte der Bardame begreiflich zu machen, wie ihr Drink sein sollte: zwei Teile Cynar, ein Teil süßer Wermut, einen Spritzer Zitronensaft, sechs Prisen Orangebitter, mit Zitronenschale und mit drei Eiswürfeln garniert. Die Barfrau nickte kurz und machte ihr den Drink perfekt. Lou schaute ihr tief in die Augen, die Frau schaute geschäftlich zurück, wohl eine Heterosexuelle, die immer hier arbeitete. Nach dem ersten Schluck sah Lou sich um. Ein paar Frauen kannte sie, nicht viele. Sie fühlte sich wohl wie eine Katze in der Badewanne, gern hätte sie gefaucht, wäre über den Wannenrand gesprungen und hätte das Weite gesucht. Doch der Drink war zu gut und auf einmal stand eine Rothaarige neben ihr und bestellte ein Glas Champagner. Während sie wartete, lächelte sie Lou an, Lou lächelte charmant wie ein Holzfäller zurück. Flirten war nie ihre Stärke gewesen. Sie nahm einen großen Schluck und versuchte das Holzfällerlächeln auf das Niveau eines Blumenpflückerinnenlächelns zu bringen. Im Spiegel hinter den Flaschen entdeckte sie aber eine Blumenpflückerin, welcher kürzlich ein Baumstamm auf den Kopf gefallen war. Lou seufzte.

»Warum seufzest du, Schöne?«, fragte die Rothaarige und lächelte ein volllippiges Lächeln.

»Ich, weil ich, äh, weil die Barfrau, ehm, zwei anstelle von drei Eiswürfeln in meinen Drink getan hat.« (Das war nicht fair der Barfrau gegenüber – sie hatte ihr drei gegeben.)

Bevor sie sich versah, schnippte die Rothaarige die Barfrau heran und bat um einen Eiswürfel. Nachdem die Frau ihn gebracht hatte, fragte die Rothaarige »besser?« und lächelte, ihre Zähne funkelten wie Brillanten. Lou lächelte zurück, wobei ihr Kopf so leer war wie eine ausgeräumte Scheune.

»Bist du allein hier?«, fragte die Rothaarige, »ich war mit einer Freundin verabredet, aber vorhin schrieb sie mir, dass sie Migräne hat. Dabei wollte ich doch gar nicht mit ihr ins Bett, wir sind rein platonisch.« Sie lachte laut.

»Ja, Frauen sind nie verlegen um Ausreden, vermutlich sitzt sie vor dem Fernseher und guckt *Casablanca*. Seltsam, dass man *platonisch* sagt. Ich meine, warum das Wort *platonisch*? Platon hat damit Eros gemeint, und nun brauchen wir das Wort, wenn es gerade nicht um Eros geht.«

Die Rothaarige schaute sie von der Seite an und lächelte, »du bist lustig. Auf Platon und Eiswürfel!« Sie prostete ihr zu, Lou prostete zurück. Glücklicherweise sagte die Rothaarige, die übrigens Rita hieß, Lockig-Flockiges, ohne dass es sich blöd anhörte. Lou begann sich zu entspannen. Sie hatten sich auf Barhocker gesetzt und diese Hocker rückten näher zueinander. Rita neigte sich zu Lou, um ihr zu erklären, was ihr an *L-Word* nicht gefiel, da roch sie Ritas Körper. Ritas Parfum hatte sie schon vorher wahrgenommen, es weder köstlich noch grässlich gefunden. Jetzt aber, da sich Rita herüberneigte, schwappte ihr Körperduft in Lous Nase. Und sie mochte diesen Geruch nicht.

Wenn jemand nicht gut aussieht, kann man die Augen schließen, an eine unschöne Stimme kann man sich vielleicht gewöhnen – nie jedoch an einen Geruch, den man nicht mag. Kurz: Ein unangenehmer Körpergeruch ist das Todesurteil jeder Sinnenfreude. Rita begab sich zur Toilette und warf dabei Lou einen verlockenden Blick zu. Kaum war sie um die nächste Ecke verschwunden, kritzelte Lou auf eine Serviette: Es tut mir leid, es geht nicht und nahm Reißaus. Sie hastete aus dem Lokal, draußen rempelte sie eine schwarzgelockte Frau an, die mit dem Rücken zu ihr mit zwei anderen zusammenstand.

»Hoppla Madame, wohin so eilig?«, rief die Frau Lou hinterher. Lou hob entschuldigend die Hand, sagte »Sorry, wollte ich nicht!« und entschwand.

»Hoppla Madame, wohin so eilig?« April schaute der Rakete hinterher, die soeben ihren Rücken gestreift hatte. Als die Frau eilig die Hand hob und sich nur halb entschuldigte, fügte sie kopfschüttelnd hinzu: »Hat mich gefreut, Sie kennenzulernen!«

Dann ging sie mit ihren Freundinnen ins SOIRÉE BLEUE, bestellte ein Bier und setzte sich neben eine Rothaarige, die missmutig in ihr Champagnerglas schaute. Ihre Barhocker kamen sich näher, sie gingen tanzen und später auf einen Kaffee zur Rothaarigen, die übrigens Rita hieß. Der Kaffee wurde nie gebraut, dafür gar Heißes auf dem Küchentisch und im Schlafzimmer gekocht. Ganz so, wie sich April den Ausklang einer Woche vorstellte.

Samstag, 20. Juni *18 °C*

April liebte es, Frauen zu verführen, und sie liebte erst recht den Sex mit ihnen. Der Morgen danach war jedoch nicht ihr Ding – insbesondere nicht, wenn sie von ihrer Eroberung keinen Nachschlag wollte. Wie jetzt bei dieser Rothaarigen. Es war ganz nett gewesen, wenn die Frau nur nicht so unglaublich laut gewesen wäre (Aprils Ohren summten immer noch), und ihr Körpergeruch war, im leidenschaftslosen Licht des Morgens geschnuppert, auch nicht berauschend.

Wenn die Liebhaberin einen gesunden und tiefen Schlaf hatte, war es einfach, in die Kleider zu schlüpfen und sich vom Acker zu machen. Nur waren Frauen oft mit feinem Gehör und leichtem Schlaf ausgestattet, zum Schutz ihrer Kinder, gleichgültig, ob sie welche hatten oder nicht. In solchen Momenten wünschte sich April, heterosexuell zu sein: Männer erwachten nicht einmal, wenn man Knallfrösche neben ihrem Kopf entzündete. Bei Frauen hingegen reichte das Geräusch, das ein Fussel machte, wenn er zu Boden fiel, schon saßen sie kerzengerade im Bett, um sie mit vorwurfsvollem Blick zu taxieren. April hasste diesen Blick und die anklagenden Tiraden, die danach auf sie niederstürzten.

An diesem Samstagmorgen öffnete sie vorsichtig ein Auge und schielte (kann man mit einem Auge schielen?) auf ihren linken Handrücken. Sie hatte es sich angewöhnt, den Namen ihrer Eroberung dort hinzuschreiben, um am Morgen keinen Fauxpas zu begehen. Auf der Hand stand *Kita*, ein reichlich seltsamer Name: So lautete die Abkürzung für Kindertagesstätte. Arme Frau, mit solch einem Namen zu leben! April betrachtete Kita: Sie sah gut aus … wenn da nur nicht das Geschrei und der Geruch gewesen wären.

Sie drehte sich um und überprüfte, ob ihre Kleider startbereit beisammen lagen. Es gab nichts Lästigeres, als sie morgens von Lampenschirm und Sofa, unter dem Bett und aus dem Büchergestell zu pflücken, deshalb hatte April es sich angewöhnt, vor dem Schlafen ihre Sachen beiläufig auf einen Haufen zu legen. Allem Anschein nach war ihr das auch gestern gelungen. Beruhigt rutschte sie an den Bettrand und ließ sich zu Boden gleiten, rollte zum Sofa, zog die Klamotten zu sich herunter, robbte damit zur Schlafzimmertüre und dachte stolz, dass sie eben eine echte Brucie Lee war.

»Sind wir im Krieg?«, kam es vom Bett. Kita funkelte sie an.

»Eh, nein, ich habe einen Hexenschuss bekommen«, April gab ein paar Schmerzenslaute von sich und deutete mit verzerrtem Gesicht auf ihr Kreuz. »Ich kann nicht aufstehen. Kita, hilfst du mir?«

»Ich heiße Rita.«

»Sag ich doch: Rita! Was hast du denn verstanden?«

»Kita.«

»Haha, der ist gut! Ja, manchmal spreche ich das R wie ein K aus.«

»So?«

»Ja. Hilfst du mir auf die Beine?«

»Natürlich, du Arme!« Rita sprang in all ihrer nackten Pracht aus dem Bett und stützte April, die sich umständlich erhob. »Besser?«

April nickte.

Da rammte ihr Rita den Ellenbogen ins Kreuz, was wirklich wehtat. »So, jetzt hast du deinen Hexenschuss! Tschüss und auf Nimmerwiedersehen.«

April wollte sich ihre Kleider überziehen, erntete aber ein Kopfschütteln: »Meine Wohnung ist keine Garderobe, die befindet sich im Treppenhaus.«

Seufzend öffnete April die Wohnungstür, die Rita umgehend hinter ihr zuschlug und abschloss. Während sie sich draußen ans Anziehen machte, öffnete sich die Eingangstüre gegenüber, eine alte Frau schaute heraus. »Ah, sind Sie das, Fräulein Rita? Schon so früh auf den Beinen?« Und schloss die Tür wieder. Ihre Augen hatten schon bessere Zeiten gesehen, sozusagen.

Lachend kleidete sich April an und suchte das Weite.

Zur gleichen Zeit saß Lou auf ihrer Dachterrasse – ihre feine Nase hatte sie im Unterschied zu April vor einer Liebesnacht mit Rita bewahrt. Das war gut, denn sie hätte eine enttäuschende Liebesnacht nicht so leicht wegstecken können. Neben der Kaffeetasse lag ihr Fernglas bereit, mit dem sie immer wieder die Mauersegler beobachtete. Den größten Teil des Tisches bedeckten ausgedruckte Blätter zum Thema Kelch. Wie sie vermutet hatte, gab er als Symbol einiges her.

Die goldenen Kelche, die sie bei den Mitgliedern gefunden hatte, ähnelten zweifellos jenen, die in der Liturgie verwendet wurden. Oft genug hatte sie als Kind mitverfolgt, wie der Priester beim Abendmahl aus einem Kelch trank. Es wird behauptet, dass Josef von Arimathäa Jesus' Blut unter dessen Kreuz aufgefangen hat und dieses Blut symbolisch im Abendmahl getrunken wird. Vom Religionsunterricht her kannte Lou die Szene im Garten Gethsemane, als Jesus Gott bat, den bitteren Kelch an ihm vorübergehen und ihn nicht am Kreuz sterben zu lassen. Nun las sie, dass das Bild des bitteren Kelchs aus der Antike stammte, als man Menschen mittels Gift hinrichtete, wie zum Beispiel Sokrates, der 399 v. Chr. wegen Gottlosigkeit und verderblichen Einflusses auf die Jugend zum Trank eines Schierlingsbechers gezwungen wurde.

Lou stieß auch auf den Ausdruck *Taumelbecher* oder *Taumelkelch* – ein Gefäß, das mit betäubendem Getränk gefüllt war und den Zorn Gottes symbolisierte.

Der Kelch war andererseits das Symbol für ewiges Leben: Er konnte etwas auffangen, bewahren, halten, weitergeben. Er stand für das Element Wasser und für die Weiblichkeit. In der Ritualmagie wurde er oft verwendet, um Tränke zu segnen und weihen.

Und natürlich führte der Kelch zum Gral. Der Gralsmythos basierte auf keltischen, christlichen und orientalischen Sagen und Mythen. Die Überlieferungen beschrieben den Kelch als eine wundersame Schale, als Becher oder Stein. Zusammen mit einer blutenden Lanze wurde er in einer unzugänglichen Burg vom Gralskönig und den Gralsrittern bewacht. Er versprach Glückseligkeit, ewige Jugend und Speisen in unendlicher Fülle.

Lou las auch von süßen Kelchen, aus denen man trinken musste, als Teil von Initiationsriten. Im Hexenkult schließlich symbolisierte der Kelch die weibliche Seite im Menschen. Oftmals sei der innere Kelch durch Verletzungen versiegelt – es gehe darum, diese Versiegelungen zu lösen, damit die weiblichen Kräfte der Göttin ungehindert fließen können.

Lou bezweifelte stark, dass die *Brüderlichen* Kelchinhaber ihre weibliche Seite entsiegeln wollten.

Sie verfolgte eine Treibjagd von mehreren Mauerseglern. Es konnte nicht anders sein, als dass die sechs identischen Kelche für Rituale eingesetzt wurden. Fragte sich nur, für welche. Christliches Abendmahl? Gralssuche ein paar idealistischer Männer? Fruchtbarkeitsritual? Als bitterer Kelch, den ein Mitglied trinken musste, wenn es gegen Regeln verstoßen hatte?

Sie würde Lorenz kontaktieren, mit Sicherheit konnte er mehr zu den Kelchen in Erfahrung bringen. Sie fragte per SMS, ob sie ihn um punkt vierzehn Uhr anrufen dürfe. Hoffentlich war das nicht allzu überraschend und störend für ihn, der alles vorhersehbar und überschaubar wollte. Lorenz schrieb zurück, dass es um vierzehn Uhr nicht gehe. Lou kannte ihn gut genug, um zu wissen, dass er keine Alternative vorschlug; sie hatte nicht konkret danach gefragt. Ob es ihm zu einem anderen Zeitpunkt passen würde? Er antwortete, um vierzehn Uhr null acht. Vierzehn Uhr war für ihn eben eine ganz andere Welt als vierzehn Uhr acht. Also rief sie ihn um diese Zeit an, auf die Sekunde genau, und nach kompliziertem Hin und Her war Lorenz bereit, sie abends um zehn zu besuchen.

Danach traf sie sich mit Zoro und dessen Tochter Isa im Schwimmbad. Zoro schaute jedes zweite Wochenende und einen Tag in der Woche nach seiner Tochter. Er konnte es jeweils kaum erwarten, sie wiederzusehen. Isas Mutter Barbara und er waren seit drei Jahren getrennt. Sie hatte ihn verlassen, weil sie fand, dass er sie nicht an sich heranließ, und damit hatte sie recht: Einerseits weil er wegen seiner Kindheit im Waisenhaus Nähe nicht gut vertrug, andererseits weil er Geheimnisse vor ihr hatte – sie wusste nichts von Zoros und Lous Umverteilung der Güter. Lou konnte Barbara verstehen, trotzdem fand sie es schade, dass die beiden nicht mehr zusammen waren.

Sie entdeckte Zoro und Isa unter einer Silberpappel. Zoro war vollständig angezogen, es war einfach nicht warm genug, Isa hingegen rannte im Bikini auf sie zu. Dann gingen sie zusammen ins Wasser, wo die Kleine ihre Schwimmkünste zeigte. Isa behauptete, dass sie schwimmen könne, und ignorierte die Tatsache, dass sie nach drei Zügen unterging. Lou schlug ihr vor, die Beine zu bewegen, worauf Isa behauptete, dass sie das sehr wohl tue, sie müsse nur richtig hinschauen. Widerrede zwecklos. Später verschwand Isa mit zwei Freundinnen auf den Spielplatz.

»Bist du beim Entziffern weitergekommen?«, fragte Lou Zoro, während sie Isa im Auge behielt.

»Es ist nur eine Frage der Zeit«, erwiderte er.

»Du hast also noch nichts herausgefunden.«

»Das würde ich so nicht sagen.«

»Wie dann?«

»Dass ich Spuren folge.«

»Okay. Aber der Text ist nach wie vor unleserlich.«

»Gewissermaßen. Nur würde ich es nicht so eng sehen.«

»Zoro, du bist unmöglich!«

»Nein, optimistisch.«

»Na ja.«

»Ich werde den Schlüssel finden.«

»Hoffentlich, bevor wir Rollatoren schieben.«

Zoro grinste. Später las Lou die Tageszeitung und rief plötzlich: »Ich glaub's nicht!« Sie hielt Zoro die Seite vor die Nase. »Gestern haben sie berichtet, dass der Moser erschossen wurde, während er in der Brunngasse an eine Mauer pinkelte. Jetzt hat eine Leserin geschrieben, dass das die Strafe Gottes sei, weil er mit seinem Urin die Gegend verschandelt habe. Es geschehe ihm recht, man sollte alle erschießen, die in der Öffentlichkeit pinkeln. Ein anderer Leser hingegen wettert darüber, dass wir in einem feministischen Überwachungsstaat leben, in dem Männer wegen kleinster Vergehen umgebracht werden.«

Sie lachten, dann erzählte Lou ihm, was sie über den Kelch herausgefunden hatte und warum sie Lorenz treffen würde.

Zoro runzelte die Stirn. »Ich habe kein gutes Gefühl dabei. Etwas an dieser B.I.A. ist faul. Ich frage mich, ob wir nicht die Finger davon lassen sollten.«

»Du ängstlich? So kenne ich dich gar nicht.«

Zoro deutete auf seine Tochter, »als Vater wird man das vielleicht.«

Lou nickte nur.

Während Lou weiter Zeitung las, jagte April über die Autobahn Richtung Zürich. Und mit jagen war wirklich jagen gemeint – durchladen mit bis zu zweihundert Stundenkilometern. Rösli hatte die Verkehrspolizei gehackt und April informiert, wo Radare aufgestellt waren und wann die Polizei die Geschwindigkeit maß. Würde sie April jetzt fahren sehen, bekäme sie einen Herzstillstand.

April hatte über all den Morden beinahe ihren Hauptauftrag vergessen, nämlich den Einbrecher zu finden und, damit verbunden, Petra auszuspionieren, die ihr reichlich verdächtig schien: Erstens wegen des Colliers, das sie kannte, auch wenn sie vortäuschte, es nicht zu tun; zweitens, weil sie Mitglied der B.I.A. Zürich war und drittens weil sie südamerikanische Einwanderinnen betreute. Warum gerade südamerikanische? Es gäbe Einwanderinnen, die weiß Gott mehr Unterstützung brauchten!

Der Peilsender an Petras Auto war intakt: Als April sich Zürich näherte, verwandelte sich der blasse, flackernde Punkt auf ihrem Display in einen stabilen hellen. Offenbar war Petra bei sich zu Hause, zumindest stand dort ihr Auto. April stoppte ein paar Straßen weiter, holte ein Milky Way aus der Jackentasche und überlegte kauend. Sie hatte keine Ahnung, wie sie weiter vorgehen sollte, doch dies bedeutete nicht, dass sie nicht letztendlich richtig vorgehen würde. Sie vertilgte nach dem Milky Way ein Mars und gebar den ausgeklügelten Plan, einfach zum Haus zu gehen und zu klingeln. Es würden ihr schon die richtigen Worte einfallen.

Diesmal war sie gegen Chouchous Angriff gewappnet. Nachdem sie geklingelt hatte, beugte sie die Knie leicht und atmete ruhig ein und aus. Ein Mann – April nahm an, dass es Peter Bucher war – öffnete, da galoppierte Chouchou auch schon an ihm vorbei, riss April, die gegen alles Gewappnete, zu Boden und leckte ihr das Gesicht ab. Peter befahl Chouchou, aufzuhören, was die Hündin ignorierte. Wie konnte man sich ein solches Kalb zulegen und es nicht ansatzweise unter Kontrolle haben?

Schließlich kriegte Peter Bucher seinen Hund am Halsband zu fassen und schleifte ihn ins Haus. Dann kam er zu April zurück und entschuldigte sich pausenlos, während sie pausenlos versicherte, dass es schon in Ordnung sei. Schließlich wollte er ihr Anliegen wissen.

Ob Petra zu Hause sei, fragte April. Er nickte und fragte, wen er melden könne. »Sagen Sie ihr einfach, die mit dem Monatsnamen.« Peter nickte und rief ins Haus: »Eine Augusta oder Augustina ist hier und möchte dich sprechen.«

Aus dem Innern: »Ich kenne keine Augusta oder Augustina.«

April rief: »Aber vielleicht eine April?«

Im Nu stand Petra in der Tür, mit einem Blick, der eine gelungene Mischung aus Überraschung, Abwehr, Freude und Aufregung war. »Hallo April«, sagte sie, »gehen wir doch in den Garten«, zu Peter gewandt: »Bringst du uns Eistee?«

Es war nicht sehr warm, aber draußen konnten sie ungestört reden. Petra schritt über einen sterilen Rasen, der von sterilen, zurechtgeschnittenen Büschen und nackten Frauenstatuen umgeben war. Dahinter sah man den Zürichsee. Alles hier war sterilisiert und vakuumverpackt, man konnte nichts ausmachen, das an Natur erinnert hätte. April berührte beim Vorbeigehen eine Rose und war überrascht, dass sie nicht aus Stoff bestand.

»Es ist kein guter Zeitpunkt für einen Besuch«, begann Petra und schaute zum Haus. »Ich hatte gehofft, dass du anrufst.«

»Ich war in der Gegend, da dachte ich, ich schau kurz vorbei.«

»Du gehst mir nicht aus dem Kopf.« Petra schaute ihr sehnsüchtig in die Augen.

Peter brachte Eistee und Gläser, er schien das Bedienen gewöhnt zu sein, und verschwand wieder im Haus.

April leerte das Glas in einem Zug und sagte dann charmant: »Liebe Grüße von Jean.«

»Jean?«

»Jean Staehli, der Juwelier.«

Aus Petras Gesicht entwich alles Blut. (Wohin ging das eigentlich in solchen Momenten?) »Ich verstehe nicht, ich kenne keinen Staehli.«

»Da sagte er etwas anderes. Er behauptete, dass ihr euch sehr gut kennt – geschäftlich.«

»Was erzählst du da, er würde nie ... Bist du immer noch auf der Suche nach dem Collier? Ich hatte dir doch schon gesagt, dass ich nichts damit zu tun habe.«

»Aber du wusstest, dass es alt und rot ist, obschon ich das nicht erwähnt habe.«

Petras Blick, der sie eben noch verzehrt hatte, verdunkelte sich. »Hast du nur mit mir geschlafen, um mich auszuhorchen?«

»Nein, nein, wegen des Sex, du bist attraktiv, und – okay zugegeben auch ein wenig wegen des Colliers. Ich habe es gern getan.« April zwinkerte.

Petras Gesicht nahm wieder Farbe an, ein abrupter Wechsel in Zornesröte. »Du hast mich missbraucht!«

»Das stimmt gewiss nicht, dafür hast du allzu freudig mitgemacht. Was ist mit Staehli, soll ich ihn von dir grüßen?«

»Ich kenne ihn nicht!«

»Er hat so ziemlich alles gestanden. Über eure Geschäfte und dass du ihn mit gestohlener Ware belieferst.«

»Das ist eine Lüge! So etwas würde er nie sagen, er ist –«

»Was denn? Verschwiegen, diskret, vertrauenswürdig? Die Tatsache, dass du weißt, was er nie sagen würde, bedeutet, dass du ihn kennst. Woher hast du das Diebesgut?«

»Ich weiß nicht, wovon du sprichst!«

»Erspar dir die Ausreden.«

»Was immer du mir anhängen willst, dafür fehlen dir die Beweise.«

»Die Zeugenaussage eines Jean Staehli ist einiges wert.«

»Was will der schon sagen?« Petra lachte verächtlich.

»Tja, das würdest du wohl gern wissen«, grinste April breit, »nun sag mir, woher hast du den Schmuck?«

»Ich bin enttäuscht von dir – ich meinte, da sei etwas zwischen uns ...«

»Es hat Spaß mit dir gemacht, Petra – wenn du mir sagst, woher du den Schmuck hast, können wir es gerne wiederholen.«

»Ich habe nichts zu sagen. Ohne Anwalt schon gar nicht.«

»Wetten, dass Staehli auspackt, wenn ich ihm drohe?«

»Der wird dir nichts sagen können, weil er nichts weiß.«

»Rück mit der Wahrheit heraus, woher hast du das rote Collier? Irgendwoher musst du es haben, du hast es kaum selber gestohlen, das könntest du gar nicht.«

»Danke sehr.«

»Wofür?«

»Dass du mir einen Einbruch nicht zutraust.«

»Ach, bist du eingebrochen?«

»Natürlich nicht, aber es beleidigt mich, dass du es mir nicht zutraust.«

»Du bist dir schon bewusst, dass ich herausfinden werde, woher du den Schmuck hast? Wenn du redest, mildert das deine Strafe, Geständnisse machen sich bezahlt.« Sie griff nach Petras Hand und strich mit dem Daumen über ihren Handrücken. »Es wäre eine Verschwendung, wenn eine solch schöne Frau hinter Gittern schmoren müsste.« Mit sanftem Nachdruck schob sie ihr Knie an Petras. Die schluckte leer und ließ es geschehen, dass April über ihren Oberschenkel strich.

»Ich –«

Aprils Hand wanderte weiter hinauf, »was du?«

»Ich mag das.«

»Was?«

»Deine Hand«, sie öffnete leicht die Schenkel, »...!«

»Von wem hast du den Schmuck?«

»Hör nicht auf.«

»Ich habe gesehen, wie du Staehlis Juwelierladen verlassen hast. Durch den Nebenausgang …«

Waren Petras Augen eben lasziv halb geschlossen, riss sie die Lider nun weit auf.

»Willst du mir nicht die Wahrheit sagen? Sonst muss ich das hier abbrechen.« April zog ihre Hand zurück. Soweit sie wusste, stand diese Verhörstrategie in keinem Lehrbuch.

»Woher weißt du – wie konntest du das wissen – was fällt dir überhaupt ein – woher, wie – was?!« Petra war aus dem Takt geraten.

»Belieferst du Staehli mit Diebesgut?«

»Ohne Anwalt sage ich kein Wort.«

»Okay, dann stell dir vor, dass dein Anwalt neben dir sitzt, und erzähl mir jetzt, woher du die Ware hast.«

»Ich kann nicht.«

»Es ist ganz einfach: Öffne den Mund und bring die Stimmbänder zum Schwingen.«

Petra presste die Lippen aufeinander.

»Sag mir wenigstens, ob du die Diebin bist.«

Stures Schweigen.

»Wer ist der Dieb?«

»Ich weiß es nicht.« Es klang so ruhig und bestimmt, dass April ihr glaubte.

»Du kriegst den Schmuck nicht direkt von diesem Dieb?«

Petra schüttelte den Kopf.

»Hast du ihn jemals getroffen, mit ihm gesprochen? Ihm geschrieben?«

Wieder Kopfschütteln.

»Kennst du den Mittelsmann?«

Energisches Kopfschütteln.

»Aber deine eigene Mutter kennst du?«

Sie nickte.

»Aha. Wenn du niemanden kennst – außer deiner Mutter –, wie kommst du dann zu der Ware?«

»Durch die Post.«

»Haha, guter Witz!«

»Wenn ich es dir sage!«

»Und wer ist der Absender?«

»Eine fiktive Adresse.«

»Es wird wohl nicht der Heilige Geist sein, der die Pakete aufgibt.«

»Ich habe schon viel zu viel gesagt.«

»Wer beliefert dich? Warum machst du es? Wofür ist das Geld? Und warum betreust du südamerikanische Einwanderinnen? – Tja, ich bin eben nicht gut nur im Bett«, grinste April. Abrupt stand sie auf. »Ich gehe jetzt, tschüss.«

»Wie bitte?« Petra verstand die Welt endgültig nicht mehr.

»Ich weiß, was ich wissen muss.« Sie beugte sich zu Petra hinab und küsste sie auf den Hals, »danke für deine Mithilfe.«

Ungläubig sah Petra zu, wie sie ging.

Wenn April etwas vom Kung Fu gelernt hatte, dann dies: Manchmal muss man zurückweichen, damit der Angriff gelingen kann. Wenn man eine Jacke vom Haken nehmen will, ist es nicht ratsam, daran zu zerren – sondern man schiebt sie erst in die Gegenrichtung, dann hebt man sie an. Sie hatte Petra durcheinandergebracht, hatte ihr zu verstehen gegeben, dass sie einiges wusste, und das würde sie ins Schleudern bringen.

Als sie an Petras Auto vorbeiging, vergewisserte sie sich, dass der Peilsender noch fest klebte, stieg auf ihre Buell und gab Gummi. Ganz in der Nähe lag das Restaurant HECHT, direkt am See. Obschon es ein mäßig warmer Samstagnachmittag war, saßen Leute auf der Terrasse. April legte das Handy auf den Tisch und öffnete das Peilsender-App. Der Punkt leuchtete nach wie vor bei Petras Haus. Sie rief Rösli an, die sich schwer atmend meldete.

»Rösli, warum keuchst du so?«

»Wir sind am Heuen.«

»Oh, ich komme ungelegen!«

»Ja, tust du, immerhin kann ich mich kurz aufstützen. Eilt es?«

»Eigentlich schon, ich möchte wissen, welche SMS seit etwa fünfzehn Minuten auf einem Handy geschrieben werden.«

»In Ordnung, da gehe ich gleich die Pausenverpflegung holen und schaue, was sich machen lässt. Ich melde mich.«

»Du bist ein Schatz, danke!«

April bestellte eine Cola und ein Salamisandwich. Gespannt schaute sie den unbeweglichen Punkt auf ihrem Display an. So saß sie eine Weile, aß ihr Sandwich und hörte dem Schweigen des Handys zu. Der See war garniert mit Segelschiffen, einmal brummte ein Linienschiff vorbei, vollbepackt mit winkenden Passagieren – April winkte fröhlich zurück. Nach Sandwich und Cola bestellte sie noch einen Espresso und dazu einen Eiskaffee.

Dann kam Röslis E-Mail. Sie schrieb: `Hier die Konversation, ich halte dich auf dem Laufenden, jetzt muss ich wieder heuen.` Darunter war zu lesen:

Petra: `Schatz, es wird brenzlig, die Detektivin ahnt was. Sofort Lieferung einstellen!`

Empfänger (unterdrückte Nummer): `Bist du sicher?`

`- Oh ja. Sie hat einiges rausgefunden, keine Ahnung, wie sie darauf gekommen ist. Wir können uns vorderhand nicht treffen, zu gefährlich!`

`- Das kannst du mir nicht antun!`

`- Ich tue es mir ja selber auch an! Wir müssen Geduld haben ...`

`- :(`

`- :( :( :( !!!`

Aha, Petra hatte einen umtriebigen Liebhaber, der mit Diebesgut handelte oder selbst der Dieb war. April suchte das Mail mit der Liste, die Rösli ihr erstellt hatte, nachdem der Peilsender am Auto hing. Richtig! Petra war zwei Mal bei der Post gewesen, wo sie vermutlich ein Paket abgeholt hatte. Dreimal war sie an einer anderen Adresse vorgefahren, Grubenweg 23. Wer weiß, vielleicht lebte ihr Liebhaber dort? April schaute im Internet nach. Es erschienen acht Namen. Zeit, diesem Grubenweg einen Besuch abzustatten. Sie bedeutete dem Kellner, dass sie zahlen wollte, er kam mit einem silbernen Tablett, auf dem die vergoldete Rechnung lag.

Als April darauf schaute, bekam sie einen Lachanfall. »Das ist gut! Werde ich gerade gefilmt, wie ich schockiert den Betrag anschaue? Darauf falle ich nicht rein. Wo ist die Kamera?«

Sie guckte sich lachend um, die anderen Gäste schauten sie irritiert an. Der Kellner verschwand peinlich berührt im Restaurant. April studierte nochmals die Rechnung. »Kackenschotter«, sagte sie und pfiff durch die Zähne. Währenddessen näherte sich der Kellner zögernd ihrem Tisch. Sie griente beschwichtigend »Ich zahle mit Karte« und gab dem Mann das Silbertablett zurück. Der nahm es erleichtert entgegen und entschwand, kam aber kurz darauf wieder, etwas blass im Gesicht, der arme Junge. »Entschuldigen Sie, gnädige Frau, Sie haben versehentlich Ihre Visitenkarte und nicht Ihre Kreditkarte hingelegt.«

»Hoppla, meine Visitenkarte, endlich habe ich sie gefunden! Moment, hier ist meine Master Card.«

Den Rest des Nachmittags verbrachte April am See. Auf einer Bank liegend, dachte sie gründlich über Diebstähle und Morde nach, auf der Suche nach Hinweisen, die sie bis jetzt übersehen hatte. Nach fünf Minuten war sie eingeschlafen und erwachte zwei Stunden später frisch und munter. An einem Stand kaufte sie Pommes frites und eine weitere Cola, dann rief sie Zürcher Freundinnen und Liebhaberinnen an, in der Hoffnung auf einen lustigen oder gar lustvollen Abend. Ohne Erfolg. Um sieben Uhr machte sie sich zum Grubenweg auf.

Die Dreiundzwanzig war ein herrschaftliches Haus mit großem Garten. Hohe Bäume standen darin, der Vegetation wurde viel Platz zur freien Entfaltung gelassen, überall kletterten Pflanzen die Fassade hinauf, Büsche waren ineinander gewachsen, tibetische Fähnchen flatterten im Wind, Spielzeuge lagen umher.

Um einen Grill standen Leute, tranken Wein und plauderten. April ging zum Eingang. Es gab vier Briefkästen, einer gehörte der Familie Steinhauer mit einer Menge Vornamen (unter anderem Murrli und Pluto), ansonsten lebten hier Marina und Ben Gfeller, Markus Markwalder, Anna Lüscher und Matthias Kiefer. Als Liebhaber kam wohl nur Markus Markwalder in Frage, die anderen waren in Beziehungen, was zwar nichts heißen musste, aber wenn man mit gestohlenem Diebesgut handelte, waren Mitbewohner eher hinderlich.

April nahm ihr Haar zu einem Pferdeschwanz zusammen, setzte die Baseballmütze auf und klingelte bei Markus Markwalder. Keine Reaktion. Da die Haustüre offen stand, ging sie hinein und fand im ersten Stock Markwalders Namensschild. Sie klingelte wieder, klopfte, nichts. Vielleicht war er auf der Grillparty? Drunten im Garten waren rund dreißig Leute versammelt, Kinder spielten auf dem Rasen mit einem Ball. Das Durchschnittsalter der Erwachsenen lag bei dreißig, der Kleidung nach zu urteilen, waren es Menschen mit spannenden Berufen, die gerne Geld für qualitativ gute Dinge ausgaben, ökologisch, politisch korrekt und ausgefallen. Sie mischte sich unter die Gäste, schnappte sich ein Glas Weißwein, schlenderte freundlich lächelnd umher und fragte nach Markus. Niemand schien ihn zu kennen. Wider Erwarten stand kein Mann, sondern eine Frau am Grill, sie war groß, hatte langes, blondes Haar und markante Gesichtszüge. Als sie Aprils Frage hörte, winkte sie sie zu sich. »Du suchst Markus? Der ist in den Ferien. Ist es was Dingendes?«

April schaute auf das brutzelnde Fleisch. »Nein, nein, ich war bloß in der Gegend und da dachte ich, ich schaue vorbei und richte ihm Grüße von Petra aus.«

Die Frau schaute überrascht auf. »Petra wer?«

»Keine Ahnung.«

Die Frau wendete die Steaks, die Würste und das Geflügel, um alles gleich wieder zu wenden.

»Ist das eine besondere Grilltaktik?«, fragte April.

»Ich verstehe nicht.«

»Das Fleisch dauernd zu wenden.«

Die Frau schaute irritiert auf den Rost. »Nein. Ich meine, vielleicht. Soll ich den Gruß an Markus weiterleiten?«

»Nein, nein, ist nicht wichtig – schöne Party«, sagte April charmant lächelnd.

»Danke, ich bin übrigens Diana.«

»Freut mich, ich heiße Anja.«

»Bleib nur, solange du willst. Wenn du mich entschuldigst, ich muss etwas erledigen.«

Diana schlängelte sich durch die Menschen und verschwand im Haus. April schnappte am Buffet ein paar Oliven und beobachtete die Fenster. In einem im Erdgeschoss erschien Diana. Sie drückte stirnrunzelnd auf ihrem Handy herum. April nahm das ihre hervor und bat Rösli, nachzuprüfen, ob jetzt gerade bei Petra eine SMS eingegangen war. Kaum erschien Diana im Garten zurück und widmete sich wieder dem Fleisch, hupte auch schon Aprils Handy – Rösli hatte kommentarlos Petras letzten SMS-Verkehr geschickt:

Absender (Nummer unterdrückt): `Woher kennst du Markus?!`

Petra: `Markus? Ich verstehe nicht.`

`- Markus aus unserem haus.`

`- Woher sollte ich den kennen?`

`- Eine frau will ihm grüße von petra ausrichten.`

`- Es gibt noch andere petras. Wie heißt die frau?`

`- Anja.`

`- Sagt mir nichts, wir dürfen jetzt nicht auf paranoia machen!`

`- Du hast ja recht, ich muss zum grill zurück`

Sieh an, Familienmutter Diana hatte nebenbei Zeit für Liebhaberin und Hehlerei! April las die Konversation noch einmal, da rollte ein Ball auf sie zu. Die Kinder auf dem Rasen schauten sie erwartungsvoll an. Ohne zu überlegen, nahm sie Anlauf und kickte den Ball, was mit einem Glas Wein in der Hand suboptimal war: Der Wein nässte ihre Schuhe, der Ball hingegen flog in hohem Bogen ins Geäst und blieb dort stecken. April rannte zu den Kindern, die sich unter dem Baum versammelten.

»Sorry, das wollte ich nicht«, sagte sie.

»Toller Schuss«, sagte ein kleiner Blonder anerkennend. Zwei andere versuchten auf den Baum zu klettern, die untersten Äste hingen jedoch zu hoch.

April sagte: »Einer klettert auf meine Schultern.«

Gesagt, getan. Ein Junge trat vor, der zwar klein, aber unglaublich behände war. Er kletterte von Ast zu Ast und warf den Ball hinunter, die Kinder jubelten.

»Spielst du mit uns?«, fragten sie April.

»Okay, aber erst will ich wissen, wer wer ist.«

Die Kinder stellten sich vor: Drei wohnten im Haus, ihre Mama stehe beim Grill. Aha, und welcher sei der Vater? Der sei nicht da, die Eltern seien nicht mehr zusammen.

Aha.

Sie spielten eine Weile, die Kinder waren begeistert, was meistens der Fall war, wenn April mit Kindern herumtobte. Als sie Hunger bekam, folgte ihr der Tross zum Grill. Gemeinsam aßen sie Fleisch und Chips ohne Salat. Um halb zehn verabschiedete sie sich von den Kindern und Diana, was dauerte, denn die Kleinen wollten ihr noch tausend Dinge erzählen.

In ihrer Garage angekommen, schrieb sie auf eine Karte *Diana Steinhauer, Hehlerin.* Die Karte pinnte sie in der Nähe von Petras Karte und verband sie mit einem Strich. Über dem Strich schrieb sie: *Liebschaft und Geschäfte.* Zufrieden betrachtete sie die Ermittlerwand. Sie war ein Stück weitergekommen.

Auf die Sekunde genau um zehn Uhr abends ertönte ihre Türklingel. Lou fragte sich, wie Lorenz es anstellte, derart pünktlich zu sein. Wartete er unten, bis es genau – wirklich genau – zehn war? Oder hatte er jeden Schritt und jede Bewegung so gut im Griff, dass er wusste, wann er losgehen musste, um beim Gongschlag einzutreffen? Als er auf seinem Platz saß, Schreibzeug, Laptop und Lupe bereit, sah er aus wie ein Junge, der gleich mit einer Modelleisenbahn spielen durfte.

Lou tischte vor ihm die sechs Kelche auf. Mit regloser Miene griff er nach dem ersten und begann ihn zu untersuchen. Er betrachtete ihn lange durch die Lupe, polierte manche Stellen mit einem Tuch. Lou setzte sich aufs Sofa und schaute der Dämmerung beim Verschwinden zu – morgen war der längste Tag des Jahres, es kam ihr vor, als würde in dieser Zeit der Himmel flirren. Lorenz hatte wie immer nur ein Glas Wasser gewollt, ihr war nach Stärkerem, sie mischte sich ihren Drink, setzte sich wieder und beobachtete Lorenz. Man könnte geradeso gut ein Foto beobachten, so wenig änderte sich in seinem Gesicht. Soeben nahm er den zweiten Kelch in die Hand. Wenn er weiter in diesem Tempo arbeitete, würde es eine lange Nacht werden.

Sie war wohl eingenickt, denn auf einmal stand Lorenz vor ihr und räusperte sich laut. »Ich bin fertig«, sagte er und ging an seinen Platz zurück. Lou folgte ihm gespannt. Er schob einen Kelch in die Mitte des Tisches und sagte: »Dieser ist das Original, die anderen Kopien.«

Lou nickte.

»Er ist feuervergoldet und mit Halbedelsteinen besetzt. Dominikus Sail verfertigte ihn 1730 in Augsburg. Seit 1738 befand sich der Kelch im Besitz des Kreuzherren-Ritterordens. Dieser Orden entwickelte sich aus einer Spitalbruderschaft. Die Hauptaufgabe der Brüder bestand darin, Kranke zu pflegen und eigene Spitäler zu unterhalten. Außerdem waren sie in der Seelsorge tätig. 1233 hat die heilige Agnes von Böhmen, eine Angehörige der Königsfamilie, die Bruderschaft gegründet. 1237 erhob Papst Gregorius IX. sie zum Orden. 1738 bekam der Orden die Wiener Karlskirche – zusammen mit diesem Kelch.« Lorenz nahm einen Schluck Wasser, dann fuhr er fort: »Der Orden der

Kreuzherren mit dem Roten Stern besteht bis heute, ist aber kein Ritterorden mehr. Ihre wichtigsten Kirchen sind die Kreuzherrenkirche in Prag und eben die Wiener Karlskirche. Am fünften März 2012 wurde er gestohlen und gilt seither als verschollen. Sein Wert wird auf rund fünfzigtausend Euro geschätzt.«

Lou nahm den Kelch vorsichtig in die Hand, »fünfzigtausend Euro, meine Güte!«

»Die anderen fünf Kelche sind Imitationen, aber gut gemacht, aus denselben Materialien wie das Original.«

»Warum könnten die Kopien angefertigt worden sein?«

Lorenz betrachtete die Kelche. »Für Rituale. Dafür sind Kelche gemacht.«

»Was tut man damit?«

»Ich weiß es nicht.«

»Nur vorstellungsmäßig.«

»Ich verstehe nicht, was du meinst.«

»Hast du schon mal gelesen, dass man mehrere identisch aussehende Kelche für etwas benützt hat?«

»Um Blut zu trinken.«

»Für das Abendmahl braucht man aber nicht sechs Kelche.«

»Ich meine nicht das Abendmahl. Um richtiges Blut zu trinken. Von Babys, von Jungfrauen, von Opferlämmern ... Blutopfer gab es überall auf der Welt.« Er schielte zu seinen Sachen und trat nervös von einem Fuß auf den anderen.

Höchste Zeit, ihn gehen zu lassen. Sie bedankte sich und begleitete ihn zur Wohnungstür. Dort drehte er sich zu ihr um und sagte: »Man muss vorsichtig sein.« Bevor sie hätte nachfragen können, was er damit meinte, war er draußen.

Erschöpft sank Lou ins Bett, konnte aber lange nicht schlafen. Bei der B.I.A. lief etwas Unschönes, das stand fest. Sie hatte sich in ein Wespennest gesetzt, es war nur eine Frage der Zeit, bis sie gestochen würde. Wollte sie wirklich wissen, was diese Mitglieder taten? Wollte sie den Inhalt der Dokumente erfahren? Oder müsste sie nicht Kelche und Dokumente loswerden, die Papiere verbrennen, die Kelche vergraben, unbemerkt in einen Trödlerladen stellen und das Original in die Wiener Kirche schmuggeln?

Sie wusste es nicht.

Montag, 22. Juni *22 °C*

Nachmittags besuchte April in Begleitung von Jana-Ina die Witwe des ermordeten Moser. Als Gegenleistung würde Jana-Ina ein neues Set Kleider für ihre Barbie bekommen, das war für sie die erste Aufregung. Die zweite Aufregung bestand darin, dass sie hinten auf dem Motorrad sitzen durfte. Die dritte Aufregung bereitete ihr der Auftrag, das Gespräch mit Abrienda Moser zu übersetzen.

April fuhr in gesittetem Tempo durch die Stadt. Schon nach der ersten Kurve aber hielt sie, weil sie beinahe gestürzt wären, und erklärte Jana-Ina, dass sie sich in den Kurven auf dieselbe Seite wie sie legen musste, nicht auf die andere.

»Aber dann fallen wir hin«, protestierte das Mädchen.

»Es ist genau umgekehrt! Wenn wir uns nicht gemeinsam in die Kurve legen, weiß das Motorrad nicht mehr, was es machen muss, und lässt sich fallen.«

»Komisches Motorrad.«

»Ja, die haben ihren eigenen Kopf.«

Sie fuhren weiter. Abrienda wohnte ebenfalls im reichen Vorort Muri, etwas weiter oben als Consuela, mit einem weniger imposanten Gartentor, dafür einem Springbrunnen. Als

April klingelte, meldete sich niemand. Jana-Ina lehnte sich ans Gartentor, das unerwarteterweise nachgab.

»Aha, wenn es offen ist, dürfen wir uns bestimmt ein bisschen umschauen«, sagte April. Sie gingen über den Kiesweg, Jana-Ina rannte zum Springbrunnen und hielt die Hände ins Wasser. Bei diesem Haus war das Erdgeschoss ebenerdig, ideal für eine neugierige Detektivin. April kam es vor, als würde sie ins Schaufenster eines Antiquitätengeschäfts blicken: Stühle und Tische mit zarten Beinchen, ein geblümtes, ungemütlich aussehendes Sofa und dazu passende Sessel. Das nächste Fenster gehörte zur Bibliothek. Jana-Ina hatte ihre Sandalen ausgezogen und watete im Brunnen. Das dritte Fenster gehörte auch zur Bibliothek, April guckte kurz hinein und ging ein paar Schritte weiter, als sie erstarrt stehen blieb.

Langsam ging sie rückwärts und schaute noch einmal hinein.

Ihr wurde schwindlig, sie musste sich auf den Fenstersims stützen.

Abrienda. Den Kopf unterhalb des Kronleuchters, Arme und Beine schlaff, das Gesicht blass, die Zunge schaute etwas zwischen den Lippen hervor, unter ihr ein umgekippter Stuhl.

Kackenschotter, Kackenschotter, Kackenschotter!

Zum Schwindel gesellte sich Übelkeit. April linste zu Jana-Ina, die arglos im Wasser planschte, die Hose schon ziemlich nass. Um die Ecke besaß die Bibliothek noch ein weiteres Fenster. Eilig holte April ihre kleine Kamera aus der Tasche und rief Jana-Ina gespielt fröhlich zu, dass sie gleich zurück sei. Das Mädchen nickte und planschte weiter.

Von diesem Fenster aus sah man die hängende Abrienda besser, leer schluckend machte April ein paar Fotos, dann entschied sie, dass sie schleunigst verschwinden sollten. Glücklicherweise war das Haus von Büschen und Bäumen umgeben, die Nachbarn konnten sie nicht sehen. Als sie das Gartentor passiert hatten, ließ sie die Kleine vorausgehen und wischte mit einem Tuch die Klinke ab. Aus der nächsten Telefonkabine (die zu finden nicht einfach war, es lebe das Handyzeitalter!) rief sie die Polizei an und berichtete den Vorfall. Dann hängte sie auf, ohne ihren Namen zu nennen.

April kehrte wie betäubt in die Garage zurück. Hatte sich Abrienda wirklich umgebracht und wenn ja, warum, und wenn nicht, wer hatte sie dorthin gehängt? Sie übertrug die Fotos auf den Computer und veränderte an ihnen Licht, Kontrast und Farbe, bis jedes Detail gut sichtbar war.

Wie hatte Abrienda das Seil im oder über dem Kronleuchter anbringen können? Die Decke war höher als in üblichen Wohnungen, April schätzte sie auf über drei Meter. Auf einem Foto sah man linkerseits eine Bibliothekstreppe. Damit hätte Abrienda hochklettern können, nur liefen solche Treppen auf einer Schiene, die an den Regalen angebracht war. Der Kronleuchter hing etwa zwei Meter von der nächstliegenden Wand entfernt, zu weit, als dass man ihn von der Leiter aus hätte erreichen können. Wie also war das Seil dorthin gekommen?

Der umgekippte Stuhl. Sie begann zu rechnen: Höhe der Sitzfläche waren fünfundvierzig plus Körpergröße (bis zum Hals) plus Länge des Kronleuchters plus Länge des Kabels des Kronleuchters. Sie rechnete großzügig, aber es blieb dabei: Abrienda hätte sich niemals umbringen können, indem sie auf einen Stuhl stieg, die Schlinge um den Hals legte und dann sprang. Vom Hals bis zur Schlinge fehlten rund vierzig Zentimeter!

Der Bibliothekstisch war groß und aus massivem Holz. Hätte die feingliedrige, schlanke Abrienda den Tisch verschieben können? Er stand auf Parkettboden, unter dem Kronleuchter lag aber ein Orientteppich (Veramin mit Seide, 297 x 354 cm, persische Senneh-Knoten, handgeknüpft, 8.900,– SFr).

April schaute alle Fotos durch, fand aber nichts in der Bibliothek, das Abrienda hätte benutzen können, um zum Kronleuchter zu gelangen. Sie hätte eine Stehleiter darunter aufstellen müssen. Und wenn, wie wollte sie einen Knoten machen, der seine Aufgabe erfüllte? Mit solch langen, lackierten Fingernägeln? Die waren ihr schon beim Verhör aufgefallen, auf den Fotos sah man sie gut, sie waren lang und gepflegt. April konnte sich nicht vorstellen, dass eine Frau wie Abrienda es riskiert hätte, mit einem gebrochenen Fingernagel zu sterben.

Abrienda hatte im Verhör viel Temperament gezeigt. Brachte sich ein solcher Mensch um, indem er zuerst umständlich ein Seil installierte? Ein Sprung in den Fluss, vor einen Zug oder von einer Brücke hätte eher Abriendas Temperament entsprochen. April konnte es drehen und wenden, wie sie wollte, sie kam immer zum gleichen Resultat: Die Gattin des beim Pinkeln erschossenen Daniel Moser war umgebracht worden.

War es Zufall, dass Abrienda getötet wurde, bevor man sie hätte befragen können – oder war es Absicht? April ließ sich seufzend aufs Sofa fallen. Worauf hatte sie sich da eingelassen? Was war an den Diebstählen so brisant, dass deswegen Menschen umgebracht wurden? Es konnte nicht des Schmuckes wegen sein, sondern musste mit diesen Dokumenten zu tun haben. Sie würde Montiross auf den Zahn fühlen, irgendetwas musste der wissen, vielleicht, ohne dass er selber es wusste! Sie bat ihn telefonisch für den nächsten Morgen zu sich, und zwar so früh wie möglich.

Dienstag, 23. Juni *18 °C*

Um acht Uhr morgens hielt der Jaguar vor der Garage und Hannes Montiross hastete herein. April bat ihn, auf dem Sofa Platz zu nehmen, setzte sich neben ihn und erzählte ihm von

Abriendas Tod. Montiross wurde kalkweiß im Gesicht. April stand auf und holte den Whisky, den ein Klient ihr geschenkt hatte als Dank dafür, dass sie seinen Seitensprung vor der Ehefrau verheimlicht hatte. Sie goss den Whisky in eine Tasse und überreichte sie Montiross. Er nahm sie dankbar entgegen.

»Was machen wir nur?«, jammerte er und zündete sich eine Zigarette an.

»Alle Informationen auf den Tisch legen.«

»Ich habe Ihnen alles gesagt, was ich weiß.«

»Herr Montiross ... Sie sind Chef der B.I.A. Bern und kennen weder Ihren Vorgesetzten noch wissen Sie, was in diesen Dokumenten steht, die ich in Ihrem Auftrag finden soll? Das glauben Sie doch selber nicht.«

»Ich verstehe, dass dies unglaubhaft wirkt, aber es ist so. Die B.I.A. ist ein Zusammenschluss reicher Menschen, das macht uns interessant und dementsprechend angreifbar. Das Geld für unsere Projekte soll nicht abgegraben werden. Deshalb müssen wir Informationen verschlüsseln und an verschiedenen Stellen lagern. Die Vorsicht hat uns recht gegeben: Warum sonst wären die Dokumente gestohlen und drei Menschen umgebracht worden?« Er nahm einen Schluck und starrte vor sich hin.» Ich weiß nur, dass uns die Unterlagen anonym zugeschickt worden sind mit dem Auftrag, sie sicher zu verwahren.«

»Warum so kompliziert? Man hätte die Informationen auf eine externe Festplatte speichern und sie in einem Banksafe deponieren können.«

»Einer Bank verschlüsselte Dokumente übertragen? Das ist nicht sicher genug!«

»Sie in privaten Safes aufbewahren und stehlen zu lassen, ist natürlich viel sicherer.«

Anstelle einer Antwort nahm Montiross einen weiteren Schluck Whisky.

»Kennen Sie niemanden, der weiß, wer an der Spitze der B.I.A. steht – vielleicht der Chef einer anderen Sektion?«

»Ausgeschlossen.«

»Wie können Sie da so sicher sein?«

Montiross zuckte mit den Schultern.

»Sie sind mir einer«, sagte April kopfschüttelnd, »ich weiß wirklich nicht, ob ich Ihnen glauben soll.«

»Hätte ich Sie engagiert, wenn ich Dreck am Stecken hätte?«

»Wahrscheinlich nicht. Oder es war eine Strategie, um abzulenken.«

Er schaute sie verwundert an. »Ich verstehe nicht, was Sie meinen.«

»Wer hat Ihnen den Auftrag gegeben, mich zu engagieren?«

»Niemand, das war allein meine Entscheidung. Ich wusste nur nicht, an wen ich mich wenden soll, da gab mir meine Mutter den Tipp.«

»Die B.I.A.-Führungsebene muss Sie als Sektionschef doch unter Druck gesetzt haben, nachdem die Dokumente gestohlen worden sind.«

Montiross wand sich auf dem Sofa. »Ja, sie war natürlich nicht begeistert von den Einbrüchen und legte mir nahe, dass ich das in Ordnung bringen müsse. Aber sie sagte mir nicht, wie ich vorgehen müsse.«

»Wie freundlich von denen, Ihnen diese Freiheit zu lassen.«

Montiross nickte, er hatte den Sarkasmus nicht bemerkt.

»Herr Montiross, ich will, dass Sie mit der Führung Kontakt aufnehmen und ein Treffen für mich organisieren.«

Er schaute April an, als sei sie der Leibhaftige höchstpersönlich. »Das geht nie und nimmer, ich habe sie ja selber noch nie gesehen!«

»Man kann auch mit verbunden Augen jemanden treffen.«

»Frau Pallas, Sie verhören die falsche Person! Ich bin derjenige, der Ihnen den Auftrag gegeben hat.«

»Ja, und? Man muss beim Ermitteln in alle Richtungen denken. Wie gesagt, ich will die Führung sprechen. Oder geben Sie mir die E-Mail oder Postadresse.«

»Wenn ich das täte, wäre ich meinen Posten los.«

»Aber drei Tote in Kauf nehmen können Sie offenbar mit links.«

»Ich habe getan, was in meiner Macht steht.« Montiross rang sichtlich um Fassung.

»So machtlos hätte ich Sie nicht eingeschätzt. Man macht sich übrigens mitschuldig, wenn man nötige Schritte unterlässt.«

Er sank in sich zusammen. »Ich habe nichts mit diesen Morden zu tun! Finden Sie den Einbrecher und den Mörder – bitte!«

»Verschaffen Sie mir einen Zugang zur Führungsebene.«

Montiross stand auf und suchte auf dem Tisch einen Platz, wo er die Tasse hinstellen konnte. »Ich würde, wenn ich könnte«, sagte er bedauernd, dann schlurfte er hinaus.

Kackenschotter, dachte April und riss ein Bounty auf. Während sie den Geschmack von Kokos und Schokolade genoss, entschied sie, die Mutter ihres Auftraggebers zu besuchen. Vielleicht erfuhr sie über diesen Weg etwas, das weiterhelfen könnte. Sie verabredete sich mit Frau Montiross für den nächsten Tag, danach ging sie ins Outlook. Rösli hatte keine neuen Informationen geschickt. Entweder war Petra seit Samstag zu Hause geblieben oder der Peilsender war abgefallen oder sie fuhr mit dem Wagen ihres Mannes herum oder sie waren in die Ferien gegangen. Auch die SMS waren unverfänglich.

Kurz entschlossen trat April aus der Garage und klingelte bei Meier. Es dauerte eine Weile, bis er herangetapert kam. Als er April sah, begann er zu strahlen. »Ah, Sie, Frau April, wie schön, kommen Sie herein.« April tat es widerwillig, denn Herr Meier wohnte allein, war verwitwet, hatte schlechte Augen und wenig Kraft: Bei ihm sammelte sich von Zeitungen über Konservendosen bis hin zu Staub, Schmutz und unangenehmen Gerüchen allerhand, mit dem man nichts zu tun haben wollte. Herr Meier schlurfte in die Küche zurück und machte ihnen einen Filterkaffee, dann stellte er Porzellantassen, Zucker und leicht angesäuerte Milch auf den Tisch. April übertönte die Brühe mit viel Zucker und hörte sich Geschichten über Meiers Selige an, die sie schon tausend Mal gehört hatte.

Warum sie hier mit Herrn Meier saß, lag an seinem alten Fiat, den er innig liebte, aber nicht mehr fahren konnte. Um das Auto flottzuhalten, stieg er jeden Tag ein und ließ den Motor laufen. Er fuhr einige Meter vorwärts und rückwärts, dann stieg er wieder aus. Daher sah er es gerne, wenn April hin und wieder mit dem Fiat fuhr. Genau das hatte sie jetzt vor. Sie trank die Brühe, dann bekam sie den Schlüssel in die Hand gedrückt und es konnte losgehen.

Mit dem Fiat hielt sie sich immer an die Geschwindigkeitsbeschränkungen, nicht aus Einsicht, sondern weil die Dose ächzend und schnaubend nur hundertzwanzig Stundenkilometer hinkriegte. So tuckerte sie nach Zürich in die Grubenstraße 23, parkte und beobachtete den Eingang.

Jemanden zu beschatten war eine langweilige Beschäftigung, April hatte das oft genug bei untreuen Ehemännern oder ausgebrochenen Jugendlichen gemacht. Am Anfang hatte sie Süßigkeiten gegessen, bis ihr übel wurde, oder durch laute Musik die Aufmerksamkeit des gesamten Viertels auf sich gezogen. Nachdem sie alle Lucky Luke-Comics drei Mal gelesen hatte, war sie darauf gekommen, die Geschichten nachzuspielen. Sie spielte von Lucky über die Brüder Averell, den Hund Rantaplan, Indianer und Sheriffs alle Rollen selber, und zwar laut – ihr persönliches Hörspiel. Inzwischen entwickelte sie eigene Stories rund um die Hauptfigur Lucky Lukina, das heißeste Cowgirl des Wilden Westens, das schneller schießen als denken konnte. Während Lucky Luke nie was mit Frauen hatte, hatte Lukina mit allen hübschen Frauen was. Die Zeit verflog im Nu, und gerade als Lukina mit einer Squaw im Wigwam verschwand, kam Diana aus dem Haus und stieg ins Auto. Lukina sagte noch: »Beim Manitu, bist du schön, Squaw!«, da startete April den Motor und fuhr hinter Diana her.

Im Internet hatte sich nichts weiter über sie herausfinden lassen als ihre Adresse – eine Diana Steinhauer war nicht bei Socialmedia und auch bei keiner Firma zu finden. Was sie neben der Hehlerei und der Familie machte, war unklar. Diana fuhr auf die Autobahn Richtung Bern. Glücklicherweise raste sie nicht. Bei Deitingen Nord bog sie ab, fuhr zur Raststätte, holte sich in der Selbstbedienung eine Limonade und ein Sandwich und setzte sich ans Fenster. April, die ihr im Fiat und dann zu Fuß gefolgt war, ließ sich mit einem Espresso und zwei Brownies in der Nähe nieder. Sie schüttelte das Haar etwas mehr ins Gesicht – ohne Pferdeschwanz und Baseballmütze wurde sie wohl ohnehin nicht wiedererkannt.

Um Punkt fünfzehn Uhr gesellte sich ein Mann zu Diana. Er war recht jung, ziemlich unscheinbar, sah brav aus. April hatte das Gefühl, ihn schon einmal gesehen zu haben, nur wusste sie nicht wo. Der Mann holte sich ein Wasser und setzte sich ordentlich an den Tisch. Diana schien aufgeregt zu sein, er jedoch saß mit unbeweglicher Miene da. Man hatte den Eindruck, dass seine Ruhe sie noch nervöser machte. Er holte Fotos aus seiner Tasche und legte sie Diana vor. Das schien sie noch mehr aufzuregen, sie fuchtelte mit den Händen und schob die Fotos wieder zu ihm hinüber. Er steckte sie in seine Mappe, stand auf und entfernte sich rasch. Diana vergrub ihren Kopf in die Hände.

»Wollen wir mal schauen, wohin du gehst«, sagte April laut und eilte zu ihrem Auto.

Der Mann fuhr Richtung Bern. Zum Glück blieb er auf der rechten Fahrbahn und fuhr genau hundertzehn. In Bern nahm er die Ausfahrt Ostring, Richtung Schosshalde und Rosengarten und parkte – interessant, interessant! – beim Auktionshaus von Werdt. Jetzt erinnerte sie sich, wo sie ihn gesehen hatte: In dem Raum, wo das Auktionshaus den Schmuck ausstellte!

Die Reifen des Fiat quietschten, als April auf dem Parkplatz wendete und davonfuhr. In der Garage holte sie ein Blatt Papier hervor und schrieb darauf:

– *Petra hat das Collier dem Auktionshaus zum Verkauf gegeben.*

- *Das Collier hat sie von Diana bekommen.*
- *Diana hat Kontakt mit dem jungen Mann, der im Auktionshaus arbeitet, vielleicht hatte er das Collier vermittelt?*
- *Damit schließt sich der Kreis und noch immer ist nicht klar, wer das Collier gestohlen hat. Der junge Mann? Diana? Jemand anderes?*

Sie warf sich aufs Sofa und dachte nach. Als sie wieder erwachte, erinnerte sie sich an ihren Traum: Laura von Werdt, die Direktorin des Auktionshauses, fuhr ihr auf Skiern hinterher und rief die ganze Zeit: Warte, warte auf mich! April fand es einen lustigen Traum, denn sie konnte nicht Skifahren – auf Laura warten und Informationen über den jungen Mann einholen, das jedoch konnte sie.

Zeit, einen kleinen Besuch abzustatten …

Mittwoch, 24. Juni *22 °C*

An diesem Morgen hatte April ihre liebe Mühe, aufzustehen. Das heißt, aufstehen konnte sie schon, nur schlief sie gleich wieder ein auf dem Klo, dann am Küchentisch, später unter der Dusche. Sie war am Vorabend mit Tom Billard spielen gegangen. Seit Tom diese Zen-Bücher las, trainierte er dieses Zen überall. Was sich nicht eben berauschend auf sein Billardspiel ausübte: Der Koloss beugte sich über den Tisch, platzierte das Queue vor die weiße Kugel, schloss die Augen und konzentrierte sich auf seine Mitte, was dauerte, denn die Mitte lag hinter einer guten Schicht Bauchfett. Dann stieß er zu – wenn er Glück hatte, traf er die weiße Kugel, wenn er mehr Glück hatte, die anvisierte farbige. Oft hatte er kein Glück, dann wuchtete er enttäuscht seinen Bauch vom Billardtisch, strich sich über seinen fürchterlichen Seehundschnauz und brummte etwas davon, dass er sich einfach besser zentrieren müsse.

»Besser zentrieren? Du könntest nicht weiter davon entfernt sein. Sei froh, dass ich mich zentrieren kann, sonst wäre ich dir längst an die Gurgel gesprungen, weil mich die Warterei auf die Palme bringt.«

Tom murmelte etwas Unverständliches und leerte sein Bier. »Ich geh noch eins holen, willst du was?«

»Zenmeister, öffne zwischendurch die Augen, dann kannst du sehen, dass mein Glas noch fast voll ist! Trink du nur, das wird dir bestimmt beim Zentrieren helfen«, sie bewegte grinsend ihr Queue wie eine Betrunkene und wedelte dabei ein Bild von der Wand. Während sie es aufhob, zottelte Tom beleidigt zur Bar. Es wurde ein langer Abend des Wartens und Biertrinkens.

Dementsprechend frisch fühlte sie sich nun. Sie schlurfte in die Garage, wo sie auf dem Sofa einschlief und träumte, dass ein Bär sie attackierte, der seine Krallen in sie rammte, während daneben Webstühle ratterten. Als sie erwachte, schaute sie in zwei schmale Augen – es waren die der schwarzen Katze aus dem Viertel, die sie zwischendurch besuchen kam. Wohlig schnurrend stapfte sie mit den Pfoten auf ihren Brüsten. April streichelte das Vieh und erklärte ihr, dass sie die unmöglichste Katze weit und breit sei, worauf diese hocherhobenen Schwanzes die Garage verließ.

Gegen zehn Uhr schwang sie sich auf ihre Maschine und fuhr zum Auktionshaus. Dort fragte sie nach dem jungen Mann aus der Schmuckabteilung, sie habe einen Ring, den sie schätzen lassen wolle. April wusste auch so, dass der nichts wert war, obwohl ihre Großmutter das immer behauptet hatte; aber Oma hätte ihn sonst verkauft, denn sie war alles andere als reich gewesen. Die Empfangsdame wies ihr den Weg in die Abteilung,

Herr Lenz sei gleich bei ihr. April betrachtete eben ein Collier, dessen Ausgangspreis bei 22.000,– Franken lag, als der junge Mann hereinkam. April wollte ihm die Hand reichen, aber Lenz nickte nur flüchtig. Wie sie schon gestern in der Autobahnraststätte bemerkt hatte, regte sich sein Gesicht kaum. Als sie ihm den Ring gab, flackerte Interesse in seinen Augen auf. Er verschwand in einem Raum, den laut Schild *Nur Personal* betreten durfte. Da er die Türe nicht schloss, konnte sie sehen, wie er eine Lupe nahm, den Schmuck gegen das Licht hielt, ihn unter das Mikroskop legte und etwas im Computer eintippte. Nach zehn Minuten kam er zurück und sagte: »Ich schätze den Ring auf 5.000,– Franken. Die Art, wie der Rubin geschliffen und im Silber eingesetzt ist, findet man nur in der Athener Schule Karios. Es ist die Machart, die den Ring wertvoll macht. Wollen Sie ihn für die Auktion im Herbst freigeben?«

»So viel wert ist der? Ich dachte immer, Oma hatte ihn aus dem Kaufhaus. Wegen der Auktion überlege ich mir das«, sie lächelte ihn an. »Sie haben einen interessanten Beruf und kommen wohl viel herum.«

»Ich verstehe nicht, was Sie meinen.«

»Wenn es um sehr wertvollen Schmuck geht, besuchen Sie bestimmt Kunden auch zu Hause.«

»Es kommt vor, ja. Ich muss jetzt weiterarbeiten.«

»Ich könnte wetten, dass ich Sie gestern in einer Autobahnraststätte gesehen habe.«

Er schaute sie zum ersten Mal kurz an, dann blickte er wieder zu Boden. »Ja, ich war dort, aber nicht für das Auktionshaus. Ich muss weiterarbeiten.«

»War es eine Freundin von Ihnen?«

»Ich habe keine Freundin.«

»Vielleicht eine Auftraggeberin?«

»Ich habe keine Auftraggeberin.«

»Ach, foltern Sie mich nicht auf die Spanne.«

»Ich verstehe nicht, was Sie meinen.«

»Oh, ich habe es verdreht – was ich sagen will: Es würde mich interessieren, wer diese Frau war.«

»Ich verstehe nicht, warum Sie das interessiert.«

»Ich würde gern wissen, warum Sie diese Frau getroffen haben, denn ich kenne sie.«

»Ist nicht wichtig.«

»Warum haben Sie sie getroffen?«

»Ich muss weiterarbeiten.«

»Ja, das müssen Sie und ich hätte Sie schon längst in Ruhe gelassen, wenn Sie mir endlich sagen würden, warum Sie sich mit dieser Frau getroffen haben. Ich bin Detektivin und ermittle in einem Fall – eigentlich in zwei Fällen.« April wühlte in ihren Taschen, »hier haben Sie meine Visitenkarte. Nein, Moment«, sie schaute auf die Karte in ihrer Hand, »ach, was ist denn das? – Wissen Sie, ich bin Mitglied des BILLARD KLUBS BERN und Sie können sich nicht vorstellen, wie lange ich diese Karte gesucht habe, Tom musste mir immer mit seiner aushelfen.«

Das Gesicht des jungen Mannes blieb ausdruckslos, nur seine Augen bewegten sich unruhig, als suchte er eine Stelle, wo er Halt finden könnte.

Vielleicht würde sich ein Frontalangriff lohnen. »Verkaufen Sie Schmuck? Ich meine, nicht hier?«

»Ich bin nicht befugt, der Kundschaft Auskünfte zu geben.«

Bevor sie etwas darauf erwidern konnte, verschwand Herr Lenz durch den Personaleingang und schloss leise die Tür.

April seufzte, das war gründlich in die Hose gegangen. Wie seltsam sich dieser Mann verhielt. Wie sollte sie jetzt vorgehen? Sie erinnerte sich an ihren Traum mit der Chefin des Auktionshauses und dachte, es wäre an der Zeit, Laura ein zweites Mal von ihrem Charme zu überzeugen. Doch leider war sie gleich mit einer anderen zum Mittagessen verabredet.

Frau Montiross saß schon am Tisch und schaute ihr freudig entgegen. »Wie schön, Sie wiederzusehen, Frau Pallas«, sie schüttelte April die Hand.

»Die Freude ist ganz meinerseits« – sie mochte die alte Dame wirklich. Sie plapperten zwanglos über dies und das und bestellten das Menü. Erst als die Vorspeise kam und sie mit dem Essen beginnen konnten, wurde das Gespräch ernster.

»Wie laufen die Ermittlungen, Frau Pallas?«

»Es geht voran. Wie ich Ihnen schon letztes Mal gesagt habe, kann ich Ihnen nichts Genaueres dazu sagen.«

Frau Montiross nickte verständnisvoll. »Das mit Steiner und Moser ist schrecklich. Ich habe die beiden gekannt, zwei wundervolle Männer. Und dann Mosers Frau – bringt sie sich doch um! Ich hätte nie gedacht, dass sie ihn so lieben würde.«

»Warum nicht?«

»Sie war erheblich jünger und Sie wissen ja, diese Südamerikanerinnen interessieren sich für gewöhnlich mehr fürs Geld als für den Mann.«

»Ehrlich gesagt, weiß ich das nicht, ich kenne mich mit Südamerikanerinnen nicht aus.«

»Ich bin natürlich auch keine Spezialistin« sagte Frau Montiross abwehrend, »aber man liest und hört diesbezüglich einiges. Wie über Asiatinnen und Russinnen.«

»Ich kenne mich auch mit Asiatinnen und Russinnen zu wenig aus, um da mitreden zu können.«

»Ja, natürlich, wie dumm von mir, ein solch allgemeines Urteil abzugehen«, sie lächelte entschuldigend. »Nun, ich wüsste schon gern, warum sich Abrienda umgebracht hat.«

»Wieso?«

Frau Montiross schaute April erstaunt an. »Ich habe Moser gekannt und geschätzt und bedaure seinen Tod zutiefst. Da beunruhigt es mich, wenn sich danach seine Frau umbringt.«

»Falls sie sich umgebracht hat.«

»Denken Sie, es könnte Mord gewesen sein?«

»Ich denke einiges, als Ermittlerin muss man das in alle Richtungen tun. Woher wissen Sie, dass Abrienda Moser gestorben ist?«

»Von meinem Sohn, wir haben keine Geheimnisse voreinander.«

»Stimmt, Sie stehen sich nahe.«

»Hannes ist ein Goldjunge«, sie platzte schier vor Stolz.

»Wie ist er eigentlich Chef der B.I.A. Bern geworden?«

»Er wurde von den Mitgliedern gewählt.«

»Ach so, richtig demokratisch? Ich hätte eher vermutet, dass die oberste Führung den Präsidenten der Zweigstelle wählt.«

Frau Montiross war entrüstet, »wo denken Sie hin! In der B.I.A. herrscht keine Diktatur.«

»Das ist schön zu hören. War Ihr Sohn schon lange in der Vereinigung und warum ist er ihr beigetreten?«

»Sollten Sie das nicht eher ihn fragen?«

»Ja schon, aber im Moment ist er wegen der Vorfälle verständlicherweise ein wenig durcheinander, ich will ihn nicht damit behelligen.«

»Sehr rücksichtsvoll von Ihnen! Hannes war noch gar nicht so lange dabei, vielleicht fünf Jahre. Aber man merkt schnell, ob jemand für eine solche Position geeignet ist.«

»Und wie kam er überhaupt zur B.I.A.?«

»Durch mich«, die Mutter lächelte stolz, »eine Freundin hatte mir vom Klub erzählt, ihr Mann ist auch dabei, und ich dachte, dass Hannes daran interessiert sein könnte – er hat sich schon immer für andere eingesetzt und ist vermögend genug. Er war sofort Feuer und Flamme.«

»Und warum sind Sie nicht selbst im Klub?«

»Bin ich, als Ehrenmitglied.»

»Warum nicht aktiv?«

»Erstens bin ich eine Frau und erfülle andere Pflichten, zweitens sollten die Alten den Jungen den Platz räumen.«

»So alt sind Sie nicht.«

Sie lachte auf, »ach, Frau Pallas, Sie schmeicheln mir.«

»Ich meine es ernst. – Was wissen Sie über die Dokumente? Ich frage mich, warum ein gemeinnütziger Klub überhaupt Geheimpapiere hat. Mir ist schleierhaft, was er zu verbergen hätte.«

»Mein Sohn hat sie mal erwähnt, mehr weiß ich nicht. Eines ist aber klar: Die Dinge werden komplizierter, wenn Geld ins Spiel kommt. Man macht sich nicht beliebt, wenn man reich ist.« Düster schaute Frau Montiross auf ihren Teller – so wie sie es gesagt hatte, bekam man den Eindruck, dass Reiche und Aussätzige etwa das gleiche Schicksal teilten.

»Was denken Sie: Warum sind Steiner und Moser erschossen worden?«

Frau Montiross blickte überrascht hoch. »Das war hoffentlich keine ernsthafte Frage, oder? Sie sind dafür angestellt, das herauszufinden, und da fragen Sie eine alte Frau, die zufälligerweise Ehrenmitglied ist und die Opfer kannte? Sie meinen nicht ernsthaft, dass Sie auf diesem Weg den Mörder finden können!« Nun war sie sichtlich verärgert.

»Natürlich nicht, aber ich frage lieber einmal zu viel, als dass ich zu wenig gründlich ermitteln würde.« April versuchte es mit ihrem charmantesten Lächeln, was Frau Montiross zu beruhigen schien.

»Sie haben ja recht, Frau Pallas.«

»Fragt sich, ob der Mörder der zwei Männer auch Abrienda umgebracht hat.«

Als ein verständnisloser Blick sie traf, fügte sie rasch hinzu: »Falls Frau Moser nicht Selbstmord begangen hat – es war eine rein hypothetische Frage. Wie steht's mit Ihnen, mir ist nach Espresso und Kuchen.«

Frau Montiross schien erleichtert, dass April das Thema wechselte. »Wie schaffen Sie es nur, so schlank zu bleiben, wenn Sie Desserts essen?«

»Ich schaffe gar nichts, das erledigt meine Verdauung. Ich habe eine sagenhafte Verbrennung und rasante Därme – wehe, wenn ich zu wenig reinschaufle, dann klapp ich zusammen.«

Sie sprachen eine Weile über Diäten, Kalorien und darüber,

wie sehr April Glück mit ihrer Verdauung hatte. Frau Montiross erklärte, dass sich nach den Wechseljahren einiges ändere, sie sei früher gertenschlank gewesen und jetzt das. April sagte, dass sie immer noch sehr schlank sei, sie wiegelte geschmeichelt ab und lobte nochmals Aprils Figürchen. Bei ihr würden die Männer bestimmt Schlange stehen. Ja, erwiderte April, da sei eine lange Schlange, die sich nie abbaue, weil ihre Türe verschlossen bleibe. Frau Montiross sah sie irritiert an, da erklärte April, dass bei ihr nur Frauen Einlass fänden. Aha, erwiderte die Dame, peinlich berührt. Zögernd fügte sie hinzu, dass wohl jeder so leben müsse, wie er leben müsse. Da lachte April und sagte, genau das mache Sinn – was sonst sollte er tun? Nun lachten beide. Später verabschiedeten sie sich herzlich voneinander mit dem Versprechen, sich bald wieder zu treffen.

In ihrem Büro ging sie die E-Mails durch. Rösli hatte geschrieben.

`Du wolltest wissen, ob die B.I.A. in Cali, Kolumbien, ein Kinderdorf unterstützt oder aufgebaut hat. Die Antwort ist: weder, noch. Und ja, Consuela wurde von Petra betreut.`

Consuela hatte sie angelogen! Sie hatte Arthur Steiner nicht im Zusammenhang mit einem Kinderdorf kennengelernt. Wo denn dann?! Sie würde bei ihr nachfragen.

Erst aber stand ein anderes Treffen an: Sie fing Laura von Werdt vor dem Auktionshaus ab. Gegen halb sechs tauchte sie auf. Als sie ihre schwere Mappe in den Wagen hievte, sprach April sie an. Laura fiel vor Schreck fast in den Kofferraum. »Du! Ich dachte, ich sehe dich nie wieder! Es ist schon über zwei Wochen her, seit wir …«

»Ja, zwei Wochen ist eine lange Zeit«, April zwinkerte und lehnte sich lässig ans Auto, »wie geht es dir?«

»Durcheinander!«

»Hast du so viel zu tun?«

»Ich bin nicht deshalb durcheinander.«

»Aha.«

»Ja. Ich habe gehofft, dass du dich meldest.« Laura schaute ihr tief in die Augen.

»Ähm ja, ich hatte zu tun. Gehen wir in den Rosengarten, etwas trinken?«

»Wir können zu mir gehen«, verlegen blickte Laura auf den Boden. »Mein Mann ist nicht da.«

»Gehen wir erst ins Restaurant, dann schauen wir weiter.«

»Oder in mein Büro.« In ihren Augen sah April den Orientteppich, auf dem sie es gemacht hatten, und das hatte durchaus etwas Verlockendes, aber zuerst wollte sie ein paar Fragen beantwortet haben.

»Bei diesem warmen Wetter eignet sich der Rosengarten hervorragend!« Sie setzte ihr charmantestes Lächeln auf.

Das Restaurant war voll, doch als sie bei der Terrasse ankamen, stand eben ein Paar auf und übergab ihnen den Tisch. Als der bestellte Champagner kam, sie prosteten einander zu, dabei sah Laura April so tief in die Augen, dass sie Gefahr lief, Löcher im Gehirn davonzutragen.

Laura sagte: »Ich ...« und darin lagen alle Wünsche, alles Begehren und eine Menge kitschiger Liebesbezeugungen.

April beeilte sich zu erwidern: »Ja, ich finde es auch wunderschön hier. Du hast gesagt, dass du viel zu tun hast?«

»Das tut jetzt nichts zur Sache.«

»Zu welcher Sache?«

»Zu uns«, Laura hauchte das mehr, als dass sie es sagte, so wie beim Brillenputzen, nur mit mehr Inbrunst und Hingabe.

»Ja, eben weil es um uns, um dich geht, möchte ich mehr über dich wissen und dazu gehört auch deine Arbeit. Ich kam gestern kurz vorbei, um einen Ring meiner Oma schätzen zu lassen, da hat mich ein netter junger Mann bedient, Lenz heißt er. Der ist gut auf seinem Gebiet, nicht?«

»Ja, Lorenz Lenz ist phänomenal, er weiß praktisch alles. Nur ist er nicht eben einfach.«

»Warum nicht?«

»Er hat das Asperger Syndrom und Probleme im zwischenmenschlichen Bereich. Alles was mit Gefühlen zu tun hat, versteht er schlecht: Zwischentöne, Humor, Anspielungen ... Für die Betreuung unserer Schmucksachen aber ist er Gold wert.«

»Was macht so ein Mann in der Freizeit?«

»Was weiß ich? Sich mit Schmuck beschäftigen – ach ja, und er fotografiert gerne. Seine Mutter hat mir erzählt, dass sie ihm eine Kamera geschenkt hatte, als er acht Jahre alt war. Sie war sehr gespannt, welche Motive er wählen würde. Nun, er hat sechsunddreißig Steinplatten im Garten fotografiert. Als die entwickelten Fotos eintrafen, ging er zu den Steinplatten und legte das passende Foto auf den passenden Stein. Lebewesen fotografiert er nie. Er braucht auch nur ganz wenig Schlaf, drei bis vier Stunden reichen. Was er mit all der Zeit anstellt, weiß ich nicht.« Laura hielt inne – »Ist das ein Verhör?«

»Nein, eine angeregte Fragestunde. Wo lebt dieser Lenz?«

»Bei seiner Mutter im Kirchenfeldquartier. Er ist sehr abhängig von ihr – zu abhängig, wenn du mich fragst. Sag mir: Was ist mit dem Collier, dessen Dieb du gesucht hast?«

»Leider bin ich noch nicht viel weitergekommen. Schätzt Lenz eigentlich allen Schmuck, der ins Auktionshaus kommt?«

»Ja, und er weiß genau, welcher Schmuck zu uns passt.«

»Wenn er die Geschichte und Herkunft eines Schmuckstückes zurückverfolgt, würde er merken, falls es sich um gestohlene Ware handelt?«

»Absolut, ihm entgeht nichts.«

»Und trotzdem hattet ihr ein gestohlenes Collier im Angebot.«

Laura sah sie scharf an. »Hast du mich nur deshalb getroffen, um mich über das Collier zu befragen?«

»Oh nein, ich habe ganz andere Gründe«, sie ergriff Lauras Hand und strich mit dem Daumen über ihren Handrücken, »es war ein guter Vorwand, um dich sehen zu können.«

Laura schmolz unter Aprils Berührung dahin. »Du brauchst doch keinen Vorwand, um mich zu sehen!«

Verschämt schaute April auf den Boden. »Man würde das vielleicht nicht denken, aber ich bin ziemlich schüchtern.«

»Ach April …! Gehen wir – zu unserem Orientteppich?«

April nickte. Es hätte ihr nichts ausgemacht, nach Hause zu gehen, aber eine nette Zeit mit Laura war nicht zu verachten.

Nach dieser netten Zeit setzte sie sich an ihren Bürotisch, schrieb auf ein Blatt: *Lorenz Lenz und Mutter* und pinnte es neben: *Auktionshaus*. Mit einem Pfeil zu: *Diana Steinhauer*. Darüber die Frage: *Verkauft Lenz gestohlenen Schmuck?!*

Sie schnappte sich vom Regal ein Mars und plumpste ins Sofa. Gedankenverloren öffnete sie den Schokoriegel und begann zu essen. War das so: Lorenz Lenz kaufte gestohlenen Schmuck und verkaufte ihn an Steinhauer weiter? Die Geliebte von Diana Steinhauer war Petra Bucher; die gab den Schmuck als ihren eigenen ans Auktionshaus oder an den Juwelierladen Staehli und dieses Geld investierte sie ins Immobiliengeschäft. Wie tief war Staehli in die Sache verwickelt? Sie musste ihn genauer unter die Lupe nehmen.

Was aber hatte das alles mit den Morden zu tun? Gar nichts? Hatte erst der Dieb den Schmuck mit Mord verbunden, weil er neben dem Schmuck auch die Dokumente gestohlen hatte? Und wo waren diese Dokumente jetzt? Beim Dieb? Oder hatte er sie fortgeworfen oder weitergegeben? Wurden die zwei Mitglieder Steiner und Moser getötet, weil die Gefahr bestand, dass sie ihr etwas über den Inhalt dieser Papiere hätten erzählen können? Und warum Abrienda? Hätte sie Geheimnisse preisgegeben? Wenn ja, welche? Und warum hatte Consuela behauptet, sie hätte ihren Mann im Zusammenhang mit einem nichtexistenten Kinderdorf in Kolumbien kennengelernt? Wo waren sie sich tatsächlich begegnet und warum verheimlichte sie es?

Sie musste unbedingt den Dieb finden – nicht in erster Linie wegen des Schmucks, sondern wegen der Dokumente. Wenn man für Dokumente mordet, muss deren Inhalt hochbrisant sein! April erhob sich seufzend. Es gab viel zu tun und sie wusste nicht, wo sie beginnen sollte. Konnte sie Consuela treffen, ohne dass womöglich auch sie vorher umgebracht wurde? Wie könnte sie dieses Treffen bewerkstelligen? Als sie sich auf die Buell setzte, um nach Hause zu fahren, kam ihr plötzlich eine Idee – eine glänzende, wie sie fand.

Donnerstag, 25. Juni *24 °C*

Donnerstagnachmittag: Zeit, die Mädels in Kampfmaschinen umzuwandeln. April freute sich darauf, auch weil sie ihre Ermittlungen ein paar Stunden beiseiteschieben konnte.

Bella traf in letzter Minute an der Hand ihrer Patentante ein. Sie schleuderte die Schuhe in die Ecke und verschwand in die Turnhalle. Frau Patentante – so nannte April sie, wenn sie nicht gerade Nerven sägte – lehnte neben der Türe an der Wand, ihr Fuß spielte mit der Türschwelle. Einen Moment schien sie mit sich zu kämpfen, dann sagte sie: »Ich begleite die Kleine heute zum letzten Mal in den Kurs und kann bei der Abschlussvorstellung nicht da sein. Hätte ihr aber gerne einmal zugeschaut, immerhin habe ich schon einige Hiebe einstecken müssen, seit sie den Kurs besucht. Könnte ich nicht heute zusehen?« Sie blickte April bittend in die Augen. April versuchte ihrem Blick standzuhalten, was nicht einfach war. Da seufzte sie. »Na gut, wenn's sein muss. Aber ziehen Sie die Schuhe aus.«

Frau Patentante lächelte zum ersten Mal und April fand,

dass ihr das gut stand. Ganz Brucie Lee, stolzierte sie voraus in die Halle und zeigte in den nächsten zwei Stunden, was sie alles draufhatte – unter anderem, wie sie stolpern und dabei in die Sprossenwand donnern konnte.

Nach dem Kurs blieb Frau Patentante in der Turnhalle, ans Fenster gelehnt. April drehte sich zu ihr um: »So, wie war's?«

»Nicht schlecht.«

»Nicht schlecht?!«

»Die Mädchen hatten Spaß, das ist die Hauptsache.«

»Bitte?!«

»Aber ich frage mich, ob sie sich in einer brenzligen Situation wirklich verteidigen könnten.«

»Genau deshalb sind sie in diesem Kurs: um es zu lernen. Heute war erst das dritte Mal.«

»Ja, ja, wenn Sie meinen.«

April verdrehte die Augen. »Sehr erbauend, Ihr Kommentar! Danke bestens und Ihnen ein schönes Leben.«

Frau Patentante, diese Nervensäge, lächelte leicht und ging.

April schleppte genervt die Matten in den Geräteraum. Diese Frau war einfach zu viel. Wie konnte sie es wagen, ihren Kurs in Frage zu stellen?! Sie packte ein und ging zum Ausgang. Als sie im Korridor eine Gestalt gewahrte, ließ sie geistesgegenwärtig ihre Sporttaschen fallen, was nicht gerade von guten Nerven zeugte. Die Nervensäge stand an der Wand gelehnt, mit einem schrägen Lächeln auf den Lippen. »Ich habe vergessen zu erwähnen, dass Sie wundervoll mit den Mädchen umgehen können und ihnen schon eine Menge beigebracht haben.«

»So, Sie haben vergessen – schön, ist es Ihnen wieder in den Sinn gekommen! Wo ist Bella?«

»Sie spielt auf dem Schulhof. Ich habe mir gedacht, dass ich – äh – Sie zu einem Kaffee einladen könnte, als Wiedergutmachung für meine Vergesslichkeit.«

»Können Sie. Ich heiße April.« April sagte *Äiiprrril.*

»Und ich *May.*«

»Ehrlich?«

»Nein – tschuldigung, mein Name ist Lou«, sie lächelte.

»Lu? Wie Ludmilla oder Lucy?«

»Wie Louise.«

Sie gingen in ein nahegelegenes Gartenrestaurant, das von zwei mächtigen Kastanienbäumen überdacht war. Es war so mild, wie es im Juni sein sollte und oft nicht war. Bella rannte zur Spielecke, wo ein Junge dabei war, seinen Schuh mit Kies zu füllen. Lou bestellte eine Latte Macchiato, April einen Espresso und Zitronenkuchen. April teilte einen Bissen von der gelben, saftigen Sünde ab und hielt Lou die Gabel entgegen. »Probier mal, die Kneipe ist berühmt für diesen Kuchen.«

Lou wirkte irritiert, schob die Sünde aber in den Mund. Dann kaute sie mit genießerischem Blick. Lächelnd schob April ihr den Teller zu, rief den Kellner und bestellte ein zweites Stück. Eine Zeit lang aßen sie schweigend, bis Bella kam, um Sirup zu trinken und Lous restlichen Kuchen zu vertilgen.

»Isa, iss nicht so schnell!«

»Isa? Ich dachte, sie heißt Bella«, sagte April.

»Sie heißt Isabella. Im Moment ist sie in der Bella-Phase, ich bleibe bei Isa.«

»Tante Lou ist nämlich stur«, sagte Bella mit vollem Mund.

»Und du bist eine freche Göre«, Lou verstrubbelte ihr Haar. Lachend riss sich Bella los und rannte zurück in die Spielecke.

April grinste. »Als ich euch das erste Mal sah, dachte ich, dass dein Ehemann mit einer Südländerin fremdgegangen ist und das befruchtete Ei in deinen Körper geschmuggelt hat. Das Mädchen konnte unmöglich deine Tochter sein.«

Schmunzelnd nickte Lou. »Eine absolut naheliegende Möglichkeit – man schmuggelt ja dauernd befruchtete Eier in Frauen. Dass sie adoptiert oder eben mein Patenkind sein könnte, darauf kamst du nicht?«

»Nein. Ich habe es meinem Beruf zu verdanken, dass ich um zu viele Ecken herum denke.«

Lou blickte sie fragend an.

»Ich bin Detektivin. Ich überführe abtrünnige Eheleute, finde ausgerissene Jugendliche oder decke Diebstähle in Altersresidenzen auf. Im Moment bin ich an einer größeren Sache dran.«

»Die da wäre?«

»Tut mir leid, über laufende Ermittlungen rede ich nicht.«

Lou nickte, »wohl ein Elefant, der verlorengegangen ist?«

»Voll getroffen!« April lachte. »Was ist mit dir, was machst du so?«

Lou betrachtete nachdenklich die Krümelreste auf ihrem Kuchenteller, »ich bin –«

»Schaut mal, ich habe einen Regenwurm gefunden!«, schrie Bella und legte ihren Fund stolz auf den Tisch.

April grinste. »Gut gemacht! Und mit dem gehst du jetzt angeln?«

Heftig schüttelte Bella den Kopf. »Man kann doch nicht mit einem Wurm angeln! Da braucht man eine Fischrute dazu.«

»Genau, du brauchst eine Angel und der Wurm kommt an den Haken.« Lou küsste die Kleine auf die Wange.

Erschrocken sah Bella sie an. »Aber ich will ihn nicht an einen Haken machen, da stirbt er ja!« Vorsichtig streichelte sie den Wurm, der sich kringelte.

»Der hat bestimmt eine Ehefrau, am besten legst du ihn wieder dorthin, wo du ihn gefunden hast«, sagte April.

»Woher weißt du, dass es ein Männchen ist?«, fragte Lou, während sie ihren Fund begutachtete.

»Er hat keine Brüste«, erwiderte April.

»Haben Würmer Brüste?«

»Sie sind nicht gut zu sehen, man muss einen Blick dafür haben«, erklärte April. Als sie Bellas ungläubigen Blick sah, fügte sie hinzu: »Ich mache nur Spaß, Würmer haben keine Brüste – oder?«, sie blickte fragend zu Lou.

»Ernsthaft? Seit wann sind Würmer Säugetiere?«, Lou schüttelte den Kopf und sagte zu Bella: »Tatsache ist, wir wissen nicht, ob's ein Männchen oder Weibchen ist.[6] Trag ihn wieder dorthin zurück, wo er zu Hause ist.«

Bella nickte und tat, wie ihr geheißen.

»Aha, Würmer haben keine Brüste, dafür ein Zuhause!« April schnalzte amüsiert mit der Zunge. »Was ich vorhin fragen wollte: Was machst du so?«

Lou zögerte: »Ich organisiere Kurse.«

»Aha, und was für welche?«

»Freizeitkurse.«

»Selber oder bei der Migros Klubschule?«

»Selber.«

»Muss man dir die Würmer aus der Nase ziehen?«

»Ist dir schon aufgefallen, dass man beim Kennenlernen immer gleich über den Beruf redet? Als hätte man sonst keine Gesprächsthemen. Ich finde, es gibt Spannenderes.«

April überlegte. »Du meinst, zum Beispiel über sexuelle Präferenzen?«

»Ich habe an Bücher, Filme und Musik gedacht.«

»Ach so, ja, darüber könnte man auch reden. Es käme aber aufs Gleiche hinaus.«

»Bist du immer so auf Sex fixiert?«

»Ach was! (Welche Lüge!) Gut, sprechen wir über Bücher, fang du an.«

»Ich mag russische Klassiker wie Dostojewski und Tolstoi, weiter mag ich Sarah Waters und Birgit Vanderbeke, Annie Proulx, Thriller und und und. Was ist mit dir?«

»Ich lese nicht.«

»Wie bitte – du liest keine Bücher? Welcher Verlust!«

»Verlust von was, von langweiliger Zeit?«

»Hast du noch nie erlebt, dass dich ein Buch so gefangen nimmt, dass du einfach nicht aufhören kannst und dass du am

---

6 Für alle Würmer-sind-eklig-ich-will-nichts-damit-zu-tun-haben: Regenwürmer sind Zwitter und befruchten sich wechselseitig.

nächsten Morgen rote Augen vom Lesen und vom Schlafmangel hast?«

April schüttelte den Kopf, sie spielte mit einem Kastanienblatt, das auf den Tisch gefallen war. »Lieber Motorrad fahren – was gibt es Tolleres, als durch die Landschaft zu brennen, dein Körper ist von der Geschwindigkeit erfüllt und belebt! So etwas kann mir kein Buch bescheren.«

»Wann hast du das letzte Mal ein Buch gelesen?«

»Keine Ahnung, vielleicht in der vierten Klasse – abgesehen von denen, die wir in der Schule lesen mussten, was ich nicht tat.«

»Hat dir deine Mutter nie vorgelesen?«

»Machst du Witze? Die hatte anderes zu tun.«

April verfiel in Schweigen und spielte mit dem Blatt, Lou stützte den Kopf auf die Hand und sah ihr zu. Es war gemütlich, einfach dazusitzen und zu schweigen, um sich herum Löffel, die in Tassen rührten, Gespräche, Lachen, Schritte auf dem Kies. So saßen sie eine ganze Weile, bis April einem inneren Drang in Richtung Toiletten folgen musste.

Auf dem Rückweg zum Tisch dachte sie auf einmal, dass sie die Gelegenheit ergreifen und diese Frau verführen könnte, schließlich hatte sie am Abend noch nichts vor. Gedacht, getan, die große Verführerin setzte sich und schaute Lou tief in die Augen, was nicht einfach war, denn Lou blickte sinnend ins Nirgendwo. April legte die Hand auf die ihres Gegenübers und sagte mit erotischer Stimme: »... einen Rappen für deine Gedanken.«

Lou schaute verwirrt. »Ich dachte gerade daran, dass ich Milch einkaufen muss.«

Dieser Einstieg war nicht ideal gewesen, also griff April in die Trickkiste. »Weißt du, dass du wunderschön bist?« Sie setzte ihren lasziven Augenaufschlag auf. »Deine Augen ... sie sind nicht einfach blau, sondern blauer als blau.«

Lou zog ihre Hand weg und starrte April ungläubig an. »Was war denn das? *Blauer als blau* – ist das alles, was dir in den Sinn kommt?«

»Ehm, ich –«

»Wenn du lesen würdest, wüsstest du Schöneres zu sagen als *blauer als blau*. Landest du normalerweise bei Frauen, wenn du säuselst: Du bist wunderschön, deine Augen sind blablaer als bla?«

»Na, also bitte!«

»Weißt du, was eine solche Anmache bei mir bewirkt? – Guck her.« Sie gähnte gespielt.

April war verdattert. Für ein Mal wusste sie nichts mehr zu sagen, was man als bemerkenswerten Moment in ihrem Leben bezeichnen konnte. Lou rief den Kellner und zahlte. »Isa und ich müssen jetzt gehen – es war schön, abgesehen von den letzten Minuten.« Sie nickte kurz und verließ mit Bella das Restaurant.

April starrte verblüfft auf das Kastanienblatt. Kackenschotter, was war krumm gelaufen? Wenn sie bei einer Frau landen wollte, landete sie auch, was hatte sie diesmal falsch gemacht? Die Frau sah tatsächlich gut aus und ihre Augen waren nicht nur blau, sondern blauer als blau – sie hatte nicht einmal gelogen und bekam eine Abfuhr! Sie wischte das blöde Blatt vom Tisch, zahlte.

Ein Buch lesen, so weit kam es noch!

Freitag, 26. Juni *26 °C*

Zoro rief an, er war sichtlich aufgeregt: »Ich bin dem Dekodieren ein Stück näher gekommen!«

»Ehrlich? Erzähl!«

»Der Text besteht aus lateinischen, griechischen und, wie ich herausgefunden habe, jiddischen Buchstaben sowie aus Zahlen und Satzzeichen. Ich habe mir nun überlegt: Was wäre, wenn man die Zahlen, Satzzeichen und nichtlateinischen Buchstaben ausschriebe? Guck dir die E-Mail an, die ich dir geschickt habe, dort findest du Beispiele.«

Lou loggte sich ein und öffnete das Dokument:

– **Strich:** z.B. **strich**, Schräg**strich**, unter**strich**, ange**strich**en, Land**strich**

* **Stern**: z.B. Nü**stern**, ge**stern**, Sonnenfin**stern**is, Kni**stern**, kni**stern**, Flü**stern**, Schwe**stern**schaft

= **gleich**: z.B. **gleich**gültig, zu**gleich**, **gleich**ermaßen, **gleich**en, **gleich**kam, **Gleich**schritt, **gleich**zeitig, so**gleich**, **Gleich**gewicht, **gleich**mäßig, ver**gleich**en,

← → ↑ ↓ links, rechts, (hin)auf, (hin)unter

β beta η eta π pi ש sin ט tes

Nehmen wir mal an, es steht Folgendes: Ge*kr8eM ll↓1Kla4

Wenn man alle Symbole, Interpunktionen und nichtlateinischen Buchstaben ausschreibt, kommt das heraus:

Ge	*	kr 8 e	M η ll	↑	1	Kla 4
Ge(stern)		kr(acht)e	M(eta)ll	(auf)	(ein)	Kla(vier).

»Das ist nicht das sinnigste Beispiel, aber du verstehst, was ich meine«, er lachte vergnügt.

»Wow, Zoro, gute Arbeit! Können wir die Texte jetzt lesen?«

»Wie du weißt, sind die Buchstaben, Zahlen und Zeichen lückenlos aneinandergereiht. Jetzt, da alles ausgeschrieben ist, erkenne ich Wörter und habe sie mit Leerschlägen getrennt. Leider ergibt sich trotzdem kein Sinn: Sie sind durcheinandergebracht, nur weiß ich nicht, nach welchem Prinzip. Wer das verschlüsselt hat, ist nicht auf den Kopf gefallen.«

»Wie du auch nicht – ich weiß, dass du es herausfindest!«

Zoro hüstelte stolz und legte auf.

Als sie sich später bereit fürs Bett machte, kam ihr April in den Sinn. Wenn sie auf deren Anmache eingegangen wäre, hätte sie diesen Abend ganz anders verbringen können. Sie grinste – *blauer als blau*! Dieser Dummkopf hatte nicht einmal bemerkt, dass sie blaugrüne Augen hatte, oder ignorierte das absichtlich, denn *blaugrüner als blaugrün* hörte sich endgültig blöd an. April sprühte vor Charme, Fröhlichkeit und Leben und es war geradezu rührend, wie sie mit den Mädchen umging, aber nicht zuletzt war sie ein angeberischer Tölpel, dem man den Kopf waschen sollte.

Der Anruf von Zoro und die gute Neuigkeit, dass er mit dem Entziffern weiterkam, hatte sie etwas wacher gemacht. Sie verließ die Wohnung und fuhr zu DIRETTISSIMA. Am Nachmittag würde sie in ihrer Kletteragentur einen Kurs geben, davor war viel Kleinkram zu erledigen, wobei sie sich nicht beklagen musste, denn das Meiste erledigte Klara, ihr gute Moneypenny.

Während sich Lou in diesen Kleinkram kniete, schlug April ein paar Frühstückseier in die Pfanne und pfiff dazu – falsch wie immer, was sie selber aber nicht fand. Im Gegenteil, sie behauptete, Musik im Blut zu haben. Alle, die sie schon hatten singen hören, hofften, dass diese Musik im Blut blieb, vorzugsweise schalldicht verpackt.

Nach dem Frühstück wollte sie Consuela einen Besuch abstatten – einen, der nicht wie bei Steiner, Moser und Abrienda zum Tod führte: Sie würde *undercover* vorgehen – das war ihre geniale Idee gewesen. Gestärkt fuhr sie zum Trödelladen der Heilsarmee, der sich ein paar Straßen weiter befand. Dort kaufte sie eine geblümte Bluse, einen schilfgrünen Schal, einen dunkelblauen Jupe und altbackene Schuhe. Sie fand eine Bibel und bei der Kasse ein Brillengestell mit starken Gläsern (die ihr Derrickaugen verliehen). Mit der prallgefüllten Plastiktüte fuhr sie in die Innenstadt, wo sie beim Hintereingang des Kaufhauses GLOBUS parkte. Im zweiten Stock gab es Toiletten, dort kleidete sie sich um, steckte die Haare hoch, setzte die Brille auf und bekam beim Anblick des Spiegelbilds einen Lachanfall. Ihre Kleider stopfte sie in die biedere Tasche (geblümt), die sie auch gekauft hatte, und verließ das Kaufhaus durch den Haupteingang.

Sie ging davon aus, dass sie beschattet wurde; wie sonst hätte sie drei Menschen den Tod bringen können? Mit der Tram fuhr sie nach Muri und gelangte auf Umwegen zu Steiners Villa. Auf ihr Läuten hin begann der Lautsprecher am Tor zu knacken und rauschen, Consuela Steiner fragte unwirsch, worum es ging.

April lächelte in die Videokamera und sagte: »*Que tal, me di cuenta que eres de Colombia, ven charlemos un poco.*«[7] Dabei dankte sie innerlich Jana-Ina, die ihr diese Sätze beigebracht hatte.

Das Gartentor öffnete sich. April schwankte (die Brille machte sie schwindelig) über den Kiesweg. Auf der Schwelle erschien Consuela und schnatterte spanisch auf sie ein. April ließ sich ins Haus führen, setzte eilig die Brille ab und sagte, dass sie es sei, die Detektivin.

Eine über alle Maßen erboste Consuela wollte April hinauswerfen.

»Consuela, es ist aber wichtig! Ich möchte den Mörder Ihres Mannes finden und Sie können mir dabei helfen.«

»Wollen Sie sagen damit, dass ich habe zu tun mit Mörder?«, sie funkelte April an.

»Überhaupt nicht, nur dass jede Information weiterhelfen kann.«

»Ich habe gesagt der Polizei schon alles. Sie muss finden den Mörder.«

---

7 Für alle, die den Spanischunterricht geschwänzt haben: *Guten Tag, ich habe gehört, dass Sie von Kolumbien sind. Ich hätte gerne mit Ihnen geplaudert.*

»Herr Montiross hat mich mit der Nachforschung beauftragt – er will den Mörder unbedingt hinter Gitter bringen!«

Das half, Consuela bedeutete ihr, ins Wohnzimmer zu treten. «Ich habe die Haushälterin geschickt weg, weil ich sie nicht traue. Ich weiß, sie ist die Mörderin – *cara de culo!*[8] – nur will niemand glauben mir. Ich hole Kaffee.«

Sie rauschte davon, begleitet vom Klimpern ihrer Ohrenringe und Armreifen. Es dauerte, bis sie zurückkehrte, und April musste feststellen, dass sich das Warten nicht gelohnt hatte: Das wässrige Gebräu schmeckte nach einer Mischung aus Tabak, Schuhwichse, Kaffeebohnen und was auch immer.

Neugierig betrachtete Consuela sie von oben bis unten. »Sie sehen aus seltsam heute, ganz anders als letzte Mal.«

»Ich wollte nicht, dass mich jemand erkennt, zu Ihrer eigenen Sicherheit. Sie haben bestimmt erfahren, dass Abrienda gestorben ist.«

Consuela Augen wurden nass. »Sagen Sie nur, sie hat sich umgebracht! Ich kann das nicht glauben. Abrienda macht nicht solche Dinge, wir glauben in *Dios*, wir machen nicht unser Leben selber fertig, das bestimmt *Dios* allein.«

»Sie hat sich nicht umgebracht. Dazu hätte sie vierzig Zentimeter größer sein müssen.«

»Habe ich nicht gesagt das?! Abrienda hätte sich umgebracht nie«, klagte Consuela. Kaum hatte sie das gesagt, wurde ihr bewusst, was das in der Konsequenz bedeutete: »*Mierda*, heißt das, dass sie – dass sie …«

»Ja, sie wurde gekillt und ich möchte nicht, dass Sie auch gekillt werden.«

So deutlich hätte das April besser nicht ausgesprochen, Consuela wurde blass. »Ich will nix sterben, nicht jetzt« – sie hielt sie sich die Hand vor den Mund.

»Nicht jetzt?«

---

8 Dies zu übersetzen wäre unzüchtig.

»Nada, ich meinte *nada*. Was wollen Sie von mir?«

»Ich möchte wissen, wie Sie Ihren Mann kennengelernt haben.«

»Ich schon gesagt, in Kinderdorf, das Arturo hat aufgebaut. Ich verstehe nicht, was spielt für eine Rolle.«

»Und das Dorf befindet sich in Kolumbien? Wo genau?«

»Ja, naturlig in Kolumbien, ich bin von dort. Es ist – es liegt in der Nähe von Cali.«

»Schade bloß, dass es dort kein Kinderdorf gibt, das die B.I.A. aufgebaut hat …«

Consuela biss sich auf ihre schönen Lippen. »Was weiß ich, vielleicht es gibt diese Dorf nicht mehr, ist lange her, seit sieben Jahren ich bin hier.«

»Oder Sie wollen nicht, dass herauskommt, wie Sie sich kennengelernt haben. Wo haben Sie sich kennengelernt?«

»Ist nicht wichtig.«

»Finde ich schon.«

Consuela schwieg.

»Haben Sie sich in der Schweiz kennengelernt? Warum machen Sie so ein Geheimnis daraus?«

Consuela verschränkte die Arme. »Es ist unsere Liebesgeschichte, niemand braucht zu wissen das.«

»Warum sind Sie in die Schweiz gekommen?«

»Sie können mir anhängen nichts, ich habe Schweizer Pass.«

»Ich will Ihnen nichts anhängen, ich möchte nur wissen, warum Sie hierhergekommen sind.«

»Ich schon gesagt habe, wegen Liebe.«

»Aha, die Liebe … übrigens soll ich Ihnen einen Gruß von Petra Bucher ausrichten.«

»Woher Sie kennen Petra Bucher?« Consuela war plötzlich weiß im Gesicht.

»Ich kenne sie eben. Interessanter ist eher, woher Sie sie kennen.«

»Sie hat geholfen mich zu finden zurecht in der Schweiz.«

»Bevor oder nachdem Sie Ihren Mann kennengelernt haben?«

»Ich verstehe nicht diese Frage.«

»Wen kennen Sie länger – Petra Bucher oder Ihren Mann?«

»Warum machen Sie Löcher mit Fragen in mich? Ich habe nix getan!«

»Das weiß ich. Andere jedoch haben einiges getan, das man nicht tun sollte. Man muss diese Menschen daran hindern, noch mehr zu tun. Ich will herausfinden, warum Ihr Mann und das Ehepaar Moser umgebracht worden sind und von wem – das muss doch auch in Ihrem Interesse liegen!«

Consuela war auf dem Stuhl zusammengesunken, Tränen flossen ihr übers Gesicht. »Ich will nicht verlieren alles, verstehen Sie das? Ich kann nicht reden! Wenn ich rede, ich bin tot.«

»Niemand weiß, dass ich hier bin, und ich werde die Informationen geheim halten, bis der Mörder überführt ist. Wer würde Sie töten?«

»Er!«

»Wer er?«

»Der Mörder!«

»Sie wissen also mehr?«

»Nein, ich weiß nichts, lassen Sie mich in Ruhe, bitte! Ich will leben.«

»Eine letzte Frage: War Ihr Mann jemals in Kolumbien?«

Consuela schüttelte weinend den Kopf.

April stand auf. Bevor sie ging, legte sie Consuela kurz die Hand auf die Schulter. »Ich bin nie hier gewesen und habe nichts erfahren. Passen Sie auf sich auf.«

Sie verließ leise das Haus und eilte zur Tramstation. In der Straßenbahn schaute sie der Landschaft beim Vorbeiflitzen zu und dachte: Der Kackenschotter ist am Dampfen! Hoffentlich hatte sie Consuela nicht in Gefahr gebracht! Sie musste unbedingt den Dieb finden, damit sie an die Dokumente kam – die waren der Schlüssel zum Mörder, da war sie sich sicher.

In der Garage zog sie an der Ermittlerwand einen Strich zwischen Consuela und deren Mann und schrieb dazu: *Warum darf man nicht wissen, wo und wie sie sich kennengelernt haben?*

Danach machte sie sich erneut auf. Am Vortag hatte sie Juwelier Staehli angerufen und vorgegeben, dass sie von der Zeitschrift SCHWEIZER FAMILIE sei und einen Artikel über Juweliere schreiben wollte. Staehli war sofort angesprungen und bereit, das Interview zu geben – begierig, in den Medien zu erscheinen. Sie zählte darauf, dass er sie nicht wiedererkannte, jedenfalls nicht auf Anhieb. Beim ersten Treffen hatte sie Motorradkleider an und eine Baseballmütze auf dem Kopf, diesmal waren die Haare offen und sie trug ein adrettes Röcklein, das ihre Kurven betonte und das sie vorerst unter ihrer Lederkluft verbarg.

Sie traf sich mit Staehli unweit seines Ladens, im Zeughauskeller. Als sie hereinkam, erhob er sich galant und rückte ihr einen Stuhl zurecht.

»Ach danke, nicht nötig, ich bin nicht behindert.«

Der Juwelier setzte sich irritiert.

»Wissen Sie, wir Frauen sind es nicht mehr gewöhnt, so behandelt zu werden, außer vielleicht noch von den Schwulen. Lustigerweise, weil die Schwulen ja nichts von Frauen wollen und sich deshalb gar keine Mühe geben müssten.«

Das war ein strategischer Tiefflieger: Sie hatte ganz vergessen, dass Staehli nicht offiziell schwul war – die Information hatte sie seiner Angestellten zu verdanken.

Prompt kriegte Staehli einen hochroten Kopf und zischte: »Ich bin nicht schwul!«

»Ah ja, stimmt, ich habe Sie mit jemand anderem verwechselt, entschuldigen Sie. Wie geht's Ihrer Frau?«

»Ich habe keine Frau!«

»Okay, lassen wir das. Ich nehme einen doppelten Espresso mit vier Cremes.«

April musste dem Kellner bestätigen, dass sie tatsächlich vier Cremes zum doppelten Espresso wollte. »Ich weiß«, räumte sie ein, »vier Cremes sind sehr unitalienisch – aber wissen Sie, ich bin keine Italienerin, ich bin eine halbe Griechin und die trinken türkischen Kaffee, nein, was sage ich da, sie trinken natürlich *griechischen* Kaffee. Falls Sie mal nach Griechenland gehen, bestellen Sie nie *türkischen* Kaffee, die lynchen Sie mit Oliven. Ich weiß, hierzulande sagt man *türkischer* Kaffee, letztendlich sind die auch gleich, aber sagen Sie das denen mal – die flippen aus! Was ich sagen wollte: In Tat und Wahrheit sammle ich Kaffeerahmdeckel.« Sie lachte laut, die beiden Männer schwiegen. »Ehm, ja, ich möchte tatsächlich vier Cremes, das mag ich am liebsten. Geben Sie mir einfach eine große Tasse, damit alles Platz hat.« April lächelte den Kellner, der kaum hätte steifer dastehen können, charmant an. Die rasante Motorfahrt nach Zürich hatte ihr offenbar das Hirn an die Schädeldecke gepresst. Mit hundertachtzig über die Autobahn zu brettern tat keinem Kopf gut.

Wäre da nicht die Aussicht auf einen Artikel in der SCHWEIZER FAMILIE gewesen, wäre Staehli wohl gegangen. Stattdessen saß er da wie festgebunden und presste die Lippen aufeinander.

Nachdem April etwas Kaffee getrunken hatte, kam sie zur Besinnung und stellte Fragen, wie Journalisten das wohl so taten. Staehli erzählte gern von den Anfängen seines Ladens und davon, welche Prominenz er bedient hatte und welcher Ticks sich manche Kunden bedienten und dass er nicht ausbauen, sondern lieber klein und fein bleiben wollte. So ging das eine Weile, der Mann begann sich zu entspannen und flocht dezent hier und da ein, welch großartiger Juwelier er sei und wie wahnsinnig erfolgreich und wie einzigartig in Zürich sein Geschäft. April war fasziniert, wie gekonnt er ihr die Schwaden seiner Selbstbeweihräucherung zuwedelte.

»Mal angenommen, ich hätte die Diamantohrringe und eine Perlenkette meiner Nachbarin gestohlen und wollte den Schmuck verkaufen: Hätte ich bei Ihnen da eine Chance?«

Staehli saß sofort kerzengerade: »Natürlich hätten Sie keine

Chance! Bei privaten Angeboten wird die Herkunft des Schmuckes genauestens geprüft. Ohne Papiere geht da gar nichts.«

»Das glauben Sie doch selber nicht.«

»Bitte?!«

»Sie haben mich schon verstanden.«

»Wollen Sie behaupten, dass ich Sie belüge – dass ich gestohlene Ware verkaufe? Das ist eine Frechheit!«

»Herr Staehli, ich weiß, dass Sie Hehlerei betreiben. Ich habe Petra Bucher weichgeklopft. Sie hat gestanden, dass sie Sie regelmäßig mit Ware beliefert. Ich werde Petra noch weiter weichklopfen, bis sie bereit ist, vor Gericht gegen Sie auszusagen. Sie wird zwar nicht um eine Strafe herumkommen, aber es wird das Maß senken. Wenn Sie gestehen und sich für schuldig bekennen, sieht es auch für Sie besser aus. Machen Sie mir nichts vor: Sie betreiben Hehlerei und das vermutlich im großen Stil.«

Staehlis Gesicht erblühte in schönstem Edelweiß. »Was wagen Sie –!«

»Was ich wage? Es ist wohl eher die Frage, was Sie gewagt haben – illegale Geschäfte! Also machen Sie nicht auf sauberen Mitbürger und Moralapostel! Wer stiehlt das Zeug für Sie?«

»Ich – äh, habe keine Ahnung, wovon Sie sprechen.«

»Wissen Sie sehr wohl, rücken Sie damit heraus: Wer ist der Dieb? Oder sind es mehrere?«

Staehlis Hände sahen aus, als bekäme er die Finger nie mehr entknotet. »Ohne meinen Anwalt –«

»Jaja, ohne meinen *Blablablanwalt*, das sagen alle, das lernt man aus den Fernsehkrimis. Was ich mich frage: Wie kommt es, dass alle immer gleich einen Anwalt zur Hand haben? Ich müsste mir erst einen suchen, aber in Filmen beruft sich sogar der Obdachlose auf seinen Anwalt. Die Frage ist auch, ob der Anwalt sich im Strafrecht auskennt. Versteht Ihrer etwas davon? Vielleicht, weil Sie ja illegale Geschäfte betreiben. Wissen Sie, die Beweislast ist erdrückend: Wir haben Petra Bucher ein präpariertes Schmuckstück zugespielt, um seinen Weg zu verfolgen.

Und wohin führte dieses Schmuckstück? Zu Ihnen, Herr Staehli. Wir haben das schwarz auf weiß, mit Fotos und allem Drum und Dran, also kommen Sie mir nicht mit dieser beknackten Anwaltstour! Ob Sie reden oder schweigen, Sie stehen knietief in der Scheiße.« April war mit ihrem Monolog zufrieden – wenn es die Situation verlangte, konnte sie phantastische Lügengeschichten auftischen. Bei Verhören war es wie beim Poker, man musste gut bluffen können.

Staehli schien einer Ohnmacht nahe. Irgendwie tat er ihr leid, nur war er selber schuld, niemand hatte ihn dazu gezwungen, illegale Geschäfte zu betreiben.

»Also – wer sind die Diebe?«

Staehli war neben der Ohnmacht auch den Tränen nahe. »Ich weiß es nicht, ehrlich! Ich kenne nur Frau Bucher. Sie arbeitet mit einer anderen Frau zusammen.«

»Diana Steinhauer.«

»Genau. Ich weiß nicht, ob sie die Einbrüche machen oder jemand anderes. Petra behauptet, sie sei eine Mittelsfrau, davon bin ich bis jetzt ausgegangen. Sie wollen doch nicht allen Ernstes darüber in der SCHWEIZER FAMILIE berichten?!«

»Ich bin keine Journalistin, ich bin Detektivin. Wir haben uns schon einmal getroffen, da trug ich eine Motorradkluft und hatte die Haar nach hinten gebunden. Ich fragte Sie nach Petra Bucher.« Sie nahm grinsend die Haare aus dem Gesicht.

Der Groschen fiel. »Sie?!«, sein Gesicht verdunkelte sich, »Sie verdammtes Luder!«

»Ja, so schnell geht das: Zuerst rücken Sie mir den Stuhl zurecht, dann betiteln Sie mich mit unschönen Ausdrücken. Welches ist nun Ihr wahres Gesicht?«

»Sie können mir nichts anhängen. Ich werde Sie auf Verleumdung verklagen.«

»Das werden Sie nicht und das wissen Sie auch. Wenn Sie nicht mit mir zusammenarbeiten, ist Ihr Ruf in Nullkommaplötzlich ruiniert – vielleicht können Sie das noch verhindern.«

»Was soll das heißen?« In Staehlis Stimme klang eine Spur Hoffnung.

»Finden Sie heraus, wer den Schmuck geklaut hat.«

»Wie denn?«

»Mann, gebrauchen Sie Ihre Hirnzellen! Sie kennen Petra und indirekt Diana, die beiden führen Sie zum Dieb.«

»Das kann ich nicht.« Staehli sah wie ein Häufchen Elend aus.

»Oh, das können Sie sehr wohl. Oder ich liefere Sie ans Messer. Und machen Sie vorwärts, ich habe nicht alle Zeit der Welt.« April packte ihre Tasche und erhob sich. »Ich werde bald wieder vorbeikommen und Sie berichten mir, was Sie herausgefunden haben. Bauen Sie keine Scheiße, verstanden? Ach, und danke für den Kaffee«, sie nickte grinsend und verließ innerlich jubilierend das Lokal. Staehli zappelte an der Angel, mal schauen, was er herausfand.

Berauscht fuhr sie zurück nach Bern und während sie so dahinraste, dachte sie an Lou und daran, dass sie das *Blauer als blau* nicht auf sich sitzen lassen wollte. Sie hatte ihren Ruf als Verführerin zu verteidigen!

Zu Hause suchte sie als Erstes die Telefonnummer der kleinen Bella heraus. Ein Mann meldete sich, wohl Bellas Vater. Sie fragte ihn, ob er ihr Lous Telefonnummer geben könnte, sie habe am letzten Kursnachmittag etwas liegen lassen. Der Vater zögerte, also erzählte sie ihm kurz, wie toll sich Bella mache. Darüber freute er sich so sehr, dass er die Festnetznummer herausrückte. »Meistens geht sie nicht ran, ruft aber bestimmt zurück.«

Nach dem dritten Klingeln sprang der Anrufbeantworter an, Lous Stimme war zu hören: »Guten Tag, gleich kommt der Piepston.« April räusperte sich. »Hier ist April, die Unbelesene und die sich manchmal daneben benimmt. Als Wiedergutmachung fürs *Blauer als blau* möchte ich dich gern zum Kaffee einladen. Ein Stück Kuchen wäre auch drin. Ruf mich doch an.«

Sie gab ihre Handynummer durch und wandte sich anderem zu. Fünf Minuten später prüfte sie, ob das Handy auf laut gestellt war. Zehn Minuten später vergewisserte sie sich, ob sie wirklich auf laut gestellt hatte. Sie warf es entnervt aufs Sofa und pflückte es hoffnungsvoll wieder auf. Nichts. Weitere zehn Minuten später prüfte sie den Akkustand, der lag bei sechzig Prozent. Zur Sicherheit lud sie das Handy auf. Später schob sie es in den Kühlschrank, was auch immer sie sich davon erhoffte.

Um neunzehn Uhr polterte es am Tor, und herein kamen ihre beiden Freundinnen Paula und Angelika.

»Sherlock, reiß dich vom Pult los, wir wollen uns unterhalten!«, rief Angelika. Paula stieg auf die Buell und gab Brummgeräusche von sich. Im Nu stand April daneben und wedelte sie vom Motorrad. »Wusste ich's doch, dass dich das ruckzuck-zack-zack auf die Beine bringt«, sagte Paula lachend.

Die drei hatten sich vor Jahren in einem Nothelferkurs kennengelernt. Sie lernten nicht eben viel, dafür hatten sie eine Menge Spaß zusammen und waren seither ein Trio infernale. Paula besaß hellbraunes, gelocktes Haar, sehr blaue Augen und eine sanfte Art, sich zu bewegen. Sie war verheiratet, hatte zwei Kinder und träumte von einem Seitensprung. Angelika erkannte man sofort an ihren extravaganten Kurzhaarschnitten mit ständig wechselnder Haarfarbe. Sie studierte im dreihundertsten Semester Ethnologie und hatte ein Händchen für Afrikaner. Ihre Neigung, Völkerkunde am eigenen Körper zu betreiben, führte zu Liebschaften, die regelmäßig in Dramen und Tränen endeten.

Paula und Angelika waren sich einig, dass April mit ihrem regen Liebesleben die Trumpfkarte gezogen hatte. Sie behaupteten, dass sie auch gern lesbisch wären, weil das offensichtlich total Spaß mache, leider seien sie jedoch auf Schwanz und starke Schultern fixiert.

Die Freundinnen trafen sich regelmäßig, um auf den Putz zu hauen. Zuerst gingen sie essen, danach besuchten sie eine Disco, mal eine gemischte, mal eine lesbische. Sie flirteten mit Männern und Frauen, was das Zeug hielt. Paula und Angelika versuchten von Aprils Verführungskünsten zu lernen, was Paula einen missratenen Seitensprung bescherte und Angelika für ein einziges Mal mit einem Schweizer Mann zusammenbrachte, was sie unter dem Posten *Traumatische Bettgeschichten* abbuchte. So oder so amüsierten sie sich köstlich, tanzten ausgelassen, tranken fünfmal über den Durst und kamen immer erst gegen Morgen ins Bett.

An diesem Abend ging es zunächst ins DA LUCIANO, Pizza essen. Paula erzählte, dass die Kleine das erste Wort gesagt und die Große schon wieder einen Zahn verloren habe. Darauf stießen sie an. Angelika sagte stolz, dass sie die ersten paar Sätze zum Vorwort ihrer Masterarbeit formuliert hatte. Darauf stießen sie an. April erklärte, dass sie an einem großen Fall sei, über den sie leider nicht näher berichten könne, und sie heute erfolgreich einen Verdächtigen in die Mangel genommen habe. Darauf stießen sie an. Paula fragte, was April ständig an ihrem Handy rumfummle, ob das mit ihrem Fall zu tun habe? April wurde rot und erwiderte, ja klar.

Angelika brach in lautes Lachen aus. »Das glaubst du selber nicht. Bestimmt hat das was mit einer Frau zu tun!«

»Mit Frauen pflege ich keinen SMS-Kontakt, ich gehe mit ihnen ins Bett.«

»Aber sicher, wer ist die Frau?«, fragte Paula.

»Keine ist es! Ich wollte mich bloß bei jemandem entschuldigen, weil ich mich doof benommen habe.«

»Da müsstest du dich ständig bei irgendwem entschuldigen«, Angelika zwinkerte.

»Jaja. Krieg du das erst mal mit deinen Afrikanern gebacken, dann sprechen wir weiter über mich.«

Paula tätschelte April mütterlich die Hand. »Ich finde es schön, dass du dich entschuldigen willst. Sonst ist das ja nicht gerade deine Stärke.«

Nach dem Essen besuchten sie eine Frauendisco im Mattequartier.[9] Paula und Angelika behaupteten, dass sie sich eine Frau anlächeln würden. Sie behaupteten das jedes Mal und gingen doch mit leeren Händen nach Hause.

Die Disco befand sich im Dachstock einer ehemaligen Fabrik in der Nähe der Aare. Da es selbst draußen noch fünfundzwanzig Grad warm war, lagen die Temperaturen drinnen um schweißtreibende dreißig. Erhitzt bahnten sich die drei einen Weg zwischen den tanzenden Frauen hindurch zur Bar und bestellten einen Martini und zwei Campari Orange.

April kam sich in Frauendiscos vor wie an einem reich gedeckten Buffet, von dem sie Köstlichkeiten naschen konnte. Sie trug immer noch den Rock, den sie für das Treffen mit Staehli ausgewählt hatte. Er war dunkelblau, nicht zu knapp und nicht zu lang, aus dehnbarem Stoff, was hinreichend Bewegungsfreiheit gewährleistete. Er passte prima unter die Motorradkluft und so gut auf ihren Körper, als wäre er für sie geschneidert worden.

Die Freundinnen schlängelten sich zur Terrasse, hier waren die Raucherinnen versammelt und alle Nichtraucherinnen, die frische Luft schnappen wollten, es wegen des Zigarettenrauchs aber nicht konnten. Neugierig guckten sie sich um. Die eine machte die anderen auf die eine oder andere aufmerksam: »Sieh mal, die hat wunderschönes langes Haar!« – »Haben wir die dort nicht schon mal hier gesehen?« – »Wusstest du, dass die beiden seit über zwanzig Jahren zusammen sind?« – »Bis jetzt habe ich keine entdeckt, die mir gefällt.« – »Mir ist nach einem Mann.« Sie stritten sich über Geschmäcker und knobelten aus, wer die nächsten Drinks holen musste. April zog das kurze

9 Für alle Bern-Ignoranten: Die Matte befindet sich an der Aare (während der Rest der Berner Altstadt oben thront). In früheren Jahrhunderten herrschte hier reger Schiffverkehr, die Bewohner waren arm und wild, die Badehäuser berühmt, vor allem für ihre nackten Frauen. Und wer es immer noch nicht kapiert hat: Bern ist die Hauptstadt der Schweiz.

Streichholz. Muffelig ging sie zurück an die Bar. Auf dem Weg überprüfte sie das Handy, Lou hatte nicht geantwortet. Tja, egal, dachte sie, hier gab es genug Alternativen. Als sie mit Bestellen an der Reihe war, ließ sie sich auf einen schönen Flirt mit der Barfrau ein. Die war androgyn, frech und mit Tattoos vollgepflastert, ihr Augenaufschlag hatte es in sich.

»Wie lange musst du noch arbeiten?«, fragte April mit einem betörenden Lächeln.

»Bis eins – vielleicht sehen wir uns dann?«, die Barfrau lächelte ebenfalls, da sah April, dass sie außerdem ein Piercing in der Zunge hatte. Sie zwinkerte und zahlte. »Bis später dann.«

Wie brachte man drei Getränke sicher durch eine Disco? April betrachtete ihre Hände und die drei Becher und überlegte. Am besten nahm sie einen in die Mitte und presste alle gegen den Leib. In dem Moment, als sie aufschaute, sah sie am hinteren Ende der Bar zu ihrem maßlosen Staunen …

Lou! Sie sprach mit einer Frau und sah dabei etwas gelangweilt aus. April äugte so lange hinüber, bis Lou den Kopf hob und sie entdeckte. Da lächelte Lou schräg und nickte ihr zu; falls sie überrascht gewesen war, zeigte sie es nicht. April nickte zurück und zog los. Ihre Freundinnen diskutierten gerade angeregt über ihre Traumlover. »Mädels, der ideale Liebhaber hat Brüste«, sagte April und ließ sich die Getränke abnehmen. Gedankenverloren schaute sie vor sich hin und sagte: »Ich möchte tanzen.«

Paula: »Ich kann dir so lange den Becher halten.«

»Nicht nötig«, sagte April und trank ihren Campari in einem Zug. »So, jetzt kann ich tanzen.«

Angelika und Paula schauten perplex.

Angelika: »Hast du nicht alle Becher im Schrank?«

»Vermutlich«, feixte April und ging.

Drinnen mischte sie sich unter die Frauen und hielt nach Lou Ausschau. Die stand immer noch am Ende der Bar und diskutierte mit der Frau, die übrigens – das fand jedenfalls April – nicht gerade erste Sahne aussah. Sie hätte zu gern mit Lou gesprochen, doch die hätte dann sicher wieder behauptet, dass sie sie anmache. – Auf einmal bekam sie wirklich Lust zu tanzen. Mit dem Tanzen kam die Freude und mit der Freude ihr sprühender Charme. Sie tanzte mit der einen und mit der anderen und mit einer dritten. Paula und Angelika gesellten sich zu ihr, sie benahmen sich wie Hühner auf Speed und Ecstasy. So ging das eine halbe Stunde lang, bis sie schweißüberströmt waren und innerlich ausgetrocknet. Angelika und Paula bestätigten erneut April in der Funktion der Wasserträgerin. Einmal holen, immer holen, das war nicht verhandelbar. Murrend kehrte April zur Bar zurück. Die androgyne Barfrau war nicht mehr da, Lou hingegen schon. Sie stand noch an derselben Stelle, aber sprach nicht mehr mit der Frau: Sie hatten vom Sprechen zu anderem gewechselt – April traute ihren Augen nicht: Lou küsste tatsächlich mit der langweiligen Begleiterin.

Das war doch – das war doch die Höhe! Lou hatte sie abblitzen lassen, weil sie von *blauer als blau* gesprochen hatte, von dieser langweiligen Tusse jedoch ließ sie sich abschlecken! April packte die Wasserflasche, die die Barfrau vor sie hingestellt hatte, warf eine Zehnernote hin und winkte unwirsch ab, als ihr die Frau das Wechselgeld geben wollte.

Sie war die unwiderstehliche April! Die unwiderstehliche April, die man nicht abblitzen ließ! So lautete das Gesetz!

Sie musste sich jetzt sofort beruhigen, Herrin der Lage werden. Tief atmete sie ein paar Mal ein und aus (na ja, hecheln käme das Sache wohl näher). Dann erinnerte sie sich daran, dass sie Brucie Lee war und über allem stand und jetzt mit dieser Wasserflasche zu ihren tanzenden Freundinnen hinüberging. Das nahm sie sich vor und vielleicht ging Brucie Lee ja tatsächlich aufs Parkett – April Pallas hingegen nahm einen anderen Weg: Sie stampfte zu den Küssenden und tippte Lous Begleiterin auf die Schulter. »Sorry, dass ich dich störe, ich habe mit der Dame da eine Sache zu bereinigen.«

Die beiden sahen sie überrascht an.

»Weil«, April schob die Frau zur Seite und sagte zu Lou: »Ich muss etwas wiedergutmachen.«

»So, was denn? Dass du die Frechheit hast, uns beim Küssen zu stören?« Auf Lous Gesicht spiegelten sich Ärger, Amüsiertheit, Staunen und Ratlosigkeit.

April beugte sich vor und küsste sie auf den Mund. »Das wegen dem *Blauer als blau* tut mir leid, es war eine blöde Anmache«, sagte sie.

Zu Aprils (und auch Lous) Erstaunen wich Lou weder zurück, noch knallte sie ihr eine oder überhäufte sie mit unattraktiven Bezeichnungen. Sie schaute April einfach in die Augen.

Zu lange.

Da zog April sie an sich und küsste sie richtig. Sie fielen in einen tiefen Kuss, der schnell lichterloh brannte. Meine Güte, welcher Genuss!

Lous Begleiterin fluchte: »He, was soll das?!«, doch die Küssenden hörten sie nicht. Da verzog sie sich wutschnaubend.

Der Kuss drohte außer Rand und Band zu geraten, die Hände entwickelten ein Eigenleben. Bevor sich jedoch auf ihren Lippen Hitzeblasen bildeten, ließen sie abrupt voneinander ab.

April flüsterte an Lous Ohr: »Was war das eben?«

Lou erwiderte: »Überraschend.« Sie lehnte sich zurück und lächelte leicht. Als April dieses Lächeln sah, zog sich etwas in ihr zusammen und sie hörte ihr Herz pochen, als müsste es doppelt so viel Arbeit leisten wie sonst. Sie blickte Lou verwundert an und hätte das wohl noch einige Zeit getan, wenn nicht Paula und Angelika herangestürmt wären und sich gierig die Wasserflasche geschnappt hätten.

»Willst du uns verdursten lassen oder was?«, maulte Angelika. »Haben wir nicht abgemacht, dass zuerst wir kommen, dann die anderen?«

»Wir sind sehr enttäuscht von dir«, ergänzte Paula, »mach uns wenigstens mit der Frau bekannt, wegen der wir beinahe vertrocknet wären.«

April schien aus einem Traum zu erwachen. »Eh, ja, natürlich. Das hier ist Lou und diese beiden sind Paula und Angelika, die größten Nervensägen des Universums.«

Lou lächelte wieder und sie tauschten ein paar Worte. »Wenn ihr mich entschuldigen wollt«, sagte sie schließlich und verschwand in Richtung Toiletten.

April gaffte ihr betäubt hinterher.

»Was war das eben?«, fragte Angelika.

»Was war was?«

»Ein paar Minuten länger und ihr hättet euch aufgefressen. Du schienst nicht gerade Herrin der Lage.«

»Ach, es war bloß ein Kuss. Ihr wisst, ich küsse gern.«

Angelika betrachtete sie skeptisch. »Aber das hier war anders. Stimmt's, Paula?«

Paula schraubte die Wasserflasche auf. »Definitiv.«

»Da war nichts.«

»Na gut, wenn du meinst – komm, gehen wir tanzen«, Angelika zog eine widerstrebende April aufs Parkett zurück, die ständig nach den Toiletten schielte.

Paula: »Woher kennst du sie?«

»Sie bringt ihre Patentochter in den Kurs.«

»Habt ihr schon lange was?«

»Wir haben nichts.«

»Aber jetzt schon, oder?«

»Was ist nur los mit euch? Ich habe so oft Frauen geküsst, ohne dass ihr mir solche Fragen gestellt hättet!«

Angelika lachte verschmitzt, »du hast ja auch noch nie eine Frau *so* geküsst.«

»Wie *so*?«

»Mit Hingabe und Leidenschaft.«

»Ihr habt zu viel getrunken. Da ist nichts.«

»Ja, und ich bin der Osterhase.«

Paula nickte beipflichtend.

»Hier wird getanzt, nicht gelabert, gebt mir Wasser.« April

setzte die Flasche an. In diesem Augenblick trat Lou aus der Toilette, ging zu ihrem Platz bei der Bar und packte ihre Jacke. Jetzt kommt sie zu mir, dachte April voller Vorfreude, und diese Nacht wird noch heißer werden. Doch ehe sie es sich versah, winkte Lou ihr kurz zu und strebte dem Ausgang entgegen.

»He!«, April rannte hinterher, was nicht einfach war, denn mindestens tausend Frauen standen ihr im Weg. Fluchend und schwitzend erreichte sie die Türe und hastete ins Freie. Vor dem Eingang hingen ein paar Frauen herum, weiter drüben standen Leute vor einer Bar. Sie blickte in alle Richtungen, aber konnte Lou nirgends entdecken. Sie rannte hierhin und dorthin, schließlich blieb sie stehen.

Warum nur war Lou gegangen?!

Die Freundinnen waren weise genug, April keine Fragen zu stellen, als sie zurückkehrte. Ihre Laune war verdorben. Dann jedoch tauchte die Barfrau auf. Sie verließen bald die Disco, um ein paar wilde Stunden miteinander zu verbringen.

Fehlte noch, dass sie sich den Abend verderben ließe!

Samstag, 27. Juni *26 °C*

Lou besuchte die Kletterhalle, sie war in der letzten Woche nur ein einziges Mal klettern gegangen, es war höchste Zeit für das Training. An diesem Samstagvormittag kletterte sie grottenschlecht, rutschte mehrmals ab und fiel sogar hinunter. Kletterkollege Bruno schaute ihr eine Weile zu, dann empfahl er, das Klettern für heute sein zu lassen. Doch Lou machte stur weiter, bis sie schließlich einsehen musste, dass sie nicht einmal die mittelschwere Route schaffte, die sie normalerweise mit links erledigte. Sie hörte entnervt auf.

»Hast du schlecht geschlafen?«, fragte Bruno vorsichtig.

»Das kannst du laut sagen. Spät ins Bett und früh wieder wach. Und eine Scheißlaune.«

»Kein Wunder, dass es bei dir nicht läuft.«

Lou brummte zustimmend, verschwieg aber den wahren Grund ihrer schlechten Verfassung: Dass sie dauernd an einen gewissen Monat denken musste und dabei schwache Knie bekam, was sie kolossal aufregte. Sie wollte nicht an April denken und erst recht wollte sie keine weichen Knie bekommen. Sie wollte nichts mit dieser Frau zu tun haben. Was sie nicht davon abhielt, ständig an den Kuss zu denken. Der hatte sich so gut, so richtig, so heiß angefühlt!

Ach was, das Ganze war ein Ausrutscher gewesen. Bei ihr landete man nicht so einfach!

Hier übersah sie als nicht unbedeutendes Detail, dass April bei ihr schon gelandet war: Längst hatte es Lou eiskalt, nein kochend heiß erwischt. Und das machte sie rasend. Sie würde sich dieser Leidenschaft verweigern, sie würde unabhängig weiterleben wie bisher, das konnte ein läppischer Aprilsturm nicht ändern.

Sie ging mit Bruno etwas trinken, machte danach Wochenendeinkäufe und ließ sich in einem Buchladen nieder, auf der Suche nach einem Roman, der sie packen würde. Weil sie sich nicht entscheiden konnte, kaufte sie einen Thriller, einen Science Fiction und einen Roman der Russin Ljudmila Ulitzkaja. Zu Hause räumte sie die Einkäufe fort, stapelte die drei Bücher auf den Beistelltisch im Wohnzimmer und ließ sich ins Sofa fallen, um gemütlich zu schmökern.

Nach fünf Minuten stand sie wieder auf, trank Wasser und trat auf die Terrasse, die dank der Sommersonne einer Sauna glich. Sie beschloss, baden zu gehen, und setzte sich doch wieder aufs Sofa, blätterte in den Büchern, stand auf, um sich einen Kaffee zu machen, suchte das Badezeug zusammen und fuhr ins Marzilibad an der Aare. Wie immer ging sie in die Abteilung für Frauen, wo sie nackt sonnenbaden konnte. Später reihte sie sich in die Völkerwanderung ein, die den Fluss entlang hinaufpilgerte, um in ihm hinunterzuschwimmen. Lou tauchte hinab bis zum kiesigen Boden und genoss das Murmeln der Steine. Als sie wieder aus dem Wasser stieg, fühlte sie sich wie neu geboren, frisch und klar. April war aus ihren Gedanken verschwunden.

Als sie aber auf ihrem Badetuch lag und zu lesen versuchte, war sie wieder da. Lou seufzte. Eine Detektivin war das Letzte, was sie brauchen konnte. Als wäre man eine Gazelle und ließe sich mit einem Löwen ein. Detektivin! Warum war April nicht Gärtnerin, Frisöse oder Busfahrerin? Von einer Detektivin könnte sie sich gleich Handschellen umlegen lassen. Missmutig kramte sie die Tageszeitung aus der Tasche und machte sich ebenso missmutig ans Kreuzworträtsel.

Nach dem Schäferstündchen mit der Barfrau (genau genommen, war es eher ein Wolfsstündchen geworden) schlich April aus deren Wohnung und fuhr nach Hause. Gegen sieben Uhr plumpste sie in ihr Bett. Bevor sie einschlief, dachte sie noch, dass gepiercte Küsse nicht ihr Ding waren. Sie fand die Konstruktion einer Zunge perfekt: weich, beweglich, feucht, was hatte da ein Metallstift zu suchen? Ihre allerletzten Gedanken hätten Lou gegolten, wenn sie sich das erlaubt hätte.

Gegen Mittag erwachte sie wie gerädert. Auf dem Handrücken stand *Manuela* und offensichtlich hatte Manuela ihre Telefonnummer unter den Namen geschrieben. Mit Kaffee und Orangensaft versuchte April ihren Kreislauf aufzupeppen, mit mäßigem Erfolg. Sie tigerte auf und ab, rief schließlich Rösli an und fragte, ob sie bei sich oben eine Leiche brauchen könnte. Rösli lachte und meinte, wenn diese Leiche ein paar Dinge aus der Stadt mitbringe, gern – sie habe übrigens eine schöne, kühle

Stelle für die Leiche im Keller. Bevor sie auflegten, erinnerte Rösli sie daran, bequeme Schuhe mitzubringen.

April kaufte die Dinge für Rösli und für sich Turnschuhe, danach bretterte sie ins Simmental, nach Zweisimmen und von dort hinauf zur Sennhütte.

Sie fand Rösli im Keller, wo sie die Käselaibe mit Salzwasser einrieb. »Rösli, schau, ich hab mir Turnschuhe gekauft!« April hob grinsend einen Fuß. »Und schau, jedes Mal, wenn ich auftrete, blinkt die Ferse.«

Rösli rieb ungerührt ihren Käse. »Sehr schön, genau das, was man hier oben braucht – ich habe gedacht, solchen Unsinn gäbe es nur für Kinder.«

»Du musst nur den richtigen Laden kennen«, erwiderte April stolz. »Kann ich dir was helfen?«

»Ja, koch schon mal Kaffee.«

April nickte und verschwand in der Hütte. In dieser Küche kam sie sich vor, als sei sie in die Steinzeit versetzt worden: Unter einem großen, verrußten Kamin stand ein Holzherd, Wasser musste man beim Brunnen holen. Den meisten Platz nahm der riesige, kupferne Kessel ein, in dem Rösli ihren Käse machte. Es roch nach kaltem Rauch, Käse und Kühen.

Kurze Zeit später erschien April wieder im Keller. »Du, äh, wo ist der Knopf, mit dem man den Herd anschaltet?«

Rösli schaute sie schräg an, »ernsthaft?«

April nickte.

»Du weißt nicht, wie man Feuer macht?«

April schüttelte den Kopf.

»Wie um Gottes Willen bist du denn aufgewachsen?«

»Frag nicht.«

Rösli seufzte und folgte April in die Küche. Schritt für Schritt zeigte sie ihr, wie man ein Feuer entzündete. April befolgte ihre Anweisungen und plusterte sich vor Stolz auf, als das erste Flämmchen brannte. Später setzten sie sich mit Kaffee und Plätzchen auf den Balkon, vom Stall her klang das Gebimmel der Kühe und Ziegen. Röslis Hund Lumpi lag ihnen zu Füßen, eine Katze saß auf dem Geländer. Eine Weile diskutierten sie über die Ermittlungen, aber Rösli spürte, dass April nicht deswegen gekommen war – auch nicht, weil sie übernächtigt wirkte. Doch von alleine würde sie wohl nie damit herausrücken.

»Hast du gestern auf den Putz gehauen?«

April nickte.

»Zu viel getrunken?«

»Es geht so.«

»Aber es wurde spät.«

»Ich war mit zwei Freundinnen in einer Disco und später hatte ich mit einer was, du weißt schon.«

»Ja, mittlerweile weiß ich, dass du nichts anbrennen lässt«, Rösli lachte. »War's nicht schön?«

Erstaunt sah April sie an, »doch, warum fragst du?«

»Ich dachte bloß, weil du – wie soll ich sagen – niedergeschlagen wirkst. Oder nachdenklich? Jedenfalls scheint dich etwas zu beschäftigen.«

»Ach was. Der Fall beschäftigt mich, sonst nichts.«

»Warum komme ich nicht von dem Gefühl los, dass da noch was anderes ist?«

»Vielleicht trübt die Überdosis Alpenluft deinen Blick.«

»Vielleicht. Wirst du die Frau wiedersehen?«

»Manuela? Ich wüsste nicht, warum.«

»Also ist es nicht Manuela.«

»Ich weiß nicht, worauf du hinaus willst.«

»Erzähl schon.«

April schluckte leer, sie kraulte Lumpi. Rösli wartete geduldig.

»Es ist nur … da ist diese Frau, sie hat mich aufgeregt, weil sie unbedingt den Mädchen im Kurs zuschauen wollte. Ich habe sie dann doch lassen und irgendwie gingen wir einen Kaffee trinken und ich habe sie ein bisschen – ehm – angemacht und sie hat mich abblitzen lassen. Nur ist es so, dass mir Frauen normalerweise keinen Korb geben.«

»Das ist natürlich ein harter Schlag für Frau Pallas!«

»Ja, es kam aber noch schlimmer: Ich sah Lou in der Disco wieder, von weitem, sie sprach mit einer Frau. Und als ich später vorbeischaute, küssten sie sich, das nervte mich, da ging ich hin und, keine Ahnung warum, hab mich dazwischengestellt und Lou geküsst. Dieser Kuss war unglaublich, er war intensiv und innig und schön, ich konnte es nicht fassen! Lou ging aufs Klo und danach verschwand sie einfach. Ich bin ihr hinterhergerannt, aber ohne Erfolg.«

»Und als Trost bist du mit Manuela ins Bett gegangen?«

»Hat sich so ergeben.«

Rösli schüttelte den Kopf. »Was wirst du nun tun?«

April stand auf, um die Katze zu streicheln, die aufmerksam auf die Wiese schaute. »Ich renne keiner Frau hinterher, es gibt genug andere.«

»Da verstehe ich nicht, warum du bedrückt bist.«

»Ich bin müde.«

»Wer's glaubt! Es ist wegen der Lou. Hast du ihre Telefonnummer oder die Adresse?«

»Ja.«

»Ruf sie an!«

»Spinnst du? Sie hat mir in der Disco eine Abfuhr erteilt – man hat noch seinen Stolz.«

»Vielleicht hat ihr der Kuss Angst gemacht, weil er intensiv war. Das zumindest könntest du herausfinden.«

»Kein Interesse.«

»Nun denn, du weißt es am besten.«

April nahm die Katze auf den Arm und betrachtete die Berge. »Ich lass es. Es gibt genug andere interessante Frauen.«

Rösli nickte. »Stimmt, massenhaft. Dann haben wir das Problem also gelöst.«

April, mit Blick auf die Berge: »Wo steht wieder das Matterhorn?«

Rösli lachte laut heraus. »April, wir sind nicht im Wallis,

hier steht kein Matterhorn – meine Güte, wie ist's mit deinen geografischen Kenntnissen?«

»Bha!«

»Dich hat's erwischt, nicht wahr?« Rösli betrachtete sie aufmerksam. Brummend stieg April mit der Katze im Arm die Treppe hinunter. Sie schlenderte umher, setzte das Tier auf den Boden und kam wieder die Treppe hoch. Mit düsterem Gesicht. Dann sagte sie nur: »Kackenschotter!«

Rösli tätschelte ihren Rücken. »Komm, es wird Zeit, die Kühe zu melken und auf die Weide zu treiben, da wirst du mit deinen blinkenden Schuhen gewiss eine große Hilfe sein.« Im Stall nahm sie den Generator in Betrieb, stellte die Melkmaschine an und setzte die Sauger an die Euter der ersten Kuh. Als alle gemolken waren, band sie sie los und trieb sie hinaus.

Nachdem April begriffen hatte, dass es Kühe irritierte, wenn man mit dem Stecken herumfuchtelte, ging es ganz gut. Ihre leuchtendweißen Turnschuhe verloren bald allen Glanz, aber sie blinkten, das war die Hauptsache. Die Milch gab Rösli ihrem Nachbarn mit ins Tal.

Nach dem Abendessen saßen sie wieder auf dem Balkon, diesmal mit einem Glas Rotwein. Rösli steckte sich eine Zigarillo an, April schnupperte genießerisch. Sie sahen zu, wie es dämmerte, der Himmel leuchtete erst blassblau und wurde allmählich dunkler. Die Venus war zuerst zu sehen, nach und nach erschienen andere Gestirne. Rösli wies auf ein paar Sternbilder und erzählte von Fritz, ihrem Mann. April wusste nur, dass sie verwitwet war. An diesem Abend erzählte Rösli die Geschichte: Sie waren auf einer Wanderung gewesen, stiegen eben einen steilen Weg hinunter, da fiel Fritz an ihr vorbei in die Tiefe. Herzinfarkt. »Weißt du, als ich am Abend im Hinterzimmer der Polizeistation, wo er aufgebahrt lag, neben ihm saß, hatte ich dieses überwältigende Gefühl, es sei gut. Der Kreislauf hatte sich geschlossen. Es war, wie es war. Natürlich bin ich traurig gewesen, schockiert und verzweifelt, und doch hatte ich diese innere Gewissheit, dass es so sein musste. Es war in den ersten Jahren nach seinem Tod alles andere als einfach, aber diese Gewissheit hat mir geholfen.«

»Hattet ihr eine gute Ehe?«

»Es war nicht alles eitel Sonnenschein, aber, ja, wir hatten es gut miteinander, ich hätte keinen anderen gewollt.«

April schenkte Wein nach und überlegte. »Muss schön sein, wenn man das über eine Beziehung sagen kann. Ich hatte noch nie was Ernsthaftes, mir ist mehr nach Abwechslung.«

»Ist es denn Abwechslung, wenn du dir eine Frau anlächelst, kurz was mit ihr hast, die nächste anlächelst und so weiter? Letztendlich ist das immer das Gleiche.«

»Jeder Körper ist anders.« April grinste.

»Ja, aber das Prinzip bleibt sich gleich – vielleicht ist der Körperbau verschieden, im Endeffekt sind es alles Frauen.«

»So habe ich es mir noch nie überlegt. Vielleicht hast du recht. Charakterlich sind sie definitiv verschieden.«

»Was weißt du denn von ihren Persönlichkeiten? Du lernst sie ja gar nicht näher kennen.«

»Ach, du bist nur neidisch, dass du nicht mit vielen im Bett warst.«

»Nein. Mir wäre das zu stressig. Vielleicht solltest du Lou besser kennenlernen.«

»Ach, kommst du wieder damit! Sie will nichts mit mir zu tun haben.«

»Da wäre ich mir nicht sicher.«

»Pfff!«

In diesem Moment surrte der Eingangston einer SMS:

`Tut mir leid, dass ich gestern einfach so gegangen bin. Das war nicht sehr höflich. Lg Lou`

Aprils Gesicht wurde vom matten Schein des Displays beleuchtet. Rösli sah, dass sich ihr Gesicht veränderte, etwas glomm in ihren Augen auf.

»Gute Neuigkeiten?«

Wortlos reichte April ihr das Handy.

»Ich würde sagen, das sind gute Neuigkeiten.«

April zuckte mit den Schultern, sie sah nicht, dass Rösli lächelte.

Gegen Mitternacht – viel zu spät für Rösli – legten sie sich schlafen. April fand es heimelig in dem kleinen Zimmer mit seinen Holzwänden. Von Ferne hörte man die Kuhglocken bimmeln, die Sennhütte knackte und knarrte. Mit diesen Geräuschen glitt sie in einen tiefen Schlaf.

Sonntag, 28. Juni *26 °C*

Der Sonntag badete schon frühmorgens im Scheinwerferlicht der Sonne und ließ seine weißen Zähne breit grinsend blinken. Die Schweiz strömte in die Bäder, auf und in die Seen, auf und in die Flüsse, besetzte die Feuerstellen und warf Berge von Kühen, Schweinen und Hühnern auf die Roste oder krabbelte auf Felsen und Aussichtspunkte und stöhnte, wie heiß es war; erst gerade sei es noch kühl gewesen und jetzt diese Hitze, diese gewaltigen Temperaturunterschiede! Die Schweizer wussten immer über das Wetter zu klagen, gleichgültig, wie sehr dieses sich bemühte.

Lou war früh mit Zoro unterwegs zum Neuenburgersee, wo sie ein Segelschiff besaßen. Segeln war ihrer beider Leidenschaft. Sie waren ein solch gut eingespieltes Team, dass sie ohne Worte wussten, wer was zu tun hatte. Bald glitten sie aus dem kleinen Hafen von Estavayer-le-Lac. In der Mitte des Sees zogen sie das Segel ein, legten sich in die Sonne, badeten und aßen.

»Musst du ständig am Handy sein, mir geht das auf die Nerven«, beklagte sich Zoro.

Lou errötete: »Ich – ich erwarte eine SMS von Moneypenny, sie ist heute im Büro und könnte Fragen haben.«

Das war glattweg gelogen. Hauptsache, er fragte nicht weiter. Doch gleichgültig, wie oft sie auf das Display schielte, es kam keine SMS von April.

Rösli holte April um fünf Uhr aus dem Bett. Zeit zu melken, Widerrede zwecklos. Zum ersten Mal bekam April eine Ahnung davon, was es bedeutete, Sennerin zu sein: anstrengend. Doch als Rösli nach dem Melken die Milch absiebte und in den Kupferkessel gab, wurde es spannend. Sie hatte Feuer gemacht und erwärmte die Milch, setzte das Lab zu, das die Milch zum Scheiden brachte. Diese dicke Masse heiße *Dickete*, erklärte Rösli. Sie nahm die Käseharfe und rührte damit die Dickete durch. Je fester der Käse werden solle, desto feiner müsse der Käsebruch gerührt werden. Vorsichtig erhitzte sie das Ganze und kontrollierte ständig die Temperatur. Dann zog sie ein Tuch unter dem Käsebruch durch, schöpfte die Masse ab und füllte sie in die Form. Sie beschwerte den Käse mit Steinen, damit die Molke abgepresst wurde. Später legte sie den Laib in ein Salzbad, wusch und trocknete ihn. April kam der Vorgang wie Hexerei vor – faszinierend!

Nach dem Mittagessen wurde es Zeit für den Abschied. Rösli umarmte April länger als sonst. Sie tätschelte ihr den Rücken und fragte, ob sie Lou antworten werde.

»Worauf?«

»Du könntest ihr trotzdem schreiben.«

»Ich wüsste nicht, was.« April verstaute die schmutzigen Turnschuhe, schlüpfte in ihre Stiefeletten und rauschte los. In Zweisimmen entschied sie, nicht direkt nach Bern zurückzukehren, sondern den Weg über den Col du Pillon nach Montreux zu nehmen. Dort bummelte sie den See entlang und trank eine

Cola, ehe sie weiterfuhr nach Lausanne und von dort nach Yverdon am Ende des Neuenburgersees.

In Estavayer-le-Lac machte sie einen zweiten Zwischenstopp. Sie betrachtete die vielen Segelschiffe, die übers Wasser glitten, schwamm eine Runde im See, aß ein Stück Torte und legte sich in die pralle Sonne. Bald schlief sie ein. Gegen sechs Uhr erwachte sie wieder, verspürte aber noch immer keine Lust, nach Hause zu fahren. Da kam ihr in den Sinn, dass es hier einen Wasserskilift gab, den sie sich anschauen könnte. Die Anlage funktionierte wie ein Skilift, nur führte er nicht hinauf, sondern eben aufs Wasser. So konnte man über den See sausen, ganz ohne Boot. Amüsiert schaute April den Wasserskifahrern bei ihren kleinen Kunststücken zu und dachte, dass der Mensch ein seltsames Wesen war – jedenfalls in einer Gesellschaft, die über ein Übermaß an Geld und Zeit verfügte. Im Restaurant beim Hafen, einem unschönen Betonklotz, einem Kornspeicher nicht unähnlich, gönnte sie sich einen Campari und beobachtete die Segler beim Anlegen.

Plötzlich stockte ihr der Atem – war das nicht …? War es möglich? War es nicht! Das war ganz und gar unmöglich! Auf dem Segelboot, das nahe dem Restaurant anlegte, stand – Lou! April war froh, dass sie ihre Baseballkappe trug und dazu die Sonnenbrille – Lou erkannte sie wohl kaum. Neugierig verfolgte sie, wie Lou und ein Mann routiniert all die seglerischen Dinge machten, für die sie nicht einmal den Ausdruck kannte. War der Mann Lous Freund? Er hatte dunkles, krauses Haar, war mittelgroß, breit gebaut, schien jedoch nicht besonders stark zu sein. Lou hingegen … feingliedrig, aber durchtrainiert, mindestens ebenso groß wie ihr Begleiter und sehr schnell und ökonomisch in den Bewegungen. Sie war jener blonde Typ, der braun wurde, sie war gelenkig, sie war anmutig, sie war so süß konzentriert, sie war … und sie war offensichtlich eine Hetera, die ab und zu ans andere Ufer paddelte.

Egal was sie war, Lou wollte außerdem nichts von ihr. Was April immer noch nicht fassen konnte.

Als die beiden das Boot versorgt hatten, gingen sie zum Parkplatz und stiegen in ein Auto. April trank den letzten Schluck Campari, zahlte und setzte sich auf ihre Buell. Sie fuhr wie eine Irre, so als wäre sie sauer, und das war sie tatsächlich.

Zu Hause konnte sie es nicht lassen und schrieb Lou:

`Du machst dich gut auf einem Segelboot ;)`

Montag, 29. Juni *27 °C*

Ausnahmsweise erwachte April um sechs Uhr früh (das hatte sie bestimmt Röslis schlechtem Einfluss zu verdanken) und fühlte sich wach und fit, daher entschied sie sich, aufzustehen. Eine halbe Stunde später war sie in der Garage und schob ihre Buell hinaus zum Unterstand um die Ecke, damit sie Platz für ihre Kung Fu-Übungen hatte. Sie übte immer bei geschlossener Tür, denn es gab Passanten, die stehenblieben und ihr zuschauten; das störte sie. Routiniert durchlief sie ein paar Bewegungsformen – die *kleine* und die *große Schlange* sowie den *Tiger* – und fragte sich, wie sie es ausgehalten hatte, einen Monat lang nicht zu üben. Ihre Glieder waren ein bisschen eingerostet, aber sie genoss die wiedergefundene Spannung und Leichtigkeit. Als sie sich fast am Ende der Übungen befand, hörte sie ein Auto nahen. Der Wagen hielt vor ihrem Tor. April stellten sich die Nackenhaare, warum wusste sie nicht, aber der Instinkt sagte ihr, dass sie sich besser verziehen sollte. Rasch schloss sie sich ein und löschte das Licht. Im hinteren Bereich der Garage stand ein Metallschrank, den sie kürzlich gekauft hatte und der nicht in die dafür vorgesehene Ecke passte, deshalb stand er noch halb im Raum. Rasch schlüpfte sie hinter den Schrank, unsicher, ob das nötig war oder ob sie langsam an Paranoia litt. Es wurde am Tor geklopft – Pause und erneutes Klopfen –, es wurde am Tor gerüttelt. Dann hörte April ein Bersten und Splittern.

Kackenschotter hoch drei!

Das Garagentor flog auf und zwei Männer traten ein, der eine trug ein Brecheisen in der Hand, der andere eine Knarre. Ihr Herz klopfte nicht mehr, es wirbelte – wenn die sie entdeckten, war sie mause oder gar etwas Schlimmeres! Die Männer gingen offenbar nicht davon aus, dass sie sich hier versteckte: Ohne sich umzusehen, steuerten sie unverzüglich auf das Büro zu. Der eine riss die Blätter an der Ermittlerwand herunter und steckte sie in seine Tasche, danach raffte er die Blätter vom Tisch und aus den Schubladen. Der andere packte Aprils Laptop und drosch mit dem Brecheisen auf den Tisch ein, mehr aus Dreschlust denn aus Dringlichkeit. Als sie sich ausgetobt hatten, verließen sie gemächlich die Garage. April hörte, wie der Wagen fortfuhr. Sie blieb noch eine Weile hinter dem Schrank. Als ihr Körper nicht mehr so schlotterte, rannte sie zum Tor und lugte vorsichtig hinaus: Der Platz war leer und, wie sie erleichtert feststellte, ihre Buell unversehrt.

Was sollte sie jetzt tun? Die Polizei rufen? Dann müsste sie erzählen, was die Männer gestohlen hatten und was an den Blättern so interessant für sie sein mochte. Sie musste über ihre Ermittlungen reden, die sollten jedoch geheim bleiben. Also keine Polizei. Erst einmal Rösli anrufen und fragen, ob sich die Diebe Zugang zu ihren Daten schaffen konnten.

Rösli fragte tausend Mal nach, ob mit ihr alles in Ordnung sei, beruhigte sie, dass alles auf Dropbox abgespeichert sei und gut verschlüsselt, sie habe weiterhin Zugriff; die Diebe würden einige Schwierigkeiten haben, da hineinzukommen. Die Ermittlerwand habe April wohl hoffentlich bei jeder Änderung neu fotografiert und könne sie wiederherstellen …

»Rösli – ich könnte tot sein!«

»Gott sei dank bist du es nicht! Die haben nicht damit gerechnet, dass du so früh schon im Büro sein würdest.«

»Wahrscheinlich nicht. Die Frage ist, was ich jetzt tun soll. Kommen die wieder? Wer sind sie?«

»Hast du den Raum untersucht? Vielleicht haben sie etwas liegen gelassen oder ihnen ist etwas runtergefallen. Hast du das Auto gesehen?«

»Nein, nur gehört – wenn mich nicht alles täuscht, war es ein Audi.«

»Das hilft uns kaum weiter. Wie steht's mit Fingerabdrücken?«

»Sie trugen Handschuhe.«

»Fußspuren?«

»Vielleicht. Der Garagenboden ist nicht eben sauber«, April lachte trocken, um nicht zu sagen, verzweifelt.

»Du musst alles ganz genau untersuchen.«

»Da war noch was. Der eine hatte in einem Aftershave oder Parfum gebadet, ich kann es jetzt noch riechen.«

»Gut, du musst jedem Hinweis nachgehen!«

»Vielleicht hat Staehli die geschickt oder Petra und Diana oder die Mörder von Steiner, Moser und Abrienda. Ich blicke überhaupt nicht durch, wie das eine mit dem anderen zusammenhängt. Ich brauche diese verflixten geheimen Dokumente, aber dafür müsste ich erst einmal den Dieb finden! Oder Montiross händigt mir die Dokumente aus, die noch nicht gestohlen worden sind. Genau!«

Sie beendeten das Gespräch, April rief ihren Auftraggeber an und bat ihn ohne Umschweife um die restlichen Geheimpapiere.

Montiross schnappte nach Luft. »Ausgeschlossen! Aus-geschlos-sen! Ich habe keinen Zugang dazu und selbst wenn, wäre es keinem Mitglied erlaubt, sie herauszugeben.«

»Aha. Und wenn ein Mitglied das doch täte, würde es umgebracht – ist das der Umgangsstil in Ihrem Verein?«

»Der Sinn von Geheimpapieren besteht darin, dass sie *geheim* sind! Sogar wenn Sie sie in die Hände bekämen, könnten Sie sie nicht lesen, denn sie sind verschlüsselt, da haben Sie keine Chance.«

»Vielleicht unterschätzen Sie mich.«

»Das hat nichts mit unter- oder überschätzen zu tun, die Verschlüsselung ist unter Garantie wasserdicht.«

»Herr Montiross, heute wurde in meine Garage eingebrochen, ich kann von Glück reden, dass ich noch am Leben bin – das Ganze nimmt bedenkliche Formen an. Reden Sie mit Ihrer Führungsspitze! Die soll die Dokumente rausrücken, bevor noch mehr Menschen zu Schaden kommen.«

»Sie wollen hoffentlich nicht unterstellen, dass die B.I.A. der Täter ist? Warum sollte ein Klub seine eigenen Mitglieder bestehlen und töten? Das macht überhaupt keinen Sinn.«

»Vielleicht sehen wir einfach den Zusammenhang nicht. Wenn wir wenigstens den verdammten Dieb fänden! Dann wären wir einen wichtigen Schritt weiter.«

»Natürlich. Deshalb habe ich Sie ja angestellt.«

»Ja, aber Sie sind mir nicht eben eine große Hilfe dabei!«

»Bitte schön, ich mache alles, was in meiner Macht liegt.«

April schüttelte den Kopf. »Wie können Sie für jemanden arbeiten, den Sie nicht einmal kennen?« Sie hängte genervt auf und machte sich daran, genauestens die Garage zu untersuchen.

In gewisser Hinsicht war sie ganz glücklich darüber, dass die Einbrecher alle Papiere mitgenommen hatten, denn darunter befanden sich viele Rechnungen und wer weiß, vielleicht würden sie die begleichen? Guter Witz. Eine Mars-Verpackung, die unter dem Tisch lag, erregte Aprils Verdacht. Sie hob sie mit einem Bleistift empor und hielt sie gegen das Licht. Einer mochte Mars, interessant! Vorsichtig ließ sie die Verpackung in eine kleine Plastiktüte gleiten. Dann untersuchte sie den Boden mit einer Lupe und stieß auf eine Menge langer schwarzer Haare – verdächtig! Ach nein, das waren ja ihre. Oder die von Jana-Ina.

Genaugenommen konnte sie sich nicht erinnern, wann sie den Boden das letzte Mal richtig gereinigt hatte. Fußspuren gab es in Hülle und Fülle – in ihrer Größe, derjenigen von Jana-Ina, Paula, Angelika und Tom und wer sie noch alles besucht hatte.

Weil ihr nichts Besseres in den Sinn kam, fuhr sie ins nächste Warenhaus und roch an allen Aftershaves. Die Verkäuferin schaute konsterniert. April erklärte ihr, dass sie ein *Transtschender* sei (oder wie hieß das?) und sich zu einem Mann umwandeln lasse. Da wolle sie schon mal schauen, welches Aftershave zu ihr passen könnte. Die Verkäuferin schaute noch konsternierter. Am Schluss – einem Aftershave-Delirium nahe – war April überzeugt, dass der Täter *Denim Black Aftershave* getragen hatte.

Danach fuhr sie zu einem Audihändler. Dem Verkäufer erklärte sie, dass sie im Rahmen einer Ermittlung auf der Suche nach einem bestimmten Audi sei (»Hier meine Visitenkarte« – »Das ist eine Mitgliederkarte für eine Kung Fu-Schule« – »Ach wirklich?«) und ob sie wohl hören dürfte, wie die Autos klingen? Der Verkäufer war glücklicherweise heterosexuell und fiel auf Aprils Charme herein. Beim siebten Auto wurde sie fündig: Es war eindeutig der Motor eines *Audi A4 Avant S Line*! Zufrieden kehrte sie in ihre Garage zurück. Sie hatte immerhin zwei Hinweise gefunden, das Mars-Papier eingerechnet, sogar drei. Als sie das Rösli erzählte, nannte die sie einen Dummkopf, das Mars-Papier stamme bestimmt von ihr selber, sie esse ja dauernd solches Zeug. Das fand April plausibel, darauf hätte sie auch kommen können.

Erneut fuhr sie los, zu einem Computergeschäft, und kaufte einen neuen Laptop. Zum Schluss machte sie sich daran, das Büro aufzuräumen, die zertrümmerte Lampe aufzusammeln, die Tablare zurechtzubiegen. Anhand ihrer Fotos stellte sie die Ermittlerwand wieder her und fügte *Zwei Eindringlinge* hinzu mit dem Hinweis auf Audi und Aftershave. Sie wusste nur nicht, mit wem sie diese Männer verbinden sollte – mit dem Mörder oder dem Dieb?

Gegen drei Uhr war sie mit allem fertig. Sie setzte sich auf ihren Bürostuhl und zitterte. Noch einmal sah sie die Männer eindringen und das Büro demolieren, sah, wie sie nach getaner Tat hinausschlenderten, diese Scheißkerle. Sie hatte noch nie auch nur etwas annähernd Gefährliches erlebt. Sie könnte tot sein oder nur noch vor sich hin brabbeln. Ihr könnte das Brecheisen im Kopf stecken oder im Herz, um sie herum ein Blutsee. Obschon es ein heißer Sommertag war, begann sie zu frösteln. Es hätte gut passieren können, dass Jana-Ina zu Besuch gekommen wäre, und der Verbrecher hätte das Brecheisen aus ihrem Kopf oder ihrer Brust gezogen und Jana-Ina damit erschlagen. Oder Tom wäre hereingelatscht und der andere Verbrecher hätte ihn mit Kugeln durchsiebt. Tom hätte noch etwas von Zen gebrummt und wäre zusammengebrochen, genau über ihr, was sie endgültig getötet hätte. Immerhin wäre Lou verschont geblieben, denn Lou hätte sie nie besucht. Lou hatte sie ja abblitzen lassen. Erneut fühlte April sich beleidigt, verletzt und verstört.

Seufzend ging sie zur Buell, um endlich das zu tun, was sie ursprünglich vorgehabt hatte: Staehli einen Besuch abstatten. Sie musste unbedingt wissen, wie weit er mit seinen Ermittlungen war.

Gegen vier Uhr erreichte sie das Juweliergeschäft. Staehli stand allein im Laden. Als er sie sah, wurde er fahl im Gesicht.

»Ich habe noch nichts herausgefunden.«

»Warum komme ich nicht von dem Gefühl los, dass Sie noch gar keinen Finger gerührt haben?«

Staehli, weinerlich: »Ich war am Wochenende fort, das war schon lange geplant.«

»Und mit Geld finanziert, das Sie durch die Hehlerei verdient haben! Sogar wenn die Queen Sie eingeladen hätte – ist mir wurschtegal! Finden Sie heraus, woher Petra und Diana den Schmuck haben! Ich werde Sie sonst ans Messer liefern.«

Ohne ein weiteres Wort zu verlieren oder sich Entschuldigungen anzuhören, verließ sie den Klunkerladen. Sie war stinkesauer, nichts lief in ihrem Sinn: Ihre Ermittlungen führten nirgendwohin, Montiross war keine Hilfe, Staehli machte nicht vorwärts, Consuela rückte nicht heraus, wie sie ihren Mann kennengelernt hatte; und dann war da diese Lou, die ihr Privatleben versalzte. Und die Räuber in ihrer Garage. April überquerte den Weinplatz, das Restaurant hatte draußen Tische und Stühle aufgestellt, Zürcher und Touristen drängten sich gleichermaßen daran, es lag eine südliche Stimmung über dem Platz. Ein Mann ging nah an ihr vorbei, er streifte sie fast. Sie schenkte dem keine Beachtung – doch als sie sein Aftershave wahrnahm, hätte sie schwören können, dass es *Denim* war. Alarmiert drehte sie sich um. Der Mann umarmte eine Blondine, die von ihrem Tischchen aufgestanden war. April schüttelte den Kopf über sich selbst. Wenn das so weiterging, wurde sie noch verrückt! Besser, sie fuhr jetzt nach Hause – nachschauen, ob es neues Material zu den Ermittlungen der Polizei gab.

Kurz darauf fädelte sie die Buell in den Nachmittagsverkehr, der schon eine Ahnung vom Abendstau in sich trug. Gemächlich schüsselte sie durch die Innenstadt. Weiter hinten entdeckte sie ein Motorrad, sie tippte auf eine Yamaha, übrigens die Abkürzung für *Yuppie-Arsch mit aufgemotzter Harley-Attrappe*. April grinste. Schade, dass sie nicht auf der Autobahn waren, sie hätte dem *Yamaha* gern gezeigt, wer mehr im Motor hatte. Schade auch, dass sie an einer Kreuzung falsch abfuhr und wieder in die Innenstadt gelangte. Mit einer gewissen Schadenfreude merkte sie, dass der *Yamaha* ebenfalls falsch gefahren war. Feixend fuhr sie weiter und wusste bald nicht mehr, wo sie sich befand, kein Wegweiser deutete auf die Autobahn. Sie fuhr nach Gefühl und stellte fest, dass der *Yamaha* zwar zurückgefallen war, aber immer noch hinter ihr herrollte. Der Dummkopf hatte wohl nicht realisiert, dass er kreuz und quer und im Kreis fuhr! Bis sie sich fragte, ob vielleicht *sie* der Dummkopf war: Folgte der ihr etwa? Probehalber bog sie in eine Seitengasse ab. Schon meinte sie, dass der *Yamaha* geradeaus gefahren sei, da erschien er wieder. Wurde sie erfolgt?! April fuhr im Zickzack durch das Viertel, das andere Motorrad in gebührendem Abstand hinterher. Ja, sie wurde verfolgt! Endlich fand sie den Weg zur Autobahn und gab Gummi. Der *Yamaha* auch. Sie gab mehr Gas, der *Yamaha* zog nach. Meinte der Idiot allen Ernstes, dass sie ihn nicht bemerkt hatte?!

Weiter vorne stauten sich die Autos, fluchend betätigte sie die Bremse, ihr Verfolger näherte sich. Wollen wir doch mal schauen, dachte April, steuerte hart nach rechts und überholte die kriechende Blechkarawane auf dem Pannenstreifen. Es wurde gehupt, mit Scheinwerfern geblinkt, niemand liebte es, von rechts aufgeschnupft zu werden. Sie winkte den Autofahrern triumphierend zu. Gespannt schaute sie in den Rückspiegel. Vom *Yamaha* war nichts zu sehen. Als sie ans Ende beziehungsweise den Anfang des Staus kam, reihte sie sich wieder in den Verkehr und drehte auf. Sie hatte ihn abgehängt!

Doch auf der Höhe von Oberbipp war er wieder da. Als die Ausfahrt Kriegstetten angezeigt wurde, drosselte sie den Motor und betätigte brav den Blinker. Sie wollte, dass der *Yamaha* es sah. Die Maschine schloss auf, nahm ebenfalls die Ausfahrt. Da warf April den Anker und bog scharf nach links, holperte über Gras, an Büschen vorbei und landete wieder auf der Autobahn. Dort lud sie die Buell voll durch und brannte halsbrecherisch an den Autos vorbei. Immer wieder prüfte sie im Rückspiegel, ob der andere auftauchte – er tat es nicht. In Bern angekommen, fuhr sie an ihrer Ausfahrt vorbei, einfach weiter und weiter, Richtung Oberland. In Wimmis hielt sie an, um Rösli ihren Besuch anzukündigen. Gegen sieben erreichte sie erschöpft die Sennhütte. Rösli kam ihr entgegen und umarmte sie. April, cool in Helm und Montur, erwiderte die Umarmung und zitterte uncool am ganzen Körper. Dann ließ sie sich auf den Balkon ziehen und bekam Whisky mit einem guten Schuss Tee.

»Rösli, ich stecke in der Scheiße«, sagte April leise. Rösli nickte und verschwand wortlos in der Hütte, wo sie eine Zeit lang rumorte. Dann kam sie mit einer Knarre zurück. »Die hat Fritz von seinem Großvater geerbt. Ist nicht gerade das neueste und handlichste Modell, eine Luger.[10] Der Opa hat sie im Ersten Weltkrieg benützt, sie kann hübsche Löcher reißen.«

April betrachtete die Waffe in ihrer Hand. »Rösli, ich verstehe nichts von solchen Dingen.«

»Nun, jetzt wirst du eben eine Knarrenfrau, die Zeit ist gekommen. Schlimmstenfalls kannst du sie dem Gegner einfach an den Kopf werfen. Erstmal musst du aber lernen, wie man damit umgeht.« Die nächste halbe Stunde zeigte Rösli ihr, wie man die Luger auseinandernahm und zusammensetzte, wie man sie putzte und wie man sie lud. »Morgen machen wir Schießübungen. Wenn zukünftig ein Kerl deinen Weg versperrt, zielst du auf ihn und sagst: Mein Name ist Pallas, April Pallas! – Der macht sich gleich in die Hose. Und jetzt trinkst du noch einen Whisky und dann ab ins Bett.«

April nickte kleinlaut und ziemlich verwirrt – sie war es nicht gewohnt, dass man sich um sie kümmerte, und wusste nicht recht, wie sie darauf reagieren sollte. Nach Röslis Whisky sank sie ins schmale Bett und schlief sofort ein.

Lou fragte sich immer wieder: Hatte April sie wirklich auf dem Segelschiff gesehen und wenn ja, wo? Unzählige Male stand sie kurz davor, ihr diese Frage per SMS zu stellen, verbot es sich aber. Der Fall April war für sie abgeschlossen: keine Detektivinnen!

Um neun Uhr schaute Zoro vorbei. Als er hereinkam, sagte er das, was er immer beim Hereinkommen sagte: »Wie kannst du nur in einem Hochhaus leben?!«

---

10 Für alle Pazifisten: Der Österreicher Georg J. Luger (1849–1923) hat die Luger konstruiert, sie heißt eigentlich Pistole 08 oder Parabellum-Pistole und ist eine Selbstladepistole, die 1908 im Deutschen Reich als Ordonnanzwaffe eingeführte wurde.

»Wie du weißt, bin ich am liebsten weit weg von der Erde. Könntest du diese langweilige Frage nicht endlich lassen?«

Sie saßen bei einem Glas Wein auf der warmen Dachterrasse und schauten auf die Lichter der Stadt hinunter. In Lou breitete sich Ruhe aus, April rückte in eine angenehme Distanz. Zoro nahm aus seiner Tasche eine Pfeife und begann sie mit Tabak zu stopfen.

»Seit wann rauchst du Pfeife? Reicht es nicht, dass du dir einen Hipsterbart wachsen lässt?«

Zoro stopfte ungerührt weiter. »Eben gerade weil ich einen Bart trage, rauche ich Pfeife. Ist ganz gemütlich.« Bald breitete sich ein süßlicher Duft auf der Terrasse aus. Lou ging wortlos hinein und kam mit einer Shisha zurück.

»Du hast eine Wasserpfeife? Echt?« Zoro machte Augen.

»Du weißt eben nicht alles über mich«, Lou lächelte und machte sich daran, die Wasserpfeife zusammenzusetzen. Als die Kohle heiß genug war, konnte es losgehen. Zu zweit pafften sie und genossen den warmen Abend.

Dienstag, 30. Juni *30 °C*

Nach dem Kuheintreiben, Melken und Käsemachen brachte Rösli April das Schießen bei. Wie auch beim Dartspielen war April im Zielen eine Niete: Nach den ersten Schüssen verschanzte sich Rösli in der Hütte und gab von dort aus ihre Anweisungen. Das Einzige, was von Aprils Ballerei verschont blieb, waren die Konservendosen, die sie hätte runterschießen sollen. Die

Kühe flüchteten zur anderen Seite der Weide, die Ziegen waren ganz verschwunden und Lumpi lag zitternd im Keller. Als Rösli sicher war, dass April das Magazin vollständig leergeschossen hatte, schnaubte sie daher und schnappte ihr die Pistole weg. »Heiliger Bimbam, was war denn das? April, du bist die lausigste Revolverheldin aller lausigen Revolverheldinnen – sogar ein Maulwurf träfe besser! Ich kann dir die Knarre nicht mitgeben, das wäre gemeingefährlich.«

April ließ den Kopf hängen. »Ich könnte schon treffen, nur treffe ich irgendwie nicht. In der Selbstverteidigung habe ich mich immer auf meinen Charme und Kung Fu verlassen.«

»Ich zweifle daran, dass du gestern damit etwas erreicht hättest, außer deinen Tod. Was um Gottes Willen machst du, wenn du zielst und abdrückst?« Sie gab ihr die leere Pistole zurück. »Zeig es mir.«

»Na, also ich ziele und sage innerlich: *Hasta la Vista, Baby, gleich schwimmst du über den Jordan, du Sanofabitsch* – dann drücke ich ab.« April führte es vor: Sie streckte die Arme aus, wandte den Kopf ab, schloss die Augen und löste den Abzug aus.

»Du kannst beim Zielen doch nicht den Kopf wegdrehen!«

»Ich will nicht zusehen müssen, wie der andere von der Kugel getroffen wird! Und die Augen schließe ich, weil es so fürchterlich knallt. Außerdem hat Tom gesagt, wenn man in seiner Mitte sei, treffe man von allein.«

»April, du musst dein Ziel fixieren, bis du abgedrückt hast!«

»Aber wenn ich ihn treffe, stirbt er vielleicht …«

»Du musst ihn doch nicht gleich erschießen. Ins Bein treffen reicht, da ist er außer Gefecht gesetzt.«

Aprils Gesicht hellte sich auf. »Gute Idee!«

Rösli lud die Luger noch einmal, überreichte sie April, begab sich auf den Balkon und rief: »Zielen – zielen – Augen aufs Ziel gerichtet halten! Zielen, schauen, abdrücken – stell dir vor, die Konservendose wäre sein Knie.«

April drehte sich mit der Knarre zu Rösli, worauf diese in die

Küche hechtete. »Soll ich wirklich auf die Kniescheibe schießen? davon wird das Bein vielleicht steif!«

»*Dreh dich von mir weg* – dann ist die Dose halt sein Oberschenkel!«

April nickte. »Das hört sich besser an.« – Sie zielte und schoss. Die Konservendose landete in hohem Bogen im Gras. »Hurra, ich bin Lucky Lukina, ich schieße schneller, als ich denken kann!« April tanzte mit der Knarre in der Hand ausgelassen herum.

»*Leg die Pistole auf den Boden.*«

»Ist ja gut«, April ließ die Waffe fallen. »Ich hätte nicht gedacht, dass du solch schwache Nerven hast.«

Rösli wallte die Treppe hinunter mit geröteten Wangen und zornigem Blick. Sie las April die Leviten: Was ihr einfalle, so fahrlässig mit einem Schießeisen umzugehen, dass sie eine Gefahr für die Umwelt sei, und ob sie mal weniger Kindskopf, dafür erwachsener sein könne.

April war nicht beeindruckt. »Ja, ja, ich gebe mir Mühe – gibst du mir den Revolver mit?«

»Ich fürchte, dass ich mich damit des zukünftigen Mordes an Unschuldigen schuldig mache.«

»Ich töte niemanden, versprochen!«

Zögernd händigte Rösli ihr die Munition aus. April musste hoch und heilig versprechen, die Waffe nur im äußersten Notfall zu benützen. Sie versprach es und wirbelte die Pistole lässig um den rechten Finger, wobei sie nach ein paar Umdrehungen in hohem Bogen zu Boden fiel, woraufhin Rösli April an den Schultern ergriff, sie heftig schüttelte und ihr noch einmal die Leviten las. April sagte zu allem Ja und Amen. Insgeheim aber genoss sie das Gefühl, eine Knarre zu haben. Sie trainierte noch eine Weile und wurde tatsächlich etwas besser.

Nach dem Üben surrte das Handy in Aprils Hosentasche. Einen Moment lang flackerte in ihrem Herzen die Hoffnung auf. Doch es war nicht Lou, sondern Frau Montiross senior. Sie klang sehr aufgeregt.

»Liebe Frau Pallas, wie geht es Ihnen, mein Sohn hat mir von dem schrecklichen Einbruch in Ihrer Garage erzählt! Sind Sie unverletzt?«

»Ja, ja, mir wurden bloß Computer und Papierkram gestohlen.«

»Oh, nein!«

»Nicht halb so schlimm, meine Daten habe ich noch.«

»Da bin ich froh! Wie haben Sie die Nacht verbracht, konnten Sie schlafen?«

»Ja, ich habe aber nicht zu Hause übernachtet.«

»Das ist gut. Kommen Sie bald wieder einmal auf Besuch, ich würde mich freuen.«

»Das mache ich.«

Frau Montiross' Anteilnahme rührte April – die Gute fühlte sich wohl verantwortlich, weil sie es war, die sie als Detektivin vorgeschlagen hatte. Um die Mittagszeit meldete sich Staehli. Er klang kurz angebunden, sagte nur, dass er sie treffen müsse, es gebe Neuigkeiten, wollte aber nicht am Telefon darüber reden.

Beim Abschied deckte Rösli sie mit tausend ebenso lieb gemeinten wie unbrauchbaren Ratschlägen ein, gab ihr nochmals Anweisungen wegen der Pistole und ließ sie ziehen. April holperte den Kiesweg hinunter auf die asphaltierte Straße, die nach Zweisimmen führte. Die Wolken zogen schnell über das Tal. Waren oben noch Reste des Alpenfrühlings zu sehen, hatte die Vegetation weiter unten schon deutliche Fortschritte gemacht: Holunderbüsche blühten, die alten Bauernhäuser prahlten mit ihren üppigen Blumen und fetten Gemüsebeeten. April liebte die Straße durchs Simmental: Sie war voller interessanter Kurven, führte an schmucken Dörfern, saftigen Wiesen, kleinen Wäldern vorbei und den Fluss Simme entlang.

Vor Boltigen bot sich ihr zur Abwechslung eine Gerade und freie Bahn, nur drüben auf der Gegenfahrbahn kam ein schwarzes Auto. April drehte voll auf. Die Buell und das Auto näherten sich, jedes auf seiner Spur. Doch kurz bevor sie dieselbe Höhe erreichten, scherte der Wagen aus und raste direkt auf sie zu. Sie ließ sich mit vollem Gewicht nach rechts fallen, um auszuweichen, ohne abrupt abzudrehen und einen Sturz zu riskieren. Es gelang – nicht ganz, denn das Auto streifte ihr linkes Bein am Knieschutz und brachte sie ins Wanken. April geriet von der Straße ab, durchbrach einen elektrischen Viehzaun, raste über die Wiese und holperte bis zu einer Scheune, wo ein Misthaufen sie stoppte.

Heiliger Mistschotter!

Sie rappelte sich hoch und spähte zurück. Der Wagen verschwand um eine Kurve. Dieser Scheißkerl beging Fahrerflucht! Schlotternd schob sie die Buell aus dem Misthaufen und stellte sie vor der Scheune ab. Mit weichen Knien sank sie daneben auf den Boden und ließ den Unfall Revue passieren. Je länger sie darüber nachdachte, desto überzeugter war sie: Die wollten sie überfahren. Kein Schlingern hatte darauf hingedeutet, dass da jemand die Kontrolle über den Wagen verlor. Das Auto war einfach auf sie losgerast. Sie hätte schwören können, dass es ein Audi gewesen war, aber vielleicht bildete sie sich das nur ein. Eine Weile starrte April vor sich hin und sehnte sich nach der Zeit zurück, als sie davongelaufene Jugendliche gesucht und Ehepartner bei Seitensprüngen ertappt hatte. Auf wackeligen Beinen begutachtete sie die Buell; das Motorrad schien intakt zu sein. Sie schob es über den Schotterweg, der zur Hauptstraße führte. Als sie sich auf den Sitz schwang, fühlte sich ihr Körper an, als sei er aus Pudding.

Behutsam fuhr sie nach Boltigen, dann verließ sie der Mut. Zwei Espressi und zwei Grappa auf der Terrasse des Gasthofs SIMMENTALER lösten die Verspannung allmählich.

Als sie in ihrer Garage vom Motorrad stieg, merkte April, wie weich ihre Beine trotzdem immer noch waren. Nachbar Meier war glücklicherweise zu Hause. Mit seinem alten Fiat tuckerte sie nach Zürich.

Staehli bat sie gestresst ins Büro und schloss die Tür hinter sich.

»Hier also findet Ihre Hehlerei statt«, sagte April ohne Umschweife. Wäre das eine Schacheröffnung gewesen, dann eine der dümmeren: Staehli regte sich auf, das sah man am rosa Überzug seines Gesichts. »Petra Bucher konnte ich ein paar Informationen entlocken«, konterte er grimmig. »Sie und Diana Steinhauer haben nur einen einzigen Lieferanten. Petra weiß jedoch nicht, wer das ist. Der Schmuck wird mit der Post geliefert. Sie verkaufen ihn auch an andere Abnehmer. Der Lieferant gibt vor, welcher Schmuck wem verkauft werden soll, er scheint ein gutes Gespür dafür zu haben.«

»Kennt Diana Steinhauer diesen Lieferanten?«

»Ja, aber sie verheimlicht ihn Petra, um beide zu schützen, wie sie sagt.«

»Dazu haben Sie hoffentlich Diana befragt!«

»Natürlich. Sie erzählte aber nichts. Ich sagte ihr, dass Sie Petra ans Messer liefern werden, das lachte sie nur und sagte, dazu fehlten die Beweise.«

»Die hat Nerven!«, protestierte April, obschon sie wusste, wie recht Diana hatte.

»Ich habe sie bekniet, mir Informationen zu geben, doch sie blieb hart. Es ist ihr scheinbar egal, dass meine Karriere auf dem Spiel steht.«

»Ja, was haben Sie erwartet – dass sich die beiden Frauen um Sie sorgen? Die Verbrecherwelt ist kein Ort der Nächstenliebe. Ist der Lieferant auch der Dieb?«

»Das konnte ich nicht herausfinden.«

»Wie zahlen Sie Petra – bar, mit Kreditkarte oder via Banküberweisung?«

»Cash natürlich! Ich will doch nicht, dass meine Zahlungen zurückverfolgt werden können.«

»Das macht Sinn«, räumte April ein. »Nun, viel weitergeholfen haben Sie mir nicht. Fragt sich, ob das überhaupt als Hilfe gelten kann. Sie bleiben auf Abruf, verstanden?«

Er nickte missmutig. April verließ das Geschäft. Draußen aktivierte sie den Peilsender an Petras Auto: Sieh an, die Dame befand sich bei Diana in der Grubenstraße! Das traf sich gut. Das Beste wäre es, beide Frauen gleichzeitig vor sich zu haben. Sie fädelte den Fiat am Anfang der Grubenstraße in eine Parklücke und schlenderte zur Nummer Dreiundzwanzig. Schon von weitem sah sie zwei Gestalten im Garten beim Essen sitzen.

»Guten Abend und *Bon appétit*!«

Die Frauen schauten verblüfft auf. Als Petra sie erkannte, ließ sie das Besteck auf den Teller fallen.

»Lasst euch nicht stören, ich habe Zeit.«

Diana fand als Erste die Sprache wieder: »Was wagst du, hierherzukommen?!«

»Petra, wie geht's deinem Mann?« Es war ein Rätsel, warum April in heiklen Momenten immer zuerst Öl ins Feuer goss – als wäre die Situation nicht eh schon angespannt genug.

»Verlasse sofort mein Grundstück, sonst rufe ich die Polizei!«, zischte Diana.

»Ach, das Haus ist dir? Kein Wunder, bei dem Schmuckverkauf! Ich frage mich allerdings, ob du wirklich die Polizei rufen würdest, denn ich hätte denen einiges zu erzählen.«

Petra legte ihrer Komplizin beruhigend die Hand auf den Arm. Diana schien gleich zu explodieren.

»Du wolltest Staehli nicht sagen, wer euch beliefert. Das war nicht nett. Du wusstest, dass du ihn damit ans Messer lieferst – und das, nachdem ihr ihm so viel Schmuck verkauft habt. Wer beliefert euch?«

»Der Weihnachtsmann.« Diana blickte April arrogant an.

»Okay, das ist schon mal ein Anfang. Wer sonst noch?«

»Der Osterhase.«

»Der Weihnachtsmann und der Osterhase – also zwei Lieferanten.«

»Quatsch«, entfuhr es Petra, sie verstummte erschrocken.

»Einer also. Wie heißt die Person, wo wohnt sie? Ist sie Dieb oder Mittelsmann?«

Diana warf ihr einen bitterbösen Blick zu. »Du vergeudest deine Zeit, ich wüsste nicht, warum wir dir was sagen sollten.«

»Vielleicht, weil Mithilfe sich mildernd auf das Strafmaß auswirkt?«

»Hallo, Strafmaß, wo bist du? Vielleicht hinter dem Busch oder auf dem Baum?« Diana sah sich um und grinste verächtlich.

April lachte. »Du bist ja ein richtiger Spaßvogel!« Dann, an Petra gewandt: »Sind Spaßvögel gut im Bett? Bestimmt nicht so gut wie ich, oder?«

Petra wurde weiß im Gesicht. Das wäre sie besser nicht geworden. »Sag jetzt nicht, dass ich richtig verstanden habe – du warst mit dieser Schlampe im Bett?!«, fauchte Diana sie an.

»Nein, nein, waren wir nicht!« April machte eine beschwichtigende Geste. »Bloß auf dem Orientteppich – nicht wahr, Petra?«

Schamesröte breitete sich über deren Gesicht aus. Eine fuchsteufelswilde Diana sprang auf: »Verschwinde *sofort* oder du –«

»Oder ich was?« April begab sich in Kampfposition und blickte ihr provozierend in die Augen. »Ich habe den schwarzen Gürtel im Kung Fu. Willst du wissen, wie sich das anfühlt?«

Diana wollte: Bevor sie es sich versah, lag sie auf dem Rücken und fluchte schmerzerfüllt. April hockte auf ihr und hielt sie mit den Beinen umklammert, ihr Unterarm drückte auf Dianas Hals. »Jetzt hör mal gut zu, Lady Di: Du sagst mir, was ich wissen will, sonst binde ich dich an den Baum da und treibe es vor deinen Augen mit Petra so lange, bis du auspackst. Du wirst erstaunt sein, in welche Ekstasen ich sie versetzen werde!«

Diana versuchte sich erfolglos aus Aprils Griff zu winden. »Wenn du das wagst, werde ich –!«

»Was wirst du? Womit willst du mir in deiner Lage drohen? Nochmals: Wer ist euer Lieferant?«

»Ich kann dir das nicht sagen! Es steht zu viel auf dem Spiel!«

»Für wen – den Lieferanten oder dich?«

»Für beide, ich kann ihm das nicht antun.«

»Das hört sich nach persönlicher Verbindung an.«

»Ich sage keine Silbe mehr. Bring mich um oder liefere mich der Polizei aus, mir egal, ich werde nichts sagen.«

April sah in Dianas Augen eine grimmige Entschlossenheit. Es machte keinen Sinn, weiterzufragen. Sie wandte sich an Petra: »Aber du, du könntest es mir sagen. Wie gesagt, Mithilfe mindert das Strafmaß.«

Petra warf Diana einen angsterfüllten Seitenblick zu und schüttelte nur stumm den Kopf. Da stand April auf und klopfte sich Gräser von den Kleidern. »Gut, für heute lasse ich euch in Ruhe. Esst euer Nachtessen, bevor es kalt wird«, grinsend nickte sie den beiden zu und zog ab.

Im Fiat steckte sie das Handy an die Lautsprechanlage und rief Rösli an. »Könntest du bitte nachforschen, was du über Diana Steinhauer herausfindest – alles, was mit Familien-, Verwandtschafts- und Freundesbeziehungen zu tun hat. Steinhauer ist wohl der Name ihres Mannes. Ich habe nichts rausbekommen.«

»Mache ich – wie geht's dir?«

»Abgesehen davon, dass ich beinahe von einem Auto überfahren wurde, geht's gut.«

»Was?!«

Sie erzählte Rösli von dem Zwischenfall.

»Heiliger Strohsack, April! Du darfst heute nicht allein übernachten, versprichst du mir das? Und schau, ob nicht ein Peilsender an deiner Buell klebt. Zu wem kannst du gehen?«

»Vielleicht hast du ja recht, ich rufe Tom an.«

»Pass auf dich auf, hörst du?!«

Lou befand sich den ganzen Tag über in einer merkwürdigen Stimmung. In ihrer Kletteragentur erfüllte sie gewissenhaft ihre Aufgaben und der Kurs, den sie am Nachmittag gab, lief gut. Und doch fühlte sie sich schwermütig, musste sich gegen ein

Gefühl der Sinnlosigkeit wehren. Sie dachte daran, dass es irgendwo auf dieser Welt eine Frau und einen Mann gab, die ihre Eltern waren. Vielleicht war sie ihnen sogar schon begegnet, vielleicht wusste ihr Vater nicht einmal, dass er eine Tochter gezeugt hatte, vielleicht hatten ihre Mutter oder ihr Vater in der Zwischenzeit eigene Familien gegründet und sie hatte Halbgeschwister. Vermutlich hatte sie Cousins, Tanten, Onkel und Großeltern oder war selbst schon eine echte Tante geworden, nur würde sie ihre Nichten und Neffen nie kennenlernen.

Ein großes Loch tat sich in ihr auf – sie kannte es gut: Dort, wo es saß, befanden sich bei anderen Menschen Wurzeln, ihre Identität. Bei ihr war da nichts, kein Anhaltspunkt, außer dass ihre Mutter sie vor das Klostertor gelegt hatte. Ob ihre Mutter diese Entscheidung bereute? Ob sie gerne gewusst hätte, was aus ihrer Tochter geworden war?

Manchmal träumte sie von ihrer Mutter, immer war sie gesichtslos, immer liebevoll ihr gegenüber – hielt sie in den Armen, tanzte mit ihr. In diesen Momenten war sie glücklich, fühlte sich geborgen und aufgehoben. Wenn sie erwachte, brannte ihre Seele. Nach solchen Träumen war der Tag gelaufen, bevor sie ihn überhaupt begonnen hatte. Vierundzwanzig Stunden am Rande des Abgrunds. Heute war ein solcher Tag, obschon sie nicht von ihrer Mutter geträumt hatte. Moneypenny tänzelte um sie herum, um sie aufzuheitern oder in der Hoffnung, dass Lou nicht in noch schlechtere Laune verfiel. Das war lieb von ihr, deprimierte sie letztendlich aber nur weiter.

Sie traf sich mit zwei Bergsteigern, die ihre Kletterkurse und -touren über DIRETTISSIMA vermitteln lassen wollten. Zwei junge, braungebrannte Männer mit einem – wie sie das nannte – Bergblick in den Augen. Sie waren gutgelaunt, schienen gefeit gegen Melancholie und Zweifel. Beneidenswert. Bald schon wurden sie handelseinig. In administrativer Hinsicht würde es voraussichtlich nicht einfach werden – abenteuerlustige Menschen, süchtig nach Herausforderungen, standen meistens mit dem Administrativen auf Kriegsfuß. Zum Glück hatte sie Moneypenny, die die beiden geduldig und beharrlich erziehen würde.

Nach der Arbeit schwamm Lou im nahegelegenen Schwimmbad ein paar Längen, bis ihre Muskeln klamm wurden. Im Restaurant ums Eck bestellte sie frittierten Fisch mit Fritten und versuchte, beim Warten in den Thriller einzutauchen, was ihr nicht gelang; stattdessen beobachtete sie eine Familie am Nebentisch und wurde wieder so schwermütig wie zuvor.

Gegen Mitternacht fiel sie todmüde und unglücklich ins Bett.

Mittwoch, 1. Juli *32 °C*

Frühmorgens rief Zoro bei Lou an: »Ich kann die Wörter in den Dokumenten immer noch nicht in eine sinnvolle Reihenfolge bringen. Stattdessen habe ich eine Liste der Wörter gemacht, die häufig vorkommen, so können wir wenigstens erahnen, um welche Themen es in den Unterlagen geht. Hier sind sie:

$C_{17}H_{21}NO_4$
Cracker
Bolivien
Kolumbien
Peru
Kinderdorf
Neaira
παῖς φιλία
ταινία
σύζυγος

»Was sind das für griechische Wörter?«

»παῖς bedeutet Knabe, Kind; φιλία Freundschaft, ταινία Film, σύζυγος Ehefrau.«

»Was ist mit der chemischen Formel?«

»Kokain, das ja vor allem in Kolumbien, Bolivien und Peru angepflanzt wird.«

»Und die Cracker? Reis- oder Käsecracker?«

»Wohl eher Koks mit Backpulver. Kochst du das auf, kriegst du Crack, die schlimmste Droge überhaupt. Macht sauschnell abhängig.«

»Wer ist Neaira?«

»Eine berühmte Hetäre, die im vierten Jahrhundert vor Christus in Griechenland lebte. Lies mal den Wikipedia-Eintrag über sie, ein bizarres Leben! Gehörte zeitweilig zwei Besitzern gleichzeitig und musste ihnen ständig zur Verfügung stehen.«

»Die drei Länder machen dadurch Sinn, weil die B.I.A. dort angeblich wohltätige Projekte unterstützt. Das steht jedenfalls auf ihrer Homepage. Doch warum Naeira, Ehefrauen, Kind, Freundschaft und Film?«

»Keine Ahnung.«

»Werden noch mehr Namen genannt?«

»Die von Heiligen aus dem Mittelalter: Abibas, Zephyrinus, Ignatius, Meinrad, Kastulus, Exuperius und einige andere. Pseudonyme, vermutlich – ich nehme nicht an, dass sie sich in diesen Dokumenten mit Heiligen auseinandersetzen.«

»Die *Brüderlichen* spielen ein geheimnisvolles Spiel. Das wäre ja ganz süß, wenn es harmlos wäre. Selbst die vom Ku-Klux-Klan sähen mit ihren Tütenkleidern putzig aus, wenn sie nicht solch widerwärtige Verbrechen ausübten.« Lou seufzte. »Ich hätte mich nicht dafür rächen sollen, dass die B.I.A. die Vogelstation niedergewirtschaftet hat. Jetzt habe ich zwar annähernd das Geld für eine neue beisammen, aber einen Teppich angehoben, unter dem ziemlich viel Dreck liegt. Den kann ich nicht einfach wieder fallen lassen, als wäre nichts …«

April erwachte, als sie Tom in der Küche hantierte hörte. Ihr Kopf ragte über den Rand des Sofas hinaus, auch ihre Beine und Arme, eigentlich der ganze Körper und doch hielt er sich unerklärlicherweise auf dem Polster. Sie fragte sich, wie lange sie wohl schon so gelegen hatte. Den verkrampften Muskeln nach zu urteilen, lag sie hier schon länger. Sie stand auf, reckte sich und schlurfte in die Küche. »Tom, du hast mir mal ein Zenrätsel gestellt: *Wie klingt das Klatschen einer Hand?*«

Tom nickte, »du meinst ein *Koan.*«

»Nein, nicht der Koran.«

»Koan, sagte ich.«

»Und ich sagte, nicht der Koran.«

»April, wach erst mal auf! Ein Zenrätsel nennt man *Ko-an.*«

»Wie auch immer, ich habe eines: *Wie fühlt sich ein Körper an, der länger in einer unbequemen Position lag, als er tatsächlich dort gelegen ist?*«

Tom beobachtete, wie der Kaffee aus der Maschine blubberte, und strich sich über seinen Seehundschnauz. Er brummte: »Cooles Koan, wo hast du das her?«

Statt einer Antwort ging April kichernd ins Badezimmer. Nach dem Duschen und Frühstücken und als Tom gegangen war, kicherte sie nicht mehr. Er hatte ihr angeboten, den Tag über in seiner Bude zu bleiben, was keine berauschende Aussicht war: Toms Wohnung besaß keinen Balkon und es würden zweiunddreißig Grad werden.

Sie wollte hinaus.

Tom hatte ihr gesagt, dass es einen Hinterausgang gäbe, durch den sie unbemerkt das Haus verlassen könne. *Undercover* war ganz nach ihrem Geschmack, so nahm sie diesen Ausgang und gelangte auf eine Grünfläche mit Büschen drumherum. Tom hatte allerdings zu erwähnen vergessen, dass es keine Gartentüre gab, sie musste sich durch die Büsche zwängen und über den Zaun klettern. Mit viel Geächze landete sie auf dem Gehsteig, übersät mit kleinen Blättern. Das war wohl der auffälligste unbemerkte Abgang in der Geschichte der unauffälligen Abgänge gewesen. Da Fahrten auf der Buell zurzeit zu gefährlich waren, ging sie zum Haupteingang wieder hinein und holte sich Toms altes Herrenrad aus dem Fahrradraum.

April schwang sich elegant auf die Rostmühle und wäre beinahe auf der anderen Seite wieder hinuntergefallen, weil sich ihr Fuß im Gepäckträger verheddert hatte – nur dank ihrer schnellen Reaktion (Kung Fu) fiel sie nicht auf die Straße, sondern rollte geschmeidig rückwärts ab (Kung Fu) und prallte in ein Mäuerchen, das den Garten vom Gehsteig trennte. Eine Frau mit Rollator hatte Aprils Kunststück mitverfolgt und fragte sie, ob sie ihr aufhelfen könne. April rieb sich den schmerzenden Rücken und bedankte sich charmant, es liege sich hier ganz angenehm. Die Frau schüttelte nur den Kopf und sagte, dass die heutige Jugend seltsam sei – früher habe man in dem Alter schon vier Kinder gehabt, die man durchbringen musste. April nickte anerkennend und fragte, wie sie das geschafft habe mit vier Kindern plus keiner Geschirrspülmaschine. Die Frau winkte ab, sie habe keine Kinder. Heirat sei nichts für sie gewesen. Mit diesen Worten ergriff sie den Rollator und schob weiter.

Auch April schnappte sich wieder das Rad und fuhr damit klackernd durchs Viertel, weil das Pedal bei jeder Umdrehung ans Schutzblech schlug, während der Gepäckträger dazu locker klimperte.

April, die Undercoverkönigin!

Vor der Garage griff sie in die Tasche und legte vorsichtshalber die Hand um die Pistole. Leider ließ sich das Garagentor nur öffnen, wenn man zugleich die Klinke nach oben stemmte und den Schlüssel umdrehte. Da sie keine drei Hände, aber ein Hirn besaß, schob sie die Schulter unter die Klinke, drehte den Schlüssel im Schloss und hielt dabei in der Tasche die Waffe umklammert, mit dem Resultat, dass die Tasche ihr entglitt, die Sicht auf Hand und Pistole freigab und sie wie eine Einbrecherin mit Knarre aussehen ließ, die geduckt an einem Tor fummelte.

Fluchend warf April das Schießeisen in die Tasche zurück und öffnete auf herkömmliche Weise.

Die Garage sah so unordentlich aus, wie sie sie verlassen hatte, das war beruhigend (keine Einbrecher!) und alarmierend (sie musste putzen!). Die Pistole in den Gürtel geklemmt, machte sie sich ans Aufräumen, was das Putzen nicht eben unterstützte. Als das Telefon klingelte, war sie froh um die Pause.

Rösli war am Apparat. Sie wollte wissen, wie es ihr ging und ob sie sicher untergebracht sei, was April bejahte.

»Du lügst. Bestimmt sitzt du in deiner Garage, oder?«

»Ich habe bei Tom übernachtet und bin mit seinem Fahrrad unterwegs.«

»Das hört sich sehr sicher an – Fahrräder kann man ja nicht überfahren oder beschießen.«

»Rösli, mach mir bitte nicht noch mehr Angst, als ich schon habe. Hoffentlich besitze ich einen fähigen Schutzengel.«

Die vier Schutzengel, die April umflatterten, protestierten wie stets ungehört.

»Du, ich habe wegen Diana Steinhauer nachgeforscht: Sie war mit Gernot Steinhauer rund zehn Jahre verheiratet und ist seit zwei Jahren geschieden. Die beiden haben zusammen zwei Jungs und ein Mädchen. Ihr lediger Name ist Lenz, sie wuchs in Münchenbuchsee auf und hat einen jüngeren Bruder, der –«

»*Holy Cackenshotter*, der Groschen fällt: Der Bruder heißt Lorenz Lenz und arbeitet im Auktionshaus von Werdt!«

»... wieso weißt du das?!«

»Als ich Diana hinterherfuhr, traf sie sich mit ihm in der Autobahnraststätte. Deshalb also weigert sie sich, die Identität des Schmucklieferanten preiszugeben! Sie will ihren Bruder schützen!«

»Vielleicht ist er auch der Dieb?«

»Das bezweifle ich – Laura, die Direktorin des Auktionshauses, hat mir erzählt, dass er das Asperger Syndrom hat und keine Unwägbarkeiten erträgt. Ich glaube nicht, dass er bei einem Einbruch zurande käme.«

»Lorenz Lenz ist also der Schlüssel zum Dieb. Am besten, du verhörst ihn noch einmal.«

»Ich frage mich, ob das etwas bringt. Er funktioniert im Gespräch anders als wir. Vermutlich kann er die Konsequenzen gar nicht ermessen, die es haben kann, wenn er einen Dieb deckt. Ich werde ihn beschatten müssen.« Sie seufzte. »Beschatten ist soooo langweilig!«

»Du könntest Hörbücher hören, um die Zeit zu verkürzen.«

»Jetzt komm du auch noch mit diesem Bücherfimmel.«

»Auch noch?«

»Lou schwärmt vom Lesen und hält mich für bescheuert, weil ich die Buell lieber mag als Bücher.«

»Du hast als Kind doch bestimmt auch Pippi Langstrumpf verschlungen, Krabat, Momo und wie sie alle heißen?«

»Pippi hab ich im Fernsehen gesehen. Die anderen kenne ich nicht.«

»April, da hast du etwas Tolles verpasst!«

»Bha!«

»Lade dir mal was runter, vielleicht macht es dir Spaß.«

»Bha!!«

Rösli lachte. »Ich habe dir übrigens die neuesten Unterlagen zu den Ermittlungen im Fall Steiner und Moser in die Dropbox gelegt. Schau mal, ob nützliche Informationen darunter sind.«

Gleich im Anschluss sichtete April die Polizeiprotokolle. Arthur Steiners Haushälterin war vernommen worden. Consuela hielt sie für die Mörderin, warum auch immer. Auch Luisa Garcia Cedrez war Südamerikanerin – sieh an, sieh an! Sie stammte aus Peru, eine kleine Frau um die fünfzig, sehr gepflegt, mit einem schönen Gesicht. Ihre Antworten waren klar und nachvollziehbar, denn sie lebte bereits seit dreißig Jahren hier und beherrschte Schweizerdeutsch. Zur Tatzeit hatte sie einen Tanzkurs besucht, was die Kursleiterin bestätigte.

Bei Moser war die Polizei keinen Schritt weitergekommen: Nach wie vor wusste man nicht, wo er in der Mordnacht gewesen war. Nur seine letzte Station war bekannt: Er wurde erschossen, als er in der Brunngasse an die Mauer pinkelte. Große Fragen warf Abriendas Selbstmord auf, der auch nach polizeilichem Ermessen ein Mord war. Die Spurensicherung hatte nichts ergeben, was auf den Täter hätte hinweisen können.

Alle drei Morde waren präzise verübt worden. Wenn es ein Auftragsmörder war, neigten sich die Chancen der Aufklärung schier gegen Null. Das Problem bei Auftragskillern war, dass sie kein persönliches Verhältnis zum Opfer hatten. Aber wie sollte man sie finden, wenn sie keine Motive (außer Geld) besaßen? Und selbst wenn man den Mörder erkannte, führte das nicht automatisch zum Auftraggeber. In Wahrheit ging es also darum, nicht den Mörder zu suchen, sondern den Auftraggeber.

Das verbindende Element zwischen den Opfern war dagegen offensichtlich: Entweder hasste der Täter die B.I.A. oder die B.I.A. hasste die Opfer und wollte sie mundtot machen, aus welchen Gründen auch immer. Wegen der Dokumente? Montiross behauptete, dass keiner der Männer, bei denen sie lagerten, den Inhalt kannte. Wenn Steiner und Moser nicht gewusst hatten, was darin stand, was gab es für einen Grund, sie umzubringen? Und aus welchem Grund wurde Abrienda umgebracht?

April betrachtete die Pistole. Das einzig Sinnvolle, das sie angehen konnte, war die Beschattung. Lenz könnte sie zum Dieb führen, Consuela zum Mörder beziehungsweise Auftraggeber.

Ihr Blick fiel auf die Dartpfeile: Augen aufs Ziel richten, Blickkontakt halten und werfen. Zu ihrer Verblüffung und Freude traf sie mit allen drei Pfeilen auf Anhieb die Scheibe! Begeistert übte sie weiter, bis sie feststellte, dass in einer halben Stunde der Selbstverteidigungskurs begann. Ihr Herz schlug schneller, weil sie an Lou denken musste, bis ihr einfiel, dass Bella vorige Woche das letzte Mal von ihrer Patentante in den Kurs gebracht worden war. Und das war wohl auch besser so. April schnappte sich ein Mars und ein Snickers vom Regal, suchte das Sportzeug zusammen und ging los.

Um fünf vor zwei waren alle Kinder da außer Bella. Offenbar hatte auch die Mutter die Neigung, kurz vor knapp einzutreffen. April ging in die Knie, um bei den Schuhen etwas Ordnung zu schaffen, als sie hinter sich Bella fröhlich grüßen hörte.

»Na, kleine Madame? Wie immer in der letzten Sekunde«, sagte sie tadelnd, stand auf und drehte sich um, neugierig darauf, wie Bellas Mutter aussah. Die Frau, die an der Mauer lehnte, glich unerwarteterweise Lou – so sehr, dass April nur zu einem Schluss kommen konnte: Es war Lou!

Ihr Herz trommelte und wirbelte. »Hast du nicht gesagt, dass letztes Mal das letzte Mal wäre?«

Lou machte ein zerknirschtes Gesicht. »Das war gelogen, ich sagte das, damit ich Bella zuschauen konnte.«

»Lügen scheint dir einfach zu fallen – in Discos grußlos gehen auch.«

»Ich bin nicht grußlos gegangen, ich habe dir zum Abschied gewunken.«

»Ach ja, stimmt – erst küssen, dann winke, winke.«

Lou fuhr sich nervös durch die Haare, »ehm, ja – also dann bis später.«

»Ja, bis später, denn durch diese Tür hier kommst du kein zweites Mal.« April knallte das Turnhallentor zu. In ihr sprudelte ein Cocktail von Ärger, Überraschung, Aufregung und Verwirrung. Die Nervensäge hatte ihr gerade noch gefehlt! Erstaunt dachte sie, dass Lou gar keine blauen Augen hatte, sondern blaugrüne. Egal, selbst violette Augen hätten nichts an dem Umstand geändert, dass diese Frau ein durchtriebenes Luder war!

Während des Kurses wollte die Zeit nicht vorbeigehen. Jedes Mal, wenn April auf die Uhr schaute, schien der Zeiger rückwärts gegangen zu sein. Nach dem Training warteten die Eltern, nur Lou war nirgends zu sehen. Die Kinder schnatterten, die Eltern ermahnten, man verabschiedete sich. Als nur noch zwei Mütter da waren, tauchte die Nervensäge doch noch auf, lehnte sich an die Wand und hörte Bellas Geplapper zu.

»Und dann ist April zweimal gestürzt, das war sehr lustig! Und als sie das Brett durchhauen wollte, ging es nicht. Wir mussten lachen, obschon wir wussten, dass es wohl wehgetan hat.« Bella kicherte.

»Isa, wenn sich jemand verletzt, lacht man nicht darüber«, sagte Lou ernst. Aber April sah, dass es in ihren Mundwinkeln zuckte. Dieses Biest!

Lou fuhr Bella durchs Haar. »Komm Isa, wir gehen.«

»Ich möchte was trinken, wie letztes Mal«, sagte Bella.

»Das geht leider nicht, wir haben heute noch anderes vor.«

»Was denn? Vor dem Kurs hast du gesagt, dass ich mir überlegen kann, was wir nachher unternehmen, weil ich morgen Geburtstag habe.«

»Ja.«

»Eben: Ich will was trinken gehen!«

»Vielleicht hat April gar keine Zeit?«, wandte Lou mit hoffnungsvollem Blick ein.

So einfach würde sie es Lou nicht machen! April sagte süß lächelnd: »Nein, ich habe nichts vor. Wir können gerne etwas trinken.« Mit Genugtuung registrierte sie Lous ärgerlichen Blick.

Im Restaurant verkündete Bella, sie wolle einen Sirup, und rannte zur Kinderecke. Es war brütend heiß draußen, die zwei Kastanienbäume spendeten wohltuenden Schatten. Lou wollte ihren Lieblingsdrink und erklärte der Kellnerin genau, wie sich der zusammensetzte, bis diese kopfschüttelnd fragte, ob sie zufälligerweise auch einen erfüllbaren Wunsch habe. Da bestellte sie Weißwein und den Sirup, April ein Campari Orange. Das Schweigen setzte sich wie eine dicke, fette Kröte auf ihren Tisch. Die Frauen schauten aneinander vorbei zu den Nachbarstischen, auf den Boden (kiesig), in die Bäume (blättrig). Als die Kellnerin endlich die Getränke brachte, hielten sie sich an den Gläsern fest und betrachteten den Orangenschnitz im Campari, als wäre er ein Kunstwerk. Bella kam, trank durstig von ihrem Sirup und verschwand wieder.

Schließlich sagte Lou: »Wenn du schon ums Verrecken etwas trinken gehen wolltest, könntest du dich jetzt auch mit mir unterhalten.«

»Ich hab von *trinken* gesprochen, nicht von *reden*«, grinste April.

»Wegen Freitagabend tut es mir leid, ich hätte deinen Kuss nicht erwidern sollen.«

»Warum – hast du davon Mundfäule bekommen?«

»Sehr lustig! Ich hatte eine andere Frau geküsst, vergessen?«

»Stimmt, die langweilige Frau, bei der dir fast die Augenlider zufielen.«

»Ich liebe es, langweilige Frauen zu küssen.«

»Tja, da bist du bei mir an der falschen Adresse.«

»Dachte ich mir schon.«

»Aha.«

»Ja.«

Die dicke Kröte des Schweigens sprang wieder auf den Tisch. April hörte ein Auto; es dünkte sie, dass es ein Audi war, wegen der Büsche konnte sie jedoch nichts sehen. Unruhig stand sie auf und schlich zum Gartentor, wo sie vorsichtig hinausspähte.

Es war kein Audi gewesen.

Erleichtert ging sie zum Tisch zurück. Erst jetzt realisierte sie, dass die anderen Gäste ihr belustigt zugeschaut hatten.

»Was ist? Noch nie eine Ermittlerin bei der Arbeit gesehen?«, fragte sie und wiegte sich demonstrativ in der Hüfte, als wäre sie eine Revolverheldin.

Lou sah nachdenklich zu, wie April sich schwungvoll setzte. »Du hattest Schiss, oder?«

»Bha, als Detektivin fürchtet man sich nicht schnell.« Großspurig winkte sie ab.

»Warum bist du dann so blass?«

»Bin ich nicht.«

»Bist du doch.«

»Ich habe alles im Griff.«

»Gut!«

April nickte. Als erneut ein Auto vorbeifuhr, runzelte sie die Stirn und wäre gerne wieder aufgestanden, um zu spähen, nur ertrug sie die Vorstellung nicht, dass Lou sie für einen Angsthasen halten könnte.

»Kann es sein, dass du dich vor Autos fürchtest?«, fragte Lou.

Lässiges Schulterzucken. »Ich bin kein Angsthase.«

»Das habe ich nicht behauptet – aber offensichtlich fühlst du dich bedroht.«

April starrte in ihren Campari. »Jemand hat mich überfahren wollen. Mit einem schwarzen Audi.«

»Machst du Witze?!«

»Leider nein. Und wohl im gleichen Audi fuhren zwei Männer zu meiner Garage, um sie auszurauben.«

»Hoppla, du ermittelst da scheinbar in einer gefährlichen Sache!«

»Das kannst du laut sagen«, Seitenblicke, »aber nicht allzu laut ...«

»Du bräuchtest einen Leibwächter.«

»Wenn schon, eine Leibwächterin. Oder bitte fünf«, April lächelte gequält – wenn sie ehrlich war, musste sie zugeben, dass sie ungern das Restaurant verließ, noch ungerner nach Hause ging und am ungernsten in die Garage. Sie seufzte.

Das nächste Mal, als die Kellnerin vorbeikam, bestellte sie einen weiteren Campari und blickte fragend zu Lou, doch die schüttelte den Kopf: »Wir müssen bald los.« Weil April bekümmert schaute, ergänzte sie: »Das heißt, Isabella muss bald los, ihr Vater holt sie ab. Warte.« Sie verließ den Tisch und telefonierte. Kurz darauf kehrte sie lächelnd zurück.

»Isas Vater kommt etwa in einer halben Stunde. Er ist hier in der Gegend, da kann er Isa gleich mitnehmen. Bis dahin trinke ich noch einen Wein.«

Einen Augenblick lang vergaß Lou, dass für sie eine Detektivin zuallerletzt in Frage kam, und April vergaß, dass sie tausend andere Frauen haben konnte. Ihre Blicke trafen sich und obwohl beide sofort wegschauen wollten, taten sie es einen Herzschlag lang nicht. Da erinnerten sie sich an ihren unglaublichen Kuss und spürten, wie ihre Knie weich wurden.

Kackenschotter, dachte April.

Verflixt und zugenäht, dachte Lou.

Wie froh waren sie, dass Bella an den Tisch kam und ihren Sirup umschüttete und man die Kellnerin um einen Lappen fragen und den Tisch damit putzen musste! Bella behauptete, dass sie das Glas nicht umgestoßen habe, es sei der Wind gewesen. April fragte, ob sie in den Bäumen ein einziges Blatt sich bewegen sehe, da behauptete Bella, dass vorhin ein wahnsinniger Windstoß gewesen sei. April sagte, es sei nicht schlimm, wenn man etwas umstoße, man müsse sich nicht hinter einer Notlüge verstecken. »Weißt du, wenn man lügt, bedeutet das, dass man etwas erfindet, und dann muss man sich daran erinnern, was man erfunden hat, und das ist anstrengend. Wenn du sagst: *Kackenschotter, ich habe das Glas umgestoßen – tut mir leid*, hat sich das Ganze schon fast erledigt, außer dass man den Tisch putzen muss.«

Bella hatte ihr mit offenem Mund zugehört. »Was heißt *Kackenschotter*?«

»Eigentlich heißt es weiter nichts, das Wort habe ich erfunden – Kacke heißt –«

»Scheiße sagt man nicht, hat Mama gesagt.«

»Wie sagst du denn dazu?«

»Haufen.«

»Okay, Kacke heißt also Haufen und Schotter ist entweder Geröll oder viel Geld.«

»Kackenschotter ist ein Haufen Geld?«

»So habe ich es mir noch nie überlegt, ja, das könnte man sagen.«

»Das klingt aber komisch: *Haufen Geld*, ich habe ein Glas umgestoßen?«

April kratzte sich am Kopf und schaute hilfesuchend zu Lou hinüber. Die zuckte nur grinsend mit den Schultern.

»Vergiss es, Bella. Es ist einfach mein persönliches Wort, wenn ich kein passendes finde.«

»Kennst du denn nur wenige Wörter?«

»Scheint so«, mit Blick zu einer lachenden Lou.

»Das macht nichts, dafür kannst du dich gut selber verteidigen.«

Gerührt strich April der Kleinen über das Haar. »Leider nicht immer. Kürzlich war ich auf einem Geburtstagfest und da sollte man sich verkleiden. Ich trug einen Minirock und Schuhe mit mörderisch hohen Absätzen. Und eine blonde Perücke. Vom Nachbarmädchen habe ich mir ein rosa Täschchen ausgeliehen. In diesem schrillen Aufzug ging ich spät abends allein durch die Altstadt. Das war keine gute Idee, denn plötzlich tauchte ein Mann auf, der mich küssen und begrabschen wollte. Das wollte ich nicht, nur konnte ich mich nicht wehren, wegen dem engen Kleid und den blöden Schuhen. Das hätte böse enden können. Aber weißt du, was dann passiert ist?«

Bella schüttelte den Kopf.

»Etwas Unglaubliches: Es surrte auf einmal und von oben herab kam – du glaubst es nicht! – eine blaue Gestalt und landete auf dem Mann! Der fiel um. Habe ich ein Glück gehabt!«

»War das Spiderman?!«, fragte Bella aufgeregt.

»Nein, es war eine Frau, die in einem blauen Anzug steckte und eine Maske trug. Sie verschwand sofort – schade, ich konnte mich nicht einmal richtig bei ihr bedanken.« April blickte nachdenklich ins Leere. Sie bemerkte nicht, dass Lou mehrmals trocken schluckte.

Bella, beeindruckt: »Bist du der Maskenfrau noch einmal begegnet? Was hat sie wohl dort oben gemacht? Vielleicht beschützt sie die Menschen wie Spiderman und Superman!«

April blickte immer noch gedankenverloren und murmelte: »Nein, ich habe sie nicht mehr –«, sie runzelte die Stirn, Erinnerungen flackerten auf. »Upps! Doch, klar habe ich sie wiedergetroffen, jetzt kommt es mir in den Sinn! Ich war betrunken und wollte auf mein Motorrad steigen, da surrte sie wieder herunter – ich glaube es ja nicht! Sie hat mir den Schlüssel in die Jackentasche geschmuggelt und mir ein Taxi bestellt. Wie habe ich mich daran nicht erinnern können?!«

Lou glotzte auf den Boden – das war zu viel! Abrupt stand sie auf, erklärte, dass sie für kleine Mädchen müsse, und floh ins Restaurant. Sie stürzte beinahe die enge Treppe hinunter, so durcheinander war sie. Wie war ein solcher Zufall möglich? Warum musste es gerade April gewesen sein? Gottlob hatte sie ihre Stimme nicht erkannt! Sie benetzte sich das Gesicht mit kaltem Wasser und kniff sich in die Wangen, um ihr Leichengesicht etwas aufzupeppen. Als sie zurückkehrte, tauchte kurz darauf Bellas Vater auf. Das Kind stürzte auf ihn zu und umarmte ihn. Zusammen kamen sie an den Tisch. Lou stellte sie einander vor: »Zoro, das ist April, Bellas Selbstverteidigungslehrerin – April, das ist Christian, mein bester Freund, er ist sozusagen mein Bruder, wir sind zusammen aufgewachsen. Wenn Zoro einverstanden ist, kannst du ihn Zoro nennen.«

Er nickte, April lächelte und sagte: »Du bist also Lous Segelpartner.«

Auf Zoros fragenden Blick hin erläuterte Lou: »Sie hat uns letzten Sonntag in Estavayer gesehen.«

Vater und Tochter gingen bald, zurück blieben Lou und April und die sprungbereite fette Kröte des Schweigens auf dem Boden.

»Was machen wir jetzt?«, fragte Lou.

»Machen wir denn was?«, erwiderte April erstaunt.

»Ja – dich von der Angst ablenken.«

»Hatte ich dich darum gebeten?«

»Nein, aber ich dachte, dass du es mögen würdest.«

»Dann lade ich dich zum Essen ein.«

»So weit kommt's noch!«

»Bei mir arbeiten Leibwächterinnen nicht gratis.«

»Ich bin nicht deine Leibwächterin, sondern deine Gesellschafterin.«

»Das kommt aufs Gleiche heraus: Falls jemand auf mich schießen will, verstecke ich mich hinter dir.«

»Hört sich verlockend an«, Lou lächelte schräg.

Sie aßen zusammen. Weil beide bei dieser Hitze nicht sehr hungrig waren, teilten sie sich einen Teller mit griechischen Spezialitäten. Als das Essen kam, dachten sie, dass es eine dumme Idee gewesen war, es sich zu teilen. Das machten Verliebte und Altbekannte, nicht zwei, die einander ebensosehr wollten, wie sie einander nicht wollten. Sie achteten darauf, sich jede Spezialität genau zu teilen, und plauderten über unverfängliche Dinge. April plusterte sich mit dem auf, was sie über Sennerei wusste, und Lou wusste fast alles über das Segeln. Die Zeit sprang leichtfüßig an ihnen vorbei, die Dämmerung kündete sich an, und immer noch war es herrlich warm. Die Frauen räkelten sich auf ihren Stühlen, als wären es Sofas, und sie rutschten allmählich in einen Zustand, da sich die Blicke ständig kreuzten ohne jedes Dazutun. April sagte, dass jetzt ein Bad in der Aare wunderbar wäre, und Lou erwiderte, eigentlich spräche nichts dagegen. Ja womit denn, sie hätte kein Badezeug bei sich, protestierte April. Aber Unterwäsche, meinte Lou.

»Wollen wir?«, fragte April.

»Ja, nein, ich weiß nicht«, sagte Lou.

»Stimmt, doofe Idee.«

»Wobei – warum nicht? Es ist schön warm.«

»Meinst du?«

»Vielleicht.«

»Was vielleicht?«

»Ja, eben vielleicht, eventuell.«

»Mit einem Vielleicht bleiben wir weder hier, noch gehen wir baden. Vielleicht bedeutet einen Nichtzustand.«

Lou lächelte, »sehr philosophisch.«

»Da du dich offenbar nicht entscheiden kannst, tue ich es: Wir gehen.«

»Okay, so sei es.«

»Willst du wirklich? Wenn ich mir es recht überlege –«

»April! Lass uns zahlen und schwimmen gehen.«

»Gut. Vorher muss ich aber die Tasche in mein Büro bringen – in die Garage …« April schaute verzagt.

»Kein Problem, dein menschlicher Schild ist mit dir«, lächelte Lou.

Auf dem Weg realisierte jede für sich, dass das Flussschwimmen definitiv keine gute Idee war. Der Alkohol jedoch federte alle Bedenken ab und deckte sie weich zu.

Lou war von der Garage entzückt, Werkstatt und Büro in einem, das sei eine geniale Idee. April wehrte geschmeichelt ab, doch in ihren Augen leuchtete der Stolz. »Komm, wir nehmen das Auto, ich schlage vor, dass wir beim Zehndermätteli die enge Aareschlaufe schwimmen.«

»Gute Idee, ich wollte schon lange mal dorthin.«

Sie stiegen in Meiers Fiat und fuhren zum Zehndermätteli. Der ehemalige Bauernhof, auf einer kleinen Ebene bei der Aare gelegen, war vor einiger Zeit in ein Restaurant umgebaut worden. An diesem lauen Abend war der Laden gut besucht, vor der Theke im Freien drängelte sich eine lange Schlange, die Plätze im Garten waren besetzt. Die beiden Frauen schlenderten vorbei und hinüber zur benachbarten Bio-Gärtnerei, die auch zwei Esel, mehrere Enten, Hühner und Schweine hielt.

April deutete auf ein Gehege. »Die haben hier die schrägsten Hühner, die ich je gesehen habe: An ihren Beinen sind lange Federn, das sieht aus, als machten sie auf dicke Hose.« Sie stakste breitbeinig herum und bewegte dabei den Kopf vor und zurück. »Können Hühner auch gehen, wenn sie den Kopf stillhalten? Eher nicht, das ist wohl so wie bei uns das Arme schlenkern.« April ging etwas in die Knie und stieß ihre Hände, zur Klaue geformt, durch die Luft. »Die Bewegung heißt im Kung

Fu das *dickbeinige Huhn.*« Sie schnaubte durch die Nase, machte »hii, hoo!« und schlug mit dem Bein in die Luft. Man sah, dass sie Kung Fu beherrschte, aber vor allem sah sie dabei ziemlich doof aus. »Wichtig ist, dass man in jedem Augenblick wach und auf einen Angriff gefasst ist. Das ist mir zur zweiten Natur geworden«, erklärte April.

Lou stand schmunzelnd da, den Kopf schräg, die Arme in den Hüften. »Ich würde diese Bewegung eher *Donald Duck goes Kung Fu* nennen.«

April hielt inne. »Du erlebst eine der schönsten Kung Fu-Formen und machst dich darüber lustig? Also bitte!«

»Ja, ich bin ignorant. Kannst du mir Kung Fu beibringen? Mich interessiert die Bewegungsform des *Faultiers.*«

»Das *Faultier* ist die gefährlichste überhaupt. Dazu braucht es einen Ast, an dem man hängen kann. Zuerst steht jetzt aber der *Fisch* auf dem Programm.« Sie gingen über den Rasen, nahmen einen schmalen Weg durchs Gebüsch und gelangten auf einen kleinen Kiesstrand. April stellte sich auf einen großen Stein, der aus dem Fluss ragte, doch plötzlich schrie sie »he!« und »holla!«, fuchtelte wild mit dem Armen und fiel der Länge nach ins Wasser.

Lou stand feixend am Ufer. »Wie hast du so schön gesagt: *In jedem Augenblick wach und auf einen Angriff gefasst. Das ist mir zur zweiten Natur geworden.* Da musste ich dich einfach kurz mal schubsen. Ehrlich gesagt, hat mich deine Vorstellung nicht überzeugt. «

»Du Biest!« Schwerfällig rappelte April sich auf und stapfte durchs Wasser heran. Lou, die sie provozierend anblickte, verpasste dadurch den richtigen Moment für die Flucht. Schon war April bei ihr, »hii!«, »haa!«, »hoo!« und Lou landete im Nassen. April lachte und lachte. So kam es zum Showdown zwischen Kung Fu-Detektivin und Kletterass-Meisterdiebin – ein Kampf, den keine gewinnen konnte, weil sie gleich stark und gleich wendig waren. Irgendwann blieben sie keuchend im Wasser sitzen. April packte Lous Hand und gegenseitig zogen sie sich hoch. »Ich glaube, für heute haben wir genug gebadet«, sagte sie, als sie ans Ufer wateten. Dort ließ sie Lous Hand los und blickte um sich. »Dort drüben ist ein Lagerfeuer, vielleicht können wir uns da trocknen.«

Lou nickte, sie verließen den kleinen Kiesstrand und gingen zu ein paar Leuten hinüber, die im Sand zusammensaßen. »Wir sind etwas nass geworden, dürften wir uns ein Weilchen zu euch an Feuer stellen?«, begrüßte April die Gruppe.

Ein junger Mann mit Rastalocken nickte. »Ihr habt euch ja auch 'ne wilde Wasserschlacht geliefert!«

»Ja, und ich habe gewonnen«, April grinste.

Lou schubste sie. »Hast du nicht! Wenn schon, habe ich, jedenfalls nach Punkten.«

»Welchen Punkten?«

»Ich habe schöner und intelligenter gekämpft als du, das gab mehr Punkte.«

»Stimmt gar nicht – du bist völlig planlos vorgegangen.«

»Bin ich nicht!«

»Bist du doch!«

»Hei Frauen, hört auf. Wenn ihr bei uns stehen wollt, dann nur, wenn ihr friedlich bleibt.«

Lou und April nickten brav, warfen sich aber kampfeslustige Blicke zu. Nach einer Stunde, in der sie ein Bier getrunken hatten und an vielen Joints hätten ziehen können, waren sie halb trocken und geräuchert. Sie bedankten sich bei den jungen Leuten und gingen.

»Ich sehe die Hand nicht mehr vor Augen«, sagte Lou, als sie in den Wald kamen, wo weiter vorn ihr Auto stand.

»Du musst auf den Boden schauen, der ist heller als der Rest, folge einfach dem Asphalt.«

»Folge dem Asphalt und du findest Erleuchtung?« Lou lachte.

»So ungefähr. Ich fahre dich heim, wo wohnst du?«

»Du kannst mich beim Hauptbahnhof rauslassen.«

»Ich fahre gern noch ein wenig herum, bin nicht sehr erpicht darauf, zu mir nach Hause zu gehen.« April starrte konzentriert nach vorn, die Lippen aufeinandergepresst.

Lou sah sie von der Seite an. »Ich könnte mit zu dir –«

»Vergiss es, ich will dich nicht in Gefahr bringen!«

»Du könntest mit zu mir –«

»Hältst du mich für ein Weichei?«

»Nein, für eine Detektivin, die man umzubringen versucht hat. Da ist es besser, wenn du mit zu mir kommst, ich habe ein sehr gemütliches Bettsofa.«

»Ich dachte, ich würde in deinem Bett schlafen«, April zwinkerte.

»Unser Kuss hatte nichts zu bedeuten.«

»Ich weiß – abgesehen von der Mundfäule.«

»Wie auch immer.«

»Wo wohnst du?«

Lou nannte ihr die Adresse.

»Bei den Hochhäusern?«

»Ja.«

Sie fuhren schweigend, was ganz angenehm war. Als sie ausstiegen, merkten sie, wie feucht ihre Kleider noch immer waren. Im Lift ging Lou innerlich die Wohnung durch auf der Suche nach etwas Verräterischem, schließlich wusste man bei Detektiven nie, wo die überall die Nase reinsteckten. Es sollte aber alles in Ordnung sein, sie war im Verwischen von Spuren sehr gründlich. Während April eine warme Dusche nahm, bereitete Lou das Bett vor und mischte zwei Drinks. Eine dampfende April kam im Morgenmantel aus dem Bad und schlenderte mit dem Glas in der Hand durchs Wohnzimmer. Wenig später trat auch Lou frisch geduscht ins Zimmer zurück. April war draußen auf der Terrasse und betrachtete die Stadt.

»Phantastisch, dieser Ausblick.«

Lou lehnte sich neben sie ans Geländer und nippte an ihrem

Drink. »Ich liebe es, weit oben zu wohnen, dem Himmel nah, von hier aus kann man die Vögel beobachten.« Sie schwieg kurz. »Ich würde gern fliegen können.«

April nickte.»Wenn ich auf dem Motorrad bin, ist es für mich manchmal auch wie fliegen.«

Schweigend schauten sie in den Sternenhimmel und waren sich mehr als bewusst, neben wem sie standen, dass sie nackt unter ihren Morgenmänteln waren und kürzlich einen Wahnsinnskuss ausgetauscht hatten. Etwas viel Wichtigeres jedoch wussten sie nicht: dass die Diebin, nach der April fahndete, direkt neben ihr stand.

Lou leerte ihr Glas und streckte sich. »Ich gehe ins Bett. Brauchst du einen Pyjama?«

April schüttelte den Kopf. »Ach was ... ich schlafe nackt.«

Statt einer Antwort nickte Lou verlegen und ging hinein.

»Danke dir – für das Asyl«, sagte April hinter ihr.

Als Lou sich ins Schlafzimmer verzogen hatte, betrachtete April die Wohnungseinrichtung und dachte, dass so ein Klettergeschäft recht lukrativ sein musste. Dann legte auch sie sich hin und löschte das Licht.

Obschon sie müde waren, konnten beide nicht einschlafen. April fragte sich, wie es kam, dass sie mit einer solch heißen Frau keinen Sex hatte. Lou fragte sich, wie es kam, dass nebenan eine Detektivin nackt unter der Bettdecke lag. Wie schade, waren Detektivinnen doch tabu! Beide drehten und wendeten sich, schlugen die Decke zurück, deckten sich wieder zu, gruben sich wie Wühlmäuse durchs Bett. April zählte Schäfchen, doch die verwandelten sich allesamt in nackte Lous. Lou versuchte sich abzulenken, indem sie über ihren nächsten Einbruch hirnte, aber ein gewisses Sofa mit einer gewissen Frau schob sich immer wieder in ihre Überlegungen.

Schließlich stand April entnervt auf, trat, ohne das Licht einzuschalten, hinaus ins Freie und schickte ein paar leise Kackenschotters ins All. Nach einer Weile ging sie wieder hinein und dort ruhelos auf und ab. Sie merkte nicht, dass eine ebenso aufgeriebene Lou im Schlafrock das Schlafzimmer verlassen hatte, um sich ein Glas Wasser zu holen. Brucie Lee und die Meisterdiebin gingen auf leisen Sohlen, es war dunkel, der Schein der Straßenlampen reichte nicht bis hier herauf und so kam es, dass sie zusammenstießen. April, die Königin des Kung Fu und der Selbstverteidigung, reagierte astrein, sie machte hu! ha! und presste Lou an die Wand, den Unterarm ihr an den Hals und das Knie zwischen die Beine.

Doch Lou war vom Klettern gut durchtrainiert, wendig und schnell. Sie stieß April mit überraschender Kraft weg, Brucie verlor das Gleichgewicht und fiel rückwärts auf den Teppich. Lou hechtete hinterher und drückte mit den Knien Aprils Arme auf den Boden. Die eine nackt auf dem Teppich, die andere über ihr in einem nachlässig zusammengebundenen Morgenmantel, das war keine übliche Kampfkleidung.

»Au!«, sagte April.

»Gehst du immer auf Angriff, wenn dir jemand im Finsteren begegnet?«, fragte Lou mit ironischem Unterton.

»Schlägst du immer mit voller Wucht zurück?«

»Wenn man mir den Hals quetscht, schon.«

»Hätte ich mich voll ins Zeug gelegt, hättest du keine Chance gehabt.«

Lou lachte, »aber sicher – Angeberin.«

Ruck! Zack! Rumms! Lou landete auf dem Bauch, ihr linker Arm wurde schmerzhaft Richtung Schulter gedrückt. »Gibst du jetzt auf?«, zischte April dicht an ihrem Kopf. Das hätte sie nicht tun sollen, denn Lou kriegte Aprils Ohr mit der freien Hand zu packen und zwirbelte daran, als wäre es ein Drehknopf. Fluchend lockerte April den Griff und jammerte um ihr armes Ohr. »Wie gehst du nur mit deinen Gästen um?«

»Wie behandelst du deine Gastgeberin?«, konterte Lou, »und warum streifst du nackt durch fremde Wohnungen?«

»Konnte ich ahnen, dass du mir auflauern würdest?«

»Ich wollte mir ein Glas Wasser holen!«

»Wie sollte ich das wissen?«

»Wofür hast du Augen im Kopf?«

»Es ist dunkel.«

»Steig endlich von mir runter.«

April drehte Lou stattdessen auf den Rücken und stützte sich mit den Händen neben ihrem Kopf ab. »Ich habe dich nicht verstanden, mein Ohr ist demoliert. Was hast du gesagt?«, fragte sie scheinheilig.

Sie hätten einander in die Augen geschaut, wenn sie sich hätten sehen können, aber sie erkannten nur vage ihre Gesichter.

Lou schwieg, keine bewegte sich.

Mitten in einer heißen Sommernacht gefror der Moment.

Es war Lous Hand, die sich wie von alleine hob und in Aprils Haare griff und April heranzog. Aprils Lippen schwebten über Lous Mund, so dass sie nicht anders konnten und wollten, als sich zu küssen. Bevor sie sich versahen, sanken sie in einen Kuss, der derart innig war, dass sich ihnen die Nackenhaare aufstellten.

Lou tastete nach dem Gürtel ihres Morgenmantels und löste den Knoten, die Enden glitten zur Seite. Was nun folgte, geschah in freier Auslegung von Goethe: *Halb zog sie sie, halb sank sie hin.* Wobei April nicht unbedingt sank, sondern eher sprang. Irgendwie schafften sie es auf das Bettsofa, ohne einander loszulassen. Die Hitze ihrer Leidenschaft trieb ihnen den Schweiß auf die Haut und die Nässe zwischen die Beine. Die Haut verlangte, überall berührt zu werden und überall zu berühren. Die Zungen wollten alles schmecken. Die eine führte die andere und die andere führte die eine, Wechselstrom, Kampf und süße Niederlage mischten sich mit tausendmal Verrat und liebevollem Schwur. Es wurde eine lange Nacht, die schnell verging. Sie trieben sich mehrmals zum Höhepunkt, sie tranken voneinander, als müssten sie einen lebenslangen Durst stillen – und wer weiß, vielleicht war das ja auch der Fall.

Donnerstag, 2. Juli *24 °C*

Erst als der Tag die Augen öffnete, schliefen sie ein, ineinander verschlungen. Zwei Stunden später erwachte April wieder und betrachtete Lou: Ihr Gesicht war glatt wie ein stiller See, sie sah friedlich aus und süß und zum Anbeißen mit ihrem wirren Haar. Das hier war anders als alles, was April kannte; es war, als hätte Lou nicht nur ihre Haut berührt und geküsst, sondern etwas in ihr drin. Das hatte sie so sehr mitgerissen, dass ihr die Zügel aus den Händen fielen. Nicht sie bestimmte, nicht Lou, etwas bestimmte sie beide. Und als ihr das bewusst wurde, bekam sie es mit der Angst zu tun. Einer unbekannten, diffusen Angst, die ihr den Hals zuschnürte. Sie roch an Lous Haut, strich ein paar Strähnen aus ihrem Gesicht, wollte sie auf den Mund küssen, entschied sich aber anders und löste sich vorsichtig von ihr. Sie musste gehen, konnte kaum mehr atmen, es war an der Zeit, höchste Zeit, das Weite zu suchen. April schlich ins Badezimmer, nahm ihre Kleider und zog sich an. Auf dem Küchentisch fand sie einen Kugelschreiber und ein Stück Papier. Sie schrieb:

Ich muss arbeiten gehen, melde mich, xxx April.

Lügnerin. Sie würde sich nie mehr melden, sie wollte weg und nicht wiederkommen.

Im Auto lehnte sie ihren Kopf gegen das Steuerrad und seufzte. Ihr Kopf war wie in Watte gepackt, so müde war sie, die Augen trocken. Zugleich fühlte sie sich auf seltsame Weise hellwach, ihr Körper erzählte tausendundeine Geschichte über die letzte Nacht und ihr Herz schlug Purzelbäume. Ganz ruhig, sagte sie sich, gaaanz ruuuhig, du bist Brucie Lee, du hast es im Griff, du verführst Frauen, aber keine verführt dich.

Das half, sich aufzuraffen und den Motor zu starten. Als Erstes würde sie Consuela Steiner beschatten. April fuhr nach Hause, duschte und zog sich um. Hinterher fühlte sie sich etwas wacher. Beim Hinausgehen fiel ihr Blick auf die blonde Perücke, die sie für das Geburtstagsfest gekauft hatte. Die stopfte sie in die Tasche, fand ein paar Schokoriegel, stopfte sie dazu, nahm das Fernglas vom Regal und verließ die Wohnung. Unterwegs holte sie sich bei einer Tankstelle einen Kaffee und zwei Croissants. Damit postierte sie sich in der Nähe der Villa Steiner, trank den Kaffee, verschlang die Croissants und beobachtete die Einfahrt. Sie erwachte wieder, als sich das Tor öffnete: Consuela glitt in einem dunkelblauen Porsche Cayenne über den Kiesweg. April wischte sich die Krümel von den Kleidern und startete den Motor. Am Ende der Straße fuhr Consuela rechts ab und dann den Hügel hinauf zur Hauptstraße. Im Kreisel folgte sie dem Autobahnschild und ab Wankdorf der Fahrspur, die nach Biel, Basel oder Zürich führte. Während April dem Cayenne nachfuhr (was bei der Verkehrsdichte auch im lahmen Fiat möglich war), verbannte sie mit unterschiedlichem Erfolg Lou aus ihren Gedanken.

In Olten verließ Consuela die Autobahn, fuhr in die Innenstadt und parkte beim Café PONY. April setzte die Perücke auf und ging am Café vorbei, um sich einen Überblick zu verschaffen. Im rückseitigen Teil lag ein Wintergarten, wo an diesem Sommertag die Fensterflügel weit geöffnet waren. Vom Nachbarsgarten aus konnte man ihn gut einsehen. Das Grundstück war durch Kirschlorbeergestrüpp zum Café hin abgetrennt. April suchte sich in den Büschen eine lichtere Stelle und steckte den Kopf hinein, samt Fernglas. Allerdings war ihr Feldstecher für größere Distanzen gedacht, sie sah erst einmal Tassen und Löffel in King Kong-Größe. Sie suchte den Wintergarten ab, sah Schuppen in Haaren, Falten an Hälsen, Krümel in Mundwinkeln – die Welt war allzu detailliert nicht sehr attraktiv. Dann fand sie Consuela: schwarz gekleidet, mit dem üblichen Übermaß an Schmuck und einem ernsten Gesicht. Sie sprach mit jemandem. April schwenkte neugierig zu diesem Gegenüber. Sie schwenkte zu weit und bekam einen Gummibaum ins Bild, vorsichtig ging sie mit dem Fernglas etwas zurück, sah zuerst den Ausschnitt einer Frau, fuhr nach oben – Petra!

Was war das für ein Treffen? Petra Bucher hatte Consuela Steiner geholfen, sich in der Schweiz zurechtzufinden, das war ihre Hauptaufgabe in der B.I.A. Doch warum trafen die beiden sich jetzt? Waren sie Freundinnen geworden? Hatte Petra außerdem die Aufgabe, verwitwete Südamerikanerinnen zu betreuen? Wenn ja, inwiefern?

Petra sprach eindringlich auf Consuela ein, diese sah nach unten, als wäre ihr etwas peinlich oder als wäre sie nicht einverstanden mit dem, was sie da hörte. Sie hatte Tränen in den Augen und gestikulierte heftig, bis Petra ihre Handgelenke packte und auf den Tisch drückte. Dabei schaute sie scharf, ihr Gesicht spiegelte eine unerwartete Dominanz. Consuela zuckte zusammen.

Was nur lief hier ab?

In diesem Moment schob Petra eine Mappe über den Tisch, die Consuela rasch in ihrer Tasche verschwinden ließ.

»Was erlauben Sie sich?!«

April zog den Kopf aus dem Busch und drehte sich nach der Stimme um. Vor ihr stand ein älterer Herr mit einer Baumschere in der Hand.

»Ich beobachte Vögel. Eine ganz seltene Art, die sich am liebsten in Bodennähe aufhält. Wissen Sie, aus unerfindlichen Gründen lebt diese Vogelart gerne in der Nähe von Cafés. Es ist geradezu ideal, sie von hier aus zu beobachten. Wollen Sie mal schauen?«

Der Mann runzelte die Stirn, »was soll das für ein Vogel sein?«

»Ein Grasspringer, die lateinische Bezeichnung lautet *Crassuspringae vulgaris*.«

»Noch nie gehört.«

»Ich habe ja gesagt, dass er sehr selten ist. Deshalb habe ich mir erlaubt, mich hier hinzustellen. Sie haben den Ori-, Ornat-, ähm, Ornitautologen einen großen Dienst erwiesen.«

»Das heißt nicht Ornitautologen – sondern Ornaut-, ähm Ornathologen.«

»Kommen Sie, ich als Ornitautologin weiß doch, wie mein Fachgebiet heißt! Wir können es auch einfacher halten: Ich befasse mich mit der Vögelkunde.«

»Das nennt sich Vogelkunde.«

»Vögelkunde. Ich befasse mich ja nicht nur mit einem Vogel, sondern mit vielen.«

»Wie auch immer, verschwinden Sie von hier, sie können Ihre Rasenspringer woanders beobachten.«

»Grasspringer. In der freien Natur gibt es keinen Rasen, nur Gras. Also ein *Grassiusspringus*.«

»Vorher haben Sie dem anders gesagt.«

»Da haben Sie mich falsch verstanden. Nun gut, Sie wollen also nichts zum Erhalt seltener Vögel beitragen«, April wischte sich die dürren Blätter von den Kleidern. »Ich gehe. Schade, sind Sie nicht für die Artenvielfalt.« Sie schenkte dem Mann trotzdem ein Lächeln und stolzierte aus dem Garten, während er hinter ihrem Rücken etwas von Scheißwissenschaftlern brummte.

Im Auto holte sie ein Mars aus der Tasche und dachte nach. Consuela traf sich mit Petra, Petra gab ihr Anweisungen und wies sie zurecht. Consuela befand sich eindeutig in der unterlegenen Position. Petra gab ihr eine Mappe, was stand darin? Consuela war jetzt reich und unabhängig – oder etwa nicht? Womit konnte man sie einschüchtern? Was genau tat Petra Bucher mit den Südamerikanerinnen, wenn sie in die Schweiz kamen? Unterstützen? Trainieren (wofür)? Verheiraten? Warum hatte sie Macht über Consuela? Die besaß den Schweizer Pass, mit Ausweisung konnte man ihr nicht drohen. April kaute grimmig auf dem Mars. Sie musste an diese Mappe kommen, die würde ihr weiterhelfen! Nur konnte sie nicht bei Consuela einbrechen und wüsste auch gar nicht, wie. Dafür bräuchte sie den Dieb, den sie suchte – der hätte die nötigen Fähigkeiten dazu.

Und dafür brauchte sie Informationen von Lenz.

April machte sich Notizen und wartete. Sie versuchte ein Hörspiel mit Lucky Lukina zu ersinnen, es wollte ihr nicht gelingen.

Was Lou wohl machte? Und was sie darüber dachte, dass sie einfach verschwunden war? Sie sah aufs Handy, keine SMS. Hatte sie ernsthaft erwartet, dass Lou hinter ihr herrannte und darum bettelte, dass sie zurückkam? – Ja, sie erwartete das, mehr noch, erhoffte es – aber wehe, wenn Lou es auch getan hätte!

Eine halbe Stunde später verließ Consuela das Café. Sie fuhr nach Bern, parkte im Rathausparking und eilte in die Altstadt, durch die Rathausgasse bis zur Brunngasse. April folgte ihr in gebührendem Abstand. Passanten, die ihr entgegenkamen, schauten sie an und lächelten. Zuerst freute sie sich darüber, dann wunderte sie sich und warf einen Blick ins Schaufenster – ach so, die Perücke war verrutscht und eine Strähne ihres eigenen Haares hing heraus. Beim Weitergehen brachte sie das Nötigste in Ordnung. Dabei sah sie eben noch, wie Consuela in einem Haus verschwand. Rechts vom Eingang hingen eine Klingel und Tasten mit Zahlen, daneben war ein Schild angebracht:

CALIENTE
SCHÖNHEITS- & WOHLFÜHLOASE
SERIÖSE PARTNERVERMITTLUNG

Es gab kein Schaufenster. April versuchte die Tür aufzustoßen, doch sie war verschlossen – definitiv keine Adresse für Laufkundschaft. Auf der anderen Straßenseite lag das ZSA ZSA, mit je drei Tischen drinnen und draußen. Obschon die kleine Bar fast leer war, hatte April genug Zeit, sich am Fenster zu postieren, ihr Handy auszupacken und die neuesten Nachrichten durchzugehen, bis eine hübsche, junge Frau kam und die Bestellung aufnahm.

»Einen doppelten Espresso. Sie haben wohl viel zu tun?«

April deutete mit dem Handy auf die anderen drei Gäste. Die Frau nickte beipflichtend, verschwand hinter die Theke und widmete sich dem Lebenswerk, einen doppelten Espresso zuzubereiten.

Lou hatte natürlich keine SMS geschrieben (vielleicht war sie ja froh, dass April gegangen war!), aber Rösli fragte, wie es ihr ging, und Mutter hatte auf den Anrufbeantworter gesprochen, sie wolle ihre Tochter treffen, um sich zu erklären (April schnaubte verächtlich). Sie öffnete das Internet und schlug nach, was *Caliente* bedeutete. Das Resultat war aufschlussreich: *caliente* = (spanisch) heiß, warm, geil, erregt, hitzig. Ob diese Wohlfühloase wohl eine Internetseite betrieb …? So war es!

Die Kellnerin kam mit dem doppelten Espresso, hatte aber drei der vier Kaffeerahm vergessen. Die Homepage des CALIENTE war in Schwarz, Rot und Orange gehalten, verziert mit Fotos von Blumenkelchen, die ohne viel Phantasie an die Blüte zwischen den Beinen der Frau erinnerten. *Schönheitspflege für sie und ihn* wurde angeboten sowie *lustvolles Entspannen und Wohlfühlen.* Der Werbetext versprach: *Unsere Mädchen tragen den Salsa im Körper und die Hitze auf der Haut* – und weiter: *Bei uns ist das ganze Jahr Karneval. Rufen Sie uns an und vereinbaren Sie einen Termin.* Viel mehr stand da nicht.

Die Kellnerin brachte lieb lächelnd zwei Kaffeerahm, es hatte wohl keinen Sinn, sie nach dem vierten zu schicken, sonst wäre bis dahin der Espresso zum Eiskaffee erstarrt. Den Blick ständig auf den Eingang des CALIENTE gerichtet, rief April Montiross' Nummer auf. Er meldete sich sofort: »Frau Pallas, haben Sie Neuigkeiten?«

»Gehen Sie oft ins CALIENTE oder nur ab und zu?«

»Bitte? Ich weiß nicht, wovon Sie sprechen.«

»Sie wissen es nicht? Sie haben keine Ahnung, was das CALIENTE ist? Keinen blassen Schimmer? Noch nie gehört? Nada?!«

Montiross räusperte sich, »vielleicht mal gehört, was weiß ich – was hat das mit den Diebstählen und den Morden zu tun?«

»Machen Ihre Mitglieder nach B.I.A.-Treffen nie einen Abstecher ins CALIENTE? Reiner Zufall, dass Steiner und Moser südamerikanische Frauen hatten? Reiner Zufall, dass Moser in derselben Gasse erschossen wurde, in der das CALIENTE liegt? Reiner Zufall, dass Petra Buchers Aufgabe im Betreuen südamerikanischer Einwanderinnen besteht? Und dass Consuela Steiner im Moment im CALIENTE weilt?«

»Frau Pallas, ich verstehe nicht, was das mit Ihren Aufträgen zu tun hat. Sie sollen Verbrecher finden, nicht Nachforschungen über das CALIENTE anstellen!« Montiross war anzuhören, dass er im Moment nicht zum April Pallas-Fanklub zählte.

»Ich hätte den vierten Kaffeerahm einfordern sollen.«

»Was?!«

»Mein Kaffee ist nicht so, wie er sein sollte, egal. Ich stelle genau die Nachforschungen an, die nötig sind, um die Verbrecher zu finden. Es ist nicht an Ihnen, das zu beurteilen. Als Regionalchef der B.I.A. wissen Sie eines aber genau: Was in Ihrem Klub geschieht! Ich habe über Geheimorden gelesen – deren Mitglieder kennen oft nicht die oberste Führung. Aber dass Sie nicht merken, wenn sich Ihre Klubmitglieder im CALIENTE amüsieren – das glaube ich Ihnen nicht! Sagen Sie mir, was es mit dieser Wohlfühloase auf sich hat!«

»Ich bin zur Geheimhaltung verpflichtet«, verriet er nichts wirklich Neues.

»Warum haben Sie mich beauftragt zu ermitteln, wenn Sie mir praktisch alles verheimlichen? Das ist, als würden Sie mir ein radloses Motorrad geben und sagen: Fahren Sie, nur leider kann ich Ihnen nicht sagen, wo sich die Räder befinden, obschon ich es wüsste.«

»Es tut weiß Gott nichts zur Sache, ob sich Mitglieder nach dem Treffen ein bisschen und wohlverdient amüsieren, oder etwa nicht? Konzentrieren Sie sich auf das Wesentliche, Frau Pallas! Finden Sie Dieb und Mörder!«

»Hei Mann, sind Sie so begriffsstutzig oder tun Sie nur so?«

April geriet in Rage. »Es gibt einen Zusammenhang zwischen Consuela, dem CALIENTE und den Morden! Helfen Sie mir, den herauszufinden, anstatt mir bei der Aufgabe, die Sie selbst mir gestellt haben, fortlaufend im Weg zu stehen. Mir ist es völlig egal, ob Sie dort ein- und ausgehen oder nicht und ich werde das nicht publik machen, aber rücken Sie mit den Fakten heraus: Nützt die B.I.A. Bern das Angebot des CALIENTE?«

»Ich bin mir nicht sicher –«

»Kackenschotter nochmal! Soll ich Ihre Mutter befragen?! Vielleicht kann sie mir ja weiterhelfen!«

Endlich hatte April ihn an der Angel – die Aussicht, dass seine Frau Mama etwas Brisantes erfahren und verurteilen würde, brachte Montiross in Zugzwang. »Ja, gut, es gibt Berührungspunkte zwischen dem CALIENTE und der B.I.A.«

»Berührungspunkte? Ha!« April verfiel in helles Gelächter. »Eher Berührungsgroßflächen!«

»Manche Ehefrauen unserer Mitglieder – die meine übrigens auch – lassen sich im CALIENTE kosmetisch behandeln.«

»Vielleicht sogar schönheitsoperativ?«

»Da bin ich mir nicht sicher.«

»Schauen Sie Ihre Frau manchmal an? Dann wissen Sie es. Und falls sie seit ewigen Zeiten immer gleich jung aussieht, starr lächelt oder ihr ein Schlauchboot im Gesicht wächst und Gummibälle auf dem Busen, wäre das ein Indiz.«

»Würde denn Ihr Freund sofort sehen, wenn Sie etwas an sich hätten machen lassen?«

»Keine Ahnung. Ich habe keinen, denn ich bevorzuge Frauen. Und ich sage Ihnen, ich merke sofort, wenn eine Plastikbrüste hat – man sieht es der Form an, außerdem hat das Berühren nichts Berauschendes. Ich verstehe nicht, wie jemand darauf stehen kann – ein paar Mal habe ich schon die Flucht ergriffen, als ich einen Pamela Anderson-Verschnitt vor mir hatte. Wo waren wir? Ach, ja, Ihre Ehefrauen lassen sich im Caliente schön machen. Und die Männer?«

»Massage und so.«

»Wohl vor allem *und so*, oder? Und warum gerade das CALIENTE?«

»Einfach so«, kam es einsilbig.

»Herr Montiross, hören Sie auf, mich für blöd zu verkaufen!«

»Sie brauchen das für Ihre Ermittlungen nicht zu wissen. Manche unserer Projekte laufen verdeckt, um die Beteiligten zu schützen.«

»Mit anderen Worten: Sie unterstützen das CALIENTE finanziell und das CALIENTE bezahlt Sie mit Naturalien. Warum Südamerika?«

»Der Klub unterstützt nicht nur Projekte, die mit Südamerika zu tun haben, sondern auch solche in Afrika, Asien und in der Schweiz. Sie können das auf unserer Homepage nachlesen. Es ist reiner Zufall, dass Sie gerade mit den Südamerikanischen in Kontakt kamen.«

»Ihr Klub spielt den Zuhälter, der für die Sicherheit des CALIENTE und der Frauen sorgt und sich als Gegenleistung bedienen lässt.«

»Frau Pallas, manchmal nehmen Sie den Mund etwas zu voll, wie stellen Sie uns dar?! Das CALIENTE ist bestimmt nicht unser Vorzeigeprojekt, doch darum geht es nicht! Ich habe Sie nicht dafür engagiert, dass Sie erfundene Machenschaften aufdecken, sondern dass Sie für unseren Klub arbeiten und die Person finden, die ihm schadet.«

»Ich bin dabei – wenn Sie das nur verstehen würden! Beim Ermitteln muss man jede Spur verfolgen und heute hat mich eine zum CALIENTE geführt.«

Montiross seufzte laut, »ich hoffe, das führt Sie nun auch weiter.«

Nach dem Gespräch wurde April bewusst, wie unendlich müde sie war. Sie hätte am liebsten den Kopf auf die Tischplatte gelegt und ein Nickerchen gemacht. Stattdessen beobachtete sie das CALIENTE, drückte zwischendurch lustlos auf dem Handy herum und landete auf Whatsapp, wo sie einmal mehr Lous Profilfoto betrachtete: blauer Himmel mit einer Menge Vögel, deren Art sie nicht kannte.

Ob Lou wohl darauf wartete, dass sie mit der Arbeit fertig war und sich bei ihr meldete? Sie würde sich nicht melden, nie mehr, eigentlich konnte sie die Nummer gleich löschen. Das mit Lou war zu persönlich, zu nah, zu intensiv. Ihr stellten sich die Nackenhaare, wenn sie schon nur daran dachte. Es ging nicht, dass sie die Oberhand und damit ihre Freiheit verlor. Nicht auszudenken, wenn sie sich verliebte – alles, nur das nicht, niemand durfte ihr das Messer ins Herz stoßen.

Nach rund einer Stunde verließ Consuela Steiner das CALIENTE und kehrte nach Hause zurück. Als sich das Einfahrtstor hinter dem Porsche schloss, rief April bei Paula an. Sie könne nicht mehr, erklärte sie ihr; ob sie kommen und schlafen dürfe. Natürlich, sagte Paula, falls du Kinderlärm aushältst. Was sie tat: Obschon die Mädchen wild um sie herumtollten, fiel April dort auf dem Sofa sofort in tiefen Schlaf. Kopfschüttelnd zog Paula ihr die Schuhe aus und deckte sie zu.

Lou hatte sehr wohl gemerkt, als April sich von ihr wegdrehte und das Bett verließ. Sie wollte sie am liebsten am Handgelenk packen und zu sich ziehen, aber warum hätte sie das tun sollen? Entweder blieb April freiwillig oder eben nicht. Erstaunlicherweise verließ sie den Raum nicht wie ein normaler Mensch, sondern ließ sich aus dem Bett gleiten und robbte zur Tür. Lou hörte einen dumpfen Schlag, als sie auf dem Boden landete, dann ihr Keuchen beim Robben. Die Badezimmertür hätte sie auch leiser schließen können und nicht fluchen sollen, als sie sich den Zeh am Tumbler rammte (»Kackenschleuder!«). Vielleicht war sie die Tochter von Inspektor Clouseau aus den *The Pink Panther*-Filmen, der kein Missgeschick und kein Fettnäpfchen ausließ. Lou konnte nicht anders als lächeln, obschon es wie ein Stich ins Herz war, dass April sie verließ. Sie hörte, wie sich der Schlüssel im Schloss drehte – und fort war sie.

Die Kung Fu-Kämpferin auf den lauten Sohlen.

Lou stand auf, ging in die Küche und fand Aprils Notiz. Wie konnte diese Frau nach solch einer leidenschaftlichen und innigen Nacht etwas so Nichtssagendes und Unpersönliches schreiben? War das alles?! War ihr Zusammensein für April bloß ein Erlebnis unter vielen gewesen? Lou riss das Laken vom Bettsofa, schälte Bettdecke und Kissen aus dem Überzug und warf alles in die Waschmaschine. Das Programm *Kochwäsche* ließ sie darauf hoffen, dass fünfundneunzig Grad das letzte Molekül von April zerstörten. Todmüde legte sie sich wieder ins Bett.

Erst gegen Mittag betrat sie das DIRETTISSIMA. Moneypenny sagte nichts, doch Lou wusste auch so, dass sie schrecklich aussah, die Augen rot vom fehlenden Schlaf. Sie kniete sich in die Arbeit, das war noch immer die beste Methode, sich Probleme vom Leib zu halten. Leider warteten diese geduldig auf den Feierabend, um ihren Platz wieder einzunehmen. Lou arbeitete bis sieben; kaum hatte sie das Geschäft hinter sich geschlossen, waren die Gedanken an April wieder da. Sie rief Zoro an. Ob er mit ihr essen gehe. Zoro sagte sofort zu, er kannte Lou gut genug, um zu wissen, wann ihr etwas auf dem Herzen lag.

Auf Zoros Frage, wohin es gehen solle, erwiderte Lou, einfach auf irgendeinen Hügel. Zoro entschied sich für den Mont Vully, von hier aus sah man den Murtensee, das Vorgebirge und die Alpen. Sie setzten sich auf die Terrasse des Restaurants und bestellten Kartoffelsalat mit Bratwurst, beziehungsweise ein Steak mit verschiedenen Salaten für Lou.

Zoro betrachtete sie aufmerksam. »Was ist los?«

»Ich – es ist etwas vorgefallen, das wohl besser nicht vorgefallen wäre.«

»Und es hat nichts mit dem DIRETTISSIMA und dem Fischfang zu tun?«

Lou schüttelte den Kopf.

»Es hat eher etwas mit gestern Abend zu tun?«

Sie nickte.

»Lou, sag nicht, dass du mit April –«

Tränen stiegen ihr in die Augen, entmutigt stützte sie den Kopf auf ihre Hände.

Zoro schaute sie verständnislos an. »Bist du von allen guten Geistern verlassen – sie ist eine Detektivin!«

»Meinst du, ich weiß das nicht?!«

»Es steht viel zu viel auf dem Spiel, als dass du etwas mit einer Detektivin anfangen kannst!«

»Keine Angst. Hat sich schon erledigt. Sie hat sich aus dem Staub gemacht.«

»Gut«, sagte Zoro erfreut, aber als er Lous Gesicht sah, auf dem Schmerz und Enttäuschung mit Leuchtstiften aufgemalt waren, tat ihm seine Bemerkung leid. »Ich meine, gut für unsere Sache, für dich wohl weniger …«

Lou richtete sich im Stuhl auf, als erhoffte sie, dadurch Haltung bewahren zu können. Es nützte nichts, die Tränen flossen über ihre Wangen. Zoro nahm ihre Hand. »Dich hat's ziemlich erwischt, oder?«

»Mit ihr – mit ihr fühlt es sich richtig an. Es hat sich noch nie richtig angefühlt. Ich weiß, ich hätte nichts mit ihr was anfangen sollen, aber ich bin auch nur ein Mensch. Hast du gewusst, dass die beiden Male, als ich eine Frau wegen deiner blöden Bremse ungewollt gerettet habe – dass das April gewesen ist? Einmal trug sie eine Perücke, einmal den Helm, darum hatte ich sie nicht erkannt.«

»Hoppla, das ist ja geradezu schicksalhaft.«

»Wem sagst du das!«

Die Wirtin kam mit den Tellern. Zoro begann mit großem Appetit zu essen, Lou stocherte im Salat, schnäuzte sich in die Serviette, trank fleißig Rotwein und schielte auf ihr Handy.

»Du musst was essen, Lou.«

»Warum?«

»Herzschmerz raubt Kräfte, Essen stabilisiert die Seele.«

Lou nahm lustlos einen Bissen, auf dem sie lange kaute, und ließ die Gabel wieder sinken.

»Warum hat sich April aus dem Staub gemacht?«, erkundigte sich Zoro.

»Das musst du schon sie fragen, mir hat sie's nicht gesagt, bloß eine nichtssagende Notiz auf den Küchentisch gelegt: Sie gehe arbeiten und melde sich wieder.«

»Das hört sich nicht gerade nach Flucht an. Natürlich muss sie arbeiten und sie schrieb ja, dass sie sich melden würde.«

»Die Notiz ist derart formell und distanziert, das passt nicht zu der April, die ich kennengelernt habe – vor allem nicht zu dieser Nacht.« Verlegen schaute sie zur Seite.

Zoro legte seine Hand auf ihren Arm. »Ich weiß, dass dich das sehr schmerzen muss, trotzdem glaube mir, im Endeffekt ist es besser. Eine Kuh kann sich nicht in einen Metzger verlieben, das ist nun mal so.«

»Ich bin keine Kuh!«

»Nein, du bist eine Meisteranglerin und April ist das Motorboot, das deinen Fang vertreibt. Es ist zu gefährlich.«

Lou vergrub das Gesicht in den Händen. Als sie wieder aufsah und nach dem Weinglas griff, zog Zoro es weg. »Erst isst du was, sonst haut dich der Alkohol um.«

»Ist es das wirklich wert, dass ich wegen meines Berufes alle Beziehungen verliere oder gar nicht erst eine eingehen kann?«

»April ist nicht wegen deines Berufes gegangen – sie weiß doch gar nicht, dass du eine Meisteranglerin bist. Vielleicht war der Sex zu wenig gut oder das Zusammensein langweilig.«

»Ich wollte, das wäre so gewesen. Das Gegenteil ist wahr – er war phantastisch, er war phantastisch, er war einfach – wie soll ich es beschreiben – phantastisch.« Sie begann wieder zu weinen.

Zoro seufzte tief. »Ach Mädel, was machen wir mit dir? Mir tut das Ganze echt leid für dich, aber du musst und wirst darüber hinwegkommen. Man kann Gefühle ausschalten, wegstellen, einfrieren – ich konnte das bei Isas Mutter, du wirst das auch können.«

»Ja, ja, darin sind wir beide Meister, so haben wir überlebt – aber ich bin es leid, mit Gefühlen so umzugehen.«

»Dann musst du den Job wechseln.« Zoro sagte das mit einer Kälte in der Stimme, die man von ihm nicht erwartet hätte. Er konnte nicht anders mit Problemen umgehen als mit Kälte. Er war der liebenswerteste, einfühlsamste, warmherzigste Mensch, den Lou kannte. Bei Schwierigkeiten jedoch legte er einen Schalter in sich um und es war, als hätte er keine Gefühle und keine Anteilnahme mehr. Das war sein Überlebensmodus und bis zu einem gewissen Punkt war es auch ihrer, nur zweifelte sie daran, dass ihr das bei April gelingen würde.

Mit viel Überredungskunst brachte Zoro Lou dazu, wenigstens das Steak zu essen, als Belohnung schob er ihr das Weinglas wieder zu. Der Alkohol entspannte sie und öffnete sie für die Schönheit der Aussicht. Die Sonne war untergegangen, ihre Strahlen spielten noch mit den Gipfeln in der Ferne, hüllten sie orange ein, schließlich rötlich und die Schatten ließen den Felsen noch kantiger scheinen.

Zoro sagte: »Schon verrückt! Wenn man die Schweiz plattwalzte, wäre sie fünf Mal größer.«

»Ja, erstaunlich, vor allem, wo du es mir zum hundertsten Mal erzählt hast.«

»Hab ich?«, fragte Zoro erstaunt.

»Hast du und das weißt du auch.«

Er grinste. »Was machst du, wenn April sich wie versprochen meldet und weitere heiße Nächte mit dir verbringen will?«

Lou schaute ihn überrascht an – diese Möglichkeit hatte sie nicht in Betracht gezogen, aber natürlich musste sie das! Man geht immer jede Möglichkeit durch. »Ich – ich weiß es nicht.«

»Du musst das wissen. Du musst es mental vorwegnehmen, damit du das Richtige tust.«

»Und was ist deiner Meinung nach das Richtige?«

»Du gibst ihr einen Korb.«

»Klar würdest du das.«

»Ja, und du musst auch. Verlieb dich in jemand anderen, vergiss die Detektivin.«

»Was soll ich ihr denn sagen – du hast mich zwar auf unglaubliche Höhen getrieben und *I had the time of my life*, aber das ist mir irgendwie zu wenig?«

»Sag, was man in solchen Situationen sagt: Du bist ein wunderbarer Mensch, leider kann ich mich nicht einlassen, ich habe meine letzte Beziehung noch nicht verarbeitet oder ich habe einfach keine Zeit für eine Beziehung. Etwas in dieser Art.«

»Ich kann das nicht.«

»Natürlich kannst du. Wer stehlen kann, kann lügen. Du kannst es nicht nur, du musst. Du *musst*, Lou!«

»Ich habe dich verstanden, Zoro. Lass uns das feiern und trinken wir noch mehr Wein.« Schon winkte sie der Wirtin und bestellte für sich nach, doch Zoro wollte nicht mehr, er musste ja fahren. Er hätte auch Lou am Trinken hindern sollen, denn mit mehr Promille im Blut wurde sie redseliger und weinseliger: April hier und April da, bis es Zoro zu bunt wurde und er die Rechnung verlangte. Die Heimfahrt war nicht eben berauschend, der erste Teil der Strecke zudem kurvenreich, bald übergab sich Lou am Straßenrand – die restliche Fahrt verbrachten sie schweigend. Ab und zu schielte sie auf ihr Handy – ha, von wegen *Ich melde mich*! Zoro begleitete Lou in ihre Wohnung. Er kochte Kamillentee und bläute ihr noch einmal ein, dass ein Leben ohne April sehr viel aufregender und lebenswerter war.

Lou glaubte ihm kein Wort.

April erwachte, als Paula mit den Kindern vom Schwimmbad zurückkehrte. Sie aß mit ihnen zu Abend (der Papa war in einem Kurs), half Paula, die Mädchen für die Nacht bereitzumachen, machte dabei so viele Späße mit ihnen, dass die Mädels ganz aufgedreht wurden und ihre Mutter sie mit viel Mühe wieder in den Schlafmodus zurückbringen musste. Angelika kam vorbei (Paula hatte ihr geschrieben, dass es Neuigkeiten von April gab). Sie begaben sich auf die Terrasse und tranken Kräuterschnaps, eine ihrer Traditionen. Die Freundinnen wollten wissen, wie es mit Lou weitergegangen war. April winkte lässig ab. »Nur der eine Kuss, das war's.«

»Da ist mehr – mit Lou ist es anders, mach uns nichts vor«, sagte Paula.

»Gleichgültig was war, es ist vorbei.«

»Und was war?«, fragte Angelika nach.

»Es war, wie es war. Und es ist vorbei.«

»Schon rein die Tatsache, dass du wie eine Sphinx sprichst, verrät dich, du sprichst sonst nicht so.« Angelika grinste.

»Eine Sphinx – wer soll das sein?«

»April, deine Allgemeinbildung lässt manchmal zu wünschen übrig«, sagte Paula, »warum eigentlich bist du heute so müde – hast du Schlafstörungen?«

»Etwas in der Richtung.«

»Mit wem warst du diese Nacht zusammen?«

April zuckte mit den Schultern, »mit einer Frau.«

Angelika schubste sie in die Seite. »Es war Lou, gib es zu.«

Statt einer Antwort trank April den Kräuterschnaps ex und füllte das Glas wieder auf.

Paula schüttelte den Kopf, »wir sind deine guten Freundinnen, oder?«

April nickte.

»Und du bist unsere gute Freundin.«

Wieder nickte April.

»Dann verhalte dich so und sag uns, was los ist. Wir kennen dich gut genug, um zu merken, dass dich irgendwas gehörig durcheinandergebracht hat. Es hat mit Lou zu tun, stimmt's?«

April machte mit ihrem Kopf eine Kreisbewegung.

»Was heißt das – ja oder nein?«

»Es heißt ja, aber es sollte nein sein«, seufzte April.

Paula und Angelika setzten sich aufrecht hin, in Erwartung einer Herz-Bett-Schmerz-Geschichte. »Erzähl«, drängelte Angelika mit unverhohlener Neugier. »Du hast dich verliebt.«

»Dem würde ich nicht so sagen.«

»Wie denn?«

»Ich bin nicht ungeneigt.«

»Das ist das Blödeste, das ich je von dir gehört habe! Red' Klartext«, sagte Angelika, Paula nickte beipflichtend.

»Ich weiß es nicht. Ja, es ist anders mit ihr – es war mitreißend und umwerfend – aber es ist vorbei. Ich brauche meine Freiheit, ich lasse mich von niemandem einengen.«

»Hat sie dir einen Heiratsantrag gemacht?«, fragte Paula.

»Oder dich in Ketten legen wollen?«, riet Angelika. »Oder deine Buell weggesperrt? Das geht natürlich nicht. Gut, dass du Reißaus genommen hast!«

»Nein, aber es könnte passieren!« April schaute ihre Freundinnen hoffnungsvoll an. »Es war nichts als richtig, Lou gleich vorbeugend den Laufpass zu geben, oder?«

Die beiden wechselten Blicke, dann sagte Angelika: »Natürlich finden wir es super, dass du der ersten Frau, die dir wirklich den Kopf verdrehen konnte, den Laufpass gegeben hast – ein verdrehter Kopf gibt höllisch Kopfschmerzen.«

»Genau«, setzte Paula zu, »schon nur die Andeutung von Liebe muss in Grund und Boden gestampft werden. Wo kämen wir hin, wenn wir mit dem Menschen zusammen wären, der uns etwas bedeutet?«

»Das wäre hirnverbrannt«, ergänzte Angelika.

»Total irr.«

»Und bekloppt.«

Aprils rechte Augenbraue hing weit oben in der Stirn. »Ihr versteht mich nicht«, maulte sie.

»Oh doch, tun wir sehr wohl: Du hast dich bis über beide Ohren in Lou verliebt und kommst damit nicht zurande«, sagte Angelika, während sie April aufmerksam beobachtete. Die kippte wieder ein Glas, knallte es auf den Tisch und stand auf. »Ihr könnt mich mal!«, schimpfte sie und ging hinein oder wollte es jedenfalls: Sie kollidierte mit der Terrassentür.

»Komm, setz dich wieder«, schlug Paula vor.

April schüttelte heftig den Kopf, »ich will nach Hause …« Sie ging los und prallte noch einmal gegen die Tür. Irritiert blieb sie stehen, leise wankend wie Gras im Wind.

»Ich bin sooo müde …«

Paula geleitete sie hinein. »Wie abgemacht kannst du hier schlafen.«

»Das ist gut …«, April legte ihr die Hand auf die Schulter, »du bist eine liebe Freundin. Weißt du, Lou hat mir das Herz stehlen wollen, da musste ich schnell wegrennen – niemand stiehlt mein Herz.« Paula führte sie ins Badezimmer und schloss die Tür hinter ihr zu. Als April zwanzig Minuten später noch nicht zurückgekommen war, klopfte sie an der Tür. Keine Reaktion. Sie öffnete einen Spalt weit: April lag in der Badewanne, hatte sich mit Badetüchern zugedeckt und schlief. Zusammen mit Angelika hievten sie die Schlafende aus der Badewanne und schleppten sie zum Sofa. April erwachte halb, murmelte: »Ihr seid so lieb« und schlief gleich wieder ein.

Freitag, 3. Juli *34 °C*

Der Kräuterschnapsschlaf hatte gutgetan: April erwachte ausgeruht und beinahe fröhlich, aber verschwitzt – es würde offenbar wieder ein kochend heißer Tag werden. Einen Schlaf lang hatte sie Lou vergessen und auch, dass sie verfolgt wurde. Die Mädels stürzten sich mit Indianergeheul auf sie, schnappten ihr das Handy weg und fragten sie, ob sie ein Spiele-App habe. April öffnete ihnen *Angry Birds*. Wie sie vermutet hatte, waren die Mädchen noch zu klein, um das Spiel zu begreifen. Das hielt sie aber nicht davon ab, auf dem Handy herumzudrücken und bald darum zu streiten. Die Ältere war kräftemäßig im Vorteil, die Jüngere konnte dafür lauter schreien. Zur Beschwichtigung gab die Ältere das Gerät schließlich der Kleineren. Kaum hatte die es in die Hand, warf sie es mit erstaunlicher Wucht an die Wand, und zwar so geschickt, dass es auseinanderbrach.

Nun ging das Geschrei erst richtig los, denn April beteiligte sich ebenfalls daran. Paula führte die weinenden Mädels ab, während April das Telefon untersuchte. Sie verstand nicht viel von Technik. Immerhin erkannte sie Sim-Karte, Akku, Vorder- und Rückseite. Nur war da noch etwas anderes, ein Plättchen, von dem sie nicht wusste, was es war und wo es hingehörte.

Sie lieh sich Paulas Handy aus, machte ein Foto des Plättchens, suchte Röslis Festnetzanschluss aus dem Telefonbuch heraus und rief sie an. Wenig später konnte sie ihr das Foto mailen. Während Rösli im Internet recherchierte, nahm April mit Paula und zwei zerknirschten Mädels ein chaotisches Frühstück zu sich. Mittendrin meldete Rösli sich wieder: »April, das Plättchen ist ein Peilsender! Jemand hat ihn in dein Handy eingebaut, was auch erklärt, warum sie dich im Simmental aufspüren konnten.«

»Was?! Wie und wann konnte mir jemand den in mein Handy schmuggeln? Ich habe es ständig bei mir!«

»Das könnte ich dir nur sagen, wenn ein Peilsender am Peilsender wäre«, bedauerte Rösli.

»Der Selbstverteidigungskurs! Ich lasse mein Zeug in derselben Garderobe wie die Mädchen. Da waren eineinhalb Stunden Zeit, um ... Kackenschotter!«

»Du musst den Sender sofort zerstören – mit einem Hammer

oder so. Liebe Grüße an die Mädels, zum Glück haben sie sich um das Handy gestritten!«

April ging mit dem Plättchen, einem Hammer und den Mädchen in den Garten. Im Schatten eines Baumes ließ sie die Kleinen nach Lust und Laune auf den Sender einschlagen, wobei die Jüngere sich allerdings mehr am Zerdrücken von Ameisen interessiert zeigte. Dann flohen sie aus der vormittäglichen Hitze schnell wieder ins Haus.

Paula gegenüber lobpreiste April die Mädchen und nahm das Angebot dankbar an, auch in der kommenden Nacht bei ihnen zu übernachten. Bevor sie das Haus verließ, suchte sie nach Hinweisen, dass sie beschattet wurde. Auf der Straße war alles ruhig. Auch das Fernglas brachte nichts Gefährliches zutage. Sie eilte zu Meiers Auto, das sich als ein Backofen erwies, brach in Schweiß aus und versuchte die Armatur zu berühren, ohne Brandblasen zu bekommen. Sorgfältig kontrollierte sie Spiegel und Fenster und verriegelte die Türen, was eine vorbildliche Vorsichtsmaßnahme war. Ihr Fahrstil hingegen ließ gewisse Mängel erkennen; es wäre zum Beispiel besser gewesen, wenn sie hin und wieder nach vorne geschaut hätte und nicht nur in den Rückspiegel, dann wäre sie nicht über die Kehrichtsäcke gefahren, die am Straßenrand für die Abfuhr bereitlagen. Aber April sagte sich: besser über Kehrichtsäcke fahren als vor irgendwelchen Drecksäcken fliehen, und fuhr gelassen weiter.

Dieser Tag würde voraussichtlich lang und langweilig werden: Sie würde Lorenz Lenz beschatten. Vermutlich verbrachte er die meiste Zeit im Auktionshaus, nur leider wusste sie nicht, wann er kam und wieder ging. Laura, die Chefin des Hauses, hatte ihr erzählt, dass Lorenz eine beige Vespa besaß. Als April auf den Platz vor dem Auktionshaus fuhr, stand die Vespa schon ordentlich neben dem Haupteingang. Sie wendete das Auto und parkte in der Nähe. Und wartete. Und schwitzte in der brütenden Hitze.

Prustend zog sie den E-Reader, den Paula ihr ausgeliehen

hatte, aus dem Umhängebeutel, in dem sie immer ein paar Schokoriegel verwahrte, die sich nun in Schokoladencreme verwandelt hatten. Paula war verwundert gewesen, dass April ein Buch lesen wollte, hatte ihr aber gern gezeigt, wie man ein Buch herunterlud. April verband den E-Reader mit ihrem wieder zusammengesetzten Handy und ging ins Internet. Sie dachte an einen Lesbenroman – vorzugsweise einen mit vielen Sexszenen. Aber nein, Sexszenen würden sie an Lou erinnern. Harry Potter? Von dem hatte sie schon die Filme gesehen. Ein Krimi? Etwas Lustiges? Mit regelmäßigen Seitenblicken zum Ausgang des Von Werdt-Hauses sah sie sich im Katalog der E-Books um. Bald stieß sie auf die *Stephanie Plum*-Serie von Janet Evanovich – witzige Krimis, das hörte sich nicht schlecht an. Sie wählte eine Leseprobe und vertiefte sich darin.

Punkt zwölf Uhr zwei sah sie Lenz aus dem Haus kommen und auf die Vespa steigen. Er rollerte ins Kirchenfeldquartier, wo er in einem Einfamilienhaus verschwand. April schaute auf dem Handy nach, wer hier wohnte: eine Martha Lenz. Lorenz' Mutter hielt offenbar das Mittagsessen pünktlich bereit, denn nach fünfunddreißig Minuten kam er wieder aus dem Haus und fuhr zum Auktionshaus zurück. April parkte ein paar Lücken entfernt und wartete. Gähn. Schwitz. Der Schattenplatz, auf dem sie stand, verwandelte sich in eine Grillstation. Sie verfluchte ihren Job und sehnte die Aare herbei. Ein Auto fuhr unter einem Baum fort, sie wechselte dorthin und wandte sich wieder Stephanie Plum zu, die laut Inhaltsangabe eine tapsig-liebenswürdige Kopfgeldjägerin war, für den Job weder ausgebildet noch talentiert. April dachte, dass sie glücklicherweise ganz anders war als die Plum – eine Ansicht, die man der Rubrik *Eigenwahrnehmungsstörung* zuordnen konnte.

Um Punkt sechzehn Uhr zwei verließ Lenz das Von Werdt-Haus. Gespannt und heilfroh, dass endlich etwas passierte, folgte April der Vespa. Lenz fuhr bis zum Dählhölzliwald und parkte in der Nähe des Seilparks. Wollte er etwa auf Bäume steigen und Routen erklettern? Nein, er nahm den Fußweg, der den Wald entlangführte. Links vom Weg befand sich ein Tennisklub mit drei Spielfeldern. Lenz begutachtete die Plätze, ging vorwärts und rückwärts, beim ersten blieb er schließlich stehen und schaute dem Spiel zu. April war ein Stück weit in den Wald gegangen und beschattete Lenz von dort aus. Sie hatte erwartet, dass er nach ein paar Minuten weiterginge, doch er blieb. Eine Stunde lang. April schlug vor Ärger und Ungeduld mit einem Stecken auf den Waldboden, während über ihr Leute an Seilen über Stege kraxelten und in Netzen hingen. Waren sie Affen, oder was? Konnten die nicht normale Dinge tun – einfach dasitzen und ein Bier trinken oder mit dem Motorrad über Land fahren? Wenn dieser Mann nicht bald seinen Hintern in Bewegung setzte, würde sie etwas Fürchterliches mit ihm tun – hoffentlich kam ihr bis dahin etwas Fürchterliches in den Sinn.

Als sie schon ihr eigenes Grab buddeln wollte, ging Lenz zu seiner Vespa zurück und fuhr – nach Hause! Die Warterei war für nichts und wieder nichts gewesen! April steuerte den nächsten Imbissstand an und kaufte Hotdog, Fritten und eine Cola. Sie parkte im Blickfeld von Lenzens Haus, aß, trank, wartete, aß weiter, trank, wartete, aß das Snickers, wartete, las im Buch. Diese Stephanie Plum war lustig, ganz nach ihrem Geschmack, außer dass sie auf Männer stand. Es war eben niemand perfekt.

Um halb neun Uhr abends mochte sie nicht mehr lesen, um neun hatte sie das Herumsitzen mehr als satt, um Viertel nach neun war sie bereit, eine Handgranate in das Haus zu werfen, um halb zehn entschied sie sich, zu Paula fahren. Sie las eben die SMS, in der Paula ihr erklärte, wo sie den Hausschlüssel finden würde – als Lenz herauskam. Zu Aprils Freude setzte er sich auf die Vespa und – machte erstmal nichts, sondern wartete und schaute dabei auf die Uhr. Endlich fuhr er los. April hinterher, gespannt darauf, wohin er sie führen würde.

Lenz hielt sich wieder genau an die Verkehrsregeln – schon daran konnte man erkennen, dass er nicht normal war, fand

April. Er folgte der Hauptstraße Richtung Ostring. Beim Kreisel am Burgernziel nahm er die gleiche Abzweigung, die sie mit Lou genommen hatte, sie fuhren weiter in Richtung von Lous Hochhaus. Zufälle gab es –! Er steuerte sogar genau darauf zu und stellte den Roller neben dem Hauseingang ab.

Fehlte nur noch, dass Lou ihr begegnete! Lenz stand wartend neben der Vespa, den Blick starr auf seine Uhr gerichtet. Als die nahegelegene Kirche zehn schlug, stand er vor dem Hauseingang und telefonierte kurz. Es ertönte ein Surren, Lenz ging hinein. April hatte sich vorsichtig genähert, nun aber rannte sie. Zu spät, die Tür hatte sich geschlossen. Immerhin sah sie die Anzeige über dem Lift und konnte mitverfolgen, in welchen Stock er fuhr. Eine rote Fünf leuchtete über der Lifttür, die Sechs, Sieben – bald die Zehn, Zwölf – wann stoppte er endlich? – Vierzehn – Fünfzehn – Sechzehn.

Oberster Stock. Aprils Herz raste: Der Dieb wohnte auf derselben Etage wie Lou! Was für ein verrückter Zufall!

Sie tänzelte aufgeregt herum, wählte einen fremdländischen Namen und drückte auf die Klingel. Rauschen, eine Frauenstimme meldete sich in gebrochenem Deutsch.

»Ach, entschuldigen Sie, ich wollte zu Tobler, Ihr Nachbar, Klingel kaputt oder ich habe den falschen Knopf gedrückt, könnten Sie mir bitte die Tür …«

Die Stimme sagte eine Menge Unverständliches.

April erklärte: »Bitte *sorry* – zu Tobler – Türklingel – Bitte öffnen – *open* – *ouvrir* – *understand*? Zu *Tobler.*«

Wieder ein Schwall Tamilisch oder Deutsch mit stark tamilischem Akzent. Der Öffner surrte. April sagte in mehreren Sprachen danke und schlüpfte hinein. Nervös drückte sie auf den Knopf beim Lift. Ihr wurde bewusst, dass sie vielleicht bald erfahren würde, wer der Dieb war, und damit eine Aufgabe gelöst hätte. Was, wenn ihr hier Lou begegnete? Sie bekam weiche Knie. Im Lift verfolgte sie wie hypnotisiert, wie die Zahlen erschienen und verschwanden, warf sich einen Blick im

Spiegel zu und ordnete die Haare. Der Lift hielt mit einem leisen Seufzen.

Auf dem obersten Stockwerk lebten drei Parteien, neben Lou eine S. Hauerter und K. und B. Bienz-Sommer. April nahm die Luger aus dem Umhängebeutel und stopfte sie zwischen Gürtel und Hose. In der Nähe des Aufzugs stand eine große Pflanze, schnell schlüpfte sie dahinter und tat das, was sie schon den ganzen Tag über getan hatte: warten.

Erstmal geschah nichts.

Nichts.

Nichts.

Eine Stunde verstrich.

Nichts.

Nichts.

Eineinhalb Stunden.

Besaß Lorenz Lenz eine Freundin?

April saß auf dem Boden und kämpfte gegen den Schlaf. Das Licht summte eintönig, in den Ecken hockten Staubmäuse.

Da – plötzlich – endlich: Ein Schlüssel wurde gedreht – oh nein, es war Lous Türe, die sich öffnete! April erhob sich hinter der Pflanze und presste sich an die Wand.

Was war das? – Lorenz Lenz trat aus Lous Wohnung! Kannten sie sich privat?! Lenz trug eine Tasche, die er vorher nicht bei sich hatte. Er betätigte den Liftknopf und wartete.

Da sprang April hinter der Pflanze hervor, in der Hand die Pistole, und rief professionell: »Halt, stehen Sie bleiben, fallen Sie die Tasche lassen, halten Sie die Hände in die Höhe, treten Sie vom Lift weg, andernfalls schieße ich Ihnen in den Fuß und Sie wünschten sich, nie geboren worden zu sein!«

Lenz hielt die Hände sofort über den Kopf (mit der Tasche in der Hand) und starrte die Lifttür an.

»Lassen Sie die Tasche los.« Rummsss. »Gut. – Weg vom Aufzug, gehen Sie da rüber«, sie wedelte mit der Pistole in Richtung von Lous Eingangstür. Rösli hätte beim Anblick der Luger in Aprils Hand laut aufgeschrien und dazu gab es allen Grund, denn April geriet mit dem Finger an den Abzug und ein Schuss ging los – dicht an Lenz' Schulter vorbei.

»Kackenscheißenschotter!«

Lenz blickte wie gelähmt an die Wand – einen Moment lang war es totenstill, dann wurde die Türe aufgerissen und Lou mit brauner Perücke trat heraus, ein Silbertablett als Schutzschild vor sich haltend. »Lorenz? Alles in Ordnung?«

Da entdeckte sie April und wurde aschfahl im Gesicht. »Was?! Du? Was? Du?! Was?!« Ihr Blick wanderte zu Aprils Pistole, »lass diese verdammte Knarre fallen, bevor du jemanden umbringst!«

Lous Erscheinen hatte Lenz aus der Erstarrung geholt, blitzschnell drehte er sich um, rannte ins Treppenhaus und verschwand. Die Tasche ließ er liegen.

April stierte Lou an. Lou stierte zurück, als wäre sie ein riesiges Geburtstagsgeschenk, nur mit falschen Vorzeichen.

»Okay, okay, ich sichere jetzt den Revolver und hebe ihn auf. Ich werde dich nicht erschießen – vorerst jedenfalls nicht.« April ging in die Knie, packte die Luger und stopfte sie zurück in den Umhängebeutel. »Ich will nur eines von dir hören: Dass du Lorenz Lenz rein privat kennst und dass in dieser Tasche Comics sind, die du ihm ausleihst.« Sie hob Lenz' Tasche hoch. »Und nimm diese dämliche Perücke ab!«

Lou hielt das Tablett weiter an sich gedrückt. »Wir gehen wohl besser hinein«, sagte sie lahm. Beim Eintreten erblickte sie ein Einschussloch in ihrem Türrahmen. »Bist du wahnsinnig? Ein Wunder, dass du Lorenz nicht umgebracht hast! Was soll ich sagen, wenn ich das flicken lasse? Wissen Sie, meine Damen und Herren, eine Irre hat auf meine Tür geschossen.«

April knallte genau diese Tür hinter sich zu: »Ich bezweifle, dass *ich* hier die Irre bin! – Aber nun zu den Comics.« Sie stellte die Tasche auf den Tisch. Lou stand daneben und schaute ergeben zu, wie April den Verschluss öffnete, eine Tüte herausnahm und ausleerte: Vor ihnen funkelten zehn Diamantringe. Die Luft im Raum knisterte und sprühte Funken.

April schäumte: »Du – der Dieb?! Meine Güte!« Sie ließ sich auf einen Stuhl fallen und vergrub das Gesicht in den Händen.

Stumm zog Lou die Perücke ab, verschwand in der Küche und kam mit zwei gefüllten Gläsern zurück. »Campari Orange, den magst du doch«, sagte sie, stellte das Getränk vor April hin, dann setzte sie sich aufs Sofa. Sie nahm einen Schluck und starrte auf den Teppich (Ikea *Stockholm*, flach gewebt, Handarbeit, Netzmuster. 199,– SFr) wie eine Schauspielerin, die ihre Zeilen vergessen hatte. April nahm im Sessel ihr gegenüber Platz.

»Sag mir, dass du den Schmuck von deiner Großmutter geerbt hast.«

»Wie sollte ich Schmuck von meiner Oma geerbt haben, wenn ich als Waisenkind aufgewachsen bin?«, fauchte Lou.

»Du warst es also!«

»Wie hast du hierher gefunden, warum bist du da?«

»Bestimmt nicht, um dich zu verführen.«

»Das habe ich schon kapiert, seit du aus meinem Bett geflüchtet bist.«

»Ich bin nicht geflüchtet.«

»Stimmt, du bist gerobbt – nachdem du wie ein Sack Kartoffeln auf den Boden geplumpst bist.«

»Ich bin geräuschlos geglitten.«

»Ein Rudel Elefanten wäre leiser gewesen.«

»Wenn du alles so genau mitbekommen hast, warum hast du nichts gesagt?«

»Du meinst diese Frage nicht ernst, oder?«

»Doch. Du hast mich einfach gehen lassen – warst wohl froh, mich loszuwerden!«

»Wenn du unbemerkt gehen willst, gehe ich davon aus, dass du unbemerkt gehen willst! Warum sollte ich dich abhalten?«

»Warum wohl? Weil dir diese Nacht etwas bedeutet hat. Was sie offensichtlich nicht tat.«

»Verdreh nicht die Dinge, *dir* hat die Nacht nichts bedeutet, sonst wärst du nicht davongepoltert.«

»Ich habe dir einen Zettel geschrieben, dass ich arbeiten muss!«

»Und dass du dich meldest! Was du nicht getan hast.«

»Nun bin ich ja da.«

»Ach – du bist gekommen, um mich zu sehen?«

»Natürlich nicht! Ich melde mich doch nicht bei Frauen, denen es piepegal ist, ob ich gehe oder bleibe!«

Lou schüttelte seufzend den Kopf, dann fragte sie: »Woher kennst du Lorenz?«

»Wie du weißt, bin ich Detektivin. Ich ermittle – und meine Ermittlungen haben hierhergeführt: zum Dieb.«

»Ich bin kein Dieb.«

»Den Schmuck hast du wohl am Straßenrand gefunden?«

»Das habe ich nicht gesagt. Ich sagte nur: Ich bin kein Dieb.«

»Was dann?«

»Eine Umverteilerin.«

»Hä?!«

»Ich nehme dort, wo zu viel ist, und gebe es denen, die zu wenig haben.«

»Also ein moderner Robin Hood. Ha, ha!«

»Wer zu viel besitzt, bestiehlt jene, die kaum etwas haben – ich korrigiere das, soweit es mir möglich ist.«

»Du hast gestohlen und das ist nicht rechtmäßig, Robin Hood hin oder her.«

»Ich bezahle mich für meine Arbeit, das ganze restliche Geld gebe ich dorthin, wo es benötigt wird.«

»Und warum bestiehlst du zum Beispiel gerade die B.I.A.?«

»Weil sie zum Beispiel eine Vogelwarte in den Konkurs getrieben hat – und zwar absichtlich.«

»Die B.I.A. besaß eine Vogelwarte? Warum denn das?«

»Was weiß ich. Vielleicht um Geld zu waschen oder weil einer vielleicht sogar ein Vogelliebhaber war. Ich liebe Vögel und saß im Stiftungsrat der Vogelwarte, darum musste ich mitansehen, wie sie ein großartiges Werk in den Boden gestampft haben. Darum bestehle ich sie: Um eine neue Warte aufzubauen. Ich sehe darin nichts Illegales.«

»Man nehme, wie es einem passt. Das findest du logisch, plausibel, folgerichtig, legal und begrüßenswert? – Kacke, das ist nichts als kriminell!«

»Und was die B.I.A. macht, ist legal? Ich habe eine Menge kryptischer Dokumente von ihnen – und dann diese Kelche, die sie vermutlich für irgendwelche Rituale benützen. Die B.I.A. ist ganz und gar nicht koscher!«

»Lou St. Helena hingegen ist unschuldig, gutherzig und gerecht.«

Lou warf ihr einen finsteren Blick zu.

»Ganz einfach: Du bist die Diebin, die ich finden soll, und jetzt habe ich dich. Erster Auftrag erfüllt und damit gleich der zweite, nämlich die Dokumente aufzutreiben. Bleibt der dritte.«

»Der da wäre?«

»Den Mörder zu ermitteln, der Steiner, Moser und dessen Frau umgebracht hat.«

»Abrienda?«

»Angeblich hat sie sich erhängt. Das hätte sie aber nur geschafft, wenn sie vierzig Zentimeter größer gewesen wäre.«

»Ich könnte dir dabei helfen, den Mörder zu finden.«

»Ich arbeite nicht mit Verbrecherinnen zusammen!«

»Wer für Gerechtigkeit ist, ist keine Verbrecherin.«

»Du glaubst das tatsächlich, oder? Gerade du, die –« April hielt inne.

»Die was? Die so blöd war, mit dir ins Bett zu gehen?!«

»Wer mit mir ins Bett geht, ist schlau und mit einem guten Geschmack gesegnet.«

»Was wolltest du sagen: *Gerade ich, die was?*« Lou glaubte es selber nicht: Anstatt ihre Haut zu retten, saß sie da und hing an Aprils Lippen. Sie wünschte sich, dass April diese Nacht ebenso viel bedeutet hatte wie ihr und dass sie es von Herzen bedauerte, einfach gegangen zu sein. Wenn, hätte sie selbst sich jetzt aus dem Staub machen sollen. Ihr wäre das gelungen, sie hätte über die Dachterrasse fliehen können, dort lag immer ein Seil zum Abseilen bereit. Stattdessen saß sie da und wollte April eine Liebeserklärung entlocken. Wie doof war sie denn? Zoro hatte recht, sie hätte sich von dieser Frau fernhalten sollen, aber jetzt war es zu spät.

April stand auf, ging zur Tasche und leerte sie komplett auf den Tisch: Es kamen rund zwanzig Tüten zum Vorschein, alle mit Schmuck gefüllt. Sie drehte sich zu Lou. »Was nur mach' ich mit dir?«, fragte sie bedrückt.

»Was wohl? Der Polizei ausliefern.«

»Mein Auftrag ist es, den Dieb an meinen Auftraggeber zu übergeben.«

»Dann hast du Pech gehabt. Der Schmuck auf dem Tisch stammt nicht von B.I.A.-Mitgliedern.«

»Aber du hast zugegeben, dass du sie bestohlen hast.«

»Vielleicht habe ich das gesagt, aber würde es nicht wiederholen. Dir fehlt jeder Beweis, dass ich bei ihnen eingebrochen bin – in dieser Wohnung findest du keine Spur der Beute.«

»Ich liefere dich der Polizei aus«, sagte April trotzig.

»Dann kriegst du deine Gage nicht. Wenn du mich einsperren lässt, findest du niemals raus, wo der Schmuck abgeblieben und wer der Mörder ist.«

»Aber die Dokumente hast du! Ich lasse deine Wohnung durchsuchen.«

»Nur zu, fündig wirst du hier nicht.«

»Dann lasse ich eben Zoros Haus durchsuchen. Und das Segelschiff!«

»Woher kriegst du einen Durchsuchungsbefehl? April, wir sind Profis – die Papiere kriegst du nur, wenn ich will.«

»Bha, ich kann dich zwingen«, April ging zu ihrem Beutel

und wühlte darin. Das Einzige, was sie in die Hand bekam, waren weiche Schokoriegel.

»Suchst du das?«, lächelnd hob Lou die Pistole in die Höhe.

»Gib mir meine Knarre!«

»Ich bin doch nicht lebensmüde. Du hast keine Ahnung, wie man mit dem Ding umgeht.«

April mochte als Knarrenfrau eine Niete sein, im Kung Fu hingegen kannte sie sich aus. Bevor Lou sich versah, war April auf sie gesprungen, klemmte ihr mit den Beinen den Brustkorb ein und zwang die Arme in einen Schraubstock. Dabei starrte sie Lou in die Augen, die Köpfe der beiden schwebten drei Handbreit voneinander entfernt. Lou schaute böse zurück. Dann wand sie sich mit einer einzigen geschmeidigen Bewegung aus Aprils Zangengriff, es machte ho! und ratsch! und nun saß Lou auf April, das Knie an deren Hals.

Einen Moment lang lag April hilflos da, doch dann – ho! hi! ha! – befreite sie sich, packte Lou am Arm und verdrehte ihn so, dass seine Besitzerin sich zwangsläufig mitdrehen musste. Lou landete in der Bauchlage, April setzte sich rittlings auf sie und meinte schon gesiegt zu haben, als sich ihre Gegnerin mit unglaublicher Kraft hochstemmte und dem Stahlgriff entwand. Während April mit den Armen rudernd ums Gleichgewicht rang, schnappte sich Lou die Pistole, die neben dem Sofa auf dem Boden lag. Als April fertiggerudert hatte, spürte sie kaltes Eisen an der Schläfe.

»Ergibst du dich?«

April lag stumm mit geschlossenen Augen da, doch dann warf sie Lou jäh auf die andere Seite des Sofas und schnappte ihr die Pistole weg. So ging es noch eine Weile weiter, keine schaffte es lange, die Oberhand zu behalten, keine blieb lange in der unterlegenen Position. Die Kampfszene bewegte sich über den Boden, unter den Tisch, auf den Sessel und in die Küche. Irgendwann lag April rücklings auf der Kochinsel und schielte auf das Fleischmesser, das Lou ihr an die Kehle hielt.

»Ich könnte dich töten. Damit wären meine Probleme gelöst«, zischte Lou mit Eisesstimme.

»Ja, könntest du, aber die Schweinerei in der Küche! Und mein Körper würde dir auch eine Menge Probleme machen.«

»Dein Körper verursacht mir eh schon Probleme«, rutschte es Lou heraus. Sie hätte alles gegeben, diesen Satz aus der Geschichtsschreibung zu radieren. War sie total übergeschnappt?! »Und hör auf zu grinsen, sonst schneide ich dir den Mund aus dem Gesicht!« Doch dann schmiss sie das Messer in die Schublade.

April richtete sich auf und strich über ihren Hals. »Du hast mich verletzt!«, sie reckte eine Fingerspitze, auf der ein Tröpfchen Blut glänzte. Lou verdrehte die Augen und verließ die Küche. Im Wohnzimmer rückte sie die Möbel zurecht, drapierte die Kissen auf dem Sofa und legte die Pistole auf den Tisch. Dann trank sie in einem Zug ihren Drink aus. April schaute zu und dachte, dass sich niemand so schön bewegte wie Lou, und verstand nicht mehr, warum sie sie nie mehr hatte wiedersehen wollen. Sie wollte sie immerzu sehen, immer wieder neu anschauen.

»Was machen wir jetzt?« Lou ließ sich aufs Sofa fallen, April setzte sich nachdenklich in den Sessel. »Du kannst mir helfen, den Mörder zu finden. Der Schlüssel zu ihm liegt in den Dokumenten. Ich will wissen, was darin steht, ich will verstehen, was in der B.I.A. abläuft.«

Lou nickte. »Es wird mir – und bestimmt auch Zoro – eine Freude sein, beim Aufdecken der Drecksgeschäfte mitzuhelfen.«

April lächelte.

Als Lou das sah, entspannte sich ihr Gesicht. »Willst du noch einen Drink?«

Am liebsten hätte April gesagt: »Nein, dich will ich!«, aber sie schüttelte nur den Kopf. »Es war ein langer Tag, ich bin todmüde, ich gehe jetzt besser.« Sie stand auf, warf die Pistole zu den Schokoriegeln zurück und streckte ihre Glieder, die ihr nach dem Kampf schmerzten. Lou begleitete sie zur Tür.

April betrachtete das Einschussloch. »Die Kosten werde natürlich ich übernehmen«, sagte sie und blieb verlegen im Türrahmen stehen. »Na denn, schlaf gut.«

»Du auch«, erwiderte Lou.

Die Deckenlampe surrte – oder war es die Klimaanlage?

April drückte den Knopf am Aufzug, dann kam sie zu Lou zurück, packte ihren Arm und schob sie an die Wand. »Wehe, wenn du mich verarschst!« Finster schaute sie ihr in die Augen, Gesicht an Gesicht.

Lou hielt Aprils Blick stand. »Ich mag eine Diebin sein, aber ich bin keine Lügnerin. Und wenn du mir noch lange meinen Arm verbiegst, schreie ich das ganze Haus zusammen.«

April ließ den Arm los, ohne Vorwarnung zog sie Lou an sich und küsste sie lang und glühend. Ebenso abrupt hörte sie auf, fuhr mit den Fingerspitzen über Lous Gesicht und ging.

Samstag, 4. Juli *35 °C*

Als Lou ihrem Freund Zoro von der vergangenen Nacht berichtete, klebte er wie erwartet an der Decke. Sie stand in seinem Wohnzimmer, zu nervös, um sich auch nur niederzulassen. Als sie ihm erzählte, dass sie April die Dokumente geben würde, klebte er an der Decke des Stockwerks über ihnen. Er maulte, dass sie eine liebesblinde Idiotin sei und fragte, wie sie nur so unvorsichtig sein konnte. Lou erinnerte ihn daran, dass sie April nicht eingeladen hatte. Vielmehr sei sie ihr wegen Lorenz auf die Schliche gekommen. Und weiß Gott sei es besser, mit April zusammenzuarbeiten, als inhaftiert zu werden. Worauf Zoro fragte, wo sie ihren Kopf gelassen habe. Da wurde Lou sauer. Er könne ruhig weitermaulen, offensichtlich sei April eine sehr gute Detektivin.

»Du kannst sie gar nicht beurteilen, du mit deiner rosa Brille.«

»Hallo?! Sie hat herausgefunden, was ich gemacht habe, und ich muss einen Weg finden, meinen Kopf aus der Schlinge zu ziehen. Deshalb werden wir mit ihr zusammenarbeiten.«

Zoro strich über seinen Hipsterbart. »Jeder weitere Mensch, der in unsere Arbeit involviert wird, bedeutet eine Gefahrenquelle mehr.«

»Meinst du, das weiß ich nicht? – In diesem Fall bleibt mir nichts anderes übrig, als mich zu fügen, sonst lande ich hinter Gittern.«

»Mich macht es rasend, dass wir keine Wahl haben.«

»Wir werden es überleben, Zoro. Wir haben bisher alles überlebt. Du und ich, wir sind unschlagbar.«

Zoro nickte und konzentrierte sich darauf, mit der Hand eine Fliege zu fangen und sie hinauszubefördern. Er behauptete immer, Fliegenfangen sei eine hohe Kunst: Man sei nur erfolgreich, wenn man sich völlig entspanne, an nichts denke und aus dieser Haltung heraus zupacke; der Impuls zur Bewegung müsse aus der Leere kommen, dann habe die Fliege keine Chance. (Tom hätte es Zen genannt.) Und er hatte recht, jedenfalls war auch Lou eine hervorragende Fliegenfängerin geworden.

»Zoro, wie sieht's mit dem Dekodieren aus?«

»Seitenlang Wörter, die keinen Sinn ergeben.« Er schob ihr die Unterlagen zu. »Schau mal, in regelmäßigen Abständen tauchen seltsame Kürzel auf. Hier zum Beispiel: *PSzwölfpunkteinundreißig*. Was das wohl zu bedeuten hat?«

»Bist du sicher, dass diese Zahlen ausgeschrieben werden müssen? Könnte es nicht auch PS12.31 sein – oder hier ES1.2 und RI20.4.«

»Möglich, aber das macht es auch nicht klarer.«

»Vielleicht spielen sie für die Entschlüsselung eine wichtige Rolle.«

Zoro kratzte sich im Bart. »Kann sein. Ich werde das bestimmt herausfinden. Aber vorerst ist Isa an der Reihe, sie will unbedingt aufs Segelschiff, bist du dabei?«

»Natürlich bin ich das!«

April erwachte, weil Paulas Töchter sie mit einer Feder unter der Nase kitzelten. Sie tat, als wehrte sie sich im Schlaf, was die Mädchen ungemein lustig fanden. Plötzlich schnellte sie zu einer Attacke hoch, erstarrte jedoch mitten in der Bewegung und fiel stöhnend zurück. Ihr tat jeder Muskel im Körper weh und jeder dieser Muskeln rief: Lou!

Paulas ältere Tochter Margarita sagte erstaunt: »Wie kannst du so lange schlafen?«

April setzte sich vorsichtig auf. »Wie spät ist es denn?«

»Wir beginnen gleich mit dem Mittagessen«, sagte Paula aus der Küche. »Warst du ohnmächtig? Die Mädchen sind um dich herumgetollt und du hast munter weitergeschlafen.«

»Ja, es wurde spät und so.«

Paula kam mit einem gefüllten Tablett aus der Küche, »das *und so* interessiert mich am meisten.«

»Es ist nicht das, was du denkst.«

»Als wüsstest du, was ich denke.« Lachend ging Paula hinaus in den Garten und deckte den Tisch.

Die Mädchen halfen April beim Aufstehen und zogen beziehungsweise schoben sie ins Badezimmer. Kaum hatte sie fertig geduscht, begann sie auch schon wieder zu schwitzen, so heiß war es draußen. Sie saßen zu viert (Paulas Mann war immer noch im Kurs) unter dem Kirschbaum im Schatten, aßen Melonen mit Schinken, danach einen großen Salat, Brot und Käse. April wollte den Salat weiterreichen, ohne davon zu nehmen, doch Paula schüttelte missbilligend den Kopf: »Iss, die Mädchen müssen auch.«

Aprils rechte Augenbraue schoss in die Höhe, sie sagte aber nichts, sondern griff brav nach der Schüssel. Unter Paulas wachsamen Augen musste sie wohl oder übel von dem Grünzeug essen und wenn sie ehrlich gewesen wäre, hätte sie zugeben müssen, dass es gar nicht schlecht schmeckte.

Anschließend erklärte April sich bereit, mit Paula und den Mädchen ins Schwimmbad zu gehen. Bevor sie das Haus verließ, kontrollierte sie erst wieder die Straße. Kein Audi, kein *Yamaha*, nichts deutete auf Gefahr hin. Im Freibad fühlte sie sich mit dem geblümten Bikini, den Paula ihr ausgeliehen hatte, weit entfernt von heiß. Sie ging mit den Mädchen gefühlte hundert Mal auf die lange Rutschbahn, dann übernahm Paula die Kinder. Mit blauen Lippen behaupteten die Kleinen, noch ewig im Wasser bleiben zu können.

April rief bei Rösli an, sie müssten sich so bald als möglich treffen, es gebe wichtige Neuheiten. Rösli erwiderte, sie wisse ja, wo sie zu finden sei. Sie müsse ihr aber versprechen, dass sie nicht mit dem Motorrad hochkomme, auch nicht mit dem Auto, stattdessen solle sie den Zug nehmen. April versprach es.

Erst gegen Abend verließen sie das Bad, Paula fuhr sie zum Bahnhof. Nach einer halben Stunde Zugfahrt kam April zu dem Schluss, dass Zug fahren gar nicht so schlecht war: Man konnte die Landschaft betrachten, ohne eine Frontalkollision zu riskieren. Außerdem hatte man Zeit zu lesen: Sie hatte das E-Book mitgenommen und war schon bald in den Krimi vertieft.

Rösli stand wie abgemacht vor dem Kiosk. Als Erstes vergewisserte sie sich, dass April intakt war, und umarmte sie. Als sie bei der Sennhütte ankamen, wurde es April heimelig zumute: Die Kühe bimmelten oben am Hang, die Ziegen zogen irgendwo umher, diese Schelme kamen unter jedem Stacheldrahtzaun durch und machten davon regen Gebrauch. Lumpi lief wedelnd auf sie zu – ja, das war ein bisschen ihr Zuhause. Hier oben war es zudem kühler; so sehr allerdings auch wieder nicht.

»Wo hast du deine blinkenden Turnschuhe?«, fragte Rösli.

»Zu Hause, ich bin länger nicht mehr dort gewesen. Bestimmt hast du ein paar flotte Treter für mich«, sie grinste schräg.

»Hab ich«, sagte Rösli, ging in die Hütte und kam mit zwei ausgeleierten, schmutzigen Latschen zurück, die ursprünglich wohl Turnschuhe gewesen waren. Seufzend zog April sie an. Sie setzte sich auf den Balkon und genoss den Ausblick übers Tal und zu den Bergen, deren Namen sie immer noch nicht wusste.

Rösli fragte: »Hast du Lust auf ein Bier? Ich habe von meinem Schwiegersohn Selbstgebrautes bekommen – er gibt Ingwer dazu, der Geschmack ist phantastisch!«

Das Bier erwies sich als scharf und spritzig, April war hell begeistert. Sie erzählte Rösli, was seit ihrem letzten Treffen alles geschehen war: Der Angriff des Audi, der Besuch bei Staehli, bei Petra und ihrer Freundin Diana, der Abend und die Nacht mit Lou; dass sie am nächsten Morgen geflüchtet war und Consuela beschattet hatte, die ins Oltener Café fuhr, dann zum CALIENTE in Bern. Sie berichtete vom Gespräch mit Montiross über das CALIENTE; dass sie die Nacht bei Paula verbracht und gestern den ganzen Tag Lorenz Lenz beschattet hatte ... und den Rest.

Rösli fiel vor Schreck fast von der Bank. »Lou ist die Diebin? *Lou*?! Heiliger Strohsack!«

»Leider ja. Ich frage mich, ob es richtig war, sie nicht der Polizei auszuliefern.«

»Rechtlich gesehen war es falsch, aber Lou ist der Schlüssel zu den Dokumenten und dadurch vielleicht zum Mörder. Das herauszufinden ist wichtiger, als sie wegen der Einbrüche einbuchten zu lassen – und außerdem liebst du Lou, da willst du sie ja wohl nicht hinter Gitter bringen.«

April sah Rösli konsterniert an. »Wer erzählt denn solchen Unsinn?«

»Ich.«

»Na also bitte, ich finde Lou heiß, ja – und bestimmt mag ich sie, aber ich bin nicht verliebt, und sie lieben tu ich erst recht nicht, das ist ganz was anderes.«

»Was denn?«

»Keine Ahnung, halt eben nicht so. Abgesehen davon interessiert mich die Liebe nicht.«

»Was nur hast du erlebt, dass du eine solch verkorkste Einstellung zur Liebe hast?« Rösli schüttelte traurig den Kopf.

April machte eine wegwerfende Bewegung. »Ich habe von meiner Mutter gelernt, dass die Liebe käuflich ist und deshalb keinen Wert hat. Sprechen wir über etwas Spannenderes.«

Rösli nickte nur. »Wie willst du nun mit deinen Ermittlungen weiterfahren?«

»Consuela und Petra beschatten. Und vor allem herausfinden, wer an der Spitze der B.I.A. steht, denn ich bin ziemlich sicher, dass die hinter den Morden steckt. Montiross weiß offenbar wirklich nicht, wem er unterstellt ist, so dumm sich das anhört. Lou hat etwas von Kelchen erzählt, die sie bei den Mitgliedern gefunden hat, und dass die vermutlich für Rituale benützt werden.«

»Hört sich nach Geheimbund an.«

April nickte und trank ihr Glas leer, Rösli schenkte nach. »Wir müssen etwas mit dir machen«, sagte sie dabei sinnend. »Dein Leben ist bedroht, wir müssen dich schützen, fragt sich nur, wie. Haare schneiden und färben wäre ein Anfang.«

»Spinnst du? Ich liebe meine Haare!«

»Oder eine Perücke. Wobei die vom Kopf fallen kann, was bei dir leicht möglich ist.«

»Also bitte!«, maulte April, da kam ihr in den Sinn, dass sich beim Beschatten von Consuela die Leute wegen ihrer verrutschten Perücke lustig gemacht hatten.

»Und andere Kleider. Meine Tochter ist ein Freak, von der Kleidergröße her könnte es passen.«

»Du kannst mich doch nicht meiner erotischen Ausstrahlung berauben!«

»Es ist an dir, ob du vorübergehend auf die Erotik verzichtest oder langfristig auf dein Leben – fragt sich, was dir wichtiger ist.«

»Erotisch zu sein, natürlich!«

»April! Manchmal bist du ein echter Kindskopf. Die Buell lässt du unangetastet, was du aus der Garage und deiner Wohnung brauchst, lässt du dir am besten von Lou stehlen, das kann sie ja hervorragend.«

»Und wo soll ich wohnen?«

»In Privatwohnungen, in Hotels und Jugendherbergen, nie länger als ein, zwei Nächte. Den Fiat gibst du zurück und mietest einen Wagen, am besten alle paar Tage einen anderen.«

»Sag mal, ist dir das Ingwerbier in den Kopf gestiegen – so zu leben ist eine Zumutung!«

»Hab dich nicht so. Durchlöchert herumzuliegen ist schlimmer.«

Es war eher April, die allmählich das Ingwerbier spürte. Immerhin entspannte sie der Alkohol. Sie erinnerte sich daran, wie nahe sich Lou und sie gestern beim Verabschieden gekommen waren und ihr wurde schwindlig davon …

»Wie ist es eigentlich mit der Luger gegangen?«

»Gut«, sagte April, »es war ein angenehmes Gefühl, die Waffe zu haben – habe dem Lenz ein wenig Angst eingejagt, und, nun gut, mir ist unabsichtlich ein Schuss abgegangen, über Lenzens Schulter, habe Lous Türrahmen erwischt, es ist aber nichts passiert. Später beim Kämpfen hielt Lou mir die Knarre an den Kopf, das war harmlos, ich hab sie vorher gesichert.«

April legte die Pistole auf den Tisch. Rösli untersuchte die Waffe.

»Hast du sie in der Zwischenzeit wieder geladen?«

»Nein.«

»In dem Fall hat Lou dir eine geladene Luger an den Kopf gehalten.«

April wurde weiß im Gesicht, »Kackenschotter!«

»Ja, allerdings! Ich hätte dir die Knarre nie geben sollen!«

»Es ist doch nichts passiert.«

»Aber nur, weil du ein Glückspilz bist.«

»Gib mir morgen nochmals Schießunterricht, da kann ich meine Künste verfeinern.«

»*Verfeinern*?« Rösli begann schallend zu lachen, »du kannst nicht mal die Waffe sichern, Knallkopf.«

»Bha.« April stand auf, lehnte sich gegen das Geländer, betrachtete den Sternenhimmel und schwieg für eine Weile. »Wie weiß man, ob man verliebt ist?«, fragte sie plötzlich.

»Das fragt die große Frauenheldin?«

April schaute stumm in die Sterne. Rösli wartete ab. Als es still blieb, sagte sie: »Wenn du verliebt bist, flattert dein Magen, du hast keinen Hunger und kannst nicht schlafen. Du bist beschwingt, aufgeregt, aufgedreht und möchtest die Welt umarmen. Du musst dauernd an sie denken, sehnst dich nach ihr. Du bist ohne Alkohol betrunken. Alles in allem sehr schön und fürchterlich anstrengend.«

April überlegte. »Wusste ich's doch, dass ich unverliebt bin: Die Welt umarmen möchte ich nicht, lieber mich davor verstecken. Mein Magen fühlt sich völlig okay an. Lou ist eine Eroberung unter vielen.«

Das hielt sie allerdings nicht davon ab, sich zu fragen, ob nicht vielleicht Lou Verliebtheitssymptome hatte und was Lou im Moment wohl machte und ob sie ihr ein paar Worte schreiben sollte. Sie dachte an die gemeinsame Liebesnacht und ihr Körper geriet in Aufruhr. »Weißt du, Rösli, manche Menschen sind gegen Verliebtheit immun.«

Rösli schmunzelte, äußerte sich aber nicht dazu. Wenn es um Selbstwahrnehmung ging, hatte April eine Wagenladung voller blinder Flecken. »Wir müssen ins Bett, morgen um sechs ist Tagwacht, du hilfst mir beim Melken und Käsen.«

April stöhnte auf, denn sie wusste, dass Widerstand zwecklos war. Sie blieb noch einen Moment sitzen, um ihr Bier fertig zu trinken, und überlegte sich, ob und was sie Lou schreiben könnte. Es sollte sich souverän, beiläufig und raffiniert anhören. Sie begann: `Hej d`

Der Finger geriet an die Sendetaste und schickte die SMS ab. Wie uncool! Bald piepste es und eine SMS von Lou traf ein:

`Hallo a`

Da musste April lachen und sie wunderte sich über das warme Gefühl, das durch ihren Körper strömte. Sie schrieb:

`Hej du, ich hoffe, du hattest einen gute`

Schon wieder vorzeitig abgeschickt! Was war nur mit ihren Fingern los, die zitterten doch sonst nicht.

`Guten Tag wollte ich schreiben! Scheißhandy! Schlaf gut …`

`;) ebenfal ... :)`, schrieb Lou zurück.

April drückte das Handy ans Herz, dann ging sie Zähne putzen.

Sonntag, 5. Juli *35 °C*

Nach dem Käsen verfrachtete Rösli April ins Auto und fuhr mit ihr nach Zweisimmen zu ihrer Tochter. Röslis Jeep war sehr geländegängig, darin erschöpften sich seine Vorteile aber auch schon. Die Nachteile: Er besaß keine Klimaanlage und holperte, statt zu ziehen, er war ungemütlich und Röslis Schlager-CD eine Tortur. April sagte, jetzt wisse sie, wie es sich in einem Toaster anfühle. Rösli ignorierte die Anmerkung, stattdessen schwitzte sich vor sich hin und pfiff Schlager.

Elisabeth sah aus wie die jüngere und schlankere Version von Rösli, sie besaß auch die gleiche Herzlichkeit. Ihr Mann Martin kam an die Tür, auf dem Arm ein kleines entzückendes

Mädchen mit verschmiertem Mund und dem seltsamen Namen Shakti. Als die Kleine Rösli entdeckte, streckte sie die Ärmchen nach ihr aus – Rösli mutierte sofort zur Großmutter, die alles andere um sich vergaß. April lobte Martins Ingwerbier, es sei das Beste, das sie jemals getrunken habe, und verwickelte ihn in ein Gespräch über Bierbrauen, als hätte sie eine Ahnung davon. Spätestens als sie fragte, ob man beim Brauen wie beim Käsen Lab benütze, entlarvte sie sich als Dilettantin. Martin ließ sich das nicht anmerken, sondern erklärte ihr, dass der Hopfen gewissermaßen eine ähnliche Aufgabe habe wie beim Käsen das Lab. Von da an würde April in Gruppen immer mal wieder heftige Diskussionen auslösen, weil sie behauptete, dass Käsen und Bierbrauen im Prinzip das Gleiche seien.

Sie gingen ins Haus, in die Stube, wo Elisabeths Kleider auf dem Tisch lagen. »Ich habe seit der Geburt der Kleinen noch nicht wieder mein altes Gewicht, du kannst sie gerne eine Zeitlang ausleihen.«

Elisabeth hatte einmal eine ausgedehnte Reise nach Indien gemacht und sich nie ganz davon erholt: Sie war Dauerkundin bei Markständen, die von Räucherstäbchen bis farbenfreudigen Röcken alles anboten, was im Entferntesten mit Indien zu tun haben könnte.

April versuchte zu lächeln und näherte sich zögernd den Kleidern. »Sie sind ziemlich anders als meine.«

»Das genau ist der Punkt«, erklärte Rösli, die mit Shakti auf dem Arm herumhüpfte.

Seufzend packte April wahllos Stoff und ließ sich von Elisabeth ins Schlafzimmer führen. Zu allem Ärger passten die Kleider. Rösli rief, sie solle rauskommen und sich zeigen, was April nicht tat, denn sie fühlte sich fürchterlich. Da kam Rösli mit Shakti ins Schlafzimmer und rief entzückt: »Wunderbar, man erkennt dich kaum wieder!«

Elisabeth fand, dass April die Kleider sehr gut stünden, Martin hielt sich bedeckt. Begeistert packte Rösli die Sachen in eine

Tasche, man sprach noch eine Weile über Shaktis Entwicklung, dann verabschiedeten sie sich, wobei die Oma einige Schwierigkeiten zeigte, die Kleine wieder der Mutter zu überreichen.

Im Auto sagte April: »Das ist der Tiefpunkt meines Lebens.« Rösli fuhr grinsend los. Auf Aprils Frage, wohin es jetzt ginge, sagte sie nur, dass sie das schon sehen werde.

Sie hielten vor einem Chalet am Rand des Dorfes. Als April das Schild entdeckte, auf dem stand: MIRANDAS COIFFURE, verweigerte sie den Ausstieg. Sie lasse sich nicht vollständig zerstören, lieber wolle sie von einem Auto überfahren werden.

»Keine Widerrede. Sei dankbar, dass du am Sonntag herkommen konntest. Du willst hoffentlich nicht unhöflich sein und die Frisöse umsonst herbestellt haben.«

»Ich habe nichts und niemanden nirgendwohin bestellt – du kannst bei dir was schneiden lassen!«

»Hab dich nicht so – wir hatten uns auf diese Strategie geeinigt.«

»*Du* hast, nicht wir!«

»Es geht um dein Leben, Knallkopf. Komm jetzt.«

Miranda hieß in Tat und Wahrheit Vreni und sah aus wie eine gut frisierte und geschminkte Metzgerstochter. Vreni-Miranda begrüßte April mit starkem Händedruck und setzte sie auf einen Stuhl, mit dem sie sofort fest schweißverklebt wurde. Bevor sich April versah, waren ihre Haare nass, Rösli und Vreni diskutierten über Farben, April wollte gefälligst mitreden, aber die Frauen beachteten sie nicht.

»Es wird nichts gefärbt!«

Vreni tätschelte ihr beruhigend die Schulter. »Keine Sorge, wir färben deine Haare nicht. Es gibt nur eine Tönung, die ist im Nu wieder raus. Wenn es euch nicht stört, schalte ich den Fernseher ein, da kommt eine Sendung, die ich sonntags immer gucke.« Bevor sie antworten konnten, hatte Vreni einen kleinen Fernseher eingeschaltet, der neben dem Spiegel stand. Es lief *Sternstunde Philosophie.* April merkte nicht, dass ihre Haare immer kürzer wurden. Als sie wieder einmal in den Spiegel schaute, entdeckte sie das Verbrechen und erkannte, dass nichts mehr zu retten war. Sie begann ohne Umschweife zu heulen. »Ich habe kein Haar mehr, ich bin am Ende, gebt mir die Luger, ich jage mir eine Kugel durch den Kopf!«

»Das würdest du sowieso nicht schaffen«, sagte Rösli trocken. »Außerdem stehen dir kurze Haare super.«

»Ich sehe aus wie ein Kurzhaardackel!«

»Ja, genau, es ist einfach perfekt«, schwärmte Rösli.

»Und jetzt noch die Tönung«, begann die Frisöse.

April merkte in ihrem Elend nicht, dass Vreni Rösli zuzwinkerte. Sie zwinkerte, weil die Tönung eine Färbung war.

Das Resultat war – wie soll man sagen – rot und versetzte April in einen Zustand schierer Verzweiflung.

Als sie zur Sennhütte hochfuhren, plapperte Rösli fröhlich über ihre Enkeltochter und darüber, wie gelungen Aprils Verwandlung sei, bis April ihr befahl, anzuhalten. Kaum stand der Wagen still, sprang sie hinaus.

»Was soll das?«, fragte Rösli erstaunt.

»Ich gehe zu Fuß, sonst bringe ich dich auf der Stelle um.«

»Warum?«

»Glaubst du, ich werde mit diesem Schopf und diesen Klamotten bei irgendeiner Frau landen können?«

»Du meinst, bei Lou?«

»Nein, allgemein«, April errötete passend zum Haar.

»Du siehst unabhängig von der Frisur und der Kleidung gut aus. Dein Gesicht, deine Ausstrahlung, die Art, wie du dich bewegst – all das macht dich schön und das hat sich nicht verändert. Komm wieder rein, es ist viel zu heiß zum Wandern und mit deinen Stiefeletten holst du dir nur Blasen an die Füße.«

Was Rösli gesagt hatte, besänftigte April ein wenig – sie war nicht unempfänglich für Komplimente. »Ich spüre einen heißen Fön in meinem Nacken, wie seltsam«, April fuhr sich ein paar Mal durchs kurze Haar und stieg wieder ein.

Als sie später das Mittagessen zu sich nahmen, sagte Rösli: »Am besten kommen Lou und Zoro hierher, damit wir die Dinge besprechen können. Ich will das nicht über Telefon oder Internet tun.«

April nickte, das leuchtete ihr ein. Aus diesen, also rein sachlichen Gründen schrieb sie Lou eine SMS. Lou antwortete, dass sie kommen und sich melden würden, sobald sie in Zweisimmen seien. In der Folge war April zu nichts mehr zu gebrauchen, sie hühnerte ums Haus herum (von Schatten zu Schatten), besuchte den Käse im Keller, machte in ihrem Zimmerchen Ordnung. Natürlich war das Handy immer mit dabei und sein Display bekam viele Blicke zugeworfen. Rösli saß am Computer, von dem sie manchmal aufschaute, wenn April wieder vorbeisauste, dann dachte sie grinsend: Eindrücklich, wie unverliebt sie ist.

Um zwei Uhr traf die ersehnte SMS ein. Bevor Rösli die Autoschlüssel ergreifen konnte, saß April schon im Jeep und schaute erwartungsvoll. Dann sah sie sich im Rückspiegel und wurde mutlos – ihr Haar.

Kaum hatte sie Lou am Bahnhof erspäht, erklärte sie ihr, dass sie das aus Sicherheitsgründen habe machen lassen müssen.

Lou sagte nur: »Mir gefällt's.«

April fiel Geröll vom Herzen.

Rösli begutachtete Lou insgeheim, als wollte sie prüfen, ob sie für April geeignet sei. Lou hatte etwas Verletzliches, Melancholisches und Einsames an sich, das Rösli berührte. Sie war auf unaufgeregte Art schön – jemand, den sie sofort ins Herz schloss. Zoro strahlte etwas ähnlich Verlorenes aus und Rösli fragte sich, woran das wohl lag. Er hatte intelligente Augen und einen schönen Bart, war vielleicht etwas klein, aber er musste ja nicht ihr passen.

Bei der Sennhütte angekommen, führte April Lou und Zoro herum, als wohnte sie hier; zeigte ihnen den Käsekeller und die zwei Käse, bei deren Entstehung sie assistiert hatte – hier unten blieben sie einen Moment, weil es schön kühl war; dann zeigte sie ihnen den Kuh- und Ziegenstall, die zu dieser Tageszeit voller Tiere standen, und die beiden Katzen und Lumpi.

In der Zwischenzeit hatte Rösli selbstgemachten Eistee auf dem Tisch vor dem Haus bereitgestellt, dazu Kekse. Sie sorgte dafür, dass Lou und April weder nebeneinander noch sich gegenüber saßen, sie durften einander nicht ablenken.

Dann kam Rösli ohne Umschweife zur Sache: Einerseits mussten sie eine sichere Verbindung über Handy und Computer aufbauen. Andererseits die Dokumente entschlüsseln. Ob sie die einmal sehen könne.

Zoro legte die Dokumente auf den Tisch. Rösli und April betrachteten interessiert die Aneinanderreihung von Wörtern ohne Sinn und Zusammenhang.

»Es kommen regelmäßig Ausdrücke – oder soll ich sagen, Formeln? – vor, die unverständlich sind: Eine Abfolge von zwei bis vier Buchstaben, danach zwei bis vier Zahlen, die durch einen Punkt getrennt sind. Wahrscheinlich bilden sie einen wichtigen Hinweis für die Entschlüsselung.« Er nahm ein Blatt Papier hervor, auf dem die Abfolgen aufgeführt waren: ES25.17H / HAB1.7 / HOS4.14 / SPR7.10 / PS18.48 / KOR15.251 / MI5.14 / LK8.12 / AM9.4 / OFFB16.8 / JER51.7

Rösli kniff die Augen zusammen, neigte den Kopf von einer Seite auf die andere. »Ich bekam zur Konfirmation ein Bild mit einem Bibelspruch: *Gutes und Barmherziges werden mir folgen mein Leben lang, und ich werde bleiben im Haus des Herrn immerdar* – ha, ich kann es heute noch auswendig –, das ist Psalm 23.6 oder PS 23.6.«

Zoro schlug sich an die Stirn. »Natürlich! LK ist Lukas, OFFB Offenbarung, JER Jeremia, HES Hesekiel – wie konnten wir das nicht erkennen, wo wir doch streng katholisch erzogen worden sind!«

Lou nickte. »Unsere Nonnen würden sich die Haare raufen, wenn sie wüssten, dass wir nicht selber drauf gekommen sind.«

»Nonnen?«, fragte Rösli.

»Wir sind in einem Waisenhaus aufgewachsen, das einem Kloster angeschlossen war.«

»Die Bibelstellen haben sie bestimmt nicht zufällig ausgewählt. Lasst uns nachschauen, welche es sind.« Zoro hatte sein Laptop ausgepackt und fragte nach dem WLAN-Zugang.

Rösli nickte. »Los, gehen wir hinein.«

Zurück blieben April und Lou. Sie blickten sich über den Tisch hinweg an.

»Hei, rote Zora«, sagte Lou.

»Hör mir auf. Man sieht mich schon aus der Ferne leuchten. Sehr unauffällig!«

»Vielleicht ist genau das die Strategie: So auffällig, dass es schon wieder unauffällig ist. Wäre ich deine Verfolger, würde ich erwarten, dass du dich unsichtbar machst, und deinen Rotschopf glatt übersehen.«

»Du solltest mich erst in den freakigen Kleidern sehen, die ich in der nächsten Zeit werde tragen müssen – ich erkenne mich selber nicht mehr.«

»Dann ist das Ziel erreicht«, Lou lächelte.

»Trotzdem.«

Schweigen. Was sagte man, wenn man die Frau auf der anderen Seite des Tisches an sich reißen möchte, aber nicht wusste, ob die andere überhaupt hingerissen werden will? Und auch wenn sie es wollte, könnte man es trotzdem nicht. Man machte also am besten nichts …

Lou betrachtete interessiert die Berge. Nach einer Weile fragte sie April, wie sie hießen.

April deutete auf den einen Berg, »das ist der Engstligengrat, Röslis Großvater hat den bestiegen, ist beim Runterklettern in die Tiefe gefallen – tot.«

»Oh.«

»Nebendran befindet sich das Hüpfli, der heißt so, weil er eine lustige Kuppel hat. Das dort sind die Käserkrete, das Plumpserhorn und der Buntfaltenberg.«

»Noch nie gehört.«

»Die sind auch nicht sehr bekannt. Ganz hinten kannst du die Spitze des Eigers sehen und auf der anderen Seite das Matterhorn.«

Lou runzelte die Stirn. »Der Eiger liegt doch dort«, sie deutete in Richtung Osten, »und der sieht nicht wie das Matterhorn aus. Außerdem befindet sich das im Wallis.«

»Das ist die Hinteransicht. Berge können ganz anders aussehen, wenn man sie aus einem anderen Blickwinkel betrachtet. Klar steht das Matterhorn im Wallis, aber die Schweiz ist klein, da sieht man immer fast alles.«

Lou kniff die Augen zusammen und schaute eine Weile, dann drehte sie sich zu April um. »Das hast du alles erfunden, gib es zu.«

April zuckte mit den Schultern. »Vielleicht ein bisschen«, sie grinste.

»Vielleicht ein bisschen? Von A bis Z!«

»Du mit deinem Kletterladen hättest das sofort merken müssen.«

»Ich organisiere Kurse, bin keine Bergführerin. Du hast mich auf den Arm genommen.«

Irritiert guckte April an sich hinunter. »Ich habe nichts auf meinem Arm«, sie machte ein bedauerndes Gesicht.

Lou ignorierte die Anspielung und streckte sich. »Gehen wir hinein und schauen wir, was die beiden herausgefunden haben.«

In der Stube saßen Rösli und Zoro mit düsteren Mienen über ihre Laptops gebeugt.

»Bedeutet euer Gesichtsausdruck, dass ihr noch nicht fündig geworden seid oder dass das, was ihr gefunden habt, besorgniserregend ist?«, erkundigte sich Lou.

Zoro schaute kurz auf. »Letzteres. Hört euch das nur mal an:

Hiob 24.14: *Wenn der Tag anbricht, steht der Mörder auf und erwürgt den Armen und Dürftigen; und des Nachts ist er wie ein Dieb.*

Hesekiel 25.17: *Ich will große Rache an ihnen üben und mit Grimm sie strafen, dass sie erfahren sollen, ich sei der Herr, wenn ich meine Rache an ihnen geübt habe.*

Hosea 4.14: *Ich will's auch nicht wehren, wenn eure Töchter und Bräute geschändet werden, weil ihr einen andern Gottesdienst anrichtet mit den Huren und opfert mit den Bübinnen. Denn das törichte Volk will geschlagen sein.*«

»*Holy Cackenshotter*, was soll das?!«

Rösli seufzte. »Zum Thema Hurerei gibt es mehrere Stellen:

Hesekiel 33.26: *Ja, ihr fahret immer fort mit Morden und übet Gräuel, und einer schändet dem andern sein Weib.*

Hesekiel 16.33: *Denn allen andern Huren gibt man Geld; du aber gibst allen deinen Buhlern Geld zu und schenkst ihnen, dass sie zu dir kommen allenthalben und mit dir Hurerei treiben.*«

Eine Weile herrschte bedrückte Stille, dann fragte Lou: »Sind auch freundliche Sprüche darunter?«

Zoro schüttelte den Kopf. »Bis jetzt sind wir auf keine gestoßen. Neben der Hurerei kommt das Thema Rache oft vor:

5. Mose 32.35: *Die Rache ist mein; ich will vergelten.*

Psalm 18.48: *Der Gott, der mir Rache gibt und zwingt die Völker unter mich.*«

»Bei den meisten Bibelstellen geht es um Reichtum, Unterdrückung, Rache und Vergeltung, Hurerei, Tod oder Mord«, fuhr Zoro fort. »Man muss keine Leuchte sein, um zu erkennen, dass diese B.I.A. nicht gerade wohlgesinnt ist. Nichts von *Brüderlich in Allem*!«

Mit einem Mal erhellte sich Lous Gesicht. »Zoro, du hast doch Anagramme für *Brüderliche in Allem* gefunden, die uns nicht weitergeholfen hatten – vielleicht geht es nicht um Anagramme, sondern darum, dass *BIA* an sich etwas heißt.«

Zoro nickte und gab den Ausdruck im Google ein, er scrollte. »Da kommt viel, was nicht passt – oh, hört euch das an: *Bia*, in der griechischen Mythologie die Göttin der Gewalt. Sie ist die

Tochter des Titanen Pallas – hörst du, April?! – und der Styx. Wegen ihr und Kratos wurde Prometheus an den Felsen geschmiedet.«

»Göttin der Gewalt. Das erklärt einiges«, sagte Lou.

»Heiliger Strohsack«, ergänzte Rösli.

Aprils rechte Augenbraue schnellte in die Höhe. »Und das alles soll Montiross nicht wissen? Wohl kaum!«

Zoro wiegte den Kopf. »Könnte durchaus sein. Überleg mal: Die B.I.A. ist eine gemeinnützige Organisation, die Gutes tut, hinter der sich aber Leute verstecken, die Böses tun. Da ist es von Vorteil, wenn die Mitglieder, die sich für die guten Aktivitäten einsetzen, vom den anderen nichts wissen – das perfekte Deckmäntelchen! Die Bande schiebt also ihre Dokumente denen unter, die nichts von ihren verbrecherischen Tätigkeiten wissen. Worin auch immer diese Tätigkeiten bestehen mögen …«

»Nun haben wir diese fürchterlichen Bibelstellen, doch helfen die uns beim Dechiffrieren des Textes weiter? Ich erkenne keinen Zusammenhang«, sagte Lou.

»Ich auch nicht. Bis jetzt jedenfalls nicht«, Zoro runzelte die Stirn.

Sie saßen niedergedrückt da, Rösli und Zoro am Tisch vor ihren Laptops, Lou und April auf dem Trittofen, der an diesem heißen Sommertag angenehm kühlte. Da erhob sich Rösli betont munter. »Will jemand Kaffee oder noch mehr Eistee? Lasst uns rausgehen, das bringt uns auf andere Gedanken.«

April sprang auf. »Ich mache Feuer«, sagte sie mit stolzem Seitenblick auf Lou, als sei das eine außerordentliche Fähigkeit. Lou schaute ihr zu, was keine gute Idee war, jedenfalls brachte April erst beim dritten Anlauf ein Flämmchen zustande. Lou machte sie lächelnd darauf aufmerksam, dass ihr Ruß auf der Wange saß. Rösli verfolgte die Szene schweigend. Als sie wieder draußen am Tisch saßen, räusperte sie sich und begann: »Wir arbeiten an einer Sache, die überaus heikel ist. Es gab einen Einbruch bei April und man hat versucht, sie umzubringen. Seit heute haben wir Hinweise, dass die B.I.A. eine Organisation ist, die Übles will. Wir müssen mit größter Vorsicht vorgehen. Zoro und ich haben eine sichere Handy- und E-Maillinie gebaut, die noch ausbaufähig ist – aber Aprils Leben ist direkt, das von uns dreien indirekt bedroht. Wir müssen uns also extrem konzentrieren und vorsichtig handeln.« Sie schaute zu April und zu Lou. »Für euch beide heißt das, dass ihr jeglichen privaten Austausch sein lässt. Was immer ihr füreinander empfinden mögt und miteinander wollt: vergesst es. Gefühle liegen nicht drin – ohne Wenn und Aber! Legt eure Wünsche und Begehren auf Eis. Das ist nicht verhandelbar, unser aller Sicherheit hängt davon ab.«

Lou starrte in ihren Kaffee, April betrachtete angestrengt die Tischplatte.

»Habt ihr mich verstanden?« Rösli klang überaus hart.

Sie schauten auf und nickten und versuchten dabei ein Gesicht zu machen, in dem zu lesen stand, dass sie absolut kein Problem damit hatten, diese Regel einzuhalten, auch wenn das Gegenteil richtig war und alle es wussten.

Den restlichen Nachmittag verbrachten sie damit, einen Zusammenhang zwischen den Bibelstellen und dem Wörtersalat zu finden. Nichts half weiter. Bis Lou Wörter zu zählen begann.

Zoro wollte wissen, warum.

»Mehr zufälligerweise. Die Bibelzitate sind ja in den noch kryptischen Text eingebettet und ich dachte, dass es vielleicht einen Zusammenhang zwischen ihm und den Zitaten gibt. So habe ich die Anzahl der Wörter in den Bibelstellen und derjenigen im Text gezählt. Es gibt tatsächlich einen Zusammenhang!«

»Und?«

»Bis jetzt waren immer elfmal mehr Wörter im Text als in der Bibelstelle.«

Alle begannen zu zählen und es war so. Hatte die Bibelstelle beispielsweise sieben Wörter, standen nach ihr siebenundsiebzig Wörter. So blieb es ohne Ausnahme. Zoro googelte die Bedeutung der Zahl Elf, bezogen auf die Bibel. »Hört mal zu: ›11 ist die Zahl, die die Vollendung um eins überschreitet, deshalb ist es die Zahl der Maßlosigkeit; sie gilt als Zahl der Sünde, weil sie die Zahl nach den 10 Geboten ist – somit ist sie das Symbol der Übertretung dieser Gebote. Als Zahl vor der vollkommenen 12 setzt man sie gleich mit Unvollkommenheit. Im Lebensbaum steht sie für die 11. Sefia (Daath) und symbolisiert die verbotene Frucht.‹«

»Das würde passen!«, rief Rösli so begeistert, dass Lumpi wedelnd aufsprang und bellte. April kriegte ihn am Halsband zu fassen und streichelte ihn beruhigend. »Die Elf ist die Schlüsselzahl.« Sie sah, dass Lou wieder zählte. »Was machst du jetzt?«

Lou winkte ab, zählte weiter und schrieb Wörter auf ein Blatt. Die anderen rückten näher. Schließlich sagte sie aufgeregt: »Möglicherweise habe ich die Lösung!«

»Was machst du?«, fragte Zoro ungeduldig.

»Ich wähle das elfte Wort aus jedem Textabschnitt und reihe sie aneinander. Wenn ich am Schluss angekommen bin, mache ich am Anfang weiter.«

Man schnappte sich ein Blatt, zählte und schrieb. Nach einer Weile sagte Rösli: »Es funktioniert!« April pfiff durch die Zähne. Rösli und Zoro holten die Laptops, April und Lou diktierten ihnen jedes elfte Wort. Es herrschte gespannte Stille, man hörte nichts als ab und zu eine Glocke aus dem Stall und das Scharren und Schnaufen der Kühe, in der Ferne rauschte die kleine Simme und ein leiser Wind raschelte in den Bäumen.

Lou fragte Zoro, ob er den Text nicht durch ein Programm laufen lasse könne, das jedes elfte Wort in den Textabschnitten herauspickte. Zoro erwiderte, natürlich, es gäbe solche Programme wie Sand am Meer, die seien sehr gefragt.

Er müsse nicht gleich zynisch werden, entgegnete Lou, solle er halt selber ein solches Programm entwickeln. Zoro lachte verächtlich. In der Zeit, die er brauche, um das zu entwickeln, könne man Dokumente im Umfang von *Krieg und Frieden* per Hand entschlüsseln. April wollte wissen, was *Krieg und Frieden* sei, worauf Lou entrüstet fragte: »Im Ernst?« April nickte. *Krieg und Frieden* sei von Tolstoi, einem bekannten russischen Autor, das wisse man doch. April zuckte mit den Schultern, man könne nicht alles wissen – Lou könne dafür bestimmt nicht erklären, was eine Nadeldüse sei. Da sagte Rösli, sie sollten schweigen und arbeiten, woraufhin April fragte, wie sie schweigen und zugleich das elfte Wort laut sagen solle. Es wurden allgemein Augen gerollt, dann fuhr man fort.

Gegen fünf gingen Rösli und April die Kühe melken und trieben die Tiere auf die Weide. Zoro und Lou machten mit dem Entschlüsseln weiter. Manchmal erlaubte sich Lou einen Seitenblick auf den Rotschopf, der großartig rufend die Kühe vorantrieb. Sie musste lächeln, doch befahl Zoro ihr, sich zu konzentrieren. Sie arbeiteten, bis April den Tisch decken wollte. Hungrig machten sich die vier über die Rösti[11] mit Bratwurst her. Dazu tranken sie Rotwein und plauderten dies und das.

Dann begann Zoro: »Wir haben zwar nicht alle Dokumente, aber glücklicherweise den Anfang. Ich lese ihn euch entschlüsselt vor:

Bias Manifest

Diese Zeilen sind im Geiste der Göttin Bia niedergeschrieben worden, unserer verehrten Göttin, jener Kraft, die wir lobpreisen. Wir sind ihre Jünger und Vollstrecker, möge sie uns segnen und leiten.

Wir streben nach Macht und Unterdrückung. Jeder strebt danach, nur geben es die wenigsten zu.

Die Natur macht es uns vor: fressen und gefressen werden – wir gehören zu denen, die fressen.

Wir sind die Bäume, welche im Wald den Kampf ums Licht gewinnen und in die Höhe wachsen.

Wir wissen um den egoistischen, gewalttätigen und mörderi-

---

11 Für alle Schweizerkostbanausen: Rösti (ausgesprochen: Röschti) ist ein Fladen aus geriebenen Kartoffeln, der auf beiden Seiten knusprig braun gebraten wird.

schen Charakter des Menschen. Im Unterschied zu den andern negieren wir das nicht, sondern lenken diese bösen Kräfte in Bahnen, die uns nützen.

Wir wissen: Der größte Teil der Bevölkerung ist Abschaum, zufällig geboren, stumpf im Geist und dazu bestimmt, uns zu dienen.

Wir wissen: Es gibt keine Gerechtigkeit, deshalb nützen wir die Ungerechtigkeit zu unseren Gunsten.

Wir wissen: Die Armen verdienen ein armes Leben, ihre Aufgabe ist es, die Reichen noch reicher zu machen.

Wir wissen: Reiche sind geadelt durch ihren Reichtum und dazu bestimmt, den Lauf der Dinge zu lenken. Sie sind die Führer im Lande.

So ist die Bestimmung: Wir herrschen kompromisslos und brutal, so wie es den Kindern der Göttin Bia ziemt.

Dieses Dokument legt Zeugnis ab vom Ökosystem unserer Macht und Unterdrückung. Wir haben Mittel und Wege gefunden, den größtmöglichen Profit aus den Armen zu holen – ein in sich geschlossenes System, das Kräfte, Schwächen und Ressourcen der Niederen zu nutzen weiß. –«

»Es ist schlimmer, als ich befürchtet habe«, sagte Lou mutlos, als Zoro geendet hatte.

»Wären wir bloß nie bei den B.I.A.-Mitgliedern eingebrochen«, ergänzte er nickend.

April seufzte. »Ich könnte Montiross den Auftrag zurückgeben und behaupten, dass ich nicht weiterkomme.«

Lou schaute überrascht zu ihr. »Das ist nicht dein Ernst.«

»Ein bisschen schon – ich frage mich, ob das nicht eine Nummer zu groß für uns ist.«

»Wir könnten zur Polizei gehen«, meinte Rösli.

»Genau, dort sagen wir: Wir sind eingebrochen und haben diese Dokumente gefunden, bitte übernehmen Sie jetzt mal den Fall – ach, ja, und hier sind meine Handgelenke, stecken Sie mich hinter Gitter.« Lou lachte freudlos.

»Ja, das geht nicht«, brummte Rösli. »Bleibt nichts anderes übrig, als dass wir dranbleiben. Ich möchte sie ans Messer liefern!«

Die anderen nickten – nicht so, wie man nickt, wenn man gefragt wird, ob man ein Eis haben will, sie nickten, wie wenn sie gefragt würden, ob sie in der Schule schön brav waren.

April und Zoro teilten sich die Dokumente, um sie weiter zu entschlüsseln, dann brachen Lou und Zoro auf. Sie verabschiedeten sich freundlich und sittsam voneinander, mal abgesehen von feurigen und verlangenden Blicken, die zwischen ihnen hin und her schossen. Danach fragte sich jede, wie die andere es hatte aushalten können, sie nicht ins nächste Bett (oder auf den nächsten Teppich) zu zerren. Diese Frage beschäftigte Lou auf der Heimfahrt und April beim Einschlafen. Sie war für den Moment weit wichtiger als die Frage, wie man den bösen Kindern der Göttin Bia das Handwerk legen konnte.

Montag, 6. Juli *30 °C*

Das war das Schöne an diesem Tag: Es wurde fünf Grad kühler als am Vortag, was immer noch ein Leben im Brutkasten bedeutete. Bei dieser anhaltenden Hitze konnte sich die Erde in der Nacht nicht mehr abkühlen: Schon am Morgen begann der Schweiß zu fließen, kaum dass man solch unglaublich anstrengende Aufgaben wie Kaffeekochen erledigte.

An diesem Tag setzten April und Zoro das Entschlüsseln fort; je mehr lesbar wurde, umso mehr verdüsterte sich ihre Gemütsfassung. Sie mailten einander die Texte zu, schließlich rief Zoro April an.

»Es ist zum Kotzen«, sagte er.

»Ja, furchtbar.«

»Einfach abartig.«

»Wie können Menschen so sein?«

»Menschen? – Wohl eher Monster. Wir müssen uns treffen, am liebsten noch heute Abend.«

Nachdem sie sich mit Lou und Rösli abgesprochen hatten, einigten sie sich auf ein Restaurant als Treffpunkt in der Mitte zwischen Zweisimmen und Bern: Thun, im SCHADAUPARK.

Auf der Höhe von Erlenbach sagte April, dass sie gleich aus Röslis Auto springe, wenn sie *Griechischer Wein* von Udo Jürgens bis zum Schluss mitanhören müsse. Hier zeigte sich ein weiterer Vorteil des Jeeps: Er kam nicht nur ohne Klimaanlage aus, sondern besaß auch keine Zentralverriegelung, die Rösli hätte betätigen können, um ohne menschlichen Verlust Musik zu hören.

Mit jedem Höhenmeter, den sie auf der Fahrt verloren, wurde es heißer. April schaute gebannt nach vorne und verkrampfte sich bei jedem Auto, das ihnen entgegenkam, vor allem, wenn es nach einem Audi aussah. Und es gab erschreckend viele Audis. Ein paar Mal packte sie angsterfüllt Röslis Arm. Rösli erklärte ihr, dass ihren robusten Jeep wohl kaum jemand über den Haufen fuhr, allenfalls würden sie dank Aprils Attacken bald einen Selbstunfall bauen. April entgegnete nur ein beleidigtes »Bha!«.

In Thun parkte Rösli in der Nähe einer Kapelle, die bei Heiratswilligen sehr beliebt war. Sie stiegen schweißgebadet aus. Das allein schon war unangenehm, aber in Kleidern zu stecken, die man nie im Leben hätte tragen wollen, war ein Schlag in die Magengrube des Gemüts: April war sauer auf Rösli, auf die verdammten Gewänder, auf die Hitze und diese verlotterte Karre. Zusammen mit der Aufregung, Lou zu treffen, und dem Wissen um das, was in den Dokumenten stand, wurde ihr alles des Guten zu viel. Sie entschuldigte sich mit der Bemerkung, dass sie eine innere Zeitbombe entschärfen müsse, und verschwand in das Kirchlein. Dort war es deutlich kühler und glücklicherweise menschenleer. April sammelte sich, atmete in den Nabelbereich und legte mit Kung Fu los – was ihr gerade einfiel und der Platz erlaubte. Sie legte alle Kraft und das innere Chaos in ihre Schläge, Hiebe und Tritte. So ging das, bis Rösli den Kopf hereinsteckte und Brucie Lee einen Moment bewundernd zusah. »Komm jetzt, Rotschopf«, sagte sie schließlich lächelnd.

»Erinnere mich nicht daran«, murrte April.

Lou und Zoro saßen schon auf der gut besuchten Terrasse des Restaurants und waren gerade dabei, zu bestellen. Als sie April in ihren Tarnkleidern sahen, beherrschten sie sich mühsam, nicht laut herauszulachen.

»Ein Wort und ihr wünschtet, nie geboren worden zu sein«, sagte April grimmig.

»Ja, dir *auch* einen guten Abend und wir freuen uns *auch*, euch zu sehen«, sagte Lou.

»Warum treffen wir uns an einem solch übervölkerten Ort? Bin gespannt, was in den Dokumenten steht«, sagte Rösli, »April wollte mir nichts erzählen.«

»Und das aus gutem Grund. Was die Örtlichkeit angeht: Der Lärmpegel ist größer, dadurch versteht man uns schlechter und wir verschwinden in der Masse«, erklärte Zoro.

Als alle ihr Getränk vor sich stehen hatten, begann er mit seinem Bericht: »Vielleicht erinnert ihr euch, dass am Anfang des B.I.A.-Manifests stand: *Dieses Dokument legt Zeugnis ab vom Ökosystem unserer Macht und Unterdrückung*. Und so ist es. Aus den Dokumenten, die uns vorliegen, erfahren wir mehr als genug. Ich gebe euch hier eine Zusammenfassung: Da ist, ich nenne es mal so, die *gute* B.I.A., die sich für gemeinnützige Dinge einsetzt, zum Beispiel für Kinderdörfer, wo Waisenkinder und Ausgestoßene Zuflucht finden. Die Organisation, die hinter der guten B.I.A. versteckt, benützt diese Dörfer für ihre Zwecke: Sie rekrutieren Kinder, je nach Konstitution und Aussehen. Diejenigen mit Behinderung schicken sie zum Betteln, die Kräftigen kommen auf die Kokaplantagen, die Hübschen landen auf den Strich oder werden für Kinderpornos missbraucht – im Sinne der Bibelstelle ›*Und ich will's auch nicht wehren, wenn eure Töchter und Bräute geschändet werden.*‹

Mädchen und Jungen, die besonders gut aussehen, bekommen eine Ausbildung und bleiben unangetastet, bis sie im Alter von vierzehn in die Schweiz verfrachtet werden – mit Pässen, die sie als Achtzehnjährige ausweisen. Dort werden sie zuerst ›trainiert‹ und dann an Männer verkauft, die eine hübsche Summe für sie zahlen. Die B.I.A.-Mitglieder kriegen Rabatt oder die Ware sogar gratis.«

»Consuela und Abrienda!«, fügte April an.

»Genau. Die Mädchen werden meist verheiratet, jedenfalls dem Anschein nach, wenn auch nicht standesamtlich. Ihre Pässe und die Einbürgerung sind gefälscht. Die Frauen sind faktisch ohne Papiere und könnten jederzeit abgeschoben werden. Die Jungen arbeiten auf dem Schwulenstrich oder dienen als Lustknaben für ältere Herren. Wie das weitere Schicksal aussieht, hängt vom Ehemann beziehungsweise Besitzer ab. Manche werden nach ein paar Jahren hinausgeworfen, das heißt, sie enden in Bordells oder machen niedrige Arbeiten.

In Naturreservaten, welche die gute B.I.A. großzügig unterstützt, verstecken sich Kokaplantagen samt Produktionsstätten für Kokain und Crack. Die Drogen werden an Reiche aus Politik, Wirtschaft und Kultur verkauft und helfen den Mädchen im Bordell dabei, ihre Arbeit zufriedenstellend zu erledigen.

Man ist auch andernorts tätig: Zum Beispiel unterstützt die gute B.I.A. in Italien und Griechenland die Erstversorgung von Flüchtlingen, die böse hingegen verdient viel Geld mit Schlepperbanden: Sie transportiert Flüchtlinge mit Schiffen, die marode sind, aber dank Neuanstrichs vertrauenerweckend aussehen. Die meisten Schiffe gehen unter, das wird in den Dokumenten als die *beste Lösung für die Flüchtlingsfrage* bezeichnet.«

Es war ein lauschiger Sommerabend, Segelschiffe glitten still übers Wasser, die Berge standen stolz im dunstigen Licht. Menschen flanierten auf der Promenade, ein junger Mann spielte Gitarre, ein anderer jonglierte mit Bällen. Es war einer dieser köstlichen Momente, in denen man sich zufrieden zurücklehnen und das Leben genießen konnte. Außer man hatte soeben erfahren, welche Grausamkeiten eine Organisation wie die B.I.A. ausübte.

Das nächste Mal, als die Kellnerin in der Nähe war, bestellte Zoro Whisky für alle und obwohl niemand das harte Getränk sonderlich mochte, protestierte keiner dagegen. Whisky wurde in Westernfilmen als Arznei für alles eingesetzt, da musste etwas dran sein. Der Whisky kam, sie hoben die Gläser und jeder nahm einen großen Schluck auf den Schreck.

Rösli sagte: »Wir müssen zur Polizei, das ist alles viel zu groß für uns.«

»Geht nicht«, entgegnete Lou knapp.

»Wir müssen ja nicht persönlich vorbeigehen, sondern könnten ihnen die Dokumente zuschicken.«

»Ja, und was dann? Die lachten sich doch über die Idioten krumm, die sich das ausgedacht haben. Unsere Theorien und Entzifferungen sind für die noch lange kein Beweis. Papier ist bekanntlich geduldig.«

»Wir brauchen Belege und Schuldige«, sagte Zoro. »Wenn wir die haben, können wir zur Kripo gehen.«

Lou verzog das Gesicht. »Und wie kommen wir zu den Beweisen? Wo und wie beginnen wir? April kennt nur zwei Mitglieder der B.I.A.: ihren Auftraggeber und Petra Bucher.«

»Und ein Ehrenmitglied, die Mutter von Montiross«, ergänzte April, »außerdem Consuela. Und da ist auch noch Steiners Haushälterin. Bei Montiross bin ich mir nicht sicher, ob eine weitere Befragung etwas bringt. Was wir aber tun könnten«, April warf Lou einen Blick zu, »das heißt, was Lou tun könnte: bei ihm einbrechen und nach Unterlagen suchen.«

»Gute Idee«, nickte Zoro, doch von Lou kam Protest: »Ja, ja, ihr müsst die Fische nicht fangen – aber für mich bedeutet es ein schwer einschätzbares Risiko.«

»Fische fangen?«, April schaute fragend.

»Anderer Ausdruck für das, was ich mache.«

»Aha, du meinst *einbrechen*«, sagte April laut.

Rösli packte ihre Hand und quetschte sie mit der Stärke einer gestandenen Sennerin, bis April aufschrie: »Spinnst du?!«

»Du weißt nie, wann du deine Klappe halten sollst! Schon mal dran gedacht, dass dich jemand hören könnte?«

April knetete schweigend ihre malträtierte Linke.

Zoro schlug vor, spazieren zu gehen, um das weitere Vorgehen zu besprechen. Sie schlenderten durch den Park, dann setzten sie sich auf das Ufermäuerchen und heckten einen Schlachtplan aus. Lou würde bei Montiross einbrechen, April sich Consuela, Petra und die Haushälterin vornehmen. Vielleicht lohne es sich auch, Montiross' Mutter zu befragen, überlegte April, die Frau kannte die B.I.A. schließlich gut. Sie war zwar nur Ehrenmitglied, aber jeder Hinweis auf Ungereimtheiten war wichtig. Zoros und Röslis Aufgabe lag darin, Lou und April den Rücken freizuhalten. Dann wurden Aprils Übernachtungsmöglichkeiten erörtert. (Rösli: »Nein, April, bei Lou übernachten liegt nicht drin, vergiss es!«)

April tätschelte Zoro den Rücken. »Zoro, für dich gibt es noch eine besondere Aufgabe: Du wirst dem CALIENTE einen Besuch abstatten, dich umschauen, das eine oder andere Angebot ausprobieren und uns dann rapportieren.«

»Nein!«

»Doch. Das muss ein Mann machen und wir haben keinen anderen als dich.«

»Was ihr da von mir verlangt –«

»– ist weitaus weniger schlimm, als diese Klamotten zu tragen«, sagte April. »Es muss sein, Zoro!«

Lou schmunzelte leicht. »Stell dir vor, welche Wonnen du erleben wirst.«

Zoro schaute finster ins Wasser. Die Dämmerung legte sich über die Welt und endlich wurden die Temperaturen angenehm: nicht zu heiß, nicht zu kalt, sondern so, dass der Körper mit der Luft in Frieden war. Sie bummelten weiter und April lief Gefahr, eine Augenverstauchung zu erleiden, weil sie dauernd zu Lou schielte. Was sie bei ihren Seitenblicken erhaschte, entzückte sie ungemein: Lou bewegte sich so elegant, geschmeidig und erotisch – sie hingegen steckte in diesen schlampigen Gewändern, ein schrill gefärbter, bunt eingewickelter Kurzhaardackel. Falls sich Lou je in sie verguckt haben sollte, war das spätestens jetzt vorbei. Sie hätte Rösli lynchen können.

Um halb zehn verabschiedeten sie sich voneinander.

April fuhr mit Lou und Zoro nach Bern, sie hatte Angelika um Nachtasyl gebeten. Die Fahrt über saß sie auf dem Rücksitz und schaute die meiste Zeit nach hinten, um zu prüfen, ob man ihnen folgte. Als sie vor Angelikas Haus hielten, was April überzeugt, dass ihnen niemand gefolgt war, aber der Hals tat ihr weh und ihr war speiübel. Sie kroch aus dem Auto und winkte zum Abschied. Lou lächelte sie an, vermutlich, weil sie so bemitleidenswert aussah. Bei diesem Gedanken fühlte sie sich noch schlechter. Sie straffte den Rücken, um gegen Angelikas Reaktion auf ihren neuen Look gewappnet zu sein, und klingelte.

Kurze Zeit später hörte man aus Angelikas Wohnung schallendes Gelächter.

Dienstag, 7. Juli *36 °C*

»Freaky, ich muss gehen«, Angelika berührte April an der Schulter, »nimm, was du zum Frühstück brauchst. Ich habe dir einen Wohnungsschlüssel auf den Küchentisch gelegt.«

»*Freaky* will ich nicht gehört haben«, protestierte April im Halbschlaf.

»Ach was, ich finde deine Verkleidung erste Sahne«, lachend verließ Angelika die Wohnung. April entschied, dass sie es ihr eines Tages heimzahlen werde. Sie hatte schlecht geschlafen, die Temperaturen waren in der Nacht nicht unter fünfundzwanzig Grad gesunken. Stöhnend las sie in der Tageszeitung, dass das Thermometer heute sogar bis auf sechsunddreißig klettern würde. Angelika hatte vorsorglich alle Luken geschlossen.

April saß im Slip mit einem Kaffee am Küchentisch und überlegte, wen sie als Erstes treffen sollte und wie. Bei einer solchen Hitze verkrochen sich die Leute entweder ins klimatisierte Büro, daheim in die Wanne oder sie flüchteten ans Wasser. Consuela und Petra würden sich nicht freiwillig mit ihr treffen, sie musste sie überraschen. Frau Montiross würde sich freuen – aber unter welchem Vorwand konnte sie sie besuchen, ohne Misstrauen zu erregen? Und da war die Haushälterin, die von Consuela entlassen worden war. Ihre Adresse war zu Beginn des Polizeiverhörs gefallen; um nachzusehen, brauchte sie ihren Laptop. Sie musste in die Garage. So gefährlich würde das schon nicht sein …

Nach der Dusche wählte April den am wenigsten hässlichen Rock und ein blaues T-Shirt, auf dem kleine, runde Spiegel aufgenäht waren. Röslis Tochter hatte ihr erklärt, dass die Spiegel dafür da seien, böse Geister fernzuhalten: Wenn sie jemanden überfallen wollten und die eigene Visage in den Spiegeln erblickten, suchten sie vor Schreck das Weite. April rief ein Taxi und schlüpfte in ihre Jesussandalen, die aus einem dünnen Fladen Leder und drei läppischen Riemchen bestanden. Davon kriegte man schwarze Fußsohlen, der große Zeh rieb sich wund und tat weh, was den Namen der Sandalen erklärte: Jesus hatte es ja mit dem Leiden. April sehnte sich nach ihren Stiefeletten, die zugegebenermaßen an solch heißen Tagen auch nicht optimal waren.

An der Garage bat sie den Taxifahrer zu warten. Sie hätte weinen können, als sie ihre geliebte Buell einsam dastehen sah, und warf ihr Kusshändchen zu. Aber das Motorrad erkannte sie nicht. Drinnen sah alles so aus, wie sie sie verlassen hatte. April packte Laptop, Kabel und Maus, schnappte sich ein paar Schokoriegel vom Regal und stopfte die Post in eine Tüte. Mit wehmütigem Gefühl ging sie wieder.

Der Taxifahrer wusste, wo man in der Nähe ein Auto mieten konnte, und fuhr sie zum BELLEVUE-PARKING. Dort sagte sie der Frau am Schalter, Aussehen und Größe seien egal, die Karre müsse einfach eine Turbomusikanlage haben. Die Frau war eine gute Verkäuferin, jedenfalls vermietete sie ihr eine Mercedes-Limousine, deren Miete horrend war. Egal. Das würde auf die Spesen gesetzt. Eine indische, spiegelbesetzte April Pallas in der Luxuskarre war ein selten kurioser Anblick.

Die Haushälterin Lucia Garcia Cedrez wohnte in einem schmucklosen Reihenhaus in Bümpliz, einem der ärmeren Viertel Berns. Auch hier begann sich der Rasen bereits braun zu verfärben, die Sonne machte schon um zehn Uhr morgens auf Nachmittag in Rimini. April musste sich eingestehen, dass ein luftiger Rock bei solchen Temperaturen seine Vorteile hatte. Neben dem Hauseingang standen und lagen Fahrräder, Tretroller und Spielzeuge. Die Namen an den Klingeln klangen fremd.

Die Haustüre stand offen, wohl in der Hoffnung, dass kühle Luft hereinkam – als gäbe es irgendwo noch kühle Luft. Schwitzend stieg sie die Treppen hoch, neben den Wohnungstüren Schuhe, Schirme, manchmal kleine Schränke und Pflanzen. Im zweiten Stock fand sie Luisa Garcia Cedrez' Namen und klingelte. Innen plärrte ein Radio, Schritte waren zu hören, die Tür öffnete sich einen Spalt, ein Gesicht erschien. »Ja, was wünschen Sie?«

»Ich möchte zu Frau Garcia Cedrez, sind Sie das?«

»Was wollen Sie?«

»Reden.«

»Wer sind Sie?«

»Nicht das, was man meinen könnte. Haben Sie gewusst, dass diese Spiegel böse Geister abhalten? Übrigens sehe ich normalerweise sehr viel heißer und cooler aus.«

Die Frau wollte die Tür wieder schließen, doch April stellte rasch ihren Fuß dazwischen, was schmerzte, weil sie sozusagen barfuß war. »Ich finde, Consuela ist eine blöde, niederträchtige Zicke«, sagte sie rasch.

Da schaute Frau Garcia Cedrez überrascht auf, kommentarlos gab sie den Eingang frei. April schlüpfte aus ihren Jesusdingern und trat ein.

»Wollen Sie etwas zu trinken? Kaffee, Wasser?«

»Gern einen Espresso und ein Glas Wasser dazu.«

Die Frau nickte, führte April ins Wohnzimmer und machte sich in der Küche zu schaffen. Im Radio widmete sich der Moderator dem Thema Nummer eins: das heiße Wetter. An der Wand hing ein Kreuz, an der gegenüberliegenden ein kitschiges Bild von Maria mit Kind, der Fenstersims war mit Pflanzen überladen. Schon trug Luisa Garcia Cedrez ein Tablett mit Kaffee, Wasser und einer Schale mit Erdbeeren herein. Sie war immer noch eine schöne Frau, das schwarze Haar, erst von wenigen weißen Fäden durchzogen, hatte sie kunstvoll hochgesteckt. Ihr Blick wirkte sehr wach, sie strahlte Würde und Ruhe aus.

»Was ist mit Consuela?«, fragte sie, als sie den Kaffee eingeschenkt hatte.

»Das wollte ich Sie fragen. Ich weiß nur, dass sie Sie hinausgeworfen hat und Ihnen den Tod ihres Mannes in die Schuhe schieben will.«

»Ich habe ein Alibi, ich war im Tanzkurs.«

»Das weiß ich. Deswegen bin ich nicht da.«

»Warum dann?«

»Sie waren lange bei Steiner tätig, oder? In etwa so lange, wie Sie in der Schweiz leben.«

Lucia Garcia Cedrez nickte.

»Und haben immer für ihn als Haushälterin gearbeitet?«

Die Frau schaute einen Moment aus dem Fenster, dann bejahte sie zögernd.

»Oder ist das nur die halbe Wahrheit?«

»Bevor wir weiterreden, möchte ich wissen, wer Sie sind und was Sie wollen.« Ein prüfender Blick traf April.

»Ich bin Privatdetektivin.« Sie kramte in ihrer Umhängetasche und überreichte eine Karte.

»AUTOVERLEIH BELLEVUE, was soll ich damit?«

»Ehrlich?« April zeigte entschuldigend auf ihre Tasche, »irgendwo in diesem schrecklichen Hippiesack befindet sich meine Karte. Ich vermiete keine Autos, sondern will den Mord an Steiner aufklären.«

Luisa zuckte mit den Schultern. »Mir ist nicht bekannt, wer Arthur umgebracht hat.«

»Arthur?«

»Herr Steiner.«

»Waren Sie mit ihm per Du?«

»Nein, ja, das heißt jein – was spielt das für eine Rolle?«

»Keine unerhebliche, wenn man viele Jahre für einen Mann den Haushalt geführt hat. Hatten Sie eine Affäre mit Herrn Steiner – in der Zeit, bevor er Consuela heiratete?«

»Sind Sie von allen guten Geistern verlassen?!« Frau Garcia Cedrez fixierte mit angespanntem Gesicht ihre Hände.

»Nein, nur von den bösen.« April deutete grinsend auf ihr T-Shirt. »Die guten Geister haben offensichtlich kein Problem mit Spiegeln. Obwohl ich mich frage, ob es nicht auch gute Geister gibt, die hässlich aussehen und vor sich selbst die Flucht ergreifen.«

Die arme Frau blickte sie verständnislos an.

»Sie hatten also keine Affäre mit Herrn Steiner?«

Lucia schüttelte dezidiert den Kopf. »Nein. Wir waren verheiratet.«

»Was?!«

»Fünfzehn Jahre lang, dann wollte Arthur eine Jüngere.«

»Sie sind geschieden?«

»Das jedenfalls sagte man mir. Ich habe nie eine Scheidungsurkunde gesehen, geschweige eine unterschrieben, aber in allen amtlichen Papieren stand plötzlich, dass ich geschieden bin.«

»Haben Sie sich nicht gewehrt?«

»Am Anfang ja, aber sie drohten mir mit Abschiebung.«

»Das hätten sie doch gar nicht gekonnt.«

»Die schon.«

»Wer *die*?«

»Sie haben ja keine Ahnung.«

»Ich habe mehr Ahnung, als Sie vermuten ... Warum sind Sie da noch als Haushälterin in Steiners Haus geblieben?«

»Es war besser so.«

April nickte verständnisvoll. »Wer möchte schon in einem Bordell arbeiten?«

Ihr Gegenüber schaute überrascht auf. »Woher ...?!«

»Ich bin eben Detektivin. Sie waren wohl nicht nur Haushälterin, sondern hatten auch weiterhin je nach Bedürfnislage für Ihren Exgatten da zu sein, oder?«

»Immer noch besser als das andere – ich weiß, wovon ich rede.« Ihre Augen füllten sich mit Tränen.

April wartete, bis sich die Frau wieder etwas gefangen hatte, dann fragte sie: »Sind Sie als Waise aufgewachsen und wurden in die Schweiz verschleppt?«

Luisa schüttelte den Kopf. »Sie haben mich meinen Eltern abgekauft mit dem Versprechen, dass ich hier als Kellnerin arbeiten kann.«

»Wer sind *sie*?«

»Handlanger –«

»– der B.I.A.«

Nicken und Weinen. »Wir kamen in die Schweiz und wurden«, Luisa schluckte, »wir wurden dort, wie sie es ausdrückten, *zugeritten*. Sie brachten uns bei, wie wir uns zu bewegen haben, wie wir uns schminken sollen, wie wir uns verhalten müssen. Manche Mädchen haben sich umgebracht. Ich weiß nicht, warum ich das nicht auch getan habe.«

April hätte sie gern getröstet, doch welchen Trost konnte sie schon spenden? Sie trank einen Schluck Wasser, dann fragte sie: »Kennen Sie andere Mitglieder der B.I.A.?«

»Natürlich, sie sind *Brüderliche in allem* – sie teilen alles, auch die Frauen.«

»Das war zu befürchten«, seufzte April. »Kennen Sie Hannes Montiross?«

»Ich weiß, dass er der Chef des Berner Klubs ist, habe ihn aber nie getroffen. Die andern machten sich lustig über ihn, weil er keine Ahnung hat, was wirklich abläuft.«

April war irgendwie froh, das zu hören. »Haben Sie eine Ahnung, warum Steiner umgebracht wurde? Und war es die B.I.A.?«

»Da bin ich mir sicher. Arthur war ein treues Mitglied, aber in den letzten Jahren bekam er immer mehr Zweifel am Klub und hatte Bedenken, diese Geheimpapiere bei sich zu lagern.«

»Haben Sie eine Ahnung, wer die treibende Kraft hinter allem ist – die oberste Spitze?«

»Nein, aber kürzlich habe ich gehört, wie Arthur einem Daniel am Telefon sagte, dass er ihr auf der Spur sei. Ich glaube, er sprach mit Moser, sie hatten guten Kontakt miteinander.«

April war auf seltsame Art erleichtert: Man hatte Steiner und Moser also nicht wegen ihres Interviews ermordet, sondern weil sie dem Kopf des Syndikats auf der Spur waren!

Luisa überlegte. »Da fällt mir noch ein: Arthur besaß einen Kelch, den er zu besonderen Treffen mitnahm, er nannte ihn die einzige Verbindung zur Führung. Wie er das gemeint hat, weiß ich nicht.«

»Haben Sie vielen Dank für die Hinweise. Wie steht es mit Ihnen, wie geht es weiter, jetzt wo Consuela Ihnen gekündigt hat? Müssen Sie zurück zum ... Sie wissen schon?«

»Ich weiß es nicht, bisher ist niemand von der B.I.A. bei mir aufgetaucht.«

»Möchten Sie in Ihr Land zurück?«

»Wie denn? Ich habe weder Ausweis noch Pass.«

»Ach, du Kackenscheiße! Entschuldigen Sie den Ausdruck, es ist wirklich eine Kackenscheiße.«

Luisa lächelte leicht. »Ich könnte es nicht besser ausdrücken. Wissen Sie, ich wüsste auch gar nicht, was ich dort machen sollte. Die Eltern sind gestorben, zu den Geschwistern habe ich kaum Kontakt, mein Spanisch ist schlecht geworden.«

»Trotzdem!« April wühlte in ihrer Tasche und fischte eine richtige Visitenkarte heraus, »rufen Sie mich an, wenn Sie Hilfe brauchen. Ich verspreche Ihnen, dass ich alles daransetze, die B.I.A. zu zerstören!«

Sie stand auf. Luisa Garcia Cedrez ebenfalls – und umarmte sie.

Auf dem Weg zum Auto zückte April ihr Handy und rief Lou an. »Was war nochmal mit diesen Kelchen?«

»Ich hatte sie, ähm, mitgefischt, aber erst mal behalten. Etwas sagte mir, dass sie eine besondere Bedeutung haben. Warum?«

»Dein Gefühl war goldrichtig. Schau mal, ob du etwas Aufschlussreiches und Ungewöhnliches an ihnen erkennst – Zeichen, Zahlen, was weiß ich.«

»Mache ich, sobald ich zu Hause bin. Wie geht's dir?«

»Du meinst, so als indischer Guru-Tante? Prächtig, ich fahre in einer Prachtlimousine mit Turbomusikanlage auf dem Weg der Erleuchtung.«

Lou kicherte leise.

»Keinen Respekt vor meiner Weisheit!«, sagte April gespielt beleidigt und hängte auf. Lächelnd startete sie den Motor. Sie entschied, spontan in der Altersresidenz vorbeizuschauen.

Frau Montiross machte heute einen Ausflug und wurde erst gegen Abend zurückerwartet, daher fuhr April weiter nach Muri in der Hoffnung, dass Consuela zu Hause wäre. Mit dröhnender Musik und angenehm gekühlt rollte der Mercedes durch die verlassenen Straßen. Seit es so heiß war, traf man unterwegs selbst Fahrradfahrer kaum noch an – in dieser brütenden Hitze über den Asphalt zu strampeln, hatte etwas Hirnverbranntes (im wahrsten Sinn des Wortes). Am Tor der Steiner-Villa schaute April freundlich lächelnd in die Kamera, während sie den Finger auf die Klingel legte. Es knackte und knirschte, dann fragte Consuelas Stimme mürrisch, wer da sei.

»Ich komme für die Stelle als Haushälterin.«

»Ich nicht habe gemacht eine Inserat, woher Sie wissen davon?« Consuela erkannte sie also nicht!

»Ihre Nachbarin.«

»So, die weiß es, ich wusste, dass sie ist neugierig wie eine Elster. Wenn da Sie sind schon, Sie kommen herein.« Das Gartentor öffnete sich surrend.

Consuela sah aus wie aus dem Ei gepellt und bot wie immer für viel Schmuck ein Zuhause. Als sie sich begrüßten, sagte sie: »Ich Ihnen nichts anbieten können, weil keine Haushalterin mehr. Haben Sie Präferenzen?«

»Meinen Sie Referenzen? Nein, die habe ich nicht. Aber ich will Ihren Job sowieso nicht, da Sie Haushälterinnen gegenüber derart gemein sind. Wir kennen uns übrigens.«

Consuela schaute April lange an, dann ging ihr ein Licht auf. »Was suchen Sie hier und wie sehen Sie aus?!« Es blieb offen, was von beidem sie schockierender fand. »Sie wollen sofort verlassen mein Haus!«

»Ihr Haus – haben Sie es tatsächlich geerbt?«

»Das angeht Sie nichts.«

»Ich hätte gedacht, dass Sie bald anderes zu tun haben, als durch diese Villa zu stolzieren und Haushälterinnen mies zu behandeln.«

»Wie können Sie?!« Consuelas Kopf lief rot an.

»Wie kann ich ... die Wahrheit sagen? Die Wahrheit ist ja wohl, dass die B.I.A. Sie in der Hand hat. Was verlangt sie von Ihnen, was sollen Sie tun?«

»Ich nicht verstehen, B.I.A. kann machen gar nichts mit mir.«

»Warum sind Sie dann so weiß im Gesicht geworden?«

»Ich bin nichts geworden im Gesicht, das ist Puder, ich habe gestäubt auf mich.«

»Werden Sie wieder im Bordell arbeiten müssen? Sie haben nicht ernsthaft geglaubt, dass Sie auch nur den kleinsten Silberlöffel von Steiner erben werden. Ich nehme doch an, dass Sie Petra Bucher vor fünf Tagen nicht freiwillig getroffen haben.«

Consuela hatte jetzt noch mehr Puder auf ihr Gesicht gestäubt, jedenfalls sah sie weißer aus. »Was Petra? Ich nicht kenne eine Petra.«

»In Olten haben Sie sich mit ihr getroffen, sie hat Ihnen eine Mappe überreicht. Was war da drin? Das Profil eines neuen Ehemanns? Die Regeln für das Bordell, in dem Sie bald arbeiten müssen?«

»Woher –«

»Tja, ich bin Detektivin und dazu eine ziemlich gute. Auch wenn ich im Moment alles andere als gut aussehe. Das geht aber glücklicherweise vorüber, sobald Sie mir gesagt haben, was Sie wissen.«

»Ich kann nichts sagen, ich sonst hängen an Decke wie Abrienda.«

»Wenn Sie mir helfen, können wir die B.I.A. zur Strecke bringen. Dann müssen Sie keinem falschen Ehemann oder im Bordell dienen. Ihnen steht die Welt offen.«

Consuela sank auf den kleinen Sessel, der sonst wohl nur zur Dekoration im Eingangsbereich stand.

»Wollen Sie ein Glas Wasser?«

Consuela nickte ergeben. April, ganz Gastgeberin, ging in die Küche und kehrte mit zwei Gläsern zurück. Während sie zusah, wie Consuela ihres in einem einzigen Zug halb leer trank, setzte sie sich auf den Marmorboden, der wunderbar kühl war. Einen Moment kämpfte sie mit ihrem Rock, damit er richtig zu liegen kam. »Was wollte Petra von Ihnen?«

»Wer kann geben mir Versicherung, dass ich nicht bald hänge an Decke?«

»Ich – vorausgesetzt, Sie machen das, was ich Ihnen sage.«

»Machen was?«

»Untertauchen. Ich bringe Sie an einen Ort, wo Sie sicher sind.«

Consuela trank das Glas leer. Sie betrachtete ihre Armreifen und überlegte. »In Ordnung. Wohin gehen wir?«

»Erst beantworten Sie mir meine Fragen: Was wollte Petra von Ihnen?«

»Ist schlimme Person. Sie freut sich, wenn sie uns behandelt schlecht.«

»Was genau ist ihre Aufgabe?«

»Sie macht, wie man macht mit Pferden: Schauen, wie die Zähne sind, die Hufe, Muskulatur, schauen, ob man kann galoppieren, Wettrennen, ob Zugpferd oder für Schlachthof. Sie – sie untersucht Bruste und Intimes, testet Sex.« Consuela brach beschämt ab, und zum ersten Mal in ihrem Leben bedauerte April es zutiefst, mit einer bestimmten Frau im Bett gewesen zu sein oder auch nur auf dem Teppich.

»Petra hat mir damals gesagt: Du wirst können haben einen reichen Mann und leben in Luxus. Da war ich glucklich. Bald ich war verheiratet mit Arturo.«

»Gibt es denn eine Heiratsurkunde?«

»Wir haben geheiratet in Kirche, vor Gott.«

»In der Kirche heiraten bedeutet aber nicht, dass Sie rechtlich verheiratet sind oder auch später etwas erben.«

Consuela schaute April entsetzt an. »Das heißt, dass es nutzt nichts, wenn ich neuen Mann heirate, weil ich ihn nicht wirklich heirate?«

»Es sieht leider danach aus. Haben Sie einen Pass?«

»War bei Arturo. Ich habe Pass nur gesehen, wenn wir sind gereist ins Ausland. Nach seinem Tod ich habe ihn gesucht uberall, aber nicht gefunden.«

»Den hat wohl Petra, und vermutlich ist er gefälscht, weil Sie nur kirchlich, nicht auf dem Standesamt geheiratet haben.«

Consuela schlug die Hände vors Gesicht und begann zu weinen, und obwohl April sie nicht besonders mochte, tat ihr der Anblick der Verzweifelten weh. Sie stand auf, um mehr Wasser zu holen. Dabei schaute sie beiläufig aus dem Fenster: Eben parkten zwei Autos vor dem Grundstück: ein BMW Cabrio Z3 und ein schwarzer Audi ...

»Ist das Tor gesichert?«, erkundigte sich April, während sie den Gartenzaun musterte (schmiedeeisern, zwei Meter hoch mit Spitzen). Wie zu befürchten war, stieg Petra aus dem BMW; den Audi verließen zwei sommerlich gekleidete Männer mit Sonnenbrillen und durchtrainierten Körpern.

»Ja, Tor zu. Warum?« Consuela erhob sich und schaute mit tränen- und mascaraverschmierten Augen ebenfalls aus dem Fenster. Beim ersten Blick schlug sie die Hände vor den Mund. April zog sie schnell weg und tätschelte ihre Wangen: »Reißen Sie sich zusammen, wir machen uns jetzt aus dem Staub. Tun Sie genau das, was ich Ihnen sage.« Aprils Blick fiel auf ihre läppischen Jesussandalen und Consuelas hochhackiges Schuhwerk. »Haben Sie Turnschuhe?«

»Wir früher sind gejoggt ...«

»Holen Sie sie – für mich bitte auch ein Paar.«

Consuela nickte und machte sich an einem riesigen Schuhschrank zu schaffen. Sie schlüpfte angewidert in ihre alten Joggingtreter, dann fischte sie Arturos heraus. Die Schuhe waren April etwa drei Nummern zu groß – egal.

»Hat das Haus einen Hinterausgang?« – Consuela nickte –, »und gibt es ein zweites Tor auf dem Grundstück?« Consuela schüttelte den Kopf. »Ich nicht will sterben!«, wimmerte sie.

»Das werden Sie nicht, wenn Sie tun, was ich Ihnen sage.« Was sie ihr sagen sollte, wusste April allerdings nicht.

Draußen besprach sich Petra mit den Männern, gleich würde es an der Tür klingeln. April hängte sich ihre Tasche um und wühlte darin. »Irgendwo müsste meine Knarre sein – ich hasse Freaktaschen, da findet man nichts! Ah, hier ist sie!« Sie fischte die Luger heraus und das mit so viel Schwung, dass sie ihr aus der Hand fiel und über den Boden segelte. »Nichts passiert«, sagte April zu Consuela, die sich mehrere Male bekreuzigte, und hob die Waffe auf. »Zeigen Sie mir den Hinterausgang.«

»Ja, aber hören Sie auf, zu fuchteln mit der Revolver herum, Sie machen mir Angst.«

»Ach was, ich habe alles im Griff.« Guter Witz.

Consuela watschelte (die Turnschuhe) zur Kellertüre. In diesem Moment ertönte die Glocke und da Arturo etwas schwerhörig gewesen war, schrillte sie in voller Lautstärke durchs Haus. Consuela hastete durch die Waschküche und wollte die nächste Tür öffnen. »O Gott!«, jammerte sie, »ich habe vergessen, Schlussel ist oben.«

»Kein Problem«, sagte April und ließ den Griff der Luger auf den Türknopf hinabdonnern. Der ignorierte den Schlag. April überlegte, was Lou wohl an ihrer Stelle gemacht hätte. Über der Waschmaschine befand sich ein kleines Fenster. Sie kletterte auf die Maschine und schlug die Scheibe ein.

»Warum Sie nicht normal öffnen Fenster?«

»Hoppla, stimmt, wir brechen ja nicht ein, sondern aus.« Sie legte den Fensterhebel um, öffnete und wischte mit der Knarre die Scherben zur Seite. »Kommen Sie!«, vorsichtig kletterte sie hinaus.

Wieder läutete es, zwei Mal nacheinander.

Consuela wollte aufschreien, doch April hielt sie mit raschem Griff davon ab. Nun war neben den Augen auch der Mund verschmiert und April hatte eine rote Handfläche.

»Was ist mit Fenster?«, flüsterte Consuela.

»Kein Problem«, April warf vorsichtig ein paar Scheiben auf die Waschmaschine und einen Stein hinterher, der nah bei der Hausmauer gelegen hatte. »Sie werden denken, dass jemand sie eingeworfen hat.« Dann scannte ihr Laserblick das Grundstück: Auf dieser Seite des Zaunes standen Büsche, was ein Hinüberklettern verunmöglichte. Es gab ein paar Bäume, aber keinen in Zaunnähe.

»Was ist das dort hinten in den Ästen?«, fragte sie Consuela.

»Ein Baumhaus, hat Arturo als Kind gebaut.«

»Kommen Sie!« April stolperte voran (die zu großen Turnschuhe). Wieder ertönte die Hausglocke, diesmal zigfach hintereinander. »Wir müssen uns beeilen!«

»Ich renne, so schnell ich kann.«

Geduckt stolperwatschelten sie über den Rasen zum Baum. »Klettern Sie hoch, ich passe auf«, sagte April.

»Ich habe kurzen Rock, Sie dürfen nicht schauen.«

»Kein Problem, ich mache mir nichts aus Frauen.« Aprils Nase wurde zwei Meter lang.

Consuela kraxelte die morsche Holzleiter hinauf. »Ist furchterlich dreckig«, klagte sie. Sogar im Angesicht des Todes hatte bei ihr das Aussehen erste Priorität. April kletterte hinterher. Der Boden des Baumhauses sah nicht vertrauenserweckend aus: Es gab mehr Lücken als Bretter. April wies Consuela an, sich vorsichtig auf den Bauch zu legen, was diese mit viel klagen bewerkstelligte. April schob sich neben sie und beobachtete durch einen Spalt das Haus.

Von hier aus sah man nur den Kotflügel des BMW, nicht das Tor, doch sie hörten es quietschen. Rasche Schritte auf Kies. Ein Mann kam um die Ecke und sah sich im Garten um. Consuela zitterte am ganzen Körper und würde sicher gleich losschreien. Da besann sich April auf eine ihrer Stärken, drehte sie auf den

Rücken und küsste sie. Das führte zur gewünschten Ruhe. Während des Küssens beobachtete April den Mann: Er sprach in ein Handy, versuchte etwas zu erklären, offenbar erfolglos.

Handys sind der Beweis, dass Menschen nicht multifunktional sind: Kaum telefonieren sie, vergessen sie alles um sich herum. Der Mann übersah das eingeschlagene Fenster und die Baumhütte. Nach seinem lausigen Kontrollgang ging er zu seinem Kollegen, der soeben aus der Terrassentür trat. Kurze Zeit später kam Petra dazu. Sie diskutierten, dann verschwanden sie.

Kurz darauf ließ sich aus dem Ausguck verfolgen, wie sich Petras BMW in Bewegung setzte. Der schwarze Schatten des Audi folgte. Nachdem die Autos abgefahren waren, beendete April den Kuss. Als sie das Gesicht hob, wusste sie, dass sie ihre Arbeit etwas zu gut erledigt hatte: Consuela schaute sie verträumt an, die Lippen sinnlich geschürzt.

»Sie sind weg, wir können hinunter. Packen Sie das Nötigste, behalten Sie die Turnschuhe an, ich werde Sie jetzt in Sicherheit bringen.«

Ihre Begleiterin schien nicht zugehört zu haben. »Ich heiße Consuela.«

»Ja, das weiß ich.«

»Jetzt, nach *dem*«, Consuela fuhr mit einem Finger über ihre Lippen, »könnten wir sagen Du zueinander.«

»Okay, machen wir – April.«

Ihr wurde ein glühender Blick zugeworfen, was ihr einerseits lästig war, andererseits freute sie sich: Ihre Anziehungskraft war offenbar trotz Ashramlook noch intakt.

Eilig kehrten sie ins Haus zurück, wo Consuela zu packen begann. April empfahl ihr, allen Schmuck mitzunehmen und später zu verkaufen, sie kenne da einen Mann, der ihr helfen könne. Währenddessen sichtete sie Consuelas Kleiderbestand. Die Fummel hatten vor allem eine Aufgabe: zu repräsentieren, viel Fleisch zu zeigen und die Trägerin neben einem Glas Champagner schön aussehen zu lassen. Für alles andere waren sie ungeeignet. April packte einen Koffer mit nützlichen Klamotten, mehrheitlich aus Arthurs Bestand. Dann ging sie hinaus und kontrollierte die Straße. Es gab nichts Verdächtiges. Rasch verließen sie das Haus und fuhren los.

Von der Autobahn aus rief sie Rösli an, die Aprils Schilderungen unter Entsetzensrufen verfolgte. »Meine Güte, habt ihr Glück gehabt!« Natürlich bot sie Unterschlupf an.

Während der Fahrt stritten sie darüber, wie hoch die Klimaanlage eingestellt werden durfte. April tendierte für weit nach oben, Consuela klagte, dass sie erfriere, und stellte den Regler herunter, bis April jammerte, dass eine Sauna dagegen ein Kühlschrank sei. Zwischendurch spürte sie feurige Blicke auf sich.

»Was wir machen auf Feldweg?«, fragte Consuela, als sie das letzte Stück zur Sennhütte hochfuhren.

»Du wirst sehen, es ist wunderschön hier«, sagte April.

Als sie neben der Sennhütte parkten, schaute Consuela verständnislos. »Ist dein Auto kaputt?«

»Wir sind angekommen, hier bist du sicher.«

»Willst du mich einsperren in eine Stall?!«

»Nein, natürlich nicht, da ist das Haus«, sie deutete auf die Hütte.

»Du meinst, Scheune. Ich will gehen, ich nicht bleibe hier.«

»Es geht um dein Leben! Du steigst jetzt aus, keine Widerrede«, April öffnete die Tür. Da kam auch schon Rösli um die Ecke. »Na? Wollt ihr den ganzen Nachmittag in dem Blechhaufen sitzen?« Sie musterte Consuela, streckte ihr die Hand entgegen. »Willkommen hier oben.« Doch die Besucherin schaute sie nur böse an und sagte: »*Hijueputa estate quieto!*« Rösli blieb unbeeindruckt, vermutlich auch, weil sie kein Spanisch verstand, und erwiderte fröhlich: »Wir treffen uns im Schatten zum Eistee.« Dann wuchtete sie die Koffer aus dem Heck und verschwand damit ins Haus.

»Ich will nicht sein mit der dicke Frau. Ich will sein mit dir! Kuss mich wieder, fahr mich weg.«

»Hast du den Verstand verloren?! Du bist in echter Gefahr – willst du nun weiterleben oder nicht?«

»Hier man kann nicht leben – kuss mich.« Sie streckte April ihren Mund entgegen.

»Komm jetzt, Prinzessin auf der Erbse«, April packte ihren Schützling an der Hand und zog sie aus dem Auto. Auf Zehenspitzen ließ sich Consuela über den Grasweg zum Tisch führen. Bevor sie sich setzte, nahm sie ein Taschentuch aus ihrem Täschchen und putzte den Stuhl. April seufzte.

Brisanter Fall hin oder her, nach der Arbeit stieg Lou in die Aare und nahm damit verbunden ein Bad in der Masse. Die anhaltende Hitze hatte das Wasser aufgeheizt auf dreiundzwanzig Grad. Das hörte sich nach wenig an, wenn man jedoch bedachte, dass nur fünfundachtzig Kilometer weiter oben das Flusswasser eiskalt durch die Aareschlucht toste, war es eine stattliche Temperatur. An solchen Tagen kam Lou sich wie am Ganges vor, mit dem kleinen Unterschied, dass das Wasser hier sauberer war, die Menschen wohlgenährter und nackter und außerdem weniger heilige Kühe herumtrotteten.

Erfrischt und belebt fuhr sie nach Hause, hängte das Badetuch zum Trocknen übers Geländer und schloss die Vorhänge. Dann nahm sie den Schürhaken, schraubte den Holzgriff ab und drückte auf den Stift. Der Fernseher glitt zur Seite, ein Tresor wurde sichtbar. Die Sicherung scannte ihr linkes Auge, das Licht wechselte auf Grün. Lou gab einen zehnstelligen Code ein und die Türe öffnete sich.

Sie nahm die Kelche heraus und reihte sie auf dem Tisch auf. Vielleicht gab es tatsächlich etwas, das sie übersehen hatten? Lou begann mit dem Original. Durch die Lupe betrachtet, war das Gefäß innen längst nicht ganz so glatt, sondern besaß Furchen und Unebenheiten. Hier und da meinte sie klitzekleine rostrote Flecken zu erkennen. Mit Schaudern dachte sie an Lorenz, der gesagt hatte, dass man bei Ritualen nicht nur Wein, sondern auch Blut trinke. Außen war der Kelch glatt und oben erstaunlich dünn. Im unteren Teil waren Edelsteine ins Gold eingelassen. Lou untersuchte den Stiel, Ober- und Unterseite des Bodens, aber nirgends fand sich auch nur eine Andeutung von Zahlen, Buchstaben oder Hieroglyphen. Danach untersuchte sie die Kopien, doch auch an ihnen fiel ihr nichts auf. Vielleicht war da wirklich nichts Auffälliges – oder sie übersah etwas.

Wenn man in einer Arbeit nicht weiterkam, war es gut, etwas anderes zu machen, um auf neue Gedanken zu kommen. Lou bereitete sich ein Sandwich, ging auf die Terrasse und schraubte ihre Wasserpfeife zusammen. Mittendrin legte sie die Shisha nieder und rannte hinein.

Zusammenschrauben – auseinanderschrauben.

Sie ergriff die Kelchschale mit der einen Hand, den Stiel mit der anderen und drehte. Nichts geschah. Sie drehte fester. Wieder nichts. Entweder konnte man den Kelch nicht zerlegen oder eine Männerhand hatte ihn fest zugedreht. Schnell holte sie einen feuchten Lappen und versuchte es damit, erfolglos – bis sie unabsichtlich auf einen der Edelsteine drückte: Ein feines Klicken war zu hören und der Kelch öffnete sich mit einem Mal schier von alleine. Mit pochendem Herzen schraubte sie ihn vorsichtig auseinander.

Das Gewinde war in das Innere einer kugelförmigen Ausbuchtung eingelassen, die einen Durchmesser von fünf Zentimetern hatte. Lou legte die Trinkschale weg und spähte in den Stiel. Rote Seide leuchtete hervor. Sie zupfte den Stoff heraus, legte ihn auf den Tisch und entfaltete ihn vorsichtig. Ein goldenes Plättchen kam zum Vorschein. Sie holte ein Tellerchen aus der Küche und legte das Plättchen darauf, dann stürzte sie zum Handy und rief Zoro an.

Als er wenig später mit seinem Laptop eintraf, sah er auf dem Tisch fünf Tellerchen mit je einem goldenen Plättchen darauf, dahinter fünf zweigeteilte Kelche.

Lou erzählte ihm von Aprils Bitte, die Kelche ganz genau zu

untersuchen, und wie sie herausgefunden hatte, dass einer der Edelsteine als Knopf diente.

»Was meinst du, sind das Mikrochips?«

Er betrachtete das Plättchen aus der Nähe. »Sieht eher aus wie Sim-Karten. Lass es uns versuchen.« Er nahm sein iPhone hervor und ersetzte die Karte durch die aus dem Kelch. Sie passte. Aufgeregt stellte er das Gerät an, beide beugten sich über das Display – und stöhnten ernüchtert: Das iPhone verlangte einen Entsperrungscode.

»Wie hätte es auch anders sein können?«, sagte Zoro. »Aber mit den richtigen Programmen bedeutet das kein großes Problem.« Er schaltete seinen Laptop ein und verband ihn mit dem iPhone. Lou rief währenddessen April an und sagte: »Du hattest recht.«

»Womit?«, fragte April keuchend.

»Wo bist du?«

»Bei Rösli, beziehungsweise, irgendwo zwischen Rösli und Zweisimmen.«

»Und was machst du da? Kühe melken?«

»Eine Zicke im Minikleid suchen.«

»Was?«

»Sie ist abgehauen, als wir die Kühe auf die Weide getrieben haben.«

»Nochmals: was?!«

April erzählte ihr von der Flucht ins Oberland, dass Consuela herumzickte und Röslis Sennhütte als Schweinestall betitelte. Sie sterbe lieber, als hier aufs Klo zu gehen, und so weiter. »Wenn ich sie finde, mache ich Hackfleisch aus ihr!«

»Auweia.«

»Kannst du laut sagen. Warum hast du mich angerufen?«

Lou brachte sie auf den neuesten Stand, April war begeistert.

»Halte mich auf dem Laufenden. Ich muss jetzt weitersuchen. Und übrigens, Lou –«

»Ja?«

»Ach nichts. Bis später, tschüss.«

Lou seufzte. Sie sah zu Zoro, der zufrieden grinste. »Irgendwelche Fortschritte?«

Er nickte. »Krieg ich jetzt einen Trink?«

»Erst, wenn die Arbeit gemacht ist.«

Eine halbe Stunde mussten sie noch warten, bis das Programm die Sim-Karte entsperrt hatte. Dann erschien ein neuer Hintergrund auf dem Display, in dunklem Rot gehalten – auf den ersten Blick hätte man meinen können, dass es eine übliche Handyoberfläche war, nur ohne die üblichen Apps. Diese hier trugen Namen wie *Angebote*, *Anweisungen*, *Weisheiten.* Zoro stippte auf die Rubrik *Göttliche Bia.* Der Ordner enthielt zwei Filme. Sie sahen sich an, dann klickte er auf das eine Symbol …

… zu sehen war ein dunkler Raum. Die Kamera befand sich etwas erhöht, sie fing einen großen Teil des Gelasses ein. Die Wände waren schwarz verkleidet, am Rand brannten sehr hohe, dicke, weiße Kerzen, an der Decke hingen Halogenlämpchen, die die Szenerie nur mäßig ins Licht setzten. Einzig die Bühne war hell erleuchtet: Dort stand eine Art hölzerner Tisch, an dem vier Riemen angebracht waren.

Nun betraten Menschen in dunkelroten, langen Kapuzenmänteln den Raum.

Lou stöhnte, »Ku-Klux-Klan trifft Mittelalter!«

Die Gesichter waren bemalt – ein schwarzer Streifen führte auf Augenhöhe von einer Schläfe zur anderen; auf der Höhe des Mundes verlief ein zweiter in Rot. Den Lautsprechern entstieg jetzt ein dunkler Choral, die Bemalten stimmten ein. Jeder von ihnen ging als Erstes zu einer langen Bank linkerhand der Bühne und stellte einen Kelch darauf ab. Es waren die gleichen, die Lou besaß.

»Ich frage mich, was sie mit den Kelchen machen werden«, murmelte Zoro gebannt.

Als letztes kam eine Gestalt in einem schwarzen Umhang mit roter Kapuze herein. Es zeigte sich, dass dieses der Zeremonienmeister war, denn ihm folgten zwei Männer mit Streifen im Gesicht, aber nur in schwarze Hosen und Pullover gekleidet. Vermutlich waren sie die Neulinge, die aufgenommen werden sollten. Sie traten links und rechts an den Altar. Der Zeremonienmeister legte seine Hand erst auf den Kopf des einen, dann auf den des anderen und bedeutete beiden, sich niederzulassen. Gehorsam legten die Männer sich der Länge nach auf den Boden, Arme und Beine von sich gestreckt, eine Pose der vollkommenen Demut.

Aus dem Lautsprecher und von den Stimmen der versammelten Mitgliedern begleitet, ertönte jetzt ein zweiter Choral, der wohl vom Teufel persönlich komponiert worden war, so unheimlich hörte er sich an.

Zwei Kuttenträger verschwanden kurz rechts vom Altar und erschienen wieder, in der Mitte ein junges, nacktes Mädchen.

»Oh, verdammt!«, stieß Lou hervor.

Das Mädchen war vielleicht vierzehn oder fünfzehn Jahre alt, es zitterte am ganzen Leib. Die beiden Gestalten führten es zum Altar, widerstandslos ließ es sich auf den Altar legen und mit den Riemen festschnallen. Mit weit gespreizten, angewinkelten Beinen lag es dort, den Unterleib dicht an der Kante, die Arme über dem Kopf angebunden, und wimmerte. Der Zeremonienmeister rezitierte Lobeshymnen auf die Göttin Bia, in einem schaurigen Singsang verkündete er, dass sie das neue Geschlecht seien, das Frieden und Ordnung auf die Welt bringe. Als Zeichen dieses Willens böten sie Bia ein Opfer dar, auf dass die Göttin das neue Geschlecht mit Kraft und Macht erfülle. Der Choral lief in einer hypnotisierenden Endlosschlaufe.

Nun zog der Zeremonienmeister einen weißen Handschuh über seine Rechte, umkreiste dreimal den Altar und rief: »Herrin, wir opfern dir jungfräuliches Fleisch zu deiner Befriedigung!«

Ohne Vorwarnung bohrte er die behandschuhte Hand in den Unterleib des Mädchens, das schmerzerfüllt aufschrie. Er nahm sie wieder heraus und hielt triumphierend die Finger in die Höhe: Sie waren blutig verfärbt.

Nun hieß er einen der Adepten, aufzustehen und sich zu entblößen, um seiner heiligen Pflicht nachzukommen. Schon beim Entkleiden war der Adept steif, auf dem Gesicht stand ihm lüsterne Vorfreude.

Lou verkrallte sich in Zoros Arm, als könnte sie damit noch verhindern, was doch längst schon geschehen war. Der Adept trat vor das Mädchen, knetete dessen Brüste, schlug es in die Seite, rief »Bia Halleluja!«, rammte sein Glied hinein und vergewaltigte es mit brutaler Härte. Das Mädchen heulte auf, flehte und schrie Dinge auf Spanisch. Die Mitglieder heizten den Adepten an, indem sie immer wieder »Halleluja Bia!« riefen. Es dauerte lange, bis er endlich sein Teil wieder herauszog, das Lou liebend gern abgehackt hätte. Prahlerisch zeigte er den blutigen Beweis seiner Männlichkeit. Im dröhnenden »Halleluja Bia!« der Bande ging das Wimmern des Mädchens unter.

Langsam verebbte der Singsang, der Zeremonienmeister trat wieder zum Altar und zitierte einen Spruch, der nach Bibelvers klang: »*Diejenige, welche das Fett ihrer Opfer aßen und tranken den Wein ihrer Trankopfer, lässt sie aufstehen und euch helfen und schützen!*« Dann sagte er stolz: »Heute ist es endlich wieder soweit: Dreizehn Jahre und dreizehn Monate sind vergangen seit dem letzten vollkommenen Opfer – der Tag der Erneuerung ist gekommen!«

Aufgeregtes Gemurmel der Brüder, alle schienen zu wissen, was damit gemeint war. Das Mädchen lag halb ohnmächtig vor Schmerzen in seinen Fesseln. Nun zog der Zeremonienmeister ein Messer und einen Kelch aus seinem Gewand und zeigte beides den Versammelten vor. »Halleluja Bia!«, drang es schaurig aus den Kehlen der Sänger. Andächtig trat der Meister zu dem Mädchen, rief in Entzückung »Unsere Bia!« und durchtrennte mit einem sicher geführten Schnitt die Halsschlagader, wie man das beim Schächten machte. Jedes der Mitglieder nahm sich einen der bereitgestellten Kelche vom Tisch und fing darin Blut auf. Während das Mädchen starb, fickte es der Zeremonienmeister höchstpersönlich.

»Halt den Film an«, presste Lou hervor, ehe sie aufs Klo stürzte und sich erbrach. Als sie zurückkam, stand Zoro auf der Terrasse, ebenfalls kalkweiß im Gesicht, und stopfte sich eine Pfeife. Lou holte ihm einen Whisky, den er dankbar entgegennahm.

Sie sprachen lange nicht. Zoro paffte, Lou stand am Geländer und schaute in den Himmel, als könnte sie dort eine Antwort auf die Frage finden, warum Menschen solche Dinge taten. Die Sterne blinkten gleichmütig und schwiegen. Es gab nichts zu sagen, jedes Wort würde die Tat abschwächen und das erschien ihnen wie Verrat. Irgendwann sagte Zoro mit brüchiger Stimme: »Wir sollten das andere Zeugs anschauen. Ich glaube, dass wir das Schlimmste hinter uns haben.«

»Wir müssen auch den zweiten Film noch sichten«, meinte Lou unglücklich.

»Oh nein!«

»Oh doch!«

Widerstrebend trotteten sie hinein und starteten den anderen Film. Die Handlung war fast identisch, mit dem Unterschied, dass das Mädchen nicht umgebracht, sondern zur Ader gelassen wurde – Blut, das die Brüder mit dem Kelch auffingen und tranken. Als der Film fertig war, gingen Lou und Zoro wieder mit weichen Knien auf die Dachterrasse.

Paffend stellte sich Zoro an die Brüstung. »Das einzig Beruhigende an der Sache ist wohl, dass sie *nur* alle dreizehn Jahre und dreizehn Monate – also vierzehn Jahre und einen Monat – ein Mädchen umbringen. Sonst zapfen sie lediglich Blut ab.«

»Meine Güte, wie krank die sind!«, stieß Lou hervor. »Das ist doch nicht möglich!« Sie ließ die Arme kraftlos sinken. »Ach was, dass es möglich ist, musste ich ja eben mitansehen.« Sie seufzte tief. »Lass uns das restliche Material sichten.«

Unter *Angebot* befand sich, was sie vermutet hatten: Abbildungen von südamerikanischen Mädchen, die man als Ehefrau, Gespielin oder Dienerin erwerben konnte. Weiter, wo Kokain zu beziehen war. Daneben eine Adressliste von Schweizer Bordellen der B.I.A., unter dem sich auch das CALIENTE befand. Die Rubrik *Anweisungen* enthielt Richtlinien für den richtigen Lebenswandel; es wurde genau erklärt, wen man meiden sollte und wem zu trauen war. Unter *Weisheiten* fanden sich eklige Bibelstellen, die sie zum Teil schon kannten, und hässliche Zitate aus anderen sogenannten Heiligen Büchern.

»Der Film gibt weder Aufschluss über den Ort noch darüber, wer alles mit dabei war. Glaubst du, dass auch der Kopf dieser Mörderbande teilgenommen hat?«, fragte Lou.

»Keine Ahnung. Wie es scheint, sind wir um Beweismaterial reicher, das uns nicht eindeutig zu den Tätern führt.«

»Das ist zu befürchten.«

»Manchmal habe ich das Gefühl, dass ein Wunder geschehen muss, damit wir den Kopf des Ganzen finden.«

Ihr Handy klingelte, es war April: »Ich habe Consuela eingefangen, sie saß heulend auf einer Bank, die Füße voller Blasen. Sie ließ sich widerstandslos abführen. Jetzt ist sie dabei, ihr Schlafzimmer sauberzumachen; wenn ihr das nicht gelänge, bliebe sie die ganze Nacht auf einem Stuhl sitzen, hat sie verkündet. Ich fahre jetzt nach Bern zurück. Wie läuft's bei dir?«

»Ich bin bei den Kelchen fündig geworden, aber mehr möchte ich dir lieber nicht übers Handy sagen. Es ein Albtraum.«

April schwieg einen Moment. »Kommst du zurande?«

»Zoro ist da, das hilft.«

»Gut. Ich hoffe, du kannst trotzdem schlafen und ich – ehm – ich wollte dir, also, ja, eine gute Nacht.«

Mittwoch, 8. Juli *24 °C*

Im Erwachen betrachtete Lou Zoro neben sich im Bett und war unendlich dankbar, diesen wunderbaren Freund zu haben. Sie hätte in dieser Nacht nicht alleine schlafen können, nicht mit diesen entsetzlichen Bildern im Kopf.

Gerade war sie dabei, das Frühstück vorzubereiten, als April sich meldete. Sie wollte den Leihwagen tauschen und dann vorbeikommen. Lou rief im DIRETTISSIMA an, um Moneypenny zu informieren, dass sie erst gegen Mittag auftauchen würde, und entschuldigte sich dafür, dass sie in der letzten Zeit so unregelmäßig zur Arbeit kam. Wie gesagt, war Moneypenny ein wenig in sie verliebt, daher verzieh sie ihr alles.

April traf ein in Flowerpower-Rock und violetter Bluse (wiederum mit Spiegeln), einem weiteren Tiefpunkt ihrer Kleiderkarriere, sagte »Moment« und verschwand im Badezimmer. Kurz darauf tauchte sie in einem ihrer schwarzen T-Shirts auf und erklärte: »Ich drehe sonst durch« – vor allem bei dem Gedanken, dass Lou sie hässlich finden könnte. Während Lou Kaffee kochte, erzählte sie April von dem grausamen Fund in den Kelchen.

»Es gibt da auch zwei Filme. Zoro und ich haben sie uns angeschaut. Besser, wir erzählen es dir nur – um dich zu schonen.«

»Das ist sehr nett von euch, doch erstens bin ich keine Heulsuse, sondern zweitens ein Profi und muss beim Ermitteln das ganze Material schon selbst sichten.«

Lou seufzte. »Okay, ich habe dich gewarnt. Schauen musst du sie allein, wir tun uns das kein zweites Mal an.« Sie startete den Film und verzog sich mit Zoro hinaus auf die Terrasse. Als sie wieder hereinkamen, saß April vornüber gebeugt am Tisch, die Stirn auf den gekreuzten Armen.

»Wie konntet ihr mich so was Grausames ohne Vorwarnung sehen lassen?!«

»April, ich hatte dich gewarnt.«

»Ja, aber nicht gewarnt-gewarnt! Mit Sirenen und so! Das arme Mädchen, das arme Mädchen!« Sie sah auf, die Augen rot, das Gesicht eine einzige Unordnung. »Diese Saukerle!« Sie trocknete sich mit dem Rockzipfel die Tränen und atmete tief durch. »Was ist mit dem Originalkelch? Er muss jemandem gehören, der keine Informationen braucht. Weil er sie bereits hat. Wer ist es? Lou, bei wem hast du das Original gefunden? Der ist der Schlüssel zu allem!«

»Keine Ahnung. Ich habe die Kelche geklaut und in den Safe gestellt. Für mich waren sie völlig identisch, erst Lorenz sah den Unterschied.«

»Leider wahr.« April nickte. »Zwei Kelchinhaber fallen weg: Steiner und Moser, sie sind ja tot. Lou, schreibst du die andern vier, denen du Kelche gestohlen hast, bitte auf?«

Lou holte ein Blatt und schrieb:

Emil Stauffer

Gottlieb Wenger

Heinz Affolter

Kurt Fessler

»Wir müssen sie beschatten, verhören undundund«, sagte Zoro zermürbt. »Ach, herrje, bis wir den Übeltäter gefunden haben, bin ich Großvater.«

Die drei setzten sich aufs Sofa und sahen aus, als hätte man ihnen die Luft abgelassen.

»Als Erstes gebe ich Rösli die Namen durch, vielleicht findet sie etwas heraus.« April erhob sich. »Nachher treffe ich Frau Montiross zum Mittagessen. Sie beharrt darauf, mich zu bekochen. Vorher muss ich aber endlich meine Post durchgehen. Kann ich das hier tun?«

Lou nickte, »willst du noch einen Kaffee?«

»Das wäre wunderbar, danke.« April setzte sich mit ihrer Tüte an den Tisch und kippte sie aus. Das Meiste war uninteressant (Rechnungen, Werbungen), bis auf einen kleinen gepolsterten Brief. Beim Öffnen fiel ihr wieder ein, was darin war: Als sie den Auftrag von Montiross bekam, hatte sie im Übermut einen Abhörsender bestellt, und zwar den kleinsten der Welt mit Voice-Aktivierung. Man konnte den Sender anrufen und mithören, was im Umfeld geschah. Oder einen automatischen Rückruf einrichten: Wenn um ihn herum ein bestimmter Lautstärkepegel überschritten wurde, meldete sich der Sender von selbst. Das Kästchen passte problemlos in eine Hand. Zusammen mit Zoro setzte sie das Ding in Betrieb, bald hatten sie den Dreh heraus. Blieb nur noch die Frage, wohin damit.

Aprils Rock besaß auf der Innenseite eine kleine Tasche. Die sei extra für den Abhörsender dort eingenäht, behauptete sie grinsend und steckte ihn hinein. Auf Lous Frage, was es für einen Sinn mache, den Sender am eigenen Leib mit sich zu führen, wusste sie nichts Gescheites zu sagen.

»Du könntest dort bequem deine Knarre verstecken«, bemerkte Lou – als sie jedoch das Aufleuchten in Aprils Gesicht sah, verfluchte sie sich für diese Idee. »Vergiss es – wenn du sie unter dem Rock trägst, schießt du dir vermutlich ins Bein.«

»Bha, reite nur auf meinen Schießkünsten herum. Ihr werdet noch staunen!«

»Wir staunen schon jetzt – dass du noch lebst und deine Umgebung auch«, lachte Lou.

April stand vom Tisch auf, wehte (jedenfalls wehte der Rock) zu Lou, die im Kücheneingang stand, und baute sich bedrohlich vor ihr auf. »Unterschätz mich nicht!«, zischte sie.

Ungerührt erwiderte Lou ihren finsteren Blick. »Ich unterschätze in gar keiner Art und Weise deine Fähigkeit, wahllos mit einer Knarre herumzuschießen.«

»Hattest du überhaupt schon mal eine Pistole in der Hand?«

»Wozu? Ich arbeite so sorgfältig, dass ich keine Waffe brauche.«

»Du findest, dass ich unsorgfältig vorgehe?«

»Vielleicht nicht unsorgfältig, aber planlos.«

»Planlos?! Okay, ich bin planlos – aufgespürt habe ich dich *Sorgfältige* aber trotzdem, oder etwa nicht?!«

»Auch ein blindes Huhn findet mal ein Korn.«

»Du wagst dich weit auf die Äste hinaus, Robin Hood! Ein Fingerschnippen von mir und du sitzt hinter Gittern.«

»Du vergisst, dass ich dich schon zwei Mal aus einer heiklen Situation gerettet habe.«

»Aber auch nur, weil die Bremse an deinem Seil *unsorgfältig* war.«

»Das war Zoros Schuld!«

»Es ist immer einfach, anderen die Schuld in die Schuhe zu schieben, Robin.«

»Dafür bin ich wenigstens keine feige Nuss, die sich aus dem Bett plumpsen lässt und davonrobbt.«

»Ich bin *geglitten*! Um *arbeiten* zu gehen!«

»Was ist so schlimm gewesen, dass du Reißaus nehmen musstest?«

»Hörst du mir eigentlich zu? Ich musste zu Arbeit!«

»Und deshalb konntest du dich nicht verabschieden?«

»Ich bin nicht der anhängliche Typ.«

»Ach so, welcher Typ bist du denn dann?«

»Der unabhängige.«

»Was nichts anderes heißt als feige.«

»Un-ab-hän-gig!«

»Fei-ge!«

»Willst du eine Liebeserklärung von mir hören oder was – gar einen Antrag? Wenn ich das bei jeder tun müsste, wäre ich eine ... Sultanine mit Harem.«

»Das würde dir so passen!«

»Ja, warum nicht? Abwechslung ist das halbe Leben.«

»Gut, muss ich mich nicht ein zweites Mal auf dich einlassen, jetzt, da ich weiß, dass du feige aus dem Bett plumpst.«

»Ich *gleite.*«

»Erstaunlich, dass dir dabei kein Schuss losgegangen ist.«

»Ach ja, wirklich erstaunlich.«

»Ich wollte, diese Nacht hätte nie stattgefunden.«

»Wäre mir auch lieber, ich habe es nicht mit Kletten.«

»Und ich nicht mit feigen Nüssen.«

»Dann sind wir uns ja einig.«

»Ich gebe es ungern zu – aber ja, sind wir.«

»Wobei –«

Da trat Zoro zwischen sie und befahl ihnen, sofort aufzuhören und sich wie erwachsene Frauen zu verhalten.

»Sie hat angefangen!«, kam es wie aus einem Mund, »und du misch dich nicht ein!« Lou stapfte wortlos in die Küche und hantierte an der Geschirrspüle, April verschwand im Badezimmer, wo sie wieder die violette Bluse anzog, ihre Tasche packte, dann knallte sie die Türe hinter sich zu und zog ab.

Zoro rollte die Augen und dachte seufzend, dass eine Frau grundsätzlich kompliziert war, zwei hingegen waren schlicht eine Zumutung.

Draußen auf der Straße knallte April auch die Tür des gemieteten Minis zu. Diese blöde Nervensäge! Kletterklette! Robina-Hiha-hood! Warum nur waren Frauen so schwierig, fragte sie sich einmal mehr und vergaß dabei zwei Dinge: Erstens, dass sie ebenfalls eine Frau war, und zweitens nicht gerade eine einfache, obschon sie das von sich dachte.

Sie war mit Lou fertig, das war klar, und im Grunde war sie froh darüber. Musste sie sich nun doch nicht mehr mit ihr beschäftigen, sondern konnte sich ungestört ihrer Arbeit widmen. Sie schaute auf die Uhr: In zwei Stunden würde sie zu Frau Montiross gehen – Zeit, der alten Dame ein paar Blumen zu kaufen. Und vielleicht kurz in eine Buchhandlung zu gehen. Sie hatte den Krimi fertiggelesen und Paula das E-Book zurückgegeben, was sprach also dagegen, sich dort umzuschauen?

Mit zwei weiteren Plum-Krimis kam sie wieder heraus.

In der Altersresidenz wurde sie von niemand erkannt, für ein

Mal kam sie ohne Verzug voran. Frau Montiross öffnete die Tür und schaute sie misstrauisch an. »Was wollen Sie – ach, sind Sie das, Frau Pallas? Wie sehen Sie denn aus? Kommen Sie herein.« Während sie einander die Hände schüttelten, schüttelte Frau Montiross ungläubig den Kopf. Sie sehe wirklich völlig anders aus, kaum wiederzuerkennen. Dann führte sie April ins Wohnzimmer, wo der Tisch schon gedeckt war. April setzte sich und hatte wieder einmal Mühe mit dem Rock, bis er richtig um den Stuhl drapiert war. Der Stoff verklemmte sich in dem alten Sitzmöbel, April, die wie angetackert dasaß, zerrte heimlich an ihrer Fessel. Etwas riss, dann gab es Schweinebraten mit Kartoffelgratin, Erbsen und Rüben, dazu einen schweren Rotwein. Zum Glück hatte sie wieder einmal richtig Hunger. Heute war der erste Tag seit langem, da die Temperaturen auf ein erträgliches Maß gesunken waren.

»Wie geht es Ihnen, Frau Pallas? Die Umstände scheinen Sie zu drastischen Maßnahmen gezwungen zu haben.«

»Ja, das können Sie laut sagen – es ist für mich eine Qual mit diesen Kleidern, aber die Umstände verlangen das.«

»Sind Sie angegriffen worden?«

»Wie immer kann ich Ihnen nichts sagen.«

»Ja, natürlich.«

»Der Braten ist exzellent«, April zog ein genießerisches Gesicht, dann wurde sie sachlich. »Nur so viel: Ich muss dringend erfahren, wer die Gesamtführung der B.I.A. innehat. Ihr Sohn sagt, er wisse es nicht, was ich fast nicht glauben kann, immerhin ist er Chef der Berner Sektion. Irgendwer muss mich doch zur obersten Leitung führen können.«

»Warum wollen Sie das denn wissen?«

»Das kann ich Ihnen leider nicht sagen.«

Frau Montiross nickte verständnisvoll. »Aber wie kommen Sie darauf, dass ich mich da auskenne? Wo schon mein Sohn Ihnen nicht helfen kann?«

»Ich greife bloß nach jedem Strohhalm, den ich zu fassen

kriege. Es könnte sein, dass Sie als Ehrenmitglied andere Zugänge haben. Oder dass Sie wissen, wer mehr weiß.«

Frau Montiross nahm gedankenverloren einen Schluck. »Die Mitglieder, die ich kenne, wissen auch nicht mehr, selbst solche nicht, die seit zwanzig Jahren dabei sind. Und ehrlich gesagt, bin ich froh darüber, denn die B.I.A. jongliert mit hohen Millionenbeträgen. Das weckt schnell Begehrlichkeiten. Umso wichtiger erscheint es mir, die Unterstützung unserer Projekte transparent zu machen, dabei aber Betrug und Korruption vorzubeugen, indem man die Spitze geheim hält.«

»Anscheinend war Steiner dabei, dem Geheimnis auf die Spur zu kommen? Könnte das der Grund sein, warum man ihn umgebracht hat?«

»Sie fragen mich Dinge, Frau Pallas! Ich kann Ihnen leider nicht weiterhelfen. Aber ich werde Augen und Ohren offen halten. Wer weiß, vielleicht komme ich zufälligerweise zu wichtigen Informationen.«

April nickte, sie hatte nichts anderes vermutet und trotzdem war sie enttäuscht.

Sie plauderten bei Kaffee und Kuchen noch über die Altersresidenz, Opern (vor allem Frau Montiross), Ashrams und Röcke. Dann verabschiedete sich April. Im Mini blieb sie einen Moment lang sitzen und starrte aus dem Fenster. Nun würde sie alle vier Mitglieder auf Lous Liste befragen müssen – es fragte sich, mit welchem Erfolg. Womöglich würde sie die B.I.A. niemals knacken können und dieser Dreckshaufen könnte weiterhin junge Südamerikanerinnen zureiten, misshandeln, verkaufen, opfern und töten!

Und wie das so ist: Denkt man an ein Elend, denkt man an alle anderen Elende, die einen vor- oder hintergründig plagen: So dachte April an Lou und ihren dummen Streit. Sie hatte Dinge gesagt, die sie gar nicht so meinte; daran war aber Lou schuld, sie hatte sie provoziert.

Ihr Telefon ging, sie schaute auf das Display und staunte: Es war der Abhörsender, was keinen Sinn machte, denn der steckte in der Innentasche ihres Rocks. Sie griff danach – das Kästchen war nicht mehr da! April untersuchte den Rock und stellte fest, dass die Seitennaht, in der die Tasche eingesetzt war, einen Riss aufwies. Offensichtlich war der Sender rausgefallen. Sie schaltete das Handy ein. Die Aufnahmequalität war ausgezeichnet, sie hörte Frau Montiross am Telefon reden. Gleich würde sie sich den Sender holen, einen Moment lang jedoch hörte sie zu.

»... verstehen Sie? Sie sind ein Versager, um nicht zu sagen, ein Hornochse! Frau Pallas hat eine neue Frisur und trägt ganz andere Kleider, deshalb ist sie euch durch die Lappen gegangen. Ich hätte mir denken können, dass ihr dieser Aufgabe nicht gewachsen seid. Sie hat jetzt kurze, rote Haare, trägt einen langen Rock und eine Bluse mit Spiegeln drauf. Sie kann noch nicht weit sein. Fährt einen roten Mini. Dass ich euch alles vorkauen muss! Bis heute Abend habt ihr sie gefunden und beseitigt, verstanden?! Ich will diese Frau tot, bevor sie noch mehr anrichtet. Und wehe, ihr versagt wieder!« Frau Montiross beendete das Gespräch. Man konnte hören, wie sie auf und ab ging. Sie sagte immer wieder: »Diese Hornochsen!«

Wie betäubt startete April den Wagen und fuhr los. Sie dachte nicht nach, sie raste: Zuerst nach Hause, wo sie in ihre eigenen Klamotten stieg, dann zur Garage, wo sie sich auf ihre geliebte Buell schwang. Sie fuhr zum nächsten Kaufhaus und kaufte ein Faschingshaarspray, ging auf die Toilette und sprayte sich die Haare schwarz. Beim Verlassen des Ladens sah sie eine Baseballmütze, die kaufte sie und setzte sie auf. Dann atmete sie tief durch – endlich war sie wieder mehr sie selber!

Dann erst wurde ihr bewusst, was sie eben herausgefunden hatte. Eine Ungeheuerlichkeit der Sonderklasse: Frau Montiross trachtete ihr nach dem Leben! Kackenschotter, die nette alte Dame war ein Monster, das höchstwahrscheinlich auch Steiner, Moser und Abrienda hatte umlegen lassen. Und war wohl auch der Kopf der schaurigen Bande!

Sie startete die Buell und fuhr zur DIRETTISSIMA in der Hoffnung, dass Lou dort war. Charmant meldete sie sich bei Lous Sekretärin an. Moneypenny nickte nur und wies ihr den Weg. Lou schaute überrascht auf. Als sie April in neuer alter Aufmachung gewahrte, schaute sie noch überraschter. April schloss die Türe hinter sich und erzählte vom Peilsender und davon, wie sie unabsichtlich Frau Montiross' Telefonat mitgehört hatte.

Da fiel Lou der Kinnladen hinunter und als sie ihn wieder zubrachte, sagte sie: »Lass uns zu Zoro gehen, er ist zu Hause, ich schicke ihm eine SMS, dass wir gleich kommen.«

April nickte. Draußen reichte sie Lou den zweiten Helm und sie fuhren los. Lou hielt sich nicht an ihr, sondern am Benzintank fest, was April ärgerte, also stoppte sie vor der nächsten Ampel so abrupt, dass Lou unweigerlich an ihren Rücken gedrückt wurde. Beim Anfahren ging Lou wieder auf Abstand. So stoppte April jedes Mal abrupt – auf die Gefahr hin, ihren Ruf als ausgezeichnete Motorradfahrerin zu verlieren. Nach mehreren Ampelstopps hatte sie Lou so weit: Sie blieb an ihrem Rücken, offensichtlich hatte sie das ständige Hin und Her satt.

Als April das Telefongespräch abspielte, fiel Zoros Kinnladen auch hinunter. »Ich fass' es nicht! Immerhin wissen wir jetzt, worauf wir unsere Nachforschungen konzentrieren müssen. Ich möchte gern Röslis Meinung wissen, hast du sie schon informiert?«

April schüttelte den Kopf. »Erst musste ich an meinem Äußeren arbeiten«, sie grinste – glücklich darüber, wieder sie selber zu sein, sprich: heiß, cool und sexy. »Ich rufe sie an.«

»Aber nicht mit deinem Gerät!« Er drückte ihr ein schweres Telefon in die Hand. »Das ist ein Satellitenhandy«, erklärte er.

Rösli quittierte die Neuigkeiten mit mehreren heiligen Bimbams und heiligen Strohsäcken und sagte, sie komme sofort nach Bern, ihre Tochter könne sie in der Sennhütte vertreten und nach Consuela schauen. Eine Stunde später parkte der Jeep vor Zoros Fachwerkhaus. Als sie April in der neuen alten Aufmachung sah, wollte sie ihr die die Leviten lesen, Zoro kam ihr aber zuvor und erzählte, was vorgefallen war.

Rösli nickte anerkennend. »Die alten Frauen von heute haben es faustdick hinter den Ohren ...« Die anderen quittierten ihre Aussage mit Stirnrunzeln.

Aprils Handy klingelte. »Es ist wieder der Peilsender!« Sie stellte auf Lautsprecher. Frau Montiross sprach mit ihrem Sohn. Sie säuselte, als wäre sie die unschuldigste, liebste alte Mutter dieser Welt. Montiross hatte offensichtlich keine Ahnung, wer seine Mama in Wirklichkeit war. Sie fragte ihn interessiert, ob er mit seinem Fall vorankomme, ob er etwas von Frau Pallas gehört habe und wann sie einander wiedersähen. Der gute Sohn beantwortete alles geflissentlich.

April empfand inzwischen Mitleid mit ihm, doch dann fiel ihr etwas ein: »Lou, der Peilsender liegt vermutlich unter dem Tisch. Du musst unbedingt heute Nacht bei Frau Montiross einbrechen und ihn woanders platzieren, bevor sie ihn entdeckt.« Sie erklärte, wo sich das Appartement befand (zweiter Stock, erste Wohnung links). Lou entschied, gegen Abend zur Altersresidenz zu fahren, um die Fassade noch im Hellen in Augenschein nehmen zu können.

»Hoffentlich führt sie aussagekräftige Gespräche, mit denen wir sie und die B.I.A. endlich überführen können«, sagte Zoro. »Wir müssen sie beschatten.«

»Und was mache ich?«, fragte April.

»Du bleibst bei mir und verhältst dich ruhig«, empfahl er.

»Wenigstens hätte ich jetzt Zeit, endlich mal zum Baden in die Aare zu gehen.«

»Ich hoffe, du meinst das nicht ernst!«

»Tue ich sehr wohl.«

»Hast du nicht gehört, was das Monster gesagt hat? Sie will dich noch heute Abend *tot*!«

»Sie suchen eine rothaarige Ashramtussi.«

Rösli stand auf, trat hinter April und legte ihr die Hände auf die Schultern. »Wer will ihr eine kleben? Ihr habt meine Erlaubnis.«

Lou und Zoro hoben ihre Hände. April hätte gerne kackengeschottert, die grimmigen Mienen der beiden (und der Druck von Röslis Händen) gaben ihr aber den wohlweislichen Rat, zu schweigen. Zoro verschwand in die Küche, um Kaffee zu machen, danach besprachen sie ihr weiteres Vorgehen.

In Krimibüchern und -filmen schaut in solchen Momenten der Ermittler lange auf die Ermittlerwand, bis er die zündende Idee hat. Oder er bekommt sie, wenn der Zahnstocher, mit dem er sich gerade in den Zähnen bohrt, zerbricht und auf den Tisch fällt und die Anordnung der zwei Hölzchen den entscheidenden Hinweis liefert. Oder es ist ein Hund, der vor ihm über die Straße trottet und dessen Halsband ein Muster trägt und dieses Muster ist das gleiche Muster wie auf dem Handtäschchen einer Frau, die zehn Hausfrauen abgeschlachtet hat ... Jedenfalls gibt es irgendwas, einen Fingerzeig, eine Strategie, eine Erleuchtung.

Die Realität sah anders aus: Die vier saßen am Tisch und außer Beschatten kam ihnen nichts in den Sinn.

»Am besten wäre es, wenn wir sie bei einem ihrer Geheimtreffen überführen könnten – und zwar, bevor ein Mädchen vergewaltigt wird«, sagte Zoro.

»Und dann überfallen wir vier zwanzig oder mehr Männer? Das ist lachhaft«, erwiderte Rösli.

»Nun, bei Aprils wilden Schießkünsten träfe sie glatt fünf Mitglieder pro Schuss«, Lou grinste.

April stand brüsk auf. »Mir reicht's! Ich arbeite keine Sekunde länger mit dieser miesen Kröte zusammen!« Sie funkelte eine verdatterte Lou an und verließ den Raum.

»Hab ich euch nicht gesagt, ihr sollt eure Gefühle außen vor lassen?«, zischte Rösli und eilte hinterher.

Sie fand April im Garten, wo sie in einer heftig schwingenden Hängematte lag. »Komm wieder herein, April. Du darfst nicht hier draußen sein, das ist viel zu gefährlich.«

»Keine Angst, mit der Luger lege ich jeden Eindringling um – fünf mit einer Kugel.«

Rösli stoppte verärgert die Matte. »Wenn du schon draußen bist, halt wenigstens deine Klappe!«, sie rollte April aus der Hängematte, packte sie bei der Hand und zog sie mit ins Haus. »Lous Bemerkung war fraglos daneben, deine Reaktion aber auch. Schieb deine Gefühle beiseite und konzentrier dich.«

»Ich habe keine Gefühle für diese Frau!«

»Du liebst sie und kommst damit nicht zurande.« Als sie Aprils Miene sah, fuhr sie beschwichtigend fort: »Verschwende deine Energie nicht darauf zu behaupten, dass du nichts für sie fühlst, sondern sei jetzt eine gute Detektivin.«

April schaute zu Boden und nickte. Sie gingen zurück ins Wohnzimmer. Zoro saß allein am Tisch, Lou war losgezogen, um die Fassade der Altersresidenz zu begutachten. Darüber war April froh – nun ja, so froh auch nicht. Rösli brach auf und April hätte sich gewünscht, mit ihr gehen zu dürfen, sich auf eine Kuh zu legen oder im Heu zu verkriechen und das Gebimmel zu genießen. Beim Verabschieden nahm Rösli sie in den Arm und pflanzte ihr ein paar Küsse auf die Wange. »Ich freue mich, dich gesund und munter wiederzusehen«, sagte sie, gab ihr nochmals einen saftigen Kuss und stieg in den Jeep.

April fand Zoro in der Küche beim Kochen.

»Wann kommt Lou zurück?«

»Gar nicht, sie geht nach dem Auskundschaften nach Hause und bereitet sich auf den Einbruch vor.«

»Ach, so.« April stand unschlüssig herum, »kann ich dir etwas helfen?«

»Den Tisch decken, den Rest mache ich.«

Während April Teller, Gläser und Besteck verteilte, überkam sie plötzlich eine irrsinnige Angst. Nicht auszudenken, wenn Lou etwas passieren würde! »Hatte Lou beim Einbrechen mal einen Unfall?«, fragte sie Zoro.

»Außer den zwei Zwischenfällen mit den Seilbremsen nicht.«

»Ich hoffe, sie hat neue Bremsen!«

»Hat sie. Nie und nimmer hätte sie diese Dinger nochmals benützt.« Er lächelte zerknirscht.

Die Seniorenresidenz Egghölzli war wie für Einbrecher gemacht. Der Architekt war wohl mit einem Dieb befreundet gewesen und hatte extra für ihn ein zugängliches Haus gebaut: Die unterste Etage, die ebenerdig war, ragte nach vorn vor, jedes Stockwerk wich ein wenig weiter zurück. Alle Balkone standen blickdicht voller Pflanzen und, was erstaunlich war: Neben jedem zweiten hing eine Art Gitter, einer Leiter nicht unähnlich, das bis zur Mitte des darüberliegenden Balkons reichte. Wahrscheinlich waren die Gitter für Kletterpflanzen gedacht, wurden aber nicht genutzt. Lou würde daran mühelos hinaufsteigen können. Sie hoffte nur, dass Frau Montiross nachts das Fenster oder die Balkontüre geklappt ließ.

Das Einbrechen schien also ein Kinderspiel, da musste sie doppelt aufmerksam sein – nichts war gefährlicher, als wenn man eine Gefahr unterschätzte. Sorgfältig stellte Lou ihren Rucksack zusammen. Sie nahm nur wenig mit, ein Seil für den Notfall, ein paar Karabiner, Taschenlampe, Dietrich, Magnete, Saugnapf, das Handy (stumm geschaltet) und ihren *Leatherman.*[12] Wie immer machte sie vor einem Einbruch Dehnungs- und Aufwärmübungen und durchlief alles mehrere Male mental. Dann legte sie sich eine Stunde schlafen.

Um Mitternacht fuhr sie mit dem Fahrrad los. Obschon es heute wesentlich kühler war, steckte der blaue Anzug noch im Rucksack. Ihn unter den Kleidern zu tragen, hätte ihr einen Hitzeschlag beschert. Sie würde erst vor Ort hineinschlüpfen, da gab es genug Verstecke. Die Residenz befand sich glücklicherweise nicht allzu weit von ihrer Wohnung entfernt, schon um

---

12 Für alle Fußnotenbanausen, die immer noch nicht wissen, was ein *Leatherman* ist: Siehe die Erläuterung auf Seite 57.

zwanzig nach zwölf konnte sie das Fahrrad hinter einem Baum abstellen und schlich ins Gebüsch, um sich umzuziehen.

Die Mondsichel spendete fades Licht, die meisten Fenster der Residenz glänzten dunkel und es war sehr ruhig – fast zu ruhig. Lou hoffte darauf, dass die Bewohner über schlechtes Gehör und Nachtblindheit verfügten. Sie vergewisserte sich, dass sie unterhalb von Frau Montiross' Wohnung stand, und begann zu klettern. Es war ein Leichtes, sich an diesen Gittern hochzuhangeln. Als sie den zweiten Stock erreichte, der faktisch eigentlich der dritte war, fragte sie sich plötzlich, ob April mit dem zweitem Stock den über dem ersten meinte oder ob bei ihr der zweite Stock womöglich über dem Erdgeschoss lag. Lou ging davon aus, dass April zwar einen englischen Namen hatte, die Stockwerke aber schweizerisch zählte, also manövrierte sie sich vorsichtig auf den Balkon und an den Pflanzen vorbei.

Die Tür war wie befürchtet verschlossen, das Fenster daneben auch. Mit sicherem Griff setzte sie den Magnet auf der Höhe der Türklinke an und bewegte ihn langsam abwärts. Die metallene Klinke folgte dem Magnet bereitwillig, doch die Tür ließ sich trotzdem nicht aufschieben. Frau Montiross hatte sie abgeschlossen und von außen gab es kein Schloss.

Da war nichts zu machen – das heißt, einbrechen konnte sie schon, nur hinterließe sie Spuren und das durfte auf keinen Fall geschehen! Lou überlegte. Als sie am Abend hier gewesen war, hatte sie auf der anderen Seite der Wohnung ein angelehntes Fenster entdeckt – vermutlich in der Küche. Entschlossen kletterte sie bis aufs Flachdach, suchte dort eine Möglichkeit, um das Seil zu befestigen, und seilte sich an der anderen Front ab.

Zu ihrer Erleichterung war das Fenster immer noch leicht geöffnet, sie schlüpfte lautlos hinein und wartete, bis sich ihre Augen an die Schwärze des Innenraums gewöhnt hatten. Richtig, sie erkannte Küchenmöbel und einen Herd. Auf der anderen Seite des Korridors lag das Wohnzimmer. Dorthin schlich sie und tastete den Boden unter dem Tisch ab. Bald fand sie den

Peilsender, er lag direkt neben einem Stuhlbein. Jetzt war nur noch die Frage, wo sie ihn verstecken konnte. An der Wand befand sich ein Regal, auf dem Pflanzen, Bücher, Vasen und Nippes standen. Sie griff auf das oberste Brett und schob den Sender hinter eine Skulptur. Am liebsten hätte sie die Wohnung gleich nach B.I.A.-Material durchsucht, aber die anderen drei hatten es ihr verboten. Wie sollte sie begründen, wenn Beweismaterial von hier stammte? Sie müsste zugeben, dass es gestohlen war, und damit geriete sie auf den Radar der Polizei. Lou schlüpfte wieder aus dem Küchenfenster, kletterte zurück aufs Dach und auf der anderen Seite die Hauswand hinunter.

Um zwei Uhr sank sie todmüde und adrenalinwach ins Bett.

Donnerstag, 9. Juli *23 °C*

April hatte bei Zoro übernachtet, jetzt klopfte sie flüchtig an seine Schlafzimmertür und trat gleich ein, um ihn heftig an der Schulter zu schütteln.

Er öffnete ein Auge: »Waaas …?«

»Hat Lou dir geschrieben? Mir nicht! Vielleicht ist bei dem Einbruch irgendetwas schiefgelaufen! Wie kannst du nur ruhig schlafen?!«

Zoro hielt den Wecker vor das offene Auge. »Es ist halb fünf Uhr früh, spinnst du?«

»Hat sie dir nun geschrieben oder nicht?«

»Sie hat nicht.«

»Du hast ja gar nicht geguckt.«

»Lou schreibt nie direkt nach einem Einbruch – Sicherheitsmaßnahme.«

»Aber wenn ihr etwas passiert ist?«

»Erfahren wir es früh genug.«

»Wie kannst du nur so ruhig daliegen, wenn sie in Gefahr schwebt?«

»Hei! Es ist ein einfacher Einbruch, da schwebt sie kaum.«

April verließ das Schlafzimmer und murrte etwas von *Verbrecherbande* und *Kaltblütler*. Nicht eben sanft zog sie die Türe hinter sich zu.

Als Zoro gegen acht in die Küche kam, stand eine entnervte April vor der Kaffeemaschine und verstreute das Kaffeepulver. »Nicht nur, dass ich hier eingesperrt bin und nicht weiß, was läuft, muss ich mich auch noch mit dieser blöden Maschine rumschlagen! Hast du etwas von Lou gehört?!«

»Vor Mittag werde ich das wohl kaum«, er kratzte sich am Bart. »Ich mache den Kaffee und du setzt dich oder lässt deine Nervosität im Wohnzimmer aus.«

April rauschte fluchend hinüber. Zoro putzte das Chaos weg und bereitete den Kaffee zu, währenddessen rief er Lou auf der sicheren Leitung an. »April macht mir die Hölle heiß, wenn sie nicht bald erfährt, ob alles gut gelaufen ist.«

Lou lachte leise.

Anschließend ging Zoro ins Wohnzimmer, wo April auf und abging. »Alles okay, der Peilsender liegt jetzt auf dem obersten Regalbrett. Komm, hier ist Kaffee, ich bringe gleich das Frühstück.«

»Woher weißt du das jetzt – wieso verständigt sie dich und mich nicht? Sie ist mir auch Rechenschaft schuldig!«

»Ich habe sie angerufen.«

»Hat sie mir etwas ausrichten lassen?«

»April! Gestern hat du Lou eine miese Kröte genannt, mit der du keinen Augenblick länger zusammenarbeiten willst! Schon vergessen?«

»Nein, aber ich habe nicht gesagt, dass ich die miese Kröte plattgewalzt haben will.« April strich ihr Brot, als wollte sie es in Fetzen reißen, was vielleicht tatsächlich so war. Nachdem sie zwei zerfetzte Brotschnitten gegessen hatte, verkündete sie, dass sie eine Tour mit der Buell mache, um den Kopf durchzulüften. Die nächste halbe Stunde verbrachten sie damit, darüber zu streiten, ob sie das durfte oder nicht. April fand, dass sie das auf jeden Fall könne, Zoro drohte, sie an einen Heizkörper zu fesseln. April lachte, er habe nicht die geringste Chance gegen sie, Zoro entgegnete, dass sie es nicht darauf ankommen lassen solle.

Wenig später rappelte er sich ächzend vom Boden auf. »Ich kann dich also nicht zurückhalten, jedenfalls nicht mit Kraft. Bedenke aber zwei Dinge: Erstens wollen dich Auftragskiller umbringen. Zweitens müssen wir Frau Montiross belauschen.«

Da endlich nahm April Vernunft an und ließ sich demonstrativ aufs Sofa plumpsen.

»Du hast etwas vergessen«, sagte Zoro und drückte ihr das Handy in die Hand. Seufzend stellte sie die Nummer des Peilsenders ein und betätigte die Lautsprechertaste. Klassische Musik war zu hören und ab und zu Geräusche, die darauf schließen ließen, dass Frau Montiross zu Hause war. Als April die Musik hörte, verzog sie das Gesicht. »Muss ich mir jetzt die ganze Zeit dieses verstaubte Gedudel anhören?«

»Dieses so genannte verstaubte Gedudel ist Beethoven und wunderschön, richtig erhebend«, sagte Zoro.

»Stehst du echt auf solches Zeug?«

»Ja, echt – neben anderen Musikrichtungen.«

April hob nur die rechte Augenbraue.

An manchen Stellen summte Frau Montiross mit, wer hätte gedacht, dass dies ein und dieselbe Person war, die gestern einen Mord befohlen hatte? April seufzte. Und als hätte Frau Montiross ihre Gedanken gehört, stellte sie die Musik leiser und telefonierte. »Warum bekomme ich keinen Bericht? Habt ihr den Auftrag ausgeführt? – Was heißt das, ihr konntet sie nicht finden? Ich habe euch ihre Aufmachung und das Auto beschrieben. Der Mini steht bei der Garage? Ja, und wo ist sie? – Ihr wisst es nicht? Ihr habt also wieder versagt! Wenn das Motorrad fehlt, ist sie wohl damit weggefahren. Ihr habt hoffentlich begriffen, dass ihr jetzt das Motorrad suchen müsst! Das sollte nicht so schwierig sein, ihr habt ja einen Peilsender dran befestigt. – Wie bitte? Den habt ihr auf den Boden gefunden?! Das darf nicht wahr sein! Ihr werdet euch zu verantworten haben, Abschaum, der ihr seid, Versager! Da habe ich meinem Sohn extra die unfähigste Detektivin der Welt untergejubelt und ihr schafft es nicht, sie zu schnappen!«

April sprang vom Sofa auf. »Zoro, hast du das gehört? Diese Ratte nennt mich eine unfähigste Detektivin!«

Zoro erwiderte scharf: »Wehe, du wirfst das Handy an die Wand, dann sind wir aufgeschmissen! Lass uns zuhören, was sie weiter sagt.«

»Die haben einen Peilsender an meine Buell geklebt – Gott sei dank ist er runtergefallen!«

Frau Montiross: »... noch eine Chance? Bis ich fähigere Leute gefunden habe, sucht ihr weiter! Ich entscheide später, was ich mit euch mache.«

Frau Montiross' Stimme klang, als käme sie direkt aus dem Eisfach, nichts erinnerte mehr an die entzückende alte Dame, die April kennengelernt hatte. Nachdem das Telefonat beendet war, blieb es drüben zwei Stunden lang ruhig, abgesehen von der klassischen Musik, die April schier in den Wahnsinn trieb. Es war Donnerstag, normalerweise Zeit für den Selbstverteidigungskurs, aber noch waren Sommerferien. Wie gerne wäre sie am Nachmittag mit ihren Mädels zusammen gewesen! Gegen Mittag stellte Frau Montiross endlich den Beethoven ab und verließ die Wohnung. Wie sie April erzählt hatte, aß sie meistens mit den anderen Bewohnern der Altersresidenz im hauseigenen Restaurant.

Zoro hatte ein Omelette mit Gemüse und Käse gemacht und

obwohl April ihren Teller gründlich durchfurchte, fand sie nur Käse, Ei und Gemüse.

»Suchst du was?«, fragte Zoro.

»Nein, nein. Ich frage mich bloß, ob ich den Speck übersehen habe.«

»Hast du nicht, ich esse kein Fleisch.«

»Ach, du Armer, hast du eine Fleischallergie?«

»Nein, ich mag nicht dazu beitragen, dass Tiere misshandelt werden.«

»Aber heutzutage werden sie ja doch schmerzlos getötet.«

»Das ist nicht das, was ich meine, sondern wie sie gehalten werden.«

»Stimmt, ich finde Zoos auch grässlich. Die Tiere haben ja gar keinen Auslauf.«

Zoro sah sie kopfschüttelnd an: »Entweder drücke ich mich undeutlich aus oder deine Leitung hat einen krassen Durchhänger.«

»Ja, Durchhänger ... arbeitet Lou heute?«

»Ich nehme es an.«

»Sie ist gut im Klettern und Einbrechen, nicht?«

»Sie ist hervorragend.«

»Hat sie das schon als Kind gekonnt?«

»Sie ist immer überall hochgeklettert und viel runtergefallen. Sie hat oft Schabernack mit den Nonnen getrieben, ihnen Dinge geklaut und an anderer Stelle deponiert. Einmal hat sie den Nonnen, die sie nicht mochte, BHs gestohlen und an den Altar gehängt. Wir Kinder hatten unseren Spaß, die Nonnen weniger. Sie haben nie herausgefunden, wer es war. Lou war wie gesagt schon damals gut.« Zoro lächelte.

»Musstet ihr die ganze Zeit im Waisenhaus sein?«

»Ich wäre gerne adoptiert worden, aber es ergab sich nicht. Lou wollte lieber im Kloster bleiben, wenn interessierte Ehepaare kamen, hat sie sich unmöglich benommen.«

»Warum?«

»Sie hat von Geburt an im St. Helena gelebt, dort war ihr Zuhause.«

April nickte. »Hat sie schon immer auf Frauen gestanden?«

»Ich glaube schon – ist das hier eine Fragestunde? Frag Lou doch direkt.«

»Kann ich nicht, wir müssen zurzeit eine professionelle Beziehung pflegen.«

»Von der man reichlich wenig merkt«, stellte Zoro fest.

April wollte etwas erwidern, als Frau Montiross' Stimme zu hören war: »... diese Versager! Die Pallas sollte schon längst beseitigt sein, aber du hast mir die größten Nieten organisiert. Kann ich mich nicht ein Mal auf dich verlassen?! – Ja, ich weiß, dass sie andere Aufträge gut ausgeführt haben, aber diesen eben nicht. – Konnte ich wissen, dass die Pallas eine gute Ermittlerin ist? Ich dachte, sie sei nur eine Angeberin. Den Dieb habt ihr nicht gefunden, was ist, wenn der die Dokumente entschlüsseln kann? – Ja, ja, nicht zu knacken, ach, hör auf, ich glaube mittlerweile gar nichts mehr. – Nein, den nächsten Termin ändern wir nicht, der steht, es muss der Dreizehnte sein. Wir haben zwei wichtige Adepten, die aufgenommen werden wollen, und wir haben zwei erstklassige Opfer. Nein, Kurt, wir werden das nicht verschieben! Pallas hin oder her, wir müssen vorwärts schauen und wer weiß, vielleicht haben wir sie bis dahin erwischt.«

April und Zoro hatten sich auf dem Sofa kerzengerade aufgerichtet. Nach dem Telefongespräch stellte Frau Montiross wieder klassische Musik an, Beethoven & Co. würde April nun für immer mit den Machenschaften der B.I.A. verbinden, was ihre Liebe zu dieser Stilrichtung nicht gerade förderte.

»Sie scheinen es eilig zu haben, das deutet auf den dreizehnten Juli hin.«

»Und wer ist Kurt?«, fragte Zoro. »Wir müssen dieses Treffen verhindern oder zumindest dafür sorgen, dass keine Frauen geopfert oder zur Ader gelassen werden!«

»Wie sollen wir das anstellen? Wir sind vier, sie sind viele!«, erwiderte April. »Wir müssen die Polizei einschalten.«

»Die Polizei? Spinnst du! Sobald die ins Spiel kommt, sind Lou und ich geliefert! Wir werden einen anderen Weg finden, sonst sind Lou und ich aus dem Spiel. Ruf jetzt Rösli an.«

Rösli versprach zu recherchieren. »Aber erst muss ich hier oben ein Drama ausstehen: Consuela ist ein Fingernagel abgebrochen! Zuerst hat sie geflennt, in südamerikanischer Lautstärke – ich glaube, die Milch ist sauer geworden. Sie hat geflucht und gewettert und einmal mehr gedroht, dass sie die Hölle hier verlassen wolle; dann hat sie sich niedergelegt und behauptet, dass sie handlungsunfähig sei. Zum Glück hatte ich in der GLÜCKSPOST ein Foto der Prinzessin Kate von England gefunden, ich weiß, dass Consuela sie verehrt. Auf diesem Foto sieht man, dass Kate kurze Fingernägel hat. Da ließ sie sich dazu überreden, alle Nägel zu schneiden. Sie weinte und klagte, als nähme man ihr einziges Kind weg. Inzwischen merkt sie, wie viel einfacher es ist, mit kurzen Nägeln den Alltag zu bewältigen. Sie hantiert gerade in der Küche. Feuer entfachen kann sie übrigens gut, sie hat mir erzählt, dass sie in sehr armen Verhältnissen aufgewachsen ist und oft Feuer machen musste.«

»Die gute Consuela«, lachte April. »Wer hätte das gedacht?«

»Ja, das Leben ist voller Überraschungen. April, ich befürchte, dass ihr diesen Film leider nochmals anschauen müsst – vielleicht findet ihr Anhaltspunkte für den Ort, wo die Versammlung stattgefunden hat? Was ist mit den vier anderen Sim-Karten, habt ihr nachgeschaut, welche Informationen dort drauf sind?«

»Auf je zweien ist das Gleiche gespeichert. Wieder Aufnahmen eines Treffens, wir haben also Filme von drei verschiedenen Treffen mit demselben Ritual, wiederum Frauenopfer, wir haben es nur im Schnelldurchlauf angeschaut.«

»So leid es mir tut, ihr müsst das Material genau durchsehen, wir brauchen Hinweise auf den Ort.«

April seufzte tief. »Ich schlage vor, dass Zoro, du und ich je eines angucken – das Leiden muss verteilt werden.«

»Okay – schickt mir eines«, Rösli seufzte auch, dann sagte sie: »Moment, April« und rief nach hinten: »Consuela, nein! Die Unterseite der Pfanne darfst du nicht putzen, die ist voller Ruß.« April konnte Consuelas Stimme hören: »Da ist furchterlich schmutzig, du musst haben Sauberkeit und Ordnung in Kuche, ich mache jetzt Sauberkeit und Ordnung.«

Nach dem Telefonat ging sie nachdenklich in der Stube auf und ab. »Gehen wir also davon aus, dass Frau Montiross die B.I.A. führt«, sagte sie zu Zoro. »Wir wissen, dass die Frau sehr reich ist, bestimmt besitzt sie auch Liegenschaften. Die Treffen sind aufwändig inszeniert, die Mitglieder brauchen eine Gelegenheit, ihr Auto zu parken und ihre weinrote Kluft anzulegen. Es wird Blut fließen und vielleicht wieder eine Frau getötet, die muss man ungestört beseitigen können. Wenn sie einen Ort mieten würden, dürfte kein Blut, kein Stofffaden, einfach nichts Spuren hinterlassen und das ist schier unmöglich. Wahrscheinlich gibt es einen Ort, der für solche Treffen reserviert ist und sich in einem Haus befindet, das Frau Montiross gehört und etwas abseits steht. Also müssen wir als Erstes herausfinden, welche Liegenschaften diese Frau besitzt und wo sich die befinden. Wenn wir das wissen, wissen wir vielleicht, auf was wir bei den Filmen achten müssen.«

Zoro nickte. »Lass Rösli die Häuser im Netz checken, ich setze mich dann auch gleich dran.«

Rösli versprach zu recherchieren, vorerst müsse sie noch einen weiteren Kampf mit Consuela ausstehen. Auf Aprils Frage, worum es ginge, sagte sie nur, sie wolle das gar nicht wissen.

Der Peilsender meldete, dass Frau Montiross Besuch von einer Freundin bekommen hatte; sie plauderten bei Kaffee und Kuchen über ihre Enkelkinder. Zoro war bald ins Internet vertieft und nicht mehr ansprechbar. April saß auf dem Sofa, mit halbem Ohr hörte sie den beiden alten Frauen beim Plaudern zu und überlegte sich, was Lou wohl machte. Was sie ihr da zuletzt an den Kopf geworfen hatte, musste sie zurücknehmen, ohne dass sie dabei ihr Gesicht verlor. Sie schrieb eine SMS:

Ich sagte nicht miese kröte, sondern diese kröte. Die kröte galt auf der griechischen insel tamos (hier lebten meine vorfahren!) als totemtier. Sie wurde verehrt, hing über jedem eingang und brachte glück. Es war also positiv gemeint.

Sie schickte die SMS ab und war zufrieden. Kurze Zeit später antwortete Lou.

Tamos? Noch nie gehört. Vermutlich eine solch kleine insel, dass sie nirgends vermerkt ist u. nur Platz für einen vorfahr u. eine kröte bot. Die haben geheiratet und bekamen ein kind - deine mutter. Das erklärt einiges. Totemtiere findet man übrigens bei indianern.

Gerade als April das las, sah Zoro zu ihr herüber. »Was lächelst du so selig? Ich hoffe, du machst keine unprofessionellen Dinge.«

April schüttelte den Kopf. »Ich doch nicht!«

Zoro zuckte mit den Schultern und starrte wieder in den Bildschirm. Er war zweifelsohne ein Computercrack, Rösli aber ein echter Obercrack und dazu Datenhackerin. Nach zwei Stunden legte sie April ein Dokument in die Dropbox, in dem Frau Montiross' Besitztümer aufgelistet und dokumentiert waren.

April schaute es durch. »Meine Güte, was die alles besitzt: Wälder und Ländereien, zwei Patrizierhäuser in der Berner Altstadt, eine Villa am Zugersee, Immobilien in verschiedenen Orten, darunter ein ehemaliges Kurhotel im Schwefelbergbad, Ferienwohnungen im Berner Oberland, Graubünden, Italien und Spanien sowie eine Wohnung in New York. Warum wohnt sie in dieser Altersresidenz? Sie hätte genug Möglichkeiten!«

»Vielleicht ist das eine Undercover-Maßnahme«, überlegte Zoro. »Oder sie will nicht Unsummen für Dienstpersonal ausgeben, lieber die Liegenschaften vermieten, das ist lukrativer.«

»Was ist mit dem Kurhotel im Schwefelbergbad, ist das noch in Betrieb?«

Er schaute im Internet nach. »Das wird seit fünfzehn Jahren an Schulen vermietet, für Sommer- und Skilager. Also eine ideale Mischung zwischen genutzt und doch nicht genutzt. Hat Rösli auch Pläne beigelegt?«

April schüttelte den Kopf. »Ich schaue nach, wer die Liegenschaft verwaltet, und erkundige mich.«

Zoro fand die Telefonnummer der Liegenschaftsverwaltung *Kleeblatt*. Dort waren sie hilfsbereit und schickten ihnen Information zum Kurhotel zu. Die Lehrerin April (so hatte sie sich vorgestellt) bedankte sich herzlich.

Es gab drei große Räume in der Liegenschaft: einen im Keller, wo laut Prospekt die jungen Leute Discos veranstalten konnten; den Saal, in dem man aß und der voller Tische und Stühle stand; und einen ehemaligen Festsaal, anscheinend immer noch mit den ursprünglichen Kronleuchtern ausgestattet. Diesen Raum konnte man für Anlässe mieten.

Zoro sagte: »Ich tippe auf Keller oder Festsaal. Der Kellerraum wird wohl normal hoch sein, der Festsaal hat dagegen bestimmt vier Meter Höhe, vielleicht sieht man das auf den Filmen.« Er startete die Aufnahmen. Die Wände waren schwarz oder jedenfalls sehr dunkel. April bat ihn, den Film anzuhalten: »Siehst du hier? Da sind Tücher an der Wand. Hier erkennt man den Stoff und die Falten. Was gegen den Festsaal spricht; stell dir vor, du musst einen solch großen Raum mit Stoff auskleiden. Spul weiter, vielleicht sehen wir irgendwann auch die Decke.« April verfolgte aufmerksam das Bild. »Da! Halt!«

Zoro stoppte und ging ein paar Filmsekunden zurück. Sie sahen zweierlei: Die Decke schien nicht sonderlich hoch zu sein und war mit schwarzer oder dunkler Farbe angemalt. »Sieht so aus, als wäre der Untergrund Beton«, sagte April. Zoro nickte, »zu niedrig für den Festsaal und ohne Kronleuchter. Ein Keller ist auch besser, weil niemand von außen hereinschauen kann.«

Er stand auf und ging zu den Blättern, die sie von der Liegenschaftsverwaltung bekommen und sich ausgedruckt hatten. »Sie haben die Jahresagenda beigelegt, lass uns schauen, ob und was an einem Dreizehnten stattgefunden hat oder stattfinden soll. – Da: *Interne Veranstaltung* am 13. Januar, 13. April, 13. Juli und 13. Oktober. Alle drei Monate – scheint ein festgelegter, regelmäßiger Turnus zu sein! Der 13. Juli ist nächsten Montag. Das bedeutet: Wir haben vier Tage Zeit, einen Plan zu schmieden, wie wir diese Schweinehunde überführen können.«

»Das ist eine ziemliche Kackenschotterei!«

»Wir müssen uns heute Abend zusammensetzen und beraten. Ich rufe Lou an, du Rösli.«

Um neunzehn Uhr traf Lou ein. April hätte sich am liebsten auf sie gestürzt und sie in die Arme geschlossen. Stattdessen grüßte sie mit einem Kopfnicken und einem Lächeln. Lou nickte lächelnd zurück. Die nächste halbe Stunde überlegte sich April, ob dieses Lächeln und Nicken desinteressiert, interessiert, gefühlvoll oder gar voller Leidenschaft gemeint war. Sie befürchtete, dass Lous Interesse an ihr wie eine Kröte plattgewalzt worden war. Da wurde ihr angst und bang.

Rösli erschien gegen halb acht mit Consuela im Schlepptau, die sich vor Berggeistern fürchtete und unbedingt mitkommen wollte. Consuela sah verändert aus, sie steckte in einem viel zu großen Bauernhemd und einer geräumigen Hose, die mehrfach umgekrempelt war. Ihre Frisur saß nicht und ohne Schminke sah sie viel verletzlicher und mädchenhafter aus. Kaum angekommen, sagte Consuela: »Ich muss können duschen sofort, sonst ich werde furchterlich unangenehm!« Zoro zeigte ihr das Badezimmer. Dort rauschte sie mit einer Tasche hinein und erschien Ewigkeiten später in eigenen Kleidern und wie üblich ausstaffiert, außer dass sie weniger tief in den Schminktopf gegriffen hatte als sonst. Sie warf April einen feurigen Blick zu, worauf Rösli, Lou und Zoro erstaunt schauten.

April zuckte bloß mit den Schultern.

Sie saßen um den Tisch, auf dem eine Landkarte des Gantrischgebietes lag – jener Region, wo sich das Kurhotel befand. Daneben Pläne vom Gebäude, die Rösli aufgetrieben hatte. Nachdem sie gelesen hatte, dass das Kurhotel unter Denkmalschutz stand, hatte sie sich beim Denkmalschutz hineingehackt und war fündig geworden.

Beim Anblick der vier Ermittler am Tisch verkündete Consuela, dass sie vor Langeweile sterbe, Blätter würden ihr Kopfschmerzen verursachen. Zoro, der Consuela entzückt angestarrt hatte, bis ihm Lou einen Seitenhieb verpasste, platzierte sie aufs Sofa und drückte ihr die Fernbedienung für den Fernseher in die Hand. Dabei erlaubt er sich einen Blick in ihr Dekolletee, was ihm einen zweiten Seitenhieb von Lou bescherte.

April erklärte, was sie über die Räume und die regelmäßigen Veranstaltungen herausgefunden hatten. Vermutlich fand auch die anstehende Zeremonie im Keller statt; um welche Tageszeit, das müssten sie unbedingt noch herausfinden, denn auf der Agenda seien keine Zeiten angegeben.

»Dschweiundschwandschig Uhr dreidschehn«, erklärte Consuela mit vollem Mund (Zoro hatte ihr Chips angeboten).

Rösli drehte sich zu ihr um. »Was hast du gesagt, Consuela – war das an uns gerichtet?«

Die Angesprochene ließ die Fernbedienung sinken, kaute und schluckte. »Ja, meint ihr, ich sei Kindskopf und spreche mit Fernseher? Vier Mal im Jahr, immer am Dreizehnten, der Klub hat wichtige Versammlung. Arthur hat gejammert, weil er nicht wollte hingehen dort, und er hat geflucht, weil es spät Abend und blöde Zeit: Zweiundzwanzig Uhr dreizehn. Er kam immer zuruck mit sauschlechte Laune.«

»Hat er erzählt, wo das war und was sie da gemacht haben?«

»Neue in Klub aufnehmen, er hat gesagt nur das.«

Rösli nickte zufrieden. »Du hast uns gerade sehr weitergeholfen.«

Aber Consuela hatte sich bereits wieder dem Fernseher zugewandt (nicht ohne vorher April einen schmachtenden Blick zugeworfen zu haben). Zoro, dessen Augen seinerseits auf Consuela ruhten, kassierte den dritten Seitenhieb von Lou.

»Au! – Also, jetzt wissen wir, wann die Treffen beginnen. Anhand der Filme schätze ich die Anzahl der Teilnehmer auf zwanzig bis dreißig. Aber damit bin ich mit meinem Latein am Ende.«

»Ja, was machen wir jetzt? Die Versammlung zu viert umzingeln und überfallen?«, fragte Lou.

Rösli schüttelte den Kopf. »Ich sehe keinen anderen Weg mehr, als zusammen mit der Polizei dort aufzukreuzen.«

»Aber ich will nicht hinter Gittern«, sagte Zoro, »und genau dort würden Lou und ich landen.«

»Ihr musst engagieren Schlägertruppe, in Kolumbien wir alles erledigen damit«, mischte Consuela sich ein. »Du musst nur haben genug Geld, dann Schlägertruppe macht für dich alles.«

»Wir sind aber nicht in Kolumbien«, erwiderte Rösli, »wir sind Eidgenossen, die seit Jahrhunderten keinen Krieg erlebt haben.«

»Ja, ich sage immer, Schweizer sind Weicheier, die gehen in Bordelle, um zu machen Frauen fertig!« Als Consuela das sagte, schaute sie düster zu Boden.

Darauf wusste niemand etwas zu sagen. Sie brüteten über den Karten und Dokumenten, in der Hoffnung auf eine Idee. Consuela trat hinter April und sagte, sie könne ihr die Schultern massieren, sie sei bestimmt verspannt. Rösli, Lou und Zoro warfen sich verständnislose Blicke zu, worauf April behauptete, sie müsse aufs Klo, und sich erhob. Kopfschüttelnd holte Zoro einen Whisky und fünf Gläser. »Den habe ich extra für unser Projekt gekauft, zur Inspiration.« Er schenkte ein und brachte eines der Gläser zu Consuela hinüber, wobei sich seine Augen wieder in deren Ausschnitt stahlen.

Plötzlich begann Aprils Gesicht zu leuchten: »Heulekuh, ich

hab's, ich weiß, wie wir vorgehen! Genau! Das ist die Lösung, darauf hätte ich schon früher kommen können. Consuela, du hast mich auf eine sehr gute Idee gebracht!«

Montag, 13. Juli *26 °C*

Das Schwefelbergbad befand sich in den Berner Voralpen auf 1400 Metern Höhe, wo trotzdem ein mildes Klima herrscht, und zwar am Fuß des Gurnigelpasses, rund dreißig Kilometer (Luftlinie) oder eine Stunde Autofahrt von Bern entfernt. Da die Gegend nördlich der Alpen liegt, kommt man hier des Öfteren in den Genuss von tiefhängenden Wolken, Regen oder Nebel und die Berge werfen früh ihre Schatten. Bei Sonnenschein jedoch ist es eine schöne Landschaft mit Bergen im Hintergrund und Hügeln weiter vorn.

Das Bad hatte seinen Namen von einem Schwefelgrund, der schon 1561 als *Quelle mit wundersamen Wirkungen* erwähnt wurde. Bergwanderer und Touristen besuchten seit Ewigkeiten die Quellen in dem abgelegenen Hochtal. Im 17. Jahrhundert jedoch erregten die Lebensfreude und Bräuche der Älpler den Unmut der Herren im Tal – sie sprachen von einem »gottlosen Unwesen«: Der Landvogt drohte mit Bußen und erließ für die Quellen ein Badeverbot.

Ihre Heilkraft geriet aber nicht in Vergessenheit. 1834 entstand das heutige massive Haus für bis zu fünfzig Gäste, die dereinst mit Pferd und Kutsche im Schwefelbergbad anreisten.

Niemand wusste, warum das Kurbad, ein großer Holzbau

mit Säulen, die an den Wilden Westen erinnerten, seit fünfzehn Jahren nur noch als Ski- und Sommerlager für Schulen diente. Die Besitzerin behauptete, man könne ein solch großes Hotel abseits des Touristenstroms nicht rentabel führen. Das Ermittlerteam hingegen nahm an, dass Frau Montiross' Hotel der B.I.A. Platz für verschiedene Zwecke bot.

Nun war der dreizehnte Juli angebrochen, vier anstrengende, hektische Tage lagen hinter den wackeren Ermittlern. Sie hatten das nötige Rüstzeug besorgt, genäht, geplant und ausgeheckt und jetzt waren sie an vier verschiedenen Stellen um das Kurhotel positioniert, ausgestattet mit Funkgeräten und Codenamen:

April = Ashram
Lou = Dieb
Zoro = Batman
Rösli = Käse
Consuela = Samba

Consuela wollte unbedingt mit April zusammenarbeiten, was auf vielfachen Widerstand stieß und einige bohrende Fragen auslöste. April behauptete, sie habe nichts Verwerfliches mit Consuela getan, näher wollte sie sich nicht auslassen. Rösli drohte ihr eine Unterredung nach dem Einsatz an und Lou runzelte die Stirn.

Zoro war am Hang unterhalb des Hotels positioniert, Rösli und Consuela oberhalb, Lou überwachte die Straße, die von unten heraufführte, April den oberen Teil der Zufahrt.

Consuela hatte darauf beharrt, mitzukommen. Sie wollte unbedingt dabei sein, wenn die B.I.A. zur Strecke gebracht wurde. »Wir machen sie kaputt! Aprils Idee ist famos, sie werden sich am Boden krummen wie Würmer. Wie lange mussen wir noch sitzen im Wald? Komm, wir gehen in ein Restaurant.«

»Wir dürfen unsere Beobachtungsposten nicht verlassen, ich habe Tee dabei, abgesehen davon gibt es hier kein Restaurant.«

»Die Treffen beginnt um zweiundzwanzig Uhr dreizehn. Jetzt ist erst drei Uhr, wir sind viel zu fruh.«

»Du wolltest mitkommen, also musst du jetzt tun, was wir vereinbart haben.«

»Ich will haben wie du eine Revolver.«

Rösli schüttelte den Kopf.

Da schnappte sich Consuela murrend das Funkgerät, drückte die Taste und sagte: »Samba ruft Ashram, Samba ruft Ashram, bitte kommen.«

»Hier Ashram, was ist los?«

»Nichts, nur Test, ob funktioniert alles.«

»Ashram an Samba: Hör auf, ständig Testrufe zu machen!«

»Aber es ist mir langweilig, April!«

»Keine Namen!«

»Ruben.«

»Was Ruben?«

»Du hast gesagt, ich solle sagen Ruben, wenn ich bin einverstanden.«

»Roger, nicht Ruben!«

»Warum hast du geändert die Namen?«

»Es war immer Roger!«

»Aber –« (Knistergeräusche)

»Käse an Ashram, ich konnte das Gerät zurückerobern.«

»Ashram an Käse: Pass besser drauf auf!«

»Käse: Roger. Der Lieferwagen hat geparkt, sie laden die Ware aus, ich kann nicht erkennen, was es ist, die Kartons sind unbeschrieben. Der Wagen stammt vom Transportunternehmen Planzer.«

»Dieb: Ein Reisebus vom DYSLI CARUNTERNEHMEN nähert sich. Ob er die Teilnehmer hochfährt? Moment – nein, es sitzen alte Leute drin, die machen wohl einen Ausflug.«

»Käse an Dieb: Jetzt sehe ich sie auch, der Bus fährt vor das Hotel, die Leute steigen aus, sie gruppieren sich um eine Person. Moment, ich zoome näher – es ist Frau Montiross!«

»Ashram: Kackenschotter!«

»Batman: Die ist echt clever.«

»Käse: Kellner in Livree und mit Tabletts kommen aus dem Haus, sie verteilen Champagner.«

»Dieb: Das Dienstpersonal ist etwa um zwei angekommen und hat hinten geparkt. Kann jemand sehen, wie viele Autos es sind?«

»Ashram an Dieb: Achtzehn, zum Teil waren mehrere Personen in einem Wagen.«

»Ashram an alle: Habe Standort leicht verändert. Von hier aus sehe ich, dass Frau Montiross die Leute zu gediegen gedeckten Tischen führt, mit Häppchen und so. Seltsam, die Kellner sehen besser aus, als sie bedienen, sie wirken ziemlich ungelenk. Es passt nicht zu Frau Montiross, dass sie unprofessionelles Personal anstellt, und erst noch so viele. Außer, es sind – ja, das könnte sein! –, außer das sind alles B.I.A.-Leute, die auf diese Weise unbemerkt eintreffen konnten! Es befindet sich keine Frau darunter, oder?«

»Batman: Habe keine gesehen. Ich nähere mich dem Haus, um das Personal zu fotografieren, falls es die Mitglieder sind.«

»Käse an Batman: Pass auf!«

»Roger.«

Consuela schüttelte den Kopf und sagte zu Rösli: »Ich nicht verstehe, warum man sagt Roger? Wegen Federer? Aber was hat mit Tennis zu tun? Warum man nicht sagt *okay* oder *verstanden*?«

»Keine Ahnung, aber wenn alle wissen, was damit gemeint ist, erfüllt es seinen Zweck«, sagte Rösli.

»Mir ist nicht wohl zu sitzen hier.« Consuela zupfte an ihrem Mini-Jupe.

»Ich habe dir ja gesagt, du sollst eine Hose anziehen.«

»Ich lasse mich nicht machen zu Mann.«

Rösli verdrehte die Augen, dann guckte sie wieder durch ihr Fernglas. Die alten Leute schienen sich recht gut zu amüsieren, Champagnergläser wurden nachgefüllt, Häppchen verteilt, später wechselten manche zu Kaffee und Kuchen, die zwei liebsten

K alter Menschen. Um fünf Uhr unternahm die Gruppe einen gemächlichen Spaziergang um die Gebäude, ein Stück die Straße hinauf und wieder zurück. Sie versammelten sich vor dem Kurhotel, der Bus fuhr heran, alle stiegen ein, auch Frau Montiross.

»Ashram: Fährt die Montiross mit hinunter? Das erstaunt mich.«

»Dieb an Ashram: Sie muss ja! Die Mitglieder dürfen doch nicht wissen, dass sie an der Spitze steht.«

»Stimmt.«

»Hier Samba, wie lange wir noch mussen sitzen hier? Mir tut das Hinterwerteste weh und ich habe Hunger – nein, Rösli, ich mag nicht mehr essen Sandwich – ja, Rösli, ich weiß, ich darf nicht sagen Namen, aber wer schon kennt dich?«

»Ashram an Samba: Ich komme und binde dich an einen Baum! Das hier ist eine superdelikate und gefährliche Operation, also reiß dich zusammen!«

»Samba an Ashram: Du bist Rassistin, du hasst Kolumbianerinnen!«

»Ashram an Samba: richtig.«

»Was richtig?«

»Ja, ich bin eine Rassistin und werde gleich eine Kolumbianerin mit einem Funkgerät steinigen!«

»Käse an Ashram: Ich konnte der Nervensäge das Gerät entreißen und verstecke es zwischen meinen Brüsten.«

»Dieb an Käse: Spreche ich jetzt mit deinen Brüsten?«

Schallendes Gelächter über Funk. Lagen die Nerven blank, wartete die Hysterie gleich um die Ecke.

Gegen sieben Uhr fuhr ein Auto auf den Parkplatz vor dem Schwefelberg-Skilift. Zwei Personen stiegen aus und gingen Richtung Kurhotel, sie verschwanden durch einen Hintereingang ins Haus. Es war Frau Montiross, unschwer an ihrem zackigen Gang zu erkennen, in Begleitung eines Mannes mittleren Alters. Er musste von der Führung sein oder zumindest ein Eingeweihter, vermutlich dieser Kurt, mit dem sie telefoniert hatte. April nahm inzwischen an, dass er einer der Bestohlenen war und wohl den Originalkelch besessen hatte: Ein Kurt Fessler hatte sich jedenfalls auf Lous Liste wiedergefunden.

»Käse an Ashram: Wie sieht's mit deinen Männern aus, hast du Kontakt zu ihnen?«

»Ashram an Käse: Sie sind bereit. Um zwanzig Uhr fahren sie los.«

»Alle auf einmal?«

»Ja, aber auf verschiedenen Wegen, über Plaffeien, über Rüschegg und durch den Gantrisch Naturpark. Ich habe ihnen den Standort angegeben, wo sie warten sollen.«

Consuela setzte sich neben Rösli und rief ins Funkgerät: »Ich muss unbedingt gehen Pipi, wo finde ich Toilette?«

»Dort hinter dem Baum«, blaffte Rösli.

»Ich bin nicht ein Hund.«

»Du wirst es überleben, wir anderen machen das auch so.«

»Ich bin nicht *auch so*, ich will haben eine WC.«

Man konnte Rösli kaum aus der Ruhe bringen, doch jetzt war es geschehen: Sie wuchtete sich auf, packte Consuela an der Schulter und manövrierte sie unsanft hinter einen dicken Baumstamm. Dort drückte sie ihr Toilettenpapier und ein Erfrischungstüchlein in die Hand und ging. Consuela wetterte auf Spanisch. Als sie zurückkam, wiederholte sie immer wieder: »Entwurdigend, entwurdigend, so entwurdigend.«

Um acht Uhr meldete sich Lou: »Es geht los. Ich nähere mich jetzt dem Hotel.«

Fast gleichzeitig sagten Zoro, Rösli und April: »Sei bitte vorsichtig!«

»Dieb: Sind die Männer gestartet?«

»Ashram an Dieb: richtig.«

»Ashram an Zoro: Hat Lou die Kostüme beim Treffpunkt deponiert?«

»Zoro an Ashram: noch einmal *richtig*!«

Rösli und Consuela war es gelungen, innerhalb von zwei Tagen zwei rote Umhänge zu nähen, wie sie die Mitglieder im Film trugen. In der Schweiz hatte Consuela ihre Leidenschaft fürs Nähen entdeckt. Die zwei Frauen arbeiteten Hand in Hand, als hätten sie schon seit Jahren zusammen eine Schneiderwerkstatt geführt.

Eine kurze Ewigkeit später meldete sich Lou im Flüsterton: »Dieb an alle: Ich bin ums Gebäude herumgegangen, nirgends brennt ein Licht oder wäre etwas zu hören. Die Haupttür ist verschlossen, der Hintereingang ebenfalls. Ich muss hinein, um herauszufinden, wo das Treffen stattfindet. Ende.«

»Ashram an Dieb: Zu gefährlich! Wenn sie dich finden, bist du aufgeschmissen.«

»Ich gebe mich als Touristin aus, die sich verirrt hat.«

»Mit Funkgerät?!«

»Das stecke ich ein. Außerdem habe ich den Teaser.«

»Mit dem kannst du nicht zwanzig Männer in die Knie zwingen.«

»Es geht nicht anders, das weißt du! Ich erwarte, dass ihr um neun am vereinbarten Ort seid. Ich stecke jetzt den Funker in die Tasche.«

April rief noch angstvoll: »Pass auf, hörst du?!«, aber Lous Funkgerät war schon tot. Mit weichen Knien verließ sie ihren Beobachtungsplatz und brach auf. Sie musste viele Male tief ein- und ausatmen, um sich zu beruhigen. Wenn nur nichts passierte!

Lou hatte den Lageplan des Kurhotels im Kopf: Sie wusste genau, wie sie vom Haupteingang aus hinunter zum Discoraum kam. Doch zuerst musste sie das Schloss des Eingangs knacken. Sie erledigte das mit einem Schraubenzieher, einem handelsüblichen *Elektroschock-Kugelschreiber*[13] und einen darumgewickel-

13 Für alle Scherzartikelverächter: Das Ding nennt sich auch *Kulischocker* – der Witz besteht darin, ihn jemandem zu überreichen und wenn dieser Jemand den Druckknopf betätigt, erhält er einen Stromstoß. Ein Scherz also, dessen Spaßwert sich irgendwo unter

ten Draht, dessen Ende als Verlängerung über den Druckknopf hinausragte. Zoro hatte diese Methode im Internet gefunden. Sie war wirklich praktisch und lächerlich einfach: das Drahtende ins Schloss stecken, den Druckknopf des Kulis betätigen, damit einen Stromstoß auslösen, schon kann mit dem gleichzeitig eingesetzten Schraubenzieher das Schloss geöffnet werden.

Als sie vor der Türe stand, hinter der eine Treppe zum Keller führte, lauschte sie. Sie hörte dumpfe Stimmen, allerdings nicht vom Keller, sondern vom Esssaal her. Lautlos schlicht sie zurück und verließ das Hotel. Es war einfacher und sicherer, von außen zu beobachten, was im Saal geschah. Gebückt huschte sie die Mauer entlang. Die hölzernen Fensterläden des Saals waren geschlossen – und leider ohne Schlitze. Also musste sie einen der Verschläge öffnen, ein Spalt breit reichte. Die Läden waren massiv und von innen her fixiert, ohne Brachialgewalt ließen sie sich nicht öffnen. Die einzige Schwachstelle bestand in einer von außen aufgesetzten Blendleiste, die den Spalt zwischen beiden Flügeln abdeckte. Lou nahm ihren *Leatherman* aus der Tasche und klappte das Messer auf. Zuerst fuhr sie immer wieder an der Leiste entlang, dann schob sie die Klinke darunter und hebelte vorsichtig, hielt zwischendurch inne und lauschte. Als sie spürte, wie das Holz nachgab, packte sie das Messer weg und ruckelte mit beiden Händen an der Leiste, bis sie sich wegschieben ließ. Der Spalt war nicht sehr breit, aber es reichte, um einen Blick hindurchzuwerfen.

Was sie sah: Ein Festgelage, der Tisch bedeckt mit leckeren Gerichten, Kristallgläser, gefüllt mit Wein, Männer, zum Teil mit nacktem Oberkörper. Südamerikanische Mädchen oder junge Frauen, bekleidet mit nichts als einem Schürzchen, servierten Essen, Trinken und sich selber. Sie sah einen Mann mit einer

---

dem Grundwasserspiegel befindet. Als Einbruchshilfe überzeugt der Kuli auf jeden Fall, weil der Stromstoß die Verriegelungsstifte erzittern lässt.

Frau auf dem Schoß, ein anderer ließ sich von einem Mädchen füttern.

Die Frauen und Mädchen waren offenbar schon früher am Tag heraufgeschafft worden. Behände huschte Lou zum Eingang zurück und erneut in den Keller hinab. Der Discoraum war offen, sie sah schwaches Licht und hörte zwei Stimmen, hörte, dass drinnen etwas geschoben wurde. Lautlos schlich sie die Treppe ganz hinunter und schob sich die Mauer entlang, um einen Blick in den Raum zu erhaschen.

Sie sah große, dicke Kerzen an der Wand entlang und vorne bei der erhöhten Bühne. Zwei Männer rückten ein großes Möbel zurecht – den Altar, auf dem im Film das Mädchen festgebunden war! Was sie sah, reichte Lou, um eilig die Kellertreppe wieder hinauf und zum Ausgang zu huschen.

Am Treffpunkt – beim Skilift, etwa zweihundert Meter vom Kurhotel entfernt – wurde sie schon sehnlichst erwartet. Als sie das Festgelage schilderte, seufzten die anderen, Consuela versprach, jeden einzelnen dieser *Bastardos* eigenhändig umzubringen. Rösli legte den Arm um sie.

»Sind die Jungs da?«, fragte Lou.

April nickte. »Vor etwa zehn Minuten hat sich Tom über Funk gemeldet, die meisten Bengel sind eingetroffen.«

Als Consuela vor vier Tagen von den kolumbianischen Schlägertrupps erzählt hatte, war es ihr wie Schuppen von den Augen gefallen: Sie hatte ja auch eine Art Schlägertruppe! Tom und seine HIMMLISCHEN BENGEL, eine Gruppe furchterregend aussehender Biker, die sich als *Security* engagieren ließen und in deren Gesichtern die schrecklichsten Schnurrbärte hingen, wobei Tom als Chef den allerscheußlichsten besaß.

»Gut. Tom soll zum Skilift kommen, damit ich ihm den Lageplan zeigen kann«, sagte Lou.

Fünf Minuten später trafen er und Jakob ein (mit dem April in der Nacht, als Lou das zweite Mal auf sie fiel, das Wettsaufen veranstaltet hatte). Tom, der Koloss von Rhodos, beugte sich konzentriert über den Gebäudeplan, in den Lou den Weg zum Kellerraum eingezeichnet hatte. »Es gibt zwei Zugänge zum Haus«, erklärte sie, »der offizielle durch den Haupteingang und eine Hintertüre, die via Heizungsraum in den Keller führt. Ich schlage vor, dass etwa zwei Drittel von euch über den Haupteingang hineingehen und ein Drittel von hinten. April und ich werden uns in der Nähe der Türen aufhalten. Wenn die Zeremonie beginnt, schalte ich kurz das Funkgerät an, dann dringt ihr alle gleichzeitig ins Haus ein – Rösli führt die *Gruppe Haupteingang*, Zoro die *Gruppe Hintereingang*. Ihr schleicht euch so leise als möglich heran und wartet vor der Kellertreppe. Kurz bevor der Scheißkerl das Mädchen vergewaltigen will, werden April und ich mit Trillerpfeifen das Signal geben. Rösli ruft die Polizei an, deine Männer stürmen los. Ihr seid mit Waffen ausgerüstet, oder?«

Tom nickte. »Wir haben alles Mögliche dabei: Messer, Schlagstöcke, Gewehre aus dem Schützenverein und Militärpistolen.«

Lou wandte sich an Rösli: »Wenn ihr reinkommt, gehst du sofort zu dem Mädchen auf dem Altar. Erklär ihr, dass die Polizei sie gleich befreien wird, und bleib solange neben ihr! Ansonsten werden wir nichts anderes tun, als die Mitglieder in Schach zu halten und abzuwarten. Sobald die Polizei die Lage unter Kontrolle hat, machen Zoro und ich uns aus dem Staub. Wir sind nie dagewesen.«

Und so war es: Lou und April zogen beim Parkplatz des Kurhotels das rote Gewand an, sie malten sich gegenseitig einen schwarzen Strich auf Augenhöhe und einen roten Strich auf der Höhe des Mundes. Es machte beide nervös, mit den Fingern über die Lippen der anderen zu fahren, sie vermieden dabei jeden Augenkontakt – ihre Nackenhaare stellten sich trotzdem auf. Danach schlichen sie zum Fensterladen, von wo aus sie das Gelage beobachten konnten. Waren die Männer vorher halbnackt, waren sie es jetzt ganz; sie lagen auf den Tischen und darunter und fickten die Dienstmädchen – das Ganze schien einer römischen Orgie nachgestellt. April und Lou wandten sich ab und warteten, warteten darauf, dass die Mitglieder endlich von den Frauen abließen und ihre Gewänder anzogen.

Um Viertel vor zehn ertönte ein Gong. Die Männer rappelten sich hoch. Sie ließen sich von den Mädchen die Streifen aufmalen. Nackt, wie sie waren, schlüpften sie in ihre Roben und zogen sich die Kapuzen tief ins Gesicht. April und Lou eilten zum Hintereingang, öffneten die Tür zum Keller einen Spalt breit und verfolgten, was nun geschah. Die Mitglieder tröpfelten stumm herein, stellten ihre Kelche (die mit aktualisierten Sim-Karten bestückt würden) auf den Tisch und verteilten sich im Raum. April nahm Lous Hand und drückte sie. »Pass auf dich auf«, flüsterte sie zum wiederholten Mal. Lou erwiderte den Druck und lächelte. Dann schlüpfte sie durch die Türe. April folgte ihr kurz darauf. Niemand bemerkte die beiden Gestalten, die auch zum langen Tisch gingen und ihre Kelche dazustellten, ehe sie sich unter die Mitglieder mischten.

Um zweiundzwanzig Uhr dreizehn ertönte ein Gong, der Zeremonienmeister trat in den Raum, gefolgt von zwei Adepten. Aprils Hand lag zitternd und schwitzig am Funkgerät, als sie es einschaltete und das Zeichen gab.

Der Zeremonienmeister huldigte Bia, der Göttin der Gewalt, in rituellem Singsang, verwoben mit blutrünstigen Zitaten: »Denn in Nichtigkeit kommt sie, und in *Finsternis* fährt sie dahin, und ihr Name bleibt in *Finsternis* bedeckt. Sie hat alle Macht; es frommt aber nicht alles, sie hat alle Macht; es soll sie aber nicht gefangen nehmen.

Sie lobpreist die Reichen und wünscht die Armen, diesen Abschaum, in die Hölle.

Der Reiche herrscht über die Armen; und wer borgt, ist des Leihers Knecht. Ihr Knechte, seid untertan mit aller Furcht uns Herren, nicht allein den gütigen und gelinden, sondern auch den wunderlichen.«

April fragte sich, ob die Autoren der Bibel allesamt auf einem schlechten Trip gewesen waren, als sie das schrieben.

»Wir sind dazu auserwählt, die neue Weltordnung zum Leben zu erwecken. Wir sind dazu auserwählt, den Abschaum von dieser schönen Erde zu tilgen. Zu viele Menschen leben auf dieser Erde, die es nicht würdig sind. Wir merzen sie aus, wir nützen sie aus, wir bedienen uns ihrer, wie es uns beliebt.

Wir werden Rache üben mit Grimm und Zorn an allen Heiden, so nicht gehorchen wollen. Raub und Frevel sind vor mir. Es geht Gewalt über Recht. Wer seinen Nächsten schändet, ist ein Narr; aber ein verständiger Mann schweigt still. Sie haben sich in die Schwelgerei und Hurerei gegeben; ihre Herren haben Lust dazu, dass sie Schande anrichten.«

Er fuhr fort, nur unterbrochen vom »Bia, unsere Herrin!« der Mitglieder. April fragte sich, wie erwachsene Menschen ernsthaft einen solchen Schwachsinn glauben konnten. Sie dachte an Hitler und an die heutigen Konsorten, die im Namen von Göttern oder Götzen menschenfeindliche Ideologien verbreiteten und die Massen dazu gebracht hatten, solchem Schwachsinn anzuhängen. Und sie konnte geradezu fühlen, wie sich die Buben in ihren lächerlichen Roben auf die Vergewaltigung und womöglich sogar Abschlachtung der jungen Frau freuten.

Die Rede des Zeremonienmeisters war zähflüssig, pathetisch und langweilig, aber nicht für die Mitglieder; sie wurden immer aufgeregter, als gerieten sie in Ekstase, so wie April das in Sendungen über christliche Fanatiker gesehen hatte.

Als der Zeremonienmeister geendet hatte, trat er zu einem Vorhang links vom Altar und schob ihn zur Seite: Dahinter stand ein geknebeltes nacktes Mädchen, das vor Angst schlotterte. Zwei Kapuzenträger führten sie zum Altar. Das Mädchen wehrte sich mit Händen und Füßen, die Männer hatten einige Mühe, sie hinaufzuzerren und festzubinden. Erst als ein dritter hinzukam, schafften sie es.

Der Zeremonienmeister streifte seinen weißen Handschuh

über, während der eine Adept sich bereits auszog. Aufregung und Vorfreude lagen greifbar im Raum.

Der Moment war gekommen: Gleichzeitig führten April und Lou ihre Trillerpfeifen zum Mund. Ein lautes, lang anhaltendes Schrillen zerriss die vorfreudige Spannung. Die Mitglieder schreckten zusammen und schauten verwirrt um sich. Panik erfasste die Gruppe, wild drängte sie nach allen Seiten, doch bevor jemand verstand, was vor sich ging, öffneten sich Vorder- und Hintertür, das Deckenlicht ging an und die HIMMLISCHEN BENGEL stellten sich im Kreis um die Versammlung. Rösli boxte sich durch die Kapuzen zum Altar, dort haute sie dem Adepten eine runter, der fiel um wie ein Pfahl. Als er lag, platzierte sie Handschellen um sein Handgelenk und ein Tischbein. Die sehr flauschigen, pinkfarbenen Handschellen hatte April aus ihrer Sexspielzeugkiste gekramt, Rösli wollte über deren Gebrauch nichts Näheres erfahren. Dann machte Rösli schnell ein paar Bilder vom Adepten und von der jungen Frau, die sie danach schnell mit einer Decke zudeckte. Sie sprach beruhigend auf sie ein und erklärte ihr, warum sie sie noch nicht befreiten. Da das Mädchen sie offensichtlich kaum verstand, winkte Rösli Consuela herbei, damit sie das Ganze auf Spanisch erklärte.

Lou schlüpfte durch die verstörten Mitglieder zu Zoro hinüber und gemeinsam verschwanden sie von der Bildfläche.

Was blieb, war eine gespenstige Szenerie: die roten, nervösen Gestalten in der Mitte, die schwarzen, ruhigen Kerle rundherum und eine zum Zerreißen gespannte Atmosphäre. Tom und seine Männer hatten ihr Waffenarsenal gezückt und standen wartend da. Die Mitglieder hatten zwar soeben die Göttin der Gewalt gelobpreist, beim Anblick der wackeren Biker jedoch zogen sie die Schwänze ein und traten nervös von einem Fuß auf den anderen. Ein paar Mutigere wollten sich einen Weg zum Ausgang bahnen, doch Toms Bengel ließen keinen Zweifel hochkommen, dass sie dem nicht zusehen würden. Der Zeremonienmeister versuchte zu intervenieren, er versprach Tom einen

Haufen Geld, wenn man sie gehen ließe. Da riss April die Kapuze herunter und schrie: »Du Drecksack! Man kann nicht alles kaufen! Wir warten hier, bis die Polizei euch abführt, und wenn ihr bis dahin zu Staub zerfallt!«

Sie streifte zwischen den roten Gewändern umher, auf der Suche nach der kleinsten, zierlichsten Gestalt. – »Ha!«, April packte die Person an der Schulter und zog ihr die Kapuze vom Kopf. Ein entgeistertes Gesicht kam drunter hervor mit schwarzen und roten Streifen, aber zweifelsfrei das einer alten Dame.

»Guten Abend, Frau Montiross, oder soll ich sagen: guten Abend, Führerin?« Die Kapuzen wandten sich Frau Montiross zu, erstauntes Gemurmel war zu hören.

April hielt sie an der Schulter fest. »Offenbar bin ich nicht so unfähig, wie Sie gemeint haben, nicht wahr? Was ich mich frage: Wie kommen Sie dazu, diesem Drecksgeschäft vorzustehen? Warum haben Sie Freude daran, Menschen Leid anzutun?«

Frau Montiross sah aus wie Lots Frau, als sie zur Salzsäule erstarrt war, einzig den Mund konnte sie noch bewegen. »Sie haben keine Ahnung!«, presste sie hervor.

»Genau deshalb frage ich Sie ja, was das Ganze soll.«

»Was wissen Sie schon? Was wissen Sie davon, wie es ist, in eine reiche Familie geboren zu sein?«

»Nichts«, räumte April ein. »Es kann aber wohl so schlimm auch wieder nicht sein, dass man zum Menschenhasser wird!«

»Umgeben von Bauerntölpeln, die Sie schikanieren und plagen, ausstoßen und lächerlich machen? Die Sie wie Dreck behandeln oder ausnutzen, nur weil Sie reich sind? Mein ganzes Leben lang wurde ich gehasst und beneidet wegen meines Reichtums. Mein Charakter wurde in Frage gestellt und jeder Erfolg auf mein Geld zurückgeführt. Sie haben keine Ahnung, wie viel ich gelitten habe! Bis ich der B.I.A. beitrat. Da lernte ich meinesgleichen kennen. Da wurde klargestellt, wer der Abschaum ist und wer die mit Wert. Die Reichen sind dazu auserwählt, Ordnung in diese Welt zu bringen. Sie muss gesäubert werden von all dem armen, kranken, dummen Pack – gesäubert! Oder man nützt es aus.«

»Na, vorerst werden Sie und Ihre Jungs Ihre kranken Hirne ins Gefängnis bewegen.«

Frau Montiross lachte verächtlich. »Dummes Kind. Meinen Sie allen Ernstes, dass wir verurteilt werden? Haben Sie vergessen: Wir sind reich und bestens vernetzt – überall hin, bis ins Gericht. Leute wie Sie werden uns nichts anhaben können.«

»Da wäre ich mir nicht so sicher. Wir haben die zwei letzten Ritualfilme. Und den aktuellen«, April zeigte auf eine Kamera über der Tür. Beim Eintreten hatte sie das Gerät dort angeklebt. Schnell Sekundenkleber auf die Halterung auftragen und sie dann im Vorübergehen mit aller Kraft andrücken, das hatten sie am Vortag geübt (in Zoros Keller klebten nun mehrere Kunststoffteile an der Betonwand).

Frau Montiross blickte zu dem kleinen Auge hinauf, das am Türrahmen schwebte, und sah nun doch etwas beunruhigt aus.

»Und übrigens konnten wir Ihre Geheimdokumente dekodieren, die sind ja sehr aufschlussreich. Mögen Sie auch Verbindungen zu Richtern und Anwälten haben, wir werden die Unterlagen den Medien zukommen lassen – samt der Aufnahmen Ihrer Telefonate, in denen Sie zum Mord gegen mich anstiften.«

Frau Montiross rang sichtlich um Haltung, was ihr unter großer Anstrengung und mit grimmigem Gesicht gelang. »Wie haben Sie Tölpel das geschafft?!«

April lächelte. »Tja, ich bin kein gutorganisierter Mensch, eben ein bisschen abschäumig – nicht wahr? Darum ist mir bei meinem letzten Besuch bei Ihnen doch tatsächlich mein neues Abhörgerät unter den Tisch gefallen. So ein Pech aber auch.«

Frau Montiross begann zu schäumen. Sie rief »Unerhört!«, dann, zu den Mitgliedern: »Bringt sie um, bringt sie um! Ihr schafft das, bevor die Schnauzer intervenieren!«

Sie hätte wohl noch eine Runde weitergeschrien, wenn nicht mit einem Mal eine riesige Kerze auf sie niedergegangen wäre.

Getroffen fiel die Führerin um. Consuela stand siegesgewiss hinter ihr. »So, sie endlich haltet Klappe«, sagte sie und überschüttete die Bewusstlose mit allerhand spanischen Flüchen. Dann kehrte sie zu dem Mädchen am Altar zurück und sprach leise und beruhigend auf es ein.

April wandte sich mit triumphierendem Grinsen an die Kapuzen. »Seien Sie beruhigt, Sie müssen sich nicht mehr lange gedulden, die Polizei trifft jeden Moment ein. Dann können Sie auch Ihre Roben ausziehen.« Sie grinste noch breiter. Man konnte geradezu fühlen, dass die Männer am liebsten in den Boden versunken wären, vor allem da Rösli, die Kamera in der Hand, schon bereitstand für ein paar Aktfotos.

Nach schier ewigem Warten traf das Polizeikommando ein. Einer der Biker nahm es draußen in Empfang. Es waren wie erwartet nur zwei Beamte gekommen, sie stellten sich als Felber und Gadmer vor. April hatte sich zwar der Robe entledigt und sich mit dem Stoff die Streifen aus dem Gesicht zu wischen versucht, nur leider glänzte es nun ganzflächig rot und schwarz verschmiert. Tom erkannte richtig, dass sie mit diesem Gesicht nicht den nötigen Respekt erhalten würde, und übernahm es, die Polizisten zu informieren – einem Koloss von Rhodos glaubte man einiges. Er führte die beiden zum Altar, Rösli sorgte dafür, dass nur der Kopf und die Hand- und Fußfesseln des Mädchens unter der Decke hervorschauten. Dann zeigte sie den Polizisten die Fotos, die sie gemacht hatte, mit der Bitte, das Mädchen nicht noch einmal dem demütigenden Fotografieren auszusetzen. Die Männer nickten betroffen. Offenbar breitete sich langsam die Erkenntnis der vollen Tragweite in ihnen aus, jedenfalls beantragten sie Verstärkung aus Bern. Tom stellte ihnen die Detektivin Pallas vor und erklärte, dass sie *undercover* gearbeitet und deshalb dieses verschmierte Gesicht habe. Die Polizisten erlaubten April, ein Bad aufzusuchen, um das Gesicht zu reinigen. Der mit dem Namen Felber begleitete sie durchs Haus, weil sie ihm erklärt hatte, dass es noch weitere Dinge zu entdecken gäbe. Das Festgelage war noch nicht abgetragen, auf den Tischen und darunter schwammen Essensreste und Gläser in wässrigroten Pfützen. Dazwischen lagen ein paar Mädchen wimmernd am Boden, manche vor Schmerzen wegen Prellungen, andere wegen Vergewaltigung. Felber schaute sich entsetzt um und rief die Ambulanz. Gemeinsam mit April durchsuchte er die Kleidungsstücke der Mitglieder nach Ausweisen und stopfte sie in eine Tüte. Fassungslos schüttelte er den Kopf. »Ich schaue, ob ich Decken für die Frauen finde.«

»Gute Idee, ich hole Consuela, damit sie den Frauen erklären kann, was vor sich geht. Sie stammen alle aus Südamerika.«

Als April in den Ritualraum zurückkam, waren Consuela und Rösli eben dabei, das Opfer von seinen Hand- und Fußfesseln zu befreien. Consuela ging mit dem weinenden Mädchen in den Esssaal, dort erklärte sie den anderen Frauen die Lage. Felber kam mit einem Stapel Laken zurück und verteilte sie. Der Raum glich bald einem Lazarett.

Es wurde eine lange Nacht, es wurde die längste aller Nächte. Die Verstärkung traf ein mit zwei Ambulanzen, drei Kastenwagen und zwei Polizeiautos. Die Sanitäter nahmen sich der verletzten Frauen und Mädchen an und riefen mehr Ambulanzen, denn etliche mussten ins Hospital wegen möglicher innerer Verletzungen. Consuela begleitete sie.

Die Mitglieder durften sich anziehen, bekamen Handschellen verpasst und mussten sich vor den Kastenwagen in einer Reihe aufstellen. Nur ihre gestreiften Gesichter deuteten noch auf das hin, was sie gemacht hatten. Sie sahen wie geschlagene Hunde aus, ihr Ruf war erledigt, sie waren erledigt. Das Ende der Reihe bildete Frau Montiross, die wieder bei Bewusstsein war und über Kopfschmerzen klagte. Sie behauptete, mit dem Ganzen nichts zu tun zu haben, man habe sie dazu genötigt, weil ihr das Kurhotel gehörte. Sie käme morgen gern aufs Polizeirevier, um ihre Aussagen zu machen, jetzt wolle man sie aber bitte nach Hause fahren.

»Meine Herren!« April sah Felber und den anderen Polizisten an der Nasenspitze an, dass sie nachgeben würden, und hielt es für geraten, sich einzumischen. »Diese Lady mag wie eine liebe alte Dame aussehen, aber sie ist ein Monster. Sie ist die Chefin von allen.« Sie spielte ihnen das Telefonat vor, in dem Frau Montiross den Auftrag gab, sie noch am gleichen Abend umzubringen. Dabedeutete Felber einem Polizisten, der Frau die Handtasche abzunehmen und sie in Handschellen zu legen.

Frau Montiross bat mit zittriger Stimme (gut gespielt!) darum, vorher wenigstens noch eine Schmerztablette nehmen zu dürfen, weil sie Rheuma habe und mit den Händen hinter dem Rücken fürchterliche Schmerzen bekommen werde. Bevor Felber ja oder nein sagen konnte, öffnete sie die Handtasche und nahm eine Tablettenkapsel hervor – aber auch eine Knarre. Was sie daraufhin tat, war so überraschend, so unvorhergesehen, dass die Polizei zu spät handelte. New Yorker Cops hätten wohl sehr viel schneller reagiert, aber diese Männer vom Lande kannten sich mit einer solchen Situation nicht aus: Die Chefin des B.I.A. ging rasch an den Mitgliedern vorbei und schoss. Nicht auf jeden, aber gezielt auf einzelne, und gezielt ins Herz. Als sie am Ende der Reihe angekommen war, drehte sie sich um und blickte zu April hinüber. »Göttin Bia lebt weiter!«, rief sie triumphierend, warf sich die Kapsel in den Mund und biss darauf.

Kaum hatte sie das getan, schrie sie auf, ihr Körper verkrampfte sich in absurden Verrenkungen, sie fiel zuckend zu Boden. Noch war sie bei Bewusstsein und musste unerträgliche Schmerzen erleiden. Ihre Haut verfärbte sich hellrot. Dann wurde sie ohnmächtig. Felber sagte nur: »Zyankali.«

Minutenlang wand sich Montiross im Todeskampf, wobei das wohl der falsche Ausdruck war: Sie kämpfte nicht gegen den Tod, sie wollte ihn. Schließlich erschlaffte ihr Körper.

Gadmer hatte die Ambulanz zurückgerufen, nicht wegen Frau Montiross, sondern wegen der Männer, auf die sie geschossen hatte. Bei ihr selbst war sowieso nichts mehr auszurichten. Es herrschte ein heilloses Durcheinander, die Unversehrten waren hinter das Polizeiauto geflüchtet, sechs Getroffene lagen regungslos am Boden. Die herbeieilenden Sanitäter konnten nur noch ihren Tod feststellen. Felber schickte einen Polizisten ins Haus, um die Laken zu holen, die man vorher den Frauen und Mädchen gegeben hatte. Damit deckten sie die sieben Toten zu. Gadmer sprach mit der Zentrale und forderte die Spurensicherung an.

April und Rösli waren wie betäubt, sie saßen nebeneinander auf einer Bank und starrten Löcher in die Luft. Es begann schon zu dämmern. Schließlich blieben nur noch sie beide, Felber, Gadmer und ein Polizist übrig, der den Tatort bewachte. Die Polizisten hatten das Haus versiegelt und mit gelben Bändern abgesperrt. Zum Glück befand sich das Schwefelbergbad nicht in einem Dorf, sonst wäre das Gerede längst losgegangen.

Felber bat die Frauen, sich am nächsten Tag beim Polizeiposten zu melden und ihren Bericht abzugeben, dann fuhren sie los.

April und Rösli seufzten tief auf.

»Wir haben es geschafft«, begann April.

»Haben wir.« Rösli nickte.

»Ich bin stolz und wenn nicht alles so schrecklich wäre, wäre ich glücklich. Gleich kippe ich vor Müdigkeit um.«

»Ja, in unserem Zustand können wir nicht zurückfahren.«

Sie klappten die Sitze des Jeeps herunter und kaum lagen sie, schliefen sie auch schon ein.

»Du bist die erste Frau, neben der ich liege und die ich nicht verführen werde«, kam es gedehnt von April.

»Morgen erzählst du mir, ob das ein Kompliment oder eine Beleidigung war«, nuschelte Rösli.

Donnerstag, 20. August 22 °C

Eine Woche, nachdem die B.I.A. aufgeflogen war, fragte April den Hauptermittler Martin Capeder, ob sie in der Polizeistation ein freies Bett hätten; sie würde es gerne mieten, da sie sowieso ständig hier sei. Capeder brach in Lachen aus und meinte, dass das in ihrem Fall wirklich keine schlechte Idee wäre. Sie kriegte allerdings doch kein Bett.

Capeder war ein großer, dunkelhaariger Mann, ruhig und besonnen. April versicherte ihm, wenn sie auf Männer stünde, dann wäre er ein heißer Kandidat. Capeder erwiderte, seine Frau habe Glück gehabt, dass April nicht auf seinesgleichen stehe, weil er sonst auch nicht hätte widerstehen können. Verschmitzt grinsten sie sich an.

Dass Capeder die Leitung der Ermittlungen im Fall B.I.A. übernommen hatte, erwies sich als Glücksfall: Er erfasste sehr schnell das Ausmaß der B.I.A.-Machenschaften, ließ sich von reichen und einflussreichen Menschen nicht sonderlich beeindrucken und verstand sich bestens mit April.

Mit gutem Gefühl gab sie ihm das gesamte Material, das sie über die B.I.A. hatte – außer demjenigen, das ihn zu Lou hätte führen können. Sie behauptete, dass es Steiner gewesen sei, der ihr die Dokumente anvertraut habe, am selben Abend, als er erschossen wurde, und Rösli habe den Text dekodiert. Sie übergab Capeder auch die Sim-Karten, die sie im Schwefelbergbad in den Kelchen gefunden hatte (angeblich hatte sie das Versteck im Stiel entdeckt, weil einer der Kelche auf dem Tisch nicht fest zugeschraubt gewesen war), und sie händigte ihm den Film aus, den sie selber gemacht hatte. Sie erzählte, welche Rolle Petra Bucher in der B.I.A. gespielt hatte, dass sie die Südamerikanerinnen betreute, beziehungsweise auf die Sexarbeit vorbereitete und sich der Frauen sexuell bediente, zusammen mit ihrer Liebhaberin Diana Steinhauer.

Alle Mitglieder, die am letzten Ritual dabei gewesen waren, wurden verhört. Ihnen drohten Strafen wegen Vergewaltigung und unterlassener Hilfestellung. Für die Rituale im April erhob die Staatsanwaltschaft Strafanzeige wegen Mithilfe zum Mord. Man konnte auf den Filmen nicht erkennen, wer alles teilgenommen hatte, aber die Hausuntersuchung bei Frau Montiross brachte Namenslisten der Teilnehmer ans Licht.

Die Mitglieder versuchten sich bei den Verhören mit absurden Erklärungen aus der Affäre zu ziehen (»Ein Freund hat mich zu einem Diner eingeladen« – »Ich war zufälligerweise im Schwefelbergbad«, etc.). Manche behaupteten, dass sie nicht gewusst hätten, was sie bei dem Ritual erwartete. Als man ihnen Frau Montiross' Teilnehmerlisten vor die Nase hielt und die Infos, die sich auf den Sim-Karten befanden, verstummten sie.

Capeder ordnete Hausuntersuchungen bei den neunzehn noch lebenden Ritualteilnehmern an. In ihren Computern fanden sich Pornofilme mit südamerikanischen Frauen, Mädchen und Kindern, außerdem Nachweise über Kokainbestellungen und zum Teil Beteiligungen an den Geschäften der Menschenschlepper vom Nahen Osten nach Griechenland und Italien.

Es gab Hausdurchsuchungen in jenen Lokalen, die auf den Sim-Karten aufgeführt waren – allen voran das CALIENTE und sieben ähnliche Etablissements, in denen Südamerikanerinnen als Sexsklavinnen, Pornodarstellerinnen oder Bräute gehalten und gehandelt wurden.

Als Petra Bucher vernommen wurde, stritt sie jede Beteiligung ab, bis man sie den Mädchen vom Schwefelbergbad gegenüberstellte und diese bei ihrem Anblick in Tränen ausbrachen. Später wurden ihr auch die südamerikanischen Ehefrauen der B.I.A.-Mitglieder gegenübergestellt, mit demselben Ergebnis. Alle weinten und erzählten, Petra Bucher habe sie in Südamerika ausgewählt, in die Schweiz geholt und ›ausgebildet‹. Sie lehrte ihnen Umgangformen, schulte sie aber auch in sexueller Hinsicht: mit immer größeren und dickeren Dildos zwang sie die

Mädchen zum Sex mit ihr und manchmal auch mit Diana. Vor dem Ritual im Schwefelbergbad wurde ihnen ein künstliches Jungfernhäutchen eingepflanzt, wobei man auf Betäubung verzichtete. Auf die Frage, warum sie die Mädchen so behandelt hatte, erwiderte Petra nur: »Sie haben es nicht anders verdient, sie sind Futter für Bia.«

In der Mappe, die Consuela im Oltener Café PONY ausgehändigt bekommen hatte, befanden sich detaillierte Angaben über einen »Heiratskandidaten«. Petra bereitete die Südamerikanerinnen minutiös auf ihren »Ehemann« vor – mit all seinen Vorlieben und Abneigungen in Alltag und Bett.

Keine der Südamerikanerinnen war rechtlich verheiratet oder besaß einen gültigen Ausweis – Trauscheine und Pässe waren allesamt gefälscht. Die meisten hielten sich also illegal in der Schweiz auf, ohne das zu wissen. War man nicht mehr mit ihnen zufrieden, konnten sie einfach ausgewiesen oder in Bordells untergebracht werden.

Es stellte sich heraus, dass Petra das Immobilienunternehmen ihrem Mann übergeben hatte in der Erwartung, dass er es herunterwirtschaften würde – sie nutzte die marode Firma, um im großen Rahmen B.I.A.-Gelder zu waschen. Ihr Mann hatte von den illegalen Geschäften faktisch nichts mitbekommen, was bewies, wie wenig er von Unternehmensführung verstand.

April besuchte Petra mehrfach in der Untersuchungshaft, um etwas über ihre Motive rauszufinden, fand sie aber ganz und gar nicht auskunftsfreudig. Beim dritten Gespräch begannen Aprils Augen auf einmal zu leuchten: »Heulekuh, ich hab's – du bist sexsüchtig! Diana konnte dich nicht wirklich befriedigen, was ich verstehe, die ist ja so sexy wie eine Baumrinde. Aber deswegen Frauen und Mädchen missbrauchen?!«

Petra betrachtete stur die Tischplatte.

»Ich an deiner Stelle könnte nicht mehr in den Spiegel schauen, meine Güte, wie würde ich mich hassen! Macht das wirklich Spaß, Menschen zu etwas zu zwingen, das sie nicht wollen?«

»Ich habe sie bloß vorbereitet.«

»Ja, äußerst lobenswert. Irgendwie selbstlos. Aber sei mal ehrlich: Sex mit unwilligen Jungfrauen ist bestimmt nicht das Gelbe vom Ei. Oder stehst du wirklich auf so etwas? Das kann ich nicht glauben, den Sex mit mir hast du jedenfalls genossen.«

»Träum weiter. Es heißt übrigens Heureka.«

»Was?«

»Man sagt nicht *Heulekuh*, sondern *Heureka*.«

»So? Wenn du alles weißt, dann sag mir doch: Warum hat dich die B.I.A. nur so fasziniert?«

»Das spielt keine Rolle mehr.«

»Für mich schon. Ich möchte verstehen, wie Menschen auf solche hinterletzten Gedanken und Taten kommen – vielleicht finde ich in mir einen finsteren Punkt, an dem ich das nachvollziehen kann. Ich verliere nur ungern den Glauben an das Gute im Menschen.«

Petra sah April zum ersten Mal in diesem Gespräch in die Augen – es war ein düsterer Blick voller Verachtung. »Schaust du nie um dich? Siehst du nicht, was Sache ist? Die Bettler, die einen belästigen. Die Fixer, die irr herumrennen. Die Massen von Ausländern mit den läppischen Kopftüchern und den gierigen Blicken. Die Jugend mit ihrem nervtötenden Gegacker, die nur ihr Handy kennt. Die verlotterten Alternativ-Fuzzis. Diese Heerscharen von Rentnern, die einem den Platz in Tram und Zug wegnehmen und die Läden verstopfen. Es ist keine Freude mehr, durch die Stadt zu gehen. Überall Menschenpack, das es nicht geben sollte, ohne Geschmack und Format, ohne Schönheit und Eleganz! Aber alle leben ganz selbstverständlich von unserem Geld, wollen Unterstützung und Hilfe, und alles geschenkt! Ich hasse es, wenn mir ein Rollstuhl den Weg abschneidet. Überall Krankheit, Dummheit und deformierte Visagen, überall überflüssige Kreaturen. Ich nenne es Pilzbefall, es ist höchste Zeit, ihn auszumerzen! Dafür steht B.I.A. Wir heilen die Welt. Und was man verwenden kann, verwenden wir.«

April nickte. »Wie schade für dich, dass du nicht zu Hitlers Zeiten gelebt hast. Wäre der Islamische Staat ein Frauenverein, stündest du wohl schon an seiner Spitze!«

»Das Dritte Reich mag gescheitert sein und jetzt die B.I.A. – früher oder später schaffen wir es, die Erde zu säubern. Und ich bin froh, meinen Beitrag dazu geleistet zu haben.«

April hatte beklommen zugehört. Als Petra mit ihrer Rede fertig war, fragte sie sie, wann genau sie eigentlich vom Pferd gestürzt und auf den Kopf gefallen sei.

Petra verstand die Frage nicht.

Capeder wollte wissen, was eigentlich aus Aprils ursprünglichem Auftrag geworden war – ob sie dem Dieb auf der Spur sei. April verneinte. Als Steiner und Moser erschossen wurden, habe sich ihr Fokus auf die Morde verschoben. Ob sie bezüglich des Diebes nun noch weiterermitteln werde, fragte Capeder. April antwortete ausweichend, das werde sie erst mit Herrn Montiross besprechen. Jetzt, wo die dunkle Seite der B.I.A. aufgeflogen war, müsse er sich wohl zuerst neu orientieren. Sie war sehr erleichtert, als Capeder auf anderes zu sprechen kam.

In Tat und Wahrheit brachte die Frage April moralisch in große Bedrängnis: Sie hatte herausgefunden, dass Petra mit Diana und Lorenz Lenz Hehlerei in großem Stil betrieben hatte. Doch wenn sie das offenlegte, würden Spuren zu Lou führen und das durfte unter keinen Umständen passieren. Also schwieg sie und hätte sich dafür am liebsten den Kopf abgebissen. Lous Motiv, Kriminelles zu tun, war etwas völlig anderes als Petras – was jedoch nicht darüber hinwegtäuschen konnte, dass auch Lou illegal vorgegangen war. Andererseits wären ohne deren Einbrüche die Machenschaften der B.I.A. nicht aufgedeckt worden und sicherlich weitere Vergewaltigungen und gar Morde geschehen. Das war Grund genug, Lou laufen zu lassen – jedenfalls in Aprils Augen.

Als Hannes Montiross die Wahrheit über seine Mutter erfuhr, fiel er aus allen Wolken. Er war traurig über ihren Tod, aber so entsetzt und erschüttert ob ihrer Gräueltaten, dass er überlegte, den Nachnamen seiner Frau anzunehmen.

April erzählte Montiross die gleiche Version wie den Kriminalbeamten: Dass Steiner ihr kurz vor seinem Tod die Dokumente gegeben hatte und dass vom Dieb jegliche Spur fehlte. Sie könne natürlich weitersuchen, wenn er wolle, erklärte sie. Montiross winkte ab. Es seien solch grauenhafte Dinge zu Tage gefördert worden, dass er das alles erst einmal verdauen wolle. Vor allem müsse er schauen, was in den laufenden Projekten der B.I.A. tatsächlich geschah und was an Wiedergutmachungen zu leisten wäre. Er zahlte April das komplette Gehalt, obwohl sie ihm den Dieb nicht geliefert hatte: Was sie herausgefunden hatte, rechtfertige den Preis, erklärte er.

Man fand auf dem Areal des Kurbades zwei weitere Leichen. Neben dem Einfahrtsweg befand sich eine größere Rasenfläche mit liebevoll gepflegten Blumenbeeten, dort hatte man sie vergraben. Beide waren weiblich, zwischen vierzehn und achtzehn Jahren alt und durch einen Schnitt am Hals getötet worden. Wie befürchtet, konnte keine der Leichen identifiziert werden: Mädchen aus Waisenhäusern oder von den Straßen Südamerikas hinterließen keine Spuren in den Datenbanken der Polizei. Als die Kripo die südamerikanischen Länder um Mithilfe bat, winkten die Behörden nur müde ab – solche Mädchen gäbe es wie Sand am Meer, da habe man mit dem Identifizieren keine Chance, so sei das halt. Capeder ließ über den Übersetzer fragen, ob sie schon begriffen hätten, dass er hier von Menschen und nicht von Vieh spreche, und ob ihren Beamten im Hinterzimmer ein paar Mädchen zur eigenen Verfügung bereitstünden. Als Antwort legten sie auf. Capeder war noch nie für sein diplomatisches Geschick bekannt gewesen.

Frau Montiross hatte ihre sechs Opfer gezielt getötet: Bei der Hausdurchsuchung fand man Unterlagen, die bewiesen, dass die Toten ihre Vertrauensmänner gewesen waren, allen voran der

Zeremonienmeister, Kurt Fessler, nach dem E-Mail-Verkehr zu urteilen, Frau Montiross' Geliebter. Alle sechs waren mit einer Südamerikanerin ›verheiratet‹.

Nach dem Schwefelbergbad-Debakel kümmerte sich Consuela im Spital um die geschändeten Mädchen. Aber als sie am Morgen den Polizisten nähere Angaben über sich selbst machen sollte, entschuldigte sie sich kurz, rannte davon und rief verzweifelt bei Rösli an, die nach einer ungemütlichen Autonacht soeben auf dem Weg nach Hause war. Rösli nahm die nächste Ausfahrt und sammelte sie ein.

Consuela war am Ende, tränenreich heulte sie in einem fort, dass sie ohne Papiere und ohne Rechte war, bis Rösli drohte, sie im Steinbruch von Wimmis auszusetzen. Da wurde Consuela so wütend, dass sie bis Zweisimmen zeterte und fluchte. Rösli seufzte. In der Sennhütte angekommen, lachte Consuela wider Erwarten und verschwand in ihr Stübchen, wo sie wie ein gefällter Baum ins Bett fiel.

In den folgenden Wochen blieb sie bei Rösli; wohin hätte sie sonst auch gehen sollen, ohne gleich abgeschoben zu werden? Allmählich erinnerte sie sich daran, dass sie das älteste von sieben Kindern gewesen war und sich um die Geschwister und den Haushalt hatte kümmern müssen: Sie erwies sich als überaus tüchtig und entpuppte sich als große Hilfe.

»Ich muss haben einen richtigen Mann«, erklärte sie Rösli ein paar Monate später, »wen hast du in die Verwandtschaft, der könnte passen mir?«

»Was stellst du dir denn so vor?«, fragte Rösli.

»Er muss sein reich, mit vielen Kühen, jung und mit Muskeln, er muss sein galant und sprechen können Spanisch, aber kein Bart.«

»Consuela, du hast zu viele Telenovela geschaut«, stellte Rösli fest. »Und bitte werde nicht wütend, du streichst im Moment mit der Käseharfe durch die *Dickete*, wenn du weiter so herumfuhrwerkst, wird der Käse schlecht.«

Der Fall der B.I.A. war aufsehenerregend und in seiner Art einzigartig in der Schweiz: Die Medien stürzten sich darauf wie ein Rudel ausgehungerter Wölfe. Die Journalisten schwärmten in alle Richtungen aus und suchten nach interessanten Happen. Genüsslich veröffentlichten sie die Grausamkeiten und Perversionen des Klubs. Sie belagerten das Schwefelbergbad, begleiteten den Originalkelch zu seinem angestammten Ort in der Wiener Karlskirche, belästigten Hannes Montiross und bedrängten Capeder. April konnte Rösli aus dem Medienrummel heraushalten, doch für sie selber gab es kein Entkommen: Sie gab ein paar Interviews und fühlte sich dabei wohl wie ein Fakir auf einer weichen Matratze. Capeder hatte ihr empfohlen, mit den Medien zu kooperieren, nur so habe sie annähernd Kontrolle über das, was sie berichteten. Also gab sie ihre Interviews nur mit dem schriftlichen Einverständnis des Journalisten, dass sie den Artikel oder Beitrag vorher einsehen und notfalls ein Veto einlegen könne.

Als sie nach den Sommerferien wieder die Mädchen unterrichtete, war sie enttäuscht, dass Bellas Mutter und nicht Lou das Mädchen brachte. Während des Unterrichts klebten vor den Turnhallenfenstern plötzlich Journalistenvisagen mit Kameras. Glücklicherweise gab es Vorhänge, aber die Mädchen waren so aus dem Häuschen geraten, dass April nicht mehr viel mit ihnen anfangen konnte. Als sie sich bei Capeder über die Aasgeier beklagte, sagte er, das Schlimmste sei wohl bald vorüber, allzu lange werde nicht vom Immergleichen berichtet, außer bei Weltstars mit wechselvollem Beziehungsleben.

So kam es denn auch, die Medien wandten sich anderem zu – glücklicherweise, bevor April Granaten in Redaktionen warf.

Endlich wurde es wieder ruhiger in ihrem Leben. Die Arbeit von Capeder und seinem Team schien jedoch erst so richtig Fahrt aufzunehmen: Je mehr Beweismaterial sie fanden, desto klarer wurde: Die Machenschaften der B.I.A. war weltumspannend, erstreckten sich auf all die Länder, in denen es Ableger des Klubs gab. Es war ein großes Ding, ein Ende nicht absehbar, die Polizei musste länderübergreifend zusammenarbeiten.

April stürzte sich mit Paula und Angelika ins Nachtleben, unter anderem in die Frauendisco. Lou war leider nicht da. Nun gut, es war abgemacht, dass sie erst wieder Kontakt aufnehmen würden, wenn sich die Lage weitgehend beruhigt hatte. Nichts durfte auf die Meisterdiebin und ihre Rückendeckung in Gestalt von Zoro hinweisen. Sogar die Handynummern und E-Mail-Adressen waren gelöscht. Es herrschte totale Funkstille zwischen Ashram und Dieb.

Da sich April für ein unabhängiges Wesen hielt, da sie Lucky Lukina war, die einsam in den Sonnenuntergang ritt (und vorher keine Frau ausgelassen hatte), da sie Brucie Lee war, die mit einem gezielten Handkantenschlag alle Hindernisse überwand – da sie solcherart unwiderstehlich und frei war, stürzte sie sich frohgemut ins Nachtleben und eroberte Frauen nach Lust und Laune. Dumm nur, dass sie weder richtig Lust noch Laune dazu hatte. Sie verstand das nicht, ihre beiden Freundinnen hingegen hegten gewisse Vermutungen.

»Du bist eben in Lou verliebt, da kann man nicht einfach mit einer anderen ins Bett«, erklärte Paula.

»Man kann immer mit einer anderen ins Bett.«

Angelika nickte. »Man kann, aber es macht keinen Spaß.«

»Ach was, ich bin noch immer zum Orgasmus gekommen.«

Paula und Angelika verdrehten synchron die Augen. Paula sagte: »Bist du blöd oder tust du nur so? Wie wär's, wenn du die Finger von den Frauen ließest, weil du die gefunden hast, die du wirklich willst?«

Aber April-Lukina-Brucie zuckte nur mit den Schultern und sagte cool: »Ich geh mir was zu trinken holen, wollt ihr auch?«

Angelika betrachtete den randvollen Becher in Aprils Hand. »Willst du nicht erst austrinken?« Sie und Paula gackerten los.

April schüttelte missbilligend den Kopf. So weit kam es noch, dass sie, die Frauenheldin, keine Frauen mehr eroberte! Das wäre ebenso absurd, wie wenn James Bond ein Hausmütterchen heiratete und ihr treu bliebe – wer würde noch Bond-Filme schauen? Es wäre, als äße Hannibal Lecter nicht mehr Menschenleber, sondern Broccoli-Auflauf. Es wäre, als drückte Pippi Langstrumpf aufmerksam die Schulbank. Nein, das ging nicht. Darum eroberte April weiter. Man musste sich auch in flauen Zeiten treu bleiben, man musste das Kunststück vollbringen, auf die Zähne zu beißen und gleichzeitig den Mund lasziv zu öffnen. Wenn man durchhielt, kam die Lust – man konnte sich danach ja aus dem Bett schleichen. Und so machte sie es: Sie schlich sich aus dem Bett, und das immer früher. Bis die Nacht kam, in der sie hinausschlich, bevor sie überhaupt Sex hatte – was sie erst begriff, als sie auf der Gasse stand.

Sie ging durch die stille Altstadt, furchtlos, sie trug ja Jeans und gemütliche Stiefeletten, und genoss ihre Bewegungsfreiheit. Bern war definitiv kein Berlin, viel zu menschenleer. April summte vor sich hin und es war gut, dass das niemand hören musste: So wenig sie mit einer Knarre traf, so wenig traf sie nach wie vor die Töne. Sie dachte stolz darüber nach, dass sie jetzt eine bekannte Detektivin war, die jeden Tag Anfragen bekam. Doch ohne Rösli, Lou und Zoro hätte sie den Fall nie lösen können – wie gerne hätte sie das in den Interviews gesagt!

Lou.

Der Name sang seit Wochen in ihr (und da saß jeder Ton). Lou ging ihr nicht aus dem Kopf und nicht aus dem Herzen. Es stellten sich ihr die Nackenhaare, wenn sie an die Meisterdiebin dachte. Sie hätte sie so gern gesehen, sie berührt, sie geküsst. Sich ihr hingegeben. Ja, bei dieser Frau wollte sie sich hingeben, ein Wunsch, den die Eroberin vorher nicht gekannt hatte und der ihr ganz und gar fremd war. April überquerte den Münsterplatz, bog in die Hauptgasse ein, da begann sie auf einmal schneller zu gehen, begann zu rennen, sie raste zum Kornhausplatz, wo ihre Buell stand, stieg auf und gab Gummi. Das Blut rauschte ihr in den Ohren. Die Häuser, an denen sie vorbeifuhr, sahen müde aus, die Bäume in der Allee konnte man beinahe schnarchen hören.

Schon von weitem sah sie ihr Ziel; auch das döste. Nachdem sie das Motorrad geparkt hatte, schaute sie am Hochhaus hinauf, einzelne Fenster waren noch erleuchtet. Sie zählte ab, welche Türklingel zu welchem Fernster gehörte, und klingelte.

Eine Jungenstimme meldete sich: »Na, Tinu, biste schon da?«

April sagte: »Ich bin nicht Tinu, aber ich will ins Haus. Bist du schon mal verliebt gewesen?«

Der Junge kicherte. »Nicht, dass dich das was angeht, aber ja, bin ich schon.«

»Dann weißt du, wie es sich anfühlt, wenn du deinen Schatz sehen willst?«

»Ja, ähm, irgendwie.« Er klang verlegen.

»Genau so geht es mir, und deshalb möchte ich rein, weil mein Schatz hier in diesem Haus schläft.«

»Klaro. Viel Glück!«

Die Türe surrte, April schlüpfte in den Flur. Als sie oben aus dem Lift trat, fühlte sie sich, als wäre sie die Treppen hochgerannt, so wild schlug ihr Herz. Sie klingelte an Lous Wohnungstür. Das Schussloch war noch nicht geflickt, lediglich mit Papier zugestopft. Sie bohrte den Finger hinein und sah hindurch. Erst war es schwarz, dann ging drinnen das Licht an, eine entzückend verstrubbelte und schlaftrunkene Lou erschien im Korridor, in ein langes T-Shirt gekleidet, hielt den Hörer der Gegensprechanlage ans Ohr und fragte, wer da sei.

In April zog sich alles zusammen und gleichzeitig wurde es in ihr weit, Wärme erfüllte ihr Herz, sie fühlte etwas Wunderbares, das sie nicht benennen konnte.

Sie sagte: »Ich bin hier.«

Lou ließ vor Schreck den Hörer fallen und schaute durch das Schussloch. Sie sah in Aprils dunkles Auge und April sah in Lous (blablablaugrüner als blaugrün).

»Wo ist das Papier, mit dem ich das Loch zugestopft hatte?«, fragte Lou. Wenn Menschen überrumpelt werden, neigen sie mitunter dazu, die seltsamsten Dinge zu fragen.

»Zu deinen Füßen«, sagte April.

»Was machen wir jetzt?«

»Wie wäre es, wenn du die Türe öffnen würdest? Dann können wir gemeinsam das Papier aufheben und ins Loch stopfen.«

»Gute Idee. Was machst du hier?«

»Dich finden, Lou.«

Da öffnete sich die Tür und Lou sagte lächelnd: »Ich war immer da.«

Brucie Lee trat würdevoll in die Wohnung und nahm Lou vorsichtig in den Arm. April hingegen stürzte sich auf Lou, riss sie an sich und küsste sie heiß und stürmisch. Wenn sie so weiterküssten, würde vermutlich nicht viel von ihnen übrig bleiben, höchstens etwas Glut und Asche.

Brucie kickte kräftig nach hinten, die Wohnungstür fiel schmetternd ins Schloss.

Nachwort

Alle Figuren im Buch sind erfunden (nehme ich an).

Der Name *April* ist im englischen Sprachraum gang und gäbe, wie auch *May* und *June*.

In *Knarrenfrauen* findet sich eine Mischung von realen und erfundenen Orten: Erfunden sind die Juwelierläden in Bern und Zürich, das Oltener Café PONY, das HECHT am See, CALIENTE und MIRANDAS COIFFURE, das Waisenhaus St. Helena und das DIRETTISSIMA. Auch die HIMMLISCHEN BENGEL sind rein fiktiv.

Hingegen existieren folgende Örtlichkeiten, die mich inspirierten: das Gartenrestaurant mit den Kastanienbäumen (BRASSERIE LORRAINE), die Altersresidenz Egghölzli (mit den Gittern an der Wand), der SCHADAUPARK, das ZSA ZSA und der Wasserskilift am Neuenburgersee. Das SCHWEFELBERGBAD gibt es ebenfalls, nur befindet es sich schon länger im Umbau. Ich gehe davon aus, dass dort zu keiner Zeit blutige Rituale durchgeführt wurden und werden.

Die B.I.A. gibt es nicht – jedenfalls nicht in der geschilderten Form. Aber es gibt Geheimorden mit sehr fragwürdigen Ritualen. Der Handel mit Frauen ist leider nicht erfunden.

Das Matterhorn befindet sich fraglos im Wallis und nicht im Kanton Bern (hier steht dafür der Eiger, das ist auch was).

Und falls es noch nicht alle begriffen haben: Bern ist die Hauptstadt der Schweiz. Zürich mag Tina Turner und Roger Federer haben, in Bern aber lebte Einstein und hier befindet sich das Bundeshaus (Regierungsgebäude) mit seinen drei Kuppeln – Zirkusse finden ja bekanntlich unter Kuppeln statt.